A REGRA DIXON

ELLE KENNEDY

A REGRA DIXON

2

CAMPUS DIARIES

Tradução

GUILHERME MIRANDA

paralela

A Editora Paralela é uma divisão da Editora Schwarcz S.A.

Grafia atualizada segundo o Acordo Ortográfico da Língua Portuguesa de 1990, que entrou em vigor no Brasil em 2009.

TÍTULO ORIGINAL The Dixon Rule

CAPA Vivien Summer

ILUSTRAÇÕES DE CAPA Adobe Stock

IMAGENS DE MIOLO Sourcebooks

PREPARAÇÃO Vitória Galindo

REVISÃO Ingrid Romão e Paula Queiroz

Dados Internacionais de Catalogação na Publicação (CIP)
(Câmara Brasileira do Livro, SP, Brasil)

Kennedy, Elle
A regra Dixon / Elle Kennedy ; tradução Guilherme Miranda. — 1ª ed. — São Paulo : Paralela, 2025. — (Campus Diaries ; 2)

Título original : The Dixon Rule.
ISBN 978-85-8439-454-8

1. Ficção canadense I. Título. II. Série.

24-245581 CDD-C813

Índice para catálogo sistemático:
1. Ficção : Literatura canadense C813

Eliete Marques da Silva — Bibliotecária — CRB-8/9380

EDITORA SCHWARCZ S.A.
Rua Bandeira Paulista, 702, cj. 32
04532-002 — São Paulo — SP
Telefone: (11) 3707-3500
editoraparalela.com.br
atendimentoaoleitor@editoraparalela.com.br
facebook.com/editoraparalela
instagram.com/editoraparalela
x.com/editoraparalela

BÉTULA-VERMELHA

PLANTA DO PRÉDIO

TÉRREO

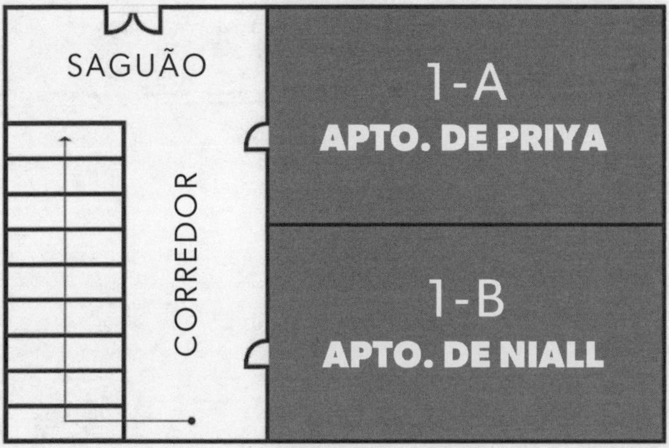

SEGUNDO ANDAR

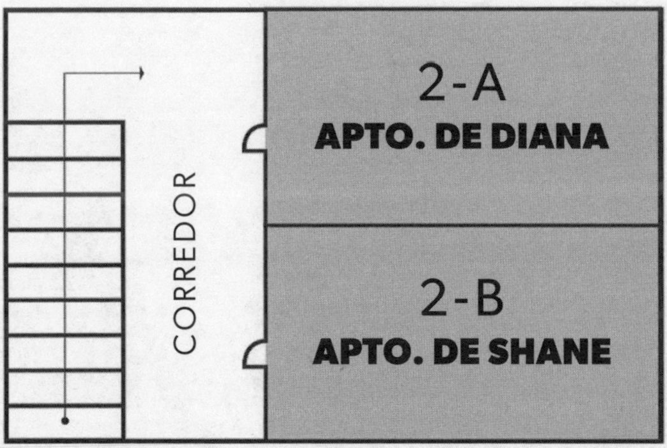

CONDOMÍNIO
MEADOW HILL

1

DIANA

Satanás ataca novamente

JULHO

Duas gotas de água se formam no alto do espelho e disputam quem chega embaixo primeiro. Apostei comigo mesma que a gota número dois vai vencer, já que ela é ligeiramente maior. Quanto maior, melhor, não é? Mas, ao ganhar velocidade, ela dá uma guinada rápida para a esquerda. A gota número um segue seu curso e pinga na bancada do meu banheiro.

É por isso que me recuso a apostar.

Pego uma toalha e seco o restante da condensação para revelar meu reflexo. Um rubor rosa cobre meu peito e ombros, evidências da temperatura escaldante da água. Tem alguma coisa errada com o meu chuveiro, mas estou pobre demais para contratar um encanador, e meu pai disse que só consegue vir para a minha região no fim da semana. O que significa que preciso lidar com água pelando por mais alguns dias, isso se minha pele não derreter antes.

Talvez, depois que meu pai consertar o chuveiro, penso, ele possa tentar resolver a gaveta do armário da cozinha que simplesmente não abre. E descobrir por que o dispenser de gelo da geladeira parou de funcionar sem motivo.

Ser proprietária é exaustivo. Ainda mais quando você é uma incompetente total. Comentei que o problema original do meu chuveiro era que ele não parava de pingar? Tentei consertar o gotejamento sozinha assistindo a um tutorial on-line, e foi assim que o jato do chuveiro se transformou num vulcão. Aquele vídeo tipo "faça você mesmo" para arrumar encanamentos não me ajudou em nada.

Dou as costas para o espelho e pego uma toalha rosa felpuda do gancho da porta, saindo do banheiro cheio de vapor para inspirar o ar normal do corredor.

"Quase morri lá dentro", informo a Skip quando entro na sala, enrolando a toalha no corpo. Olho para o outro lado do espaçoso loft, na direção do aquário de setenta e cinco litros.

O peixe-dourado rechonchudo me encara de volta com seu olhar mortal e angustiante.

"Não gosto do fato de você não poder piscar", digo. "Isso me assusta pra caramba."

Ele me encara de novo antes de sacudir as barbatanas e nadar para o outro lado do aquário. Um segundo depois, está meio escondido atrás de um baú do tesouro pintado de dourado. Quando mostrei ao moço da loja de peixes uma foto de Skip, ele me disse que nunca tinha visto um peixe-dourado tão grande. Aparentemente, meu peixe é obeso. Sem mencionar que é quieto demais para o meu gosto. Não confio em animais de estimação que não fazem barulho.

"Quer saber, Skip? Um dia você vai ficar chateado com alguma coisa e, em vez de te consolar, também vou sair nadando. Então fica aí no seu bauzinho de pirata, dane-se."

Odeio peixes. Se dependesse de mim, não teria um. Essa tarefa horrível me foi atribuída por minha falecida tia, que me deixou de herança seu querido peixe-dourado imprestável no testamento. O testamenteiro parecia estar tentando não rir quando leu essa parte em voz alta para nossa família. Meu irmão caçula, Thomas, nem se esforçou — caiu na gargalhada, até meu pai o silenciar com um olhar.

Por outro lado, o aquário veio junto com o apartamento de tia Jennifer, o que faz de mim proprietária de um imóvel com apenas vinte e um anos. Ganha-se aqui, perde-se ali.

O chuveiro estava tão escaldante que me deixou com sede. Quero entornar uma garrafa de água antes de me vestir. Vou descalça até a geladeira, mas meus passos vacilam quando o celular em cima da bancada de granito toca de repente, me assustando. Viro para olhar a tela e contenho um resmungo. É uma mensagem do meu ex.

PERCY

> Ei, quer sair hoje e botar o papo em dia?
> Fico livre lá pelas 8.

Não. Não tenho interesse. Mas é óbvio que não posso ser tão direta. Posso ter o gênio forte, mas não sou grossa sem necessidade. Vou ter que encontrar um jeito simpático de recusar.

Não é a primeira vez que ele entra em contato para "botar o papo em dia". Acho que a culpa é minha, já que eu disse que poderíamos continuar amigos depois do término. Fica o conselho: *nunca* se ofereça para continuar uma amizade se não for de coração. Vai dar errado.

Deixo o celular em cima da bancada e pego uma garrafa de água na geladeira. Depois que me vestir, eu lido com Percy.

Estou jogando a garrafa vazia na lixeira embaixo da pia quando o som familiar de miados preenche o corredor. As paredes finíssimas do apartamento não bloqueiam o barulho do lado de fora da porta. Ouço cada passo, até os das patinhas de Lucy. Sem falar que a gata maldita usa um sino na coleira, anunciando todos os seus movimentos.

Seguro um palavrão quando o senso de obrigação me invade. Amo minha vizinha do andar de baixo, Priya, mas sua gata fugitiva me deixa maluca. Pelo menos uma vez por semana, Lucy consegue escapar do apartamento sem que ninguém note.

Abrir a porta faz uma rajada de ar frio entrar. Tento conter os arrepios que se formam em meus braços enquanto piso no azulejo liso fora da minha porta.

"Lucy?", chamo cantarolando.

Sei que não posso deixar nenhum traço de frustração transparecer no meu tom de voz quando chamo seu nome. Ao menor indício de raiva, aquela bola de pelos acinzentada vai descer correndo a escada para a porta do hall de entrada feito um meteoro rumo à Terra.

Meadow Hill, nosso condomínio, não é um edifício qualquer. Não é uma monstruosidade de cinquenta andares com centenas de apartamentos. Em vez disso, o arquiteto que o projetou se inspirou num resort de praia, então a área consiste em quinze predinhos de dois andares, cada um abrigando quatro apartamentos. Trilhas sinuosas conectam todos os prédios, muitos dos quais têm vista para o gramado verdejante, as quadras de tênis e uma piscina. Da última vez que Lucy saiu, meu outro vizinho de baixo, Niall, tinha acabado de voltar do trabalho. Lucy aproveitou a porta do hall aberta e passou por ele em disparada em busca da liberdade eterna.

"Lucy?", chamo de novo.

O tilintar do sino me chama da escada. Com um miado rouco, a gata de pelo rajado aparece no degrau de cima. Ela está sentada, toda comportada e certinha, e me encara com insolência.

Sim, estou aqui, ela provoca. *Vai fazer o quê, sua chata?*

Eu me ajoelho devagar para ficar na altura dos olhos dela.

"Você é uma gata do demônio", digo.

Ela me estuda por um momento e ergue uma pata, dando uma lambida indiferente antes de colocá-la de volta no azulejo.

"Sério. Você foi trazida pra cá direto do inferno, entregue pessoalmente pelas mãos frias de Satanás. Fala a verdade: ele te mandou aqui para me atormentar?"

"*Miau*", ela diz, arrogante.

Meu queixo cai. A desgraçada praticamente confirmou!

Vou avançando de joelhos, segurando a parte de cima da toalha. Estou a meio metro quando, de repente, vozes ecoam no hall de entrada e passos ressoam na base da escada.

Lucy sai em disparada, literalmente pulando por cima do meu ombro como se estivesse nas Olímpiadas felinas e ela fosse uma mini atleta de corrida com obstáculos. Lucy entra voando pela fresta aberta da minha porta, me deixando tão assustada que caio para a frente. Por instinto, minhas mãos se estendem à frente do corpo para me equilibrar, me fazendo soltar a toalha.

Caio no chão bem quando uma sombra se projeta sobre mim.

Grito de surpresa. Quando me dou conta, três jogadores de hóquei estão olhando fixamente para mim.

Para mim *pelada*. Porque eu estou pelada.

Já comentei que estou pelada?

"Tudo certo aí, Dixon?", zomba uma voz grave e arrastada.

Minhas mãos se apressam para esconder minha nudez, mas só tenho duas e há pelo menos três áreas que eu gostaria de encobrir.

"Ai, meu Deus, não olhem", ordeno, pegando a toalha do chão.

Pelo menos eles desviam o olhar. Eu me levanto rápido, enrolando o tecido felpudo às pressas. Dentre *todas* as pessoas que poderiam ter me encontrado nessa situação, *tinha* que ser Shane Lindley e seus amigos. E o que é que eles estão fazendo aqui...

Minha ficha cai. Ah, não.

Sinto um frio na barriga ao ver a ironia nos olhos escuros de Shane.

"*Não*. É hoje?"

Ele abre um sorriso largo, exibindo dentes brancos perfeitos.

"Ah, é hoje."

Satanás ataca novamente.

Shane está se mudando.

Por sorte, não é para o meu apartamento. Porque seria duplamente terrível. Eu nunca conseguiria dividir o apartamento com um babaca tão arrogante. Já basta dividirmos o andar. Os pais de Shane, por terem grana e aparentemente acreditarem que mimar demais os filhos ajuda a criar adultos humildes, compraram para o filho nada humilde o apartamento vizinho ao meu. Está vago desde que minha última vizinha, Chandra, se aposentou e se mudou para o Maine para ficar mais perto da família.

Minha melhor amiga, Gigi, é casada com o melhor amigo de Shane, Ryder, então ela me avisou que a mudança aconteceria em algum momento da semana. Mas eu teria adorado se ela tivesse me dado um dia e um horário mais específicos. Ou pelo menos mandado uma mensagem hoje. Assim poderia ter me preparado para talvez *não* estar de toalha. Eu definitivamente vou brigar com ela por causa disso no jantar de hoje à noite.

"Não se preocupa, a gente não viu nada." A tranquilização vem do rosto simpático de Will Larsen.

"Vi seus peitos e um traseiro", Beckett Dunne diz, prestativo.

Não sei se rio ou resmungo. Com seu rosto perfeito, seu leve sotaque australiano e seu cabelo loiro ondulado, Beckett é sexy demais para o seu próprio bem. Tudo que sai da boca dele é simplesmente charmoso, quando na de qualquer outra pessoa soaria vulgar.

“Apaga da memória”, aviso.

“Impossível”, ele responde, dando uma piscadinha.

Volto o olhar para Shane, meu bom humor se esvaindo.

“Não é tarde demais para vender o apê”, digo num tom esperançoso.

Mas sei que isso não passa de um sonho lindo. Ele não vai a lugar nenhum, não depois de seus pais gastarem provavelmente uma fortuna reformando o espaço para ele. Os barulhos de construção não paravam em seu apartamento no último mês. O pobre Niall do andar de baixo estava tendo crises nervosas diárias por causa das furadeiras. Aquele homem tem uma alergia violenta a barulho.

Queria saber que mudanças Shane fez no apartamento. Aposto que o transformou numa caverna masculina estereotipada para combinar com seus gostos de cafajeste.

E confie em mim: conheço bem esses gostos. Incluem, até agora, mas não parei de contar, duas líderes de torcida e meia da minha equipe — meia porque com ela só rolaram uns beijos. Mesmo assim, ele está passando o rodo em todas. Gigi me disse que partiram o coração dele no ano passado e que essa é a primeira vez em muito tempo que ele fica solteiro. Diz que ele está compensando o tempo perdido. Mas, para mim, isso é desculpa, e acho que ninguém deveria inventar desculpinhas para cafajestes. Eles simplesmente nascem com esse gene.

“Não precisa se fazer de durona na frente dos caras”, Shane diz. “Todo mundo sabe da sua quedinha.”

Bufo.

“Acho que a única pessoa que tem uma quedinha por você é *você* mesmo.”

Sinceramente, eu não ficaria surpresa se ele passasse o tempo livre se admirando no espelho. Todo mundo sabe que jogadores de hóquei são famosos por serem obcecados por duas coisas: hóquei e si próprios. E Shane Lindley não era uma exceção.

Não me deixo levar por sua beleza, embora ele seja, sem dúvida, lindo. Alto e bonito. A boca larga e sensual e o cabelo preto curtinho. Um corpo musculoso de atleta e covinhas que formam buraquinhos nas bochechas sempre que ele tenta te seduzir com um sorriso impertinente. Nesta tarde, esse corpo sarado está vestido com um short de basquete e uma camiseta vermelha que realça seu tom de pele mais escuro.

Quando noto os olhos cinza de Beckett passarem de novo pelo meu corpo enrolado na toalha, volto a cara amarrada para ele.

“Pode olhar o quanto quiser, mas juro que essa toalha não vai cair de novo.”

"Bom, se cair, prefiro não perder a cena." Seus dentes praticamente brilham sob as luzes fluorescentes quando ele abre aquele sorriso sacana.

"Esse é o seu apartamento?", Will pergunta, apontando para a porta atrás de mim.

"Infelizmente."

"Caramba. Quando Gigi disse que vocês seriam vizinhos, eu não tinha entendido que vocês seriam vizinhos *mesmo*", ele comenta, alternando o olhar entre a minha porta e a do outro lado do corredor.

"Por favor, não joga na minha cara", resmungo. Para Shane, digo: "Se estiver esperando uma festa de boas-vindas, azar o seu. Meu novo objetivo é encontrar um jeito de seguir minha vida sem topar com você."

"Boa sorte." Os olhos castanho-escuros de Shane cintilam de bom humor. "Porque o *meu* novo objetivo é virarmos melhores amigos e passarmos todas as horas do dia juntos. Ah, aliás. Vou dar uma festa no fim de semana. Podemos organizar juntos. Manter as duas portas abertas e..."

"*Não.*" Ergo o indicador no ar. "Não mesmo. Não vai rolar. Aliás, vocês dois — encaro Will e Beckett — vão esperar no apartamento dele. Eu e Lindley precisamos ter uma conversinha sobre as regras do jogo."

2

SHANE

O verão de Shane

Rio sozinho enquanto sigo a loira brava até o apartamento dela. Assim que saímos do hall para o cômodo principal, preciso piscar algumas vezes porque não é nem um pouco o que eu esperava. A sala de estar contém móveis que não combinam entre si e um tapete bordô que destoa do sofá de estampa floral. É o tipo de sofá que você encontraria na casa de uma avó morta quando fosse retirar as coisas dela. Ninguém na família brigaria por ele, a não ser que fosse para discutir quem o levaria para doação.

"Este lugar passa uma energia de louca dos gatos", comento.

"*Miau*", algo se queixa na cozinha.

"Puta merda. Você tem mesmo um gato." Meu queixo cai quando uma gata de pelo rajado aparece detrás da ilha estreita e me olha como se eu tivesse matado seus filhotes.

A expressão de Diana é idêntica à da gata.

"Essa é a Lucy. Ela gosta de fugir quando nossa vizinha de baixo está atendendo algum dos pacientes dela."

"E aí?", digo para a gata, cumprimentando-a com a cabeça.

"Nem adianta. Ela é um demônio vindo das profundezas do inferno", Diana diz no exato momento em que Lucy vem e se esfrega na minha perna.

A gata solta um ronronado contente, enroscando o corpo peludo entre minhas canelas.

Diana volta o olhar furioso para nós.

"Por que não estou surpresa de vocês se darem bem?"

Lucy se senta aos meus pés, ainda ronronando.

"Ela tem bom gosto pra gente", digo, enquanto continuo a examinar o ambiente bizarro.

Há um armário antigo cheio de louças completamente deslocadas em comparação com a estante supermoderna ao lado. E aquilo é...

"Ai, meu Deus. Você tem um peixe? Quem tem um peixe de estimação? Você não tem amor-próprio, Dixon?"

Seus olhos verde-esmeralda lançam bolas de fogo contra mim. Quase consigo sentir o calor.

"Deixa meu peixe fora disso. Ele não é perfeito, mas é meu."

Seguro o riso. Não deixo de notar que ela ainda está sem nada além de uma toalha. E... bom, não vou mentir... ela é gata pra caralho. Diana é linda, com olhos grandes, o cabelo loiro platinado e a boca atrevida. É um pouco mais baixa do que eu costumo gostar, cerca de um metro e meio, quase um e sessenta se formos generosos. Uma baixinha gostosa com uma grande personalidade. Embora uma parte importante dessa personalidade envolva pegar no pé deste que vos fala.

"Vou me trocar, mas a gente precisa conversar, então não sai daí."

"Posso te ajudar a se vestir", ofereço com inocência.

"Eca. Jamais."

Seguro o riso. Eu e Diana temos uma relação de amor e ódio. Ou seja, ela me odeia e eu amo encher o saco dela.

Quando ela sai andando, admiro a maneira como a toalha sobe pela parte de trás de suas coxas torneadas. Juro que entrevejo a curva inferior da bunda. Sua pele clara ostenta um forte bronzeado de verão, o que me diz que ela deve estar aproveitando bem a piscina lá fora. Porra, eu tenho uma *piscina* agora. Este lugar é muito irado.

Nem ligo se meus amigos e companheiros de equipe ficam me enchendo o saco pelo fato de o meu "pai podre de rico" ter comprado um apartamento para mim. Sim, minha família tem grana, mas não sou um filhinho de papai metido a besta. Não pedi um apartamento. Para o meu pai, é um investimento: depois que eu me formar na Universidade Briar e me mudar para Chicago para jogar na NHL, ele vai alugar o apartamento, como faz com suas muitas outras propriedades em Vermont e ao norte de Massachusetts.

Até lá, posso aproveitar meu próprio espaço depois de dividir a casa com Ryder e Beckett nos últimos três anos. Dois deles foram passados em Eastwood, nossa faculdade anterior. Depois que os times de hóquei masculino de Eastwood e Briar se fundiram, nós nos mudamos para Hastings, a cidadezinha mais próxima do campus da Briar.

Diana volta com um shortinho rasgado e uma camiseta larga. Ela não está usando sutiã, e meus olhos descem involuntariamente na direção das pontas enrijecidas de seus mamilos, que marcam o tecido fino.

"Para de olhar para os meus peitos."

Não nego que era isso que estava fazendo. Encolhendo os ombros, desvio o olhar e aponto com a mão para o loft.

"Apesar do design de interiores terrível, o lugar é bem legal. Parece um pouco maior do que o meu também. Quanto você paga de aluguel?"

"Não pago. E não vou dizer quanto é minha hipoteca. Enxerido."

Minhas sobrancelhas se erguem.

"É seu? Que foda!"

Ela hesita, como se não quisesse interagir comigo, depois diz:

"Minha tia deixou pra mim de herança. Ela só morou aqui por um ano antes de morrer."

Olho ao redor. Não quero perguntar, mas...

"Ai, meu Deus, ela não morreu nesta sala. Sofreu um ataque cardíaco no escritório dela em Boston."

"Putz. Que merda. Meus pêsames."

"Enfim. Vamos resolver isso de uma vez. As regras." Diana cruza os braços. "Só porque você está em Meadow Hill agora não significa que você pode se achar o dono do lugar."

"Acho que é exatamente isso que significa." Achando graça, imito sua postura cruzando os braços. "Eu moro aqui."

"Não, você mora *lá*." Ela aponta para a parede atrás de si para indicar meu apartamento do outro lado do corredor. "Não *aqui*", diz, acenando para sua sala de estar. "Então não saia por aí oferecendo festas na minha casa."

"Não ofereci. Só dei uma sugestão."

Ela me ignora.

"Porque não vou organizar festa nenhuma com você. Este é o meu santuário. Não sei o que Gigi te contou sobre mim..."

"Ela disse que você é um pé no saco."

"Até parece!" Diana exclama. "Ela não disse isso."

"E disse que você é ranzinza."

"Ela também não disse isso."

"Na verdade, essa parte ela disse sim."

Seus olhos se estreitam, e sei que ela vai mandar mensagem para Gigi depois para confirmar. A esposa do meu melhor amigo — nossa, ainda é meio estranho falar isso — me avisou para ficar longe de Diana, me aconselhando a deixar sua melhor amiga em paz se eu não quisesse receber broncas diárias. Mas não é da minha natureza. Algumas pessoas podem fugir do atrito. Outras podem até perder o sono por saberem que alguém não gosta delas, e eu sei muito bem que Diana não gosta de mim. Mas não sou avesso a confrontos e, por algum motivo, a antipatia dela só me faz querer torrar ainda mais a sua paciência. É a criancinha dentro de mim. Todos os homens regridem aos tempos de jardim de infância de vez em quando.

"Você está escutando?", ela resmunga.

Ergo a cabeça. Ah, ela ainda está dando sermão. Viajei.

"Sim. Nada de festas no seu apartamento."

"E nada de festas na piscina."

Ergo uma sobrancelha.

"Agora você está falando pelo prédio todo?"

"Não. O prédio está falando pelo prédio. Você não leu as regras do condomínio?"

"Gatinha, acabei de chegar."

"Não me chama de gatinha."

"Nem cheguei até a minha porta antes de você me arrastar para cá."

"Bom, lê sua cartilha da associação de moradores. Levamos essas coisas muito a sério, beleza? A associação se encontra duas vezes por mês no domingo de manhã."

"É, eu é que não vou."

"Sei que não. E, para ser sincera, não quero você lá. Certo..." Ela bate palmas como se liderasse um de seus treinos de cheerleaders. Diana é a capitã das líderes de torcida da Briar. "Vamos resumir as regras. Pega leve nas festas. Limpa os equipamentos depois que usar a academia. Não transa na piscina."

"Boquete na piscina pode?"

"Olha, não dou a mínima em quem você quer fazer um boquete, Lindley. Só não na piscina."

Sorrio para ela.

"Eu estava falando de receber."

"Ah é?" Diana sorri com inocência. "Acho que o mais importante é você lembrar que não somos amigos."

"Amantes, então?" Pisco para ela.

"Não somos nem amigos nem amantes. Somos vizinhos de andar. Residentes pacatos e respeitosos do edifício Bétula-Vermelha do Meadow Hill. Não incomodamos um ao outro..."

"Você meio que está me incomodando agora."

"... não causamos problemas e, de preferência, não conversamos."

"Isso não conta como conversa?"

"Não. Esta é a conversa que leva à inexistência de futuras conversas. Concluindo: não somos amigos. Nada de aprontar. Ah, e deixa as minhas companheiras de equipe em paz."

Ah, então aí é que tá. Ela ainda está irritada porque fiquei com algumas líderes de torcida no semestre passado. Parece que uma delas, Audrey, se apaixonou e ficou tão distraída que caiu da pirâmide e torceu o tornozelo. Mas por que isso é culpa minha? Quando estou no gelo, consigo expulsar tudo e me concentrar só no hóquei. Eliminar todas as distrações e me sobressair no meu esporte. Se Audrey não conseguia esquecer um cara com quem ficou *uma vez*, problema dela.

"Certo", digo, impaciente. "Tem mais alguma regra Dixon ou posso me retirar? Meus móveis não vão se arrumar sozinhos."

"Só isso. Embora, na verdade, só tem uma regra Dixon que importa: não é permitido Shane."

"Permitido onde?"

"Em lugar nenhum. Muito menos perto de mim." Diana sorri de novo, mas sem nenhum traço de humor. "Certo, acabamos por aqui." Ela aponta para a entrada. "Pode ir."

"É assim que vai ser, então?"

"Sim, eu literalmente *acabei* de dizer que seria assim. Feliz chá de casa nova, Lindley."

Saio do apartamento dela de cabeça baixa e vou para o meu, onde Will e Beckett estão sofrendo para montar meu novo sofá em L. Will está usando uma faca para rasgar o plástico em que as almofadas grandes vieram, enquanto Beckett está agachado sobre o assoalho de madeira, tentando entender como encaixar a base principal na espreguiçadeira. Escolhi um cinza-escuro porque é mais fácil de limpar. Não que eu vá ter a chance: minha mãe insiste em mandar uma faxineira para minha casa a cada duas semanas. Ela fazia o mesmo quando eu dividia um sobrado com os caras. Segundo ela, minha capacidade de limpeza sempre vai estar abaixo da média. Eu discordo. Acho que consigo chegar pelo menos no razoável. Sonho alto no mundo da limpeza.

"Desculpa por isso", digo para eles. "A Dixon precisava me esculachar por um tempo. É como ela demonstra seu amor por mim."

Will ri.

Beckett ergue os olhos com um sorriso.

"É, sinto muito, parceiro, mas está aí uma gata que você não vai conseguir conquistar com essas covinhas."

Ele deve estar certo.

"Cara, ela não curte você nem um pouco", Will acrescenta, colocando o último prego no caixão. "Jantei com ela e a Gigi na semana passada e, quando seu nome surgiu, a Diana revirou tanto os olhos que parecia que eles sairiam rolando do rosto dela."

"Ah, valeu. Saber disso faz com que eu me sinta *tão* bem comigo mesmo."

"Uhum, tenho certeza de que seu ego enorme sofreu um grande golpe."

Ajudo Will com as almofadas e nós três arrastamos o sofá até um lugar novo depois de Beck argumentar que não pode ficar embaixo da janela porque vai ficar frio demais no inverno. Posicionamos o L de frente para a parede de tijolos vermelhos do lado oposto da sala de estar. Dou um passo para trás para examinar a disposição. Está perfeito.

"Melhor montar a TV ali", digo, apontando para os tijolos. "Dá para parafusar nisso?"

"Dá sim", Beckett responde, estudando a parede. Ele afasta alguns fios bagunçados de cabelo loiro do rosto. "Larsen, pega a furadeira?"

"Olha só você", brinco. "Todo habilidoso."

Beckett pisca.

"Você está mesmo surpreso em saber que sou bom com as mãos?"

Bem observado.

Depois que ajeitamos o sofá e a TV, seguimos para o quarto para montar a cama. É *queen size*, embora talvez coubesse uma *king* aqui. Will desempacota as ferramentas. Beckett e eu organizamos as várias peças de madeira elegante de cerejeira escura. Enquanto trabalhamos, Beck fala sobre tudo o que planeja fazer quando chegar em casa nas férias de verão. Tecnicamente falando, sua casa é em Indianápolis, que é para onde sua família se mudou quando Beckett tinha dez anos, mas ele nasceu e foi criado na Austrália. Ele vai viajar para Sydney no domingo.

"O chato é que nenhum de vocês vai", ele diz, emburrado. "Entendo por que o Ryder não possa. Mas sério? Nenhum de vocês podia dar uma escapada?"

Encolho os ombros.

"Pois é, foi mal. Não posso tacar o foda-se e ir para a Austrália. O verão é a única época em que consigo ficar com a minha família." É verdade. Pelo resto do ano, fico megafocado no hóquei e, em menor grau, nos trabalhos acadêmicos necessários para continuar jogando.

"Tô ligado", Beckett responde. "Família é importante." Sei que ele é próximo dos pais e dos primos na Austrália. Por ser filho único, eles são a coisa mais perto de irmãos que ele tem.

"Estou surpreso que você não vai", digo, olhando de esguelha para Will.

Ele encolhe os ombros.

"Vou trabalhar nesse verão. Quero fazer um mochilão pela Europa depois que me formar. Passar uns seis meses, talvez um ano por lá."

"Da hora. Parece irado."

Beckett ri de mim.

"Disse o cara que não faria um mochilão nem morto."

"Não é verdade. Eu super faria."

"Jura?" Beck diz, desconfiado.

"Claro. Eu usaria uma mochila enquanto exploramos alguma parte maneira da cidade e depois tiraria quando voltasse para o meu hotel cinco estrelas."

"Burguesinho."

Sorrio. Na real, não vejo mal nenhum em passar perrengue. Acampar é demais. E mochilar pela Europa parece incrível. Mas por que viajar com um orçamento baixo se você não tem um orçamento baixo?

"Você está trampando com paisagismo ou algo do tipo, né?", pergunto a Will.

"Empresa de piscina."

Meu queixo cai.

"Você é um limpador de piscina?"

Enquanto Will faz que sim, Beckett solta um suspiro alto.

Olho para ele, rindo.

"Quer acrescentar alguma coisa?"

"Só... não cria expectativa. Você descobre que seu amigo é limpador de piscina e cria toda uma narrativa na sua cabeça e aí, *bam*, ele estoura sua bolha e seus sonhos saem flutuando como espumas ao vento."

"Essa foi uma metáfora muito estranha para dizer que não transo com as clientes." Will revira os olhos e reitera o argumento para mim. "Eu não transo com as clientes."

"Por que não?" Estou imaginando uma tiazona gostosa de biquíni minúsculo vindo entregar copos de limonada para Will e, então, *opa, a parte de cima do meu biquíni caiu. Bora transar?*

"Primeiro, porque eu seria demitido." Seu tom é seco.

"Justo. Mas o que é a vida sem o risco de ser demitido?"

"Falou o filhinho de papai."

"Seu pai não é deputado? Acho que você deve ser mais rico que eu. Ou seja, a última pessoa que precisa passar o verão trabalhando como limpador de piscina."

"Até parece. Não quero dever nada para o meu pai. Prefiro me virar sozinho."

Acho admirável. Dito isso, eu é que não vou reclamar por meus pais ainda estarem me ajudando. Tenho vinte e um anos e sou desempregado, graças a Deus. É o verão antes do último ano da faculdade e quero aproveitar cada segundo. Meu plano é me concentrar em força e condicionamento antes da próxima temporada de hóquei. Malhar todas as manhãs. Tentar incorporar natação em meu treino de cárdio. Também sou membro de um clube de golfe na vizinhança, então vou estar no gramado pelo menos algumas vezes por semana.

Que o Verão de Shane comece.

Depois que eu e os meninos terminamos de montar a cama e limpamos tudo, Beck e Will perguntam se quero jantar com eles na cidade, mas recuso. Quero desencaixotar e organizar minhas coisas.

Vou pagá-los pelos serviços de hoje com cerveja e uma festa no sábado à noite, da qual Beckett me lembra quando os levo até o hall de entrada.

"Não esquece da minha festa de despedida", ele diz.

"Sim, claro, a festa de despedida que você vai dar para si mesmo."

"E daí?"

"E daí que não faz sentido nenhum. Mas estou ansioso para estrear a piscina, então acho que uma festinha para o meu amigo bobão que vai sair de férias não é o pior dos motivos."

Ele ri baixo.

"O que sua vizinha nova disse sobre a festa?"

"A Dixon? Ah, ela está ansiosa. Mal pode esperar."

"Cuidado", Will avisa. "A Diana sabe ser terrível. E ela não tem medo de jogar sujo."

"E isso lá me intimida?", pergunto com um sorriso. "Quanto mais sujo, melhor."

Depois que meus amigos saem, vou até a ilha da cozinha para examinar todos os documentos que minha mãe deixou em cima da bancada. Meus pais estavam aqui ontem fazendo algumas das preparações finais antes da minha mudança. O que significa que minha mãe estocou a geladeira e cuidou para que toda a papelada importante estivesse num só lugar, enquanto meu pai acertava as contas com o empreiteiro.

Eu me sento num banco alto de couro preto e suspiro enquanto folheio a pilha grande de papéis. As informações são tão chatas quanto imaginei.

Viro as páginas até uma chamar minha atenção. É um mapa ilustrado do terreno de Meadow Hill, e me apoio sobre os antebraços para estudá-lo. Por que é em todos os prédios têm nomes de árvore? O meu é o Bétula-Vermelha. O do lado é o Pinheiro-Branco. Freixo-Americano, Salgueiro-Chorão, Bordo-Açucareiro. O prédio principal chama Sicômoro, que é onde ficam nossas caixas de correio. Também oferece um segurança vinte e quatro horas na portaria. Isso é bom.

Coloco o mapa de lado e tento ler a página seguinte, mas fico entediado. Como Diana disse, a associação de moradores se encontra a cada duas semanas, e estou convidado a participar. Mas que tipo de associação precisa se reunir com tanta frequência? E de domingo? É, nem morto que eu participaria de uma reunião de condomínio chatinha em que donas de casa de classe média e seus maridos sem vida sexual discutem sobre as regras de uso da piscina e quando podem ligar seus cortadores de grama. Nunca vou ser tão mundano.

As regras de barulho não fazem o menor sentido. Dizem que é proibido ruído depois das nove da noite nos dias de semana, exceto sexta, quando é até às onze. É proibido também depois da meia-noite nos fins de semana, exceto no domingo, quando o limite é até às dez. Então, basicamente, sexta não conta como fim de semana e domingo também não, e a única noite em que você pode se divertir é sábado. Tá bom, então.

Chego mais ou menos à metade da pilha antes de desistir. Depois termino de ler o restante. Meu cérebro não está preparado para tanto tédio.

Vou para meu quarto novo. Minha maneira de encaixotar as coisas no sobrado antigo foi muito utilitária. Para o desespero de minha mãe, enfiei a maioria das roupas e lençóis em sacos de lixo. Não é bonito, mas é eficiente. Reviro o saco de roupas de cama e encontro um jogo de lençóis novo. Outro saco de lixo abriga um edredom e uma capa. Depois que faço a cama, eu me sento ao pé dela, tiro o celular do bolso e disco o número da minha mãe.

"Oi!", ela atende alegremente. "Está tudo pronto?"

"Sim, os caras acabaram de sair. Sofá, TV e cama estão montados."

"Que bom. E o condomínio em geral? Gostou? Está feliz com as cores de tinta que escolhemos para a cozinha? E o porcelanato? Achei o azulejo branco mais elegante."

"Está tudo ótimo", garanto. "Sério. Obrigado de novo por tudo o que você fez. Eu não teria como decorar melhor."

Minha mãe escolheu tudo: as cores de tinta, os quadros para as paredes. As coisas aleatórias em que eu provavelmente não teria nem pensado, como escorredores de pratos e cabides.

"Claro", ela diz. "Tudo pelo meu filho. Você já... Maryanne! Não! Me dá esse bicarbonato de sódio!" Sua voz fica abafada enquanto ela repreende minha irmãzinha. Ela volta, e a escuto com clareza de novo. "Desculpa. Sua irmã está me deixando maluca. Ela está tentando construir um foguete de garrafa PET modificado."

"Desculpa, quê?"

"Eles aprenderam a fazer foguetes de garrafa no acampamento na semana passada e ela encontrou um jeito de modificar para deixá-lo mais potente." Minha mãe murmura um palavrão. "É isso que dá mandar a menina para o acampamento espacial."

"Pensei que ela estivesse fazendo o acampamento de geologia."

"Não, esse é em agosto."

Só minha irmã para frequentar não um, mas dois acampamentos de ciências num único verão. Por sorte, isso não a torna uma nerd porque juro que ela é a menina de dez anos mais descolada que já conheci na vida. Maryanne é demais. Meus pais também, aliás. Sempre fomos muito próximos.

"Enfim, o que mais eu queria te perguntar?", ela diz, pensativa. "Ah, sim. Os três outros apartamentos do Bétula-Vermelha. E seus vizinhos? Conheceu algum deles?"

"Só uma. Ela estava peladona na frente do apartamento quando chegamos aqui."

"Como assim? Você está brincando?" Minha mãe questiona em choque.

"Não. Ela estava correndo atrás de um gato e derrubou a toalha. Melhor acidente que já presenciei."

"Não seja indecente, Shane."

Rio comigo mesmo.

"Desculpa. Enfim, não se preocupa. Ela me odeia, então está tudo certo."

"Como assim? Não está nada certo. Por que ela não gosta de você?"

"Ah, eu a conheço da Briar... ela é amiga de uma amiga. Está tudo bem. Não a considero uma vizinha de verdade. Tenho certeza de que os outros são bem legais e nada antipáticos."

Conversamos mais um pouco, e faço planos de ir para Vermont no fim da semana para passar alguns dias. Depois que encerro a ligação, penso em quem mais pode estar na cidade essa semana. Se algum antigo amigo de escola está passando o verão por lá e...

É isso que estamos fazendo agora?, uma voz zomba na minha cabeça. *Mentindo para nós mesmos?*

Ah, merda. Beleza. Fico pensando se Lynsey vai estar lá. E sei que não deveria pensar nisso. Nem ligar. Porque terminamos há pouco mais de um ano, e é tempo pra caralho para ainda pensar em alguém.

Felizmente, meu celular vibra com uma mensagem antes que eu possa remoer como sou ridículo por ainda estar obcecado pela minha ex-namorada.

CRYSTAL

Já terminou a mudança?

Topei com ela na cidade hoje quando eu e os caras pegamos café na Starbucks antes de virmos para cá. Ela é gata. Cabelo castanho brilhante. Sorriso grande. Peitos ainda maiores. Trocamos telefone enquanto estávamos na fila, para a diversão de Beckett e Will.

Como preciso redirecionar o cérebro o mais rápido possível, começo imediatamente a escrever uma resposta para Crystal. A última coisa que quero fazer hoje é ficar aqui obcecado pela minha ex. Sou melhor do que isso. E mais safado.

Está a fim de curtir?

CRYSTAL

Sim, posso passar aí. Meu acampamento de líderes de torcida é só amanhã.

Acho que eu também deveria mencionar que Crystal é líder de torcida na Briar. Pois é. Mais uma companheira de equipe de Diana.

Olha só eu, quebrando todas as regras Dixon.

Vou te passar o endereço.

3

DIANA

Que vida é essa?

"Ai, meu Deus, vou fazer xixi nas calças. Sai! Sai, Diana! Sai da minha frente!"

Gigi Graham atravessa minha porta e praticamente me joga contra o armário da entrada. Combinamos de jantar hoje, mas, em vez de me esperar na garagem em frente ao prédio Sicômoro como planejado, ela usou a chave reserva para entrar no saguão e apareceu à minha porta num pânico de xixi.

As sandálias batem no assoalho de madeira em sua corrida maluca até o banheiro. Ela está com pressa demais para fechar a porta e, segundos depois, ouço o xixi acertando a porcelana.

"Cadê a educação?" grito.

"Me abandonou depois do terceiro café gelado. Cometi o erro de tomar outro antes de sair de Boston para buscar você."

"Café gelado, hein? Tem certeza que não está... sabe..."

"O quê?"

"Grávida, Gigi".

Há outro barulho estrangulado.

"Quê! Nossa, não! Não é porque me casei que estou pronta para um filho. Bebi café demais no carro e não estava a fim de parar. Confia em mim, você seria a primeira pessoa para quem eu ligaria se estivesse grávida. Porque eu estaria surtando."

Ela dá descarga. Eu a ouço lavando as mãos e ela volta para a cozinha, muito mais relaxada.

Seu olhar se detém na mesa de centro.

— Você adotou um gato?

Graças ao caos de Shane se mudando para o apartamento ao lado, esqueci de Lucy. Ela está encolhida embaixo da mesa, o rabo balançando em agitação. Mandei mensagem para Priya que a levaria de volta quando saísse para jantar.

Quando Lucy encontra meu olhar, dá um miado choroso.

"Ah, você está irritada comigo? Sério? Sou pega no flagra, completamente pelada na frente do cafajeste do meu vizinho porque você decidiu me jogar no chão e *eu* que sou a vilã?" Viro para Gigi, respondendo à sua pergunta. “Ela é a gata da minha vizinha e é um demônio. Precisamos deixá-la no andar de baixo na saída.”

“Espera, você está falando do Shane?” Gigi cai na gargalhada. “Shane viu você pelada?”

“Caí quando Lucy saiu correndo e a toalha escapou bem quando Shane estava subindo a escada. Argh”, resmungo. “*Odeio* dar vantagem para Lindley. Me ver pelada é uma supermunição de vantagem.” Ergo os olhos com irritação. “Por que minha vida é assim?”

“Você está falando com o teto?”

“Não estou falando com o teto. Estou falando com o universo.”

“Por que o universo está lá em cima? Ele está ao nosso redor.”

“Certo, estou falando com os deuses, então. Todos os cinquenta.”

“Você é muito estranha.” Ela se afasta do balcão. “Tá, vamos sair?”

Para mim o ruído de suas sandálias no azulejo da cozinha não faz mais barulho do que uma caneta caindo, mas, para o meu vizinho Niall, nossos passos devem ser uma avalanche de panelas e frigideiras caindo do teto.

“Silêncio!” Ouço sua voz abafada gritar lá de baixo.

“E repito: por que minha vida é assim?” Dou uma pisada rápida no chão. “Se não gosta de caminhada normal, Niall”, grito, “vai odiar todas as danças que vou fazer amanhã!”

“Kenji vem, então?” Gigi diz, rindo.

“Sim.”

Kenji é meu amigo de faculdade e, mais importante, meu parceiro de dança. Este é o nosso terceiro ano como aspirantes a campeões de dança de salão, e não estamos participando de qualquer competição. Simplesmente *o* maior evento de dança amadora do país, realizado anualmente em Boston.

Isso mesmo. Estou falando do Campeonato Nacional de Dança de Salão Amadora Avançada.

Antes era CNDSA, sem o último A, mas iniciantes demais o estavam tratando como um mero evento divertido. Oras! Por isso, agora somos amadores AVANÇADOS, muito obrigada. O que significa que não é qualquer João e Maria balançando um cheque com o valor da inscrição que pode simplesmente pagar para competir. Os guardiões da dança de salão não brincam em serviço. Tanto que nem dá para se classificar para uma vaga no CNDSAA sem antes passar por uma fase preliminar. Todos os concorrentes precisam mandar um vídeo de dois minutos com uma coreografia da lista de danças aprovadas. Um painel de três jurados analisa cada vídeo de inscrição e aprova quem pode competir.

O que significa que estou treinando para algo que pode nem virar uma competição. Mas eu e Kenji nos classificamos no ano passado, então tenho grandes expectativas de que vamos conseguir de novo.

"Você está sempre fazendo tantas coisas", Gigi diz, admirada. — Cheerleading, essa história de dança..."

"São duas coisas."

"Sim, mas você está sempre se jogando de cabeça nessas atividades paralelas. Seu cronograma de líder de torcida já é frenético e você ainda adiciona a dança de salão e consegue se dedicar a ela com a mesma atenção. Se eu tivesse que me concentrar em outra coisa além do hóquei e dedicar o mesmo nível de esforço, eu viraria um zumbi." Ela balança a cabeça ao se lembrar de outra coisa. "E você tem dois empregos! Como assim? Você é super-humana?"

Encolho os ombros.

"A vida é curta demais para não fazer tudo que quero fazer."

"A vida também é exaustiva." Ela bufa. "Para todo mundo menos para você, pelo visto."

Realmente possuo uma quantidade assustadora de energia. Isso eu admito.

Depois de pegar a bolsa da poltrona de estofado xadrez ao lado do sofá, jogo a alça sobre o ombro e me ajoelho em frente à mesa de centro.

"Vem, demônio. Hora de ir para a casa."

Lucy tenta recuar, mas a pego no colo apesar de seu protesto miado.

"Não", ordeno. "Estou cansada da sua malcriação."

Consigo segurar a gata malhada com firmeza enquanto tranco a porta, e eu e Gigi descemos o lance de escadas para o térreo. Lucy resmunga de irritação quando a passo para Priya.

"Obrigada por ficar com ela", Priya diz, aliviada, com os olhos escuros brilhando em gratidão. "Eu teria subido para pegá-la antes, mas não podia deixar meu paciente sozinho no apartamento."

"Sem problema. Mas tenho certeza que Niall não gostou de ouvir os miados dela pelas paredes enquanto ela perambulava pelo prédio."

O homem com a audição mais aguçada do planeta confirma.

"Foi insuportável!", ouvimos a reclamação abafada atrás da porta do 1B.

"Ah, supera, Niall!", Priya grita em resposta.

Minha melhor amiga balança a cabeça para mim enquanto saímos do saguão minúsculo para a ampla trilha na frente do Bétula-Vermelha.

"Que foi?", pergunto.

"Sabe, sua mãe talvez tenha razão sobre esse prédio. Mal dá para entrar na sua própria cozinha sem levar uma bronca. É ridículo."

Depois que a herança da tia Jennifer foi resolvida, minha mãe queria que eu vendesse o apartamento e pegasse o dinheiro, como meu irmão mais novo fez com seu apartamento em Boston. Mas eu e Thomas somos criaturas muito diferentes. Apesar do que a maioria das pessoas pensa quando me conhece, sou um pouco caseira. Adoro sair, claro, mas também fico perfeitamente contente e, muitas vezes, até prefiro ficar em casa.

Thomas, por outro lado, está sempre em movimento. Seu sonho é trabalhar para uma organização internacional como a Médicos sem Fronteiras depois da faculdade de medicina. Ele se formou no ensino médio nesta primavera e, agora, está tirando um ano sabático para explorar o mundo e ser voluntário em diferentes instituições de caridade. O dinheiro da venda do apartamento de tia Jennifer vai não só financiar suas viagens mas também bancar sua mensalidade na faculdade.

Consegui uma bolsa integral na Briar, o que significa que não preciso pagar os estudos, e não tenho tanto interesse em explorar o mundo. Por isso, não preciso tanto do dinheiro líquido. Exceto, talvez, para pagar por um faz-tudo de verdade. Mas eu nunca admitiria isso para minha mãe. Não quero dar à ela a satisfação de saber que minha situação doméstica é nada menos do que perfeita.

Ela sempre teve baixas expectativas em relação a mim. Mas estou acostumada com isso. É claro que me incomoda, porém não há nada que eu possa fazer para mudar a forma como ela me enxerga. E, sinceramente, não guardo nenhum rancor da minha mãe. Apenas não somos muito próximas. Depois que meus pais se divorciaram quando eu tinha doze anos, escolhi morar com meu pai porque ele é menos rígido. Minha mãe tem uma lista de regras que preciso seguir até para lavar roupa. Morar longe criou uma barreira em nossa relação que não dá para derrubar. É uma distância que não conseguimos superar.

Também não ajuda o fato de ela me achar uma idiota. Sério. Aos olhos da minha mãe, todos com um QI abaixo de 150 são inferiores.

Eu e Gigi jantamos em uma hamburgueria em Hastings, onde conversamos sobre nossos planos para o verão enquanto esperamos pela comida.

“Sem chance de conseguir ir a Tahoe?” Ela não é capaz de esconder sua decepção.

A família de Gigi passa todo mês de agosto no lago Tahoe, mas este ano eles só vão passar duas semanas porque Gigi vai se casar no fim do mês. Parece desnecessário, considerando que ela e Ryder já se casaram no civil em abril. Mas os pais dela — em particular, seu pai — pressionaram Gigi a fazer uma cerimônia adequada.

“Não posso mesmo”, lamento. “Preciso trabalhar.”

É quase impossível encontrar um emprego em Hastings, ainda mais durante o ano letivo. Todos que querem um trabalho fixo normalmente precisam fazer o trajeto de uma hora até Boston, que leva ainda mais tempo se, como eu, você não tiver um carro. Quando arranjei esse trabalho de garçonete na lanchonete da cidade, não pensei duas vezes. É um sacrifício necessário: trabalho na Della’s durante o verão e garanto um emprego para o outono. Também vou treinar um acampamento de jovens líderes de torcida em julho e agosto, então, de um jeito ou de outro, eu não poderia viajar para Tahoe.

"Vou ter alguns fins de semanas livres e muitas noites durante a semana", digo à Gigi. "Então, com certeza vou conseguir te visitar em Boston ou ajudar com as coisas do casamento. Participar das provas de vestido e tudo mais."

"Ah, não se preocupa. Minha tia Summer está cuidando disso." Ela suspira. "Então, pode esperar pelo menos dois e-mails por dia."

Ela não sabe nem a metade. Já começamos. Estou planejando a despedida de solteira de Gigi com a outra madrinha, Mya, sua ex-colega de apartamento. E a tia Summer já está em cima de nós. Ela insiste em estar envolvida, mesmo nem sendo a festa de casamento. A mulher é um tornado caótico em roupas de grife.

"Não acredito que não vou ter um acompanhante para o seu casamento", lembro.

"Você pode ir com Shane."

Rio tão alto que o casal na mesa ao lado olha.

"Entendi. Nada de Shane." Ela parece um pouco desconfortável agora. "Eu sugeriria convidar Percy, já que você insiste em continuar amiga dele, mas, para ser sincera, prefiro que ele não vá. Também prefiro que você esqueça essa ideia de amizade."

"Não precisa se preocupar. Eu só estava sendo gentil quando falei isso para ele." Hesito. "E já estou me arrependendo. Ele me mandou mensagem hoje me chamando para sair."

"Espero que você tenha dito não."

"Nem respondi."

"Que bom. Não responda."

Entreabro um sorriso.

"Você não gosta mesmo dele, hein?"

"Não. Ele era meio escroto", ela admite, e não é a primeira vez que ela diz isso.

Durante meu relacionamento de seis meses com Percy sempre discutimos e rediscutimos as opiniões de Gigi sobre ele. Seu maior problema era com a nossa diferença de idade, embora, para ser sincera, isso fosse parte do charme dele e um dos grandes motivos por que insisti tanto tempo quando ficou óbvio depois de apenas alguns meses que éramos incompatíveis.

Percy tem vinte e seis e, embora cinco anos não sejam um grande abismo na vida como um todo, fazem diferença na casa dos vinte. Muitos homens que conheço que têm entre vinte e vinte e um anos parecem garotinhos comparados aos que conheci de vinte e cinco em diante.

A maturidade de Percy foi o que me atraiu nele. Não posso negar que era empolgante estar com alguém mais velho. Ele era confiante, tão firme em suas opiniões, em seus objetivos. Era doce e atencioso. Me tratava como uma companheira valiosa, e não uma boneca inflável como tantos homens que tive o desprazer de conhecer. Ele era um perfeito cavalheiro.

Por um tempo.

Quando comecei a conhecê-lo melhor, descobri que ele não é confiante, mas sim um pouco sensível. Tinha opiniões fortes, claro, mas de maneira condescendente. E aquele homem doce e atencioso tinha o hábito de ficar emburrado quando não conseguia o que queria.

"Ele foi tão possessivo quando saímos juntos naquela vez", Gigi me lembra. Ela faz uma careta. "Ah, e ele dizia 'eu te amo' durante o *sexo*. Tão cafona."

Não discordo. Percy podia ser... intenso quando compartilhava seus sentimentos. Na primeira vez em que soltou um "eu te amo" foi no meio do orgasmo. Eu não correspondi, e deu para ver que pelo brilho descontente em seus olhos que *isso* ele não amou. Falei brincando que os "eu te amo" durante o sexo não podem ser levados a sério por causa de toda a endorfina. Então, algumas semanas depois, ele me levou para jantar e, durante a sobremesa em que insistiu que usássemos *um* só garfo, disse para valer dessa vez.

De novo, eu não retornei.

Eu demoro para me envolver. Só disse "eu te amo" para um namorado, e isso foi depois de seis meses juntos. Mas, quando Percy e eu fizemos seis meses e ainda não sentia nada mais profundo do que "até que gosto dele", foi um sinal claro de que não era para ser.

Isso, e a taça que ele jogou na parede.

Pois é.

Nunca contei isso para Gigi. Não queria dar mais munição para ela não gostar do meu namorado. Mas, depois de uma discussão com o irmão mais velho, Percy arremessou uma taça de vinho cheia na parede da sala, enquanto eu estava sentada no sofá atônita e em silêncio, observando os cacos de vidro estourarem e as gotas vermelhas ensoparem o tapete.

Não vou mentir: perdi o tesão depois disso. Sei que algumas pessoas precisam de uma válvula de escape para sua fúria. Ouvi falar até de "salas da raiva" em que as pessoas pagam dinheiro de verdade para quebrar televisões e vasos velhos com tacos de beisebol. E, embora eu também tenha um gênio forte, nunca quebrei nada por ódio. Ver Percy perder a paciência daquela forma por causa de uma briga besta sobre o irmão faltar ao Dia de Ação de Graças tinha me feito perder o interesse. Terminei com ele três dias depois.

As orelhas do meu ex devem estar ardendo porque ele escolhe esse momento para me mandar outra mensagem. Vish, ele está mandando mensagem em cima de mensagem.

Eu sei que deveria responder, mas não sei como agir perto dele. Toda vez que cedo um centímetro, ele tenta me reconquistar.

"Caramba, ele quer mesmo vir hoje", digo, olhando para o celular.

"Ele que se foda."

Sorrio e dou a última mordida no hambúrguer. Depois do jantar, damos uma volta pela rua principal, entrando em algumas lojas para olhar bugigangas artesanais e roupas exclusivas e, depois, Gigi me leva para casa. Ela precisa voltar para Boston ainda hoje; está hospedada com os pais até ela e Ryder se mudarem para seu próprio apartamento em setembro.

"Queria que você passasse o verão nos dormitórios para não ter que dirigir por mais de uma hora para sair comigo", me lamento.

"Para ser sincera, mal vou estar por aqui nos próximos meses. Tenho o casamento para planejar. Depois, Arizona na semana que vem, então Ryder está mega estressado. Depois, Tahoe com a família, Itália com o maridão e o casamento em si."

Assobio.

"Nossa. Viajante do mundo aqui. E vê se para de fazer as coisas ao contrário? Casamento no civil, lua de mel italiana e *depois* a cerimônia? Que vida é essa?"

Ela ri.

Não comento sobre a viagem ao Arizona porque é um assunto delicado. Eles vão lá para a audiência de liberdade condicional do pai de Ryder. É trágico, na verdade. Quando Ryder era pequeno, o pai matou a mãe dele. Agora, ele aceitou um acordo e vai pedir liberdade condicional depois de apenas quinze anos, mas os promotores acham que as chances dele sair são mínimas. Mesmo assim, entendo por que isso seria estressante para o marido de Gigi.

Ela diminui a velocidade na placa branca enorme que diz MEADOW HILL e segue pela entrada circular na frente do prédio Sicômoro.

Gigi estaciona o carro.

"Vejo você no fim de semana?" Combinamos de jantar de novo.

"Com certeza. E, se conseguir dar uma escapadinha da família antes, me avisa. Vem para nadar. Pode ser que você tenha que assistir um ensaio de dança dependendo do dia, mas Kenji e eu só praticamos por uma hora mais ou menos."

"Vou te avisar. Te amo."

"Te amo."

Dou um abraço de lado nela e saio da SUV, pendurando a bolsa no ombro. Gigi se afasta bem quando outro veículo para. Sou curiosa por natureza — tá, fofoqueira — então espio a tempo de ver um rosto conhecido surgir do banco de trás.

Estreito os olhos. É Crystal Haller, uma das minhas colegas da equipe de cheerleaders.

Ah, não.

Aquele filho da puta. Por quê!?! *Acabamos* de conversar sobre isso.

"Diana, oi!", Crystal se aproxima com um sorriso constrangido.

Não somos próximas. Como capitã do time, eu me esforço para tentar criar laços com todos os membros da equipe, mas não dá para virar melhor amiga de dezenas de pessoas com personalidades diferentes. Nunca rolou muita afinidade entre nós. Ela é um pouco esnobe, para ser sincera. Somos conselheiras no acampamento de líderes de torcida neste verão, e ela fez vários comentários desde o início sobre como não *precisa* realmente do dinheiro, mas que é bom ter uns "trocadinhos".

Para mim, não são apenas "trocadinhos". É o que paga minha hipoteca.

Chegamos perto das portas principais do Sicômoro, parando na entrada.

"Esqueci que você morava aqui", Crystal diz. "Estou aqui para ver..."

"É, eu sei. Lindley."

Ela leva um susto.

"Como você sabia?"

"Ele é meu novo vizinho. Imaginei que era só questão de tempo até começar o rodízio de mulheres."

Isso me faz franzir a testa.

"Desculpa", eu me interrompo. "Não quis dizer nesse sentido." Faço uma pausa. "Na verdade. Quis sim. Você sabe que ele é um galinha, né?"

Ela revira os olhos.

"Sim, Di. Sei bem que ele é um galinha."

Relaxo quando ela usa meu apelido. Significa que não deve ter ficado tão brava com meu comentário sobre o rodízio de mulheres.

"Tá, que bom. Só, sabe, reduz as expectativas. Audrey torceu o tornozelo por causa desse cara."

"Isso é injusto. Não foi *ele* quem torceu o tornozelo dela."

"Não", admito a contragosto, "não pessoalmente. Mas ela caiu porque estava distraída pensando se ele ligaria ou não. E adivinha: ele não ligou." Aperto os lábios. "Tá, ele *ligou*. Mas foi para dizer que não ligaria mais." Dirijo um olhar firme para Crystal. "Ele é um homem muito perigoso."

"Está tudo bem", ela responde, claramente achando graça. "Não precisa se preocupar comigo. Já sou grandinha."

"Eu avisei", digo enquanto uso minha chave eletrônica para liberar a entrada. Ela segue atrás de mim até o saguão bem iluminado.

"Boa noite, Diana."

Richard, o guarda que trabalha no turno da noite, me cumprimenta com um sorriso. Ele está na casa dos cinquenta, com a pele pálida que sempre mantém um tom avermelhado como se estivesse eternamente queimado de sol.

"Oi, Richard." Me aproximo do balcão. "Essa é a Crystal. Ela está aqui para ver Shane Lindley. Bétula-Vermelha, apartamento 2B."

Ele acena e anota no caderno.

"Vem", digo para ela. "É por aqui."

Atravessamos as portas duplas nos fundos e saímos para a trilha pavimentada sinuosa. O Bétula-Vermelha é o terceiro prédio depois do Sicômoro. Passamos pelo Cerejeira e pelo Pinheiro-Branco antes de eu guiá-la para nosso próprio pequeno saguão.

"Chegamos", digo, seguindo para a escada.

"Ah, você não estava brincando. Vocês são vizinhos mesmo."

"Argh. Pois é."

"Não parece muito animada."

"Não gosto de jogadores de hóquei", murmuro.

Bom, não é verdade. Minha melhor amiga é jogadora de hóquei.

O marido dela também, e *dele* eu gosto.

E gosto de Beckett.

E de Will.

Hum. Acho que o único de quem não gosto é Shane. Todo dia a gente aprende coisas novas.

Chegamos ao topo da escada. Vou na direção da minha porta, que exibe uma plaquinha prata que diz 2A. Guiando Crystal, aponto na direção do 2B.

"Ele mora aí."

"Obrigada."

Entro e tranco a porta atrás de mim. Do corredor, escuto o murmúrio de vozes. Um riso grave, o de Shane. Depois o som baixo da sua porta se fechando.

Na cozinha, envio uma mensagem rápida para Gigi.

Qual é o número do Shane?
Estou precisando.

Preparo uma xícara de chá de ervas para mim enquanto bato papo com Skip, que está dando voltas pelo seu aquário. Meu plano para o resto da noite é ligar na TRN, o canal de reality shows em que estou obcecada. Eles vão passar um especial hoje para conhecer o elenco do meu programa favorito, e estou ansiosa para ver quem vai estar na casa de campo nesta temporada.

Estou me aconchegando no sofá quando meu celular apita.

É Percy de novo.

PERCY

Só perguntei porque achei que seria legal a gente se ver e colocar o papo em dia. Super entendo se não quiser, mas concordamos em ser amigos, então...

Ele pontua com um emoji dando de ombros.

Contenho um suspiro. Eu *disse* que poderíamos ser amigos, mas era mais uma forma de amenizar o impacto. Só que agora eu pareceria uma cretina se retirasse o que disse.

Oi, desculpa não ter respondido antes. Estava na rua com Gigi. Se quiser ver algum reality show comigo, pode dar uma passada aqui, mas já aviso que estou planejando ir para a cama cedo. Amanhã trabalho no turno do café da manhã.

PERCY

Vou ficar uma hora, no máximo. Até mais.

Quase dá para sentir a animação emanando de suas palavras. E vejo essa mesma animação em seu rosto quando abro a porta menos de vinte minutos depois.

"Como você está?", pergunto depois que o deixo entrar.

"Bem. Estava no Malone's agora em uma reunião com um corretor."

"Às oito e meia da noite?"

"Pois é, ele me encontrou depois do expediente. Comentei que os proprietários estão vendendo a casa em que eu moro, né? Esse cara está me ajudando a encontrar outro lugar, mas não tem quase nada disponível. Acho que estou ferrado."

Percy aluga um pequeno sobrado na cidade, mas, assim como os empregos, as moradias em Hastings também são escassas. Embora a Briar fique a apenas dez minutos de carro, Hastings não é tecnicamente uma cidade universitária, o que significa que não tem estrutura para abrigar milhares de estudantes. Foi só nos últimos dois anos que a Câmara Municipal permitiu prédios mais altos do que três andares.

"Ai, meu Deus, você vai ter que morar no conjunto de moradia estudantil?", pergunto, com dó.

Percy suspira e passa a mão pelo cabelo. Ele tem um cabelo muito bonito. Fios castanhos fartos que estão o tempo todo despenteados pelo vento, mesmo quando não está ventando. Ele também tem maçãs do rosto esculpidas e a pele pálida, uma combinação que passa a energia de um príncipe vitoriano. Ele sempre me pareceu tão mais velho, e não só porque é. Juro que eu acreditaria se me dissessem que ele é uma criatura imortal que está viva há séculos.

Com um resmungo, ele descalça os sapatos e me segue para a sala de estar.

"Não posso morar nos dormitórios. Alguns dos quartos individuais são bons, mas os únicos que restaram é de banheiro coletivo. Caramba. Tenho fobia de germes. Você sabe que eu preciso do meu próprio banheiro."

"Entendo. Também preciso."

Ofereço um pouco de chá para ele e conversamos mais um pouco sobre sua situação de moradia enquanto esperamos a chaleira ferver. É só quando estamos sentados em lados opostos do sofá que ele pergunta sobre mim.

"E como você está?", ele soa constrangido.

"Estou bem. Me preparando para um verão agitado." Coloco as mãos ao redor da caneca. "Vai ser difícil conciliar dois empregos. Vou trabalhar praticamente todos os dias da semana."

"Adoro sua ética profissional. Eu também era assim. Trabalhava em três empregos quando estava na graduação."

"Sim, lembro que você me contou."

Nós dois tomamos chá. Noto que ele me observa por cima da borda da caneca e sei que quer me perguntar alguma coisa. Provavelmente se estou saindo com alguém. Ele controla esse impulso, ainda bem.

"Então, está preparado para isso?" Com a mão livre, pego o controle da mesa de centro. "A temporada nova de *Casinho ou casório* começa na semana que vem."

Ele faz uma careta.

"Não acredito que você me fez assistir a uma temporada toda desse lixo."

"Três episódios, Percival. Você só assistiu a *três*."

"Três é demais." Humor dança em seus olhos verde-musgo.

Até que isso não é tão ruim. Talvez dê *sim* para sermos amigos.

Acho a TRN e me aconchego no braço do sofá com meu chá enquanto o especial de "Conheça o elenco" de *Casinho ou casório* aparece na tela. Durante os trinta minutos seguintes, eu e Percy assistimos ao programa, comentando sobre os dez primeiros participantes da temporada.

"Puta merda, é Steven Price", exclamo.

"Quem?" Percy pergunta sem entender.

"Jogador da NFL. Quer dizer, ex-jogador. Ele sofreu uma lesão há algumas temporadas, tentou voltar e se machucou de novo. Então, agora ele está oficialmente aposentado."

"Nossa. Eu aqui dando duro para conseguir meu mestrado e esse cara tem a minha idade e já se aposentou." O tom de Percy é irônico.

Estudo a próxima participante. Zoey, uma morena linda com olhos grandes e lábios incríveis.

"Ela é violoncelista", comento, lendo a biografia que aparece na tela.

"Coitada. O que é que ela está fazendo em um programa como esse?"

"Ai, meu Deus. Certo... ele. Esse é o cara." Sorrio para o próximo participante que se senta em um banco e se apresenta para a câmera. "É para ele que estou torcendo."

"Ele atende por 'O Connor', Diana. E fala como um imbecil." O tom de Percy exala antipatia, o que me faz rir.

"Não julgue um locutor de rádio pela aparência", o repreendo. "Aposto que ele é uma florzinha no fundo. Ah, espera. Recebi uma mensagem."

É de Gigi. Ela me enviou o contato de Shane.

GIGI

Por favor, seja gentil com ele. Ele é praticamente meu cunhado agora.

Gentil? Ela não me conhece?

Abro uma nova conversa e começo a digitar. Por algum motivo, Shane me parece o tipo de homem que olharia as mensagens no meio do sexo, então, só para dar nos nervos dele, mando uma frase de cada vez.

A contagem está em dez quando acabo.

"Para quem você está mandando mensagem?"

"Ah, desculpa. Só meu vizinho novo. Ele é tão metido e irritante. E passou o ano todo fodendo com a minha vida."

Os olhos de Percy se estreitam um pouco.

"Como assim?"

"É ele que fica dormindo com todas as líderes de torcida. Falei dele, lembra? O jogador de hóquei?"

"Acho que você nunca comentou." Sua boca está um pouco apertada.

"Ah, pensei que tinha comentado. Enfim, ele joga pela Briar e é um verdadeiro cafajeste. Acabei de flagrar minha companheira de equipe, Crystal, indo para o apartamento dele hoje depois que eu falei especificamente para ele deixar meu time em paz."

"Como você conhece esse cara?" O descontentamento de Percy está estampado em todas as linhas de seu rosto. "Está ficando com ele?"

"Como assim? Não." Eu o encaro. "Odeio aquele homem."

"Sério? Porque você parece muito interessada na vida sexual de um estranho."

"Ele não é um completo estranho. Acabei de te contar, ele é jogador de hóquei. Eu o conheço por causa da Gigi."

"E você está tentando, o quê? Sabotar, o encontro dele?" Percy solta um palavrão baixo. "É por isso que estou aqui agora?"

"Do que você está falando?"

"Por que estou aqui?"

"Porque você queria me encontrar. Como amigos", digo, incisiva.

"É. Você deixou isso bem claro."

"É claro que sim. Porque terminamos." Sinto meus dentes rangerem. Pigarreio para esconder qualquer agitação. "Inclusive, é por *isso* que terminamos."

"Por quê? Porque não entendo por que você está mandando mensagem para esse cara? Por que você tem o número dele, aliás?"

"Não tenho o número dele."

"Você mandou mensagem para ele!"

"Não, eu sei, mas não tinha antes. Acabei de pegar com Gigi."

Percy parece desconfiado.

"É sério isso." Abro a conversa com Gigi e ergo o celular na frente da cara dele. "Viu? Mandei mensagem pedindo o número dele. Não tinha antes de hoje."

E *por que* estou me explicando?

Respiro fundo e me levanto do sofá.

"Ok. Está na hora de você ir."

Imediatamente, uma nota de pânico surge em sua voz.

"Diana, por favor."

"Não, foi por isso que terminamos, Percy. Porque não somos compatíveis. Porque você desconfiado desse jeito sendo que nunca dei motivo para você não confiar em mim. Nunca nem *olhei* para outro homem enquanto estávamos juntos e nunca traí ninguém na vida, mas você me interroga sobre todos os caras com quem converso, até esse babaca." Aponto para o celular. "Nem gosto dele. Então, sim, claramente éramos incompatíveis no que é preciso em um relacionamento."

"Só porque preciso de um pouco de segurança de vez em quando?", ele diz, cortante.

"Sim", admito. "E não tem nada de errado nisso. Tenho certeza que você vai encontrar uma mulher que vai dar toda a segurança que você precisa. Enquanto eu preciso de um homem que confie em mim completamente."

"Eu confio", ele insiste.

Ignoro.

"Estou falando sério. Está na hora de ir. Quero ir para a cama."

Algo se acende em seus olhos. Isso me deixa com um pé atrás. Mas ele inspira fundo.

"Tá bom. Desculpa. Vou deixar você em paz."

Na porta, ele tenta me dar um abraço de despedida. Eu me afasto.

"Não", digo. "Não estou no clima. Por favor."

"Desculpa." Sua expressão transmite derrota. "Amanhã te mando mensagem."

Por favor, não, quero gritar, mas ele já foi embora.

Quando volto à sala, encontro uma mensagem de Shane no celular. Uma resposta ao meu longo e nem tão gentil discurso de *Deixa minhas colegas em paz*.

SHANE

Ahh, alguém está sentindo que foi deixada de fora. Vem também.

Fuzilo meu celular com os olhos antes de responder.

Jamais.

CONHEÇA O ELENCO DE *CASINHO OU CASÓRIO* 2ª TEMPORADA!

NA REAL.COM

AUTORA: TRINA BANNER

DATA DE PUBLICAÇÃO ORIGINAL: 5 DE JULHO

ESTAMOS NAQUELA ÉPOCA DO ANO, MENINOS E MENINAS!

Verão. Belo e esplêndido verão.

E sabem o que isso significa...

Cinco novos meninos e cinco novas meninas vão chegar à casa de campo para flertar na mais nova temporada de *Casinho ou casório* da TRN.

O drama! A sensualidade! A Suíte da Sedução! Prepare-se para oito semanas de ação ininterrupta, em todos os sentidos. Os meninos e meninas originais vão receber outros solteiros ao longo do verão, todos determinados a encontrar o amor e provocar o caos.

Continue lendo para conhecer os competidores desta temporada...

ZOEY, 21 anos

Natural de Nova York, Zoey é um prodígio do violoncelo e sonha em tocar na Orquestra Sinfônica de Londres um dia. Ela também arrasa de biquíni. Prepare-se: é preciso estar à altura para conquistar o coração dessa gata.

LENI, 24 anos

Modelo de maiôs, vendedora em meio período e amante de trilhas, Leni tem todos os garotos de Los Angeles aos seus pés. Autodeclarada amiga das mulheres, Leni quer encontrar amizade e amor na casa de campo.

CONNOR, 24 anos

O CONNOR! É isso mesmo, pessoal. Ame ou odeie, mas o locutor Connor está chegando à casa de campo. Há um motivo pelo qual ele mantém as mulheres de Nashville coladas em seus fones. Ele é descarado, atrevido e está pronto para detonar!

STEVEN, 26 anos

Você não está alucinando. Sim, é o ex-jogador da NFL Steven Price e, sim, esse tanquinho é de dar água na boca. Depois de anos de curtição, esse durão de fachada está finalmente pronto para encontrar o amor.

ZEKE, 22 anos

O modelo e personal trainer de Miami, Zeke, está mais que acostumado com reality shows. É possível que você o reconheça pela sua participação em *Friend Zone* da TRN, onde chegou até o Dia do Pedido, mas teve seu coração partido por Christa, que o mandou para a zona da amizade. Agora ele está de volta, em busca de uma segunda chance no amor. E de um bronzeado.

TODD, 22 anos

Promotor de eventos, Todd passa a maior parte do tempo aproveitando a vida noturna de Manhattan. Ele traiu todas as namoradas que teve, mas espera encontrar alguém na casa que o faça querer ser fiel pela primeira vez.

KY, 21 anos

De Los Angeles, Ky é uma aspirante a atriz e está pronta para encontrar seu príncipe encantado. Mas só se esse príncipe tiver um pouco de ousadia. Ela é jovem e atraente demais para ficar em um relacionamento sem sal. Não é divertido? *Thank you, next.*

DONOVAN, 20 anos

Alguém aqui gosta de um sotaque britânico? O estudante internacional Donovan estuda belas artes durante o dia e a arte da conquista à noite. Diz que vai ser preciso uma menina muito especial para ele mudar seu estilo de vida aventureiro.

JAS, 22 anos

Estudante de direito da Universidade de Nova York, Jasmine, também conhecida como Jas, não tem medo de dizer o que pensa. Um passo em falso e já era. Ela tem o pavio curto e não dá segundas chances. Com um corpão daqueles, por que deveria?

FAITH, 27 anos

"Vendedora de materiais de escritório da Geórgia"?? Que tédio! Não se preocupe, Faith também é uma modelo do Instagram com mais de dois milhões de seguidores. A autoproclamada rainha dos biscoitos não está interessada em meninos. Ela quer um HOMEM.

4

SHANE

Não quero um relacionamento... com você.

Tenho uma confissão a fazer.

Não sou um cafajeste.

Essa verdade triste e incontestável continua a me atingir como um trem de carga depois de cada ficada. Até a noite de ontem, eu conseguia sufocar esses pensamentos ultrajantes. Expulsá-los para o fundo da mente e fingir que o vazio no meu peito não existia.

Hoje, estou olhando fixamente para a mensagem constrangedora de Crystal e finalmente me obrigando a aceitar realidade patética.

Eu quero um relacionamento.

CRYSTAL

> Chega a dar vergonha, mas ontem à noite foi o melhor encontro da minha vida. Foi tão simples, mas foi perfeito.

Não era para ser um encontro.

Mas, sem querer, transformei em um por não transar com ela.

Ela estava no meu colo, sua língua na minha boca, as mãos por toda parte, e eu simplesmente... não conseguia. Não estava a fim. Para ser sincero, faz um bom tempo que não estou a fim. Claro, foi divertido no começo. Recém-saído do término de um relacionamento longo, meu pau estava duro e pronto para a ação. Foram divertidos aqueles primeiros encontros, a novidade de tudo. Beijar alguém que não a minha ex. Ver um corpo nu que não o dela.

Mas a novidade passou. O dia de ontem com Crystal foi a prova disso.

CRYSTAL

> Mal posso esperar para te ver de novo.

Eu me sento ao balcão da cozinha e baixo a cabeça entre as mãos, esquecendo o café da manhã, sem apetite. É culpa minha. Eu a convidei porque a achava gostosa e queria transar. Nada nesse cenário envolvia entrar em um relacionamento com ela. Crystal é ótima, mas não temos uma conexão mais profunda. Não tenho interesse em nada além de uns amassos despretensiosos interrompidos no sofá.

Enquanto isso, *ela* saiu com um brilho nos olhos, curtindo a emoção do "melhor encontro da sua vida".

Puta que pariu.

Sentindo que sou um completo idiota, eu me obrigo a escrever uma resposta antes que Crystal decida dizer que me ama e que mal pode esperar para ter meus filhos. Escrevo a mensagem de sempre: *Não quero nada sério, achei que estávamos na mesma página.*

A conversa para por aí, minha mensagem ainda a última na tela. Fico encarando por quase um minuto até Crystal começar a digitar. Merda. Seria pedir demais que ela deixasse por isso mesmo.

Eu me levanto, levo meu pote de cereal pela metade até a pia e jogo as sobras pastosas no triturador de lixo. Quando volto, ela ainda está digitando, então vou tomar um banho e rezo para sua resposta não ser tão ruim.

Mergulho a cabeça sob o jato e lamento meu destino.

Não nasci para sexo casual.

Sim, sei que é irônico, considerando que não faço nada *além* de sexo casual desde o término com Lynsey na primavera passada. Só nesse mês transei com mais mulheres do que em todos os anos da minha vida sexual ativa. Houve uma menina antes de Lynsey e, depois, eu e ela ficamos juntos por quatro anos, namorando do penúltimo ano do ensino médio até terminarmos no meu segundo ano no Eastwood College.

Para os meus amigos, insisto que nosso término foi recíproco.

Com recíproco, quero dizer que fiquei acenando, atordoado, e disse: *se é isso que você quer, não posso te impedir.*

Deslizo as mãos pelo couro cabeludo, a espuma do xampu escorrendo pelo rosto e peito. Enxáguo e fico parado embaixo do jato quente por mais cinco minutos.

Sofrendo.

Gosto de namorar. Dane-se se isso faz de mim um romântico incurável. No fundo, sou um cara que curte relacionamentos. Sempre tive uma visão clara para a minha vida, uma que foi se consolidando quando comecei a namorar Lynsey. Eu não enchi tanto o saco de Ryder por seu casamento às escondidas com Gigi Graham por um motivo. Para mim, não é difícil de entender. Sempre me imaginei casando jovem. Nem mesmo ter filhos aos vinte e poucos anos me parece ruim. Consigo visualizar todo o meu futuro diante de mim. O superestrelato na NHL, uma esposa, dois filhos.

Não quero mais transar com garotas aleatórias. Quero transar com *a* garota.

Saio do banho, me seco e ando pelado até o quarto. Meu celular ainda está sobre a colcha estampada onde o joguei. Olho e, dito e feito, tem um textão de Crystal.

Enquanto leio, alterno entre irritação e culpa. O ponto principal é basicamente: *você me iludiu, seu cuzão.*

Mas não é verdade. E deixo isso claro na minha resposta.

Eu realmente sinto muito. Não queria te chatear. Mas cinco minutos antes de você chegar eu disse que não estava procurando nada sério, e você concordou plenamente. Disse que tudo bem.

CRYSTAL

Sim, mas daí a gente ficou. Ficar muda as regras, e agora NÃO está tudo bem.

A gente só se beijou, Crystal.

CRYSTAL

Beijar é ainda mais íntimo do que sexo.

É sério isso? Se eu beijar alguém, quer dizer que sou obrigado a pedir a pessoa em casamento? Se tivéssemos transado, talvez eu até considerasse essa linha de raciocínio, mas só nos beijamos por uns dez minutos, eu disse que estava cansado, e ela foi embora. Como isso pode ser considerado profundo?

Desculpa. Mas fui completamente sincero com você. Não superei meu término.

Fico com vergonha só de digitar essas palavras. Parece tão ridículo. Se fosse algum dos meus amigos, eu diria: *supera logo, porra.*

Falei ontem que não estou emocionalmente preparado para ter nada sério agora.

CRYSTAL

Não estou pedindo nada sério agora. Relacionamentos precisam de tempo para se desenvolver.

Não quero um relacionamento.

... com você.

Esse é sempre o detalhe implícito e, às vezes, queria que a etiqueta social não exigisse fingir que *não* é isso o que queremos dizer. Se uma pessoa quiser estar num relacionamento com você, ela vai estar. Não vai enrolar você. Nem te chamar no meio da noite para transar. Não vai encher você de desculpas sem fim sobre como "não é feita para relacionamentos" ou que "você merece coisa melhor". Ela vai estar com você, pura e simplesmente.

E, apesar da reputação de sermos burros, inconstantes e controlados pela cabeça de baixo, nós homens normalmente sabemos bem depressa, em questão de minutos até, se achamos que alguém serve ou não para namorar.

CRYSTAL

Não entendo. Pensei que a gente estava se divertindo. Você estava fingindo o tempo todo?

Claro que não. Eu me diverti ontem à noite. Mas não quero um relacionamento.

CRYSTAL

Meu Deus, não estou pedindo um!!!

Por que é que a gente está brigando, então? Quero arrancar meus olhos. Em vez disso, peço desculpa de novo e ficamos indo e vindo nessa por um tempo. Costumo ser bom em manter a calma, mas a mensagem seguinte de Crystal me deixa com os cabelos em pé, como meu pai sempre diz.

CRYSTAL

Vai se foder. Você é um canalha egoísta. Vou avisar todas as meninas que conheço para ficarem longe de você e garantir que elas saibam que só está usando as coitadas.

Meu maxilar se cerra. Beleza, então. Chega.

Pois é... Não estava interessado em um relacionamento com você ontem e agora estou ainda menos. De novo, sinto muito por estar magoada. Mas já aguentei demais essa conversa.

Mando uma última mensagem para pontuar isso.

Não tenho interesse em te ver de novo. Boa sorte.

E a bloqueio.

Puta que pariu. A gente só deu uns beijos. Como isso virou uma coisa tão grande?

E por que estou me sentindo um cuzão?

Enquanto visto um short de basquete e uma camiseta do Bruins, releio a conversa inteira para decidir se eu merecia ser xingado. Mas meu cérebro não consegue entender de verdade o que fiz de errado. O nível de ódio de Crystal é completamente desproporcional ao que de fato aconteceu.

Levo um susto quando meu celular vibra na minha mão. Por um momento fico com medo dela ter encontrado uma maneira de driblar o bloqueio, mas é meu pai perguntando se podem me esperar amanhã. Vou para minha cidade natal, que tem o nome bem meloso de Heartsong, em Vermont, para visitar minha família.

Hoje, eu estava *planejando* jogar golfe, mas agora estou irritado demais para isso. Talvez eu nade. Exige menos concentração.

Porra. Por que as mulheres são tão cansativas? Até Lynsey era assim e da nossa relação eu *gostava*.

Meu peito aperta quando seu rosto surge na minha mente. Seus grandes olhos escuros. O sorrisinho fofo que ela dava quando tinha razão sobre alguma coisa. Antes que eu consiga me conter, sento ao pé da cama e fuço em suas redes sociais, mais uma coisa que faz com que eu me sinta um otário. Ela deixou de me seguir depois do término, mas ainda a sigo. Só não consigo clicar naquele botão idiota para tirá-la da minha vida. Além disso, a conta dela é fechada, então, se eu deixasse de segui-la e sentisse a necessidade desesperada de stalkear, teria que mandar uma solicitação, o que seria ainda mais constrangedor do que o fato de ainda segui-la.

Sou um cão abandonado implorando por migalhas, louco para ver o que ela anda fazendo. Passo avidamente pelas fotos novas dela no estúdio de dança. Um collant preto está colado em seu corpo esguio, a meia-calça rosa-claro envolvendo suas pernas torneadas. Lynsey vive lamentando que queria ser mais baixa. Ela tem quase um e setenta, minúscula se comparada comigo, mas parece que a altura média das bailarinas é um sessenta e três ou algo assim.

Mas Lynsey é extremamente talentosa. Estuda no Conservatório Liberty de Belas Artes em Connecticut, uma das melhores faculdades de artes do país. Assim como a Juilliard, o Conservatório Liberty oferece um programa de dança muito cobiçado e aceita um número restrito de alunos. Levei Lynsey para jantar quando ela foi aprovada.

Continuo rolando a tela, até chegar em uma foto que me ferve o sangue. É ela e um cara. Eles estão grudados um no outro. Não consigo ver o rosto dele, mas meu punho coça com a vontade de socá-lo.

Relaxo quando leio a legenda.

PRIMEIRO DIA DE ENSAIOS PARA A #CNDSAA

Ela marcou Sergei, seu melhor amigo, que também participou da competição com ela no ano passado. Além disso, ele é gay, então longe de ser uma ameaça.

A culpa aperta minhas entranhas. Ela sempre quis que *eu* fosse seu parceiro. Achava que seria divertido competir como casal. O que, sinceramente, sempre me surpreendeu porque tem dançarinos muito melhores do que eu, e Lynsey é incrivelmente ambiciosa. Para ela, ganhar uma competição de dança de salão amadora é o equivalente a conquistar uma medalha de ouro olímpica. Desconfio que, no fundo, ela ficava aliviada sempre que eu recusava.

Agora estou me perguntando se minha resistência é mais um dos motivos pelos quais ela me largou.

Pode crer, ela te deixou porque você não queria dançar salsa com ela.

Vai saber. Talvez esse tenha sido *sim* o motivo.

Tive muito tempo para refletir desde o término e, para ser sincero, me questiono se talvez eu simplesmente não fui um péssimo namorado. Sou dedicado demais ao hóquei e nunca estive disposto a ceder em relação a isso. Meu calendário de jogos era e ainda é inflexível. Mas, porra, eu me esforçava. Fui a todos seus recitais de dança, sentava no centro da primeira fileira. Participava de todos seus eventos de família, muitas vezes escolhendo a dela em vez da minha. Fiz o possível para priorizá-la.

Acho que não foi o bastante.

Solto um suspiro, sem tirar os olhos da foto dela. Meus dedos deslizam pela superfície fria do celular.

Eu deveria ligar para ela.

Não, não deveria.

Não, deveria sim. Ainda somos amigos. Amigos ligam um para o outro.

Você não deveria ligar para ela, e vocês não são amigos. Você ainda é apaixonado por ela.

Amigos podem se apaixonar um pelo outro.

Não podem.

O debate interno continua por um tempo. Até meus dedos tomarem a decisão por mim e discarem o número dela. Mal dá um toque e já me arrependo, mas é tarde demais. Ela vai ver a ligação perdida. Mas talvez não atenda. Talvez...

"Oi", ela atende, com a voz surpresa. "Tudo bem?"

"Oi." Minhas cordas vocais parecem estar envoltas por dois sacos de cascalho. Pigarreio. "Só estava olhando o Insta e vi seu post com Sergei. Me toquei que fazia tempo que a gente não conversava, então liguei para dizer oi."

"Ah. Sim. Não, tem razão. Faz tempo." Ela não parece incomodada com a ligação. "Aliás, cruzei com sua mãe ontem à noite na casa de panquecas."

"Você está na cidade?" Meu coração acelera antes de hesitar por um segundo, afinal, Lynsey viu minha mãe e nem me mandou mensagem para comentar? Acho que isso mostra qual é a dela. "Vou estar aí de amanhã até sexta. Vai visitar por quanto tempo?"

"Vou embora hoje à tarde. Passar uma semana na cabana da família de Monique no norte."

"Bacana." Em julho, fui com ela na viagem anual para a casa no lago da melhor amiga dela.

Não comenta...

"Foi muito divertido no ano passado."

Imbecil.

"Foi, não foi?"

Rio sozinho.

"Lembra do nosso mergulho noturno?"

"Ah, você está falando daquela vez que uma tartaruga quase arrancou seu pau?"

"Ela não quase arrancou meu pau. Só encostou na minha coxa."

"É bem perto do seu pau, Lindy."

O apelido faz meu peito apertar. E me lembra de todas as vezes em que rimos sobre o que aconteceria se nos casássemos. Ela seria Lynsey Lindley. Ela declarava com firmeza que seria trava-língua demais e jurava que nunca colocaria o meu sobrenome. Depois de um tempo, chegamos a um meio-termo e decidimos que ela usaria os dois.

Não que isso importe mais.

"Tem razão, chegou perto demais para o meu gosto", admiti, ainda rindo. "Caramba, foi uma viagem divertida."

"Foi sim."

Há uma pausa curta.

Não diga que está com saudade.

"Estou com saudade de você."

Há uma pausa.

"Como amiga", acrescento, resistindo a um sorriso. "Estou com saudade da nossa amizade."

"Sei, estou ouvindo seu sorriso agora."

Ela me conhece bem demais.

"Não estou sorrindo."

Mais uma pausa.

"Também estou com saudade da nossa amizade", ela admite. "Mas ainda acho que distância é a atitude certa."

Errada ela não está. Não consigo imaginar a agonia de falar com ela regularmente sem estarmos juntos.

Quero perguntar se ela está saindo com alguém, mas sei que não devo. Felizmente, dessa vez minha boca consegue controlar o impulso.

"E você?" Lynsey pergunta. "Tudo bem?"

"Sim. O hóquei está demais. O apartamento novo é irado. Ah... meu melhor amigo casou."

"Quê?! Quem? Beckett?"

"Sério? Esse é seu palpite?"

Ela engasga.

"Não. *Ryder?*"

"Pois é."

"Quando isso aconteceu?" ela questiona.

"Três meses atrás."

"E você não me contou?"

"Distância, lembra?"

Ela suspira, relutante.

"Tá. Justo. Mas acho que, quando se trata de amigos casando, você tem a obrigação de ligar. Combinado?"

"Combinado. Vou ligar para você quando Becks casar."

"Obrigada." Desta vez, consigo ouvir o sorriso *dela*, e isso me dá outro aperto no peito. "Gostaram da primeira temporada na Briar?"

"Muito. Começamos com o pé esquerdo, mas ganhamos o Frozen Four, então não posso reclamar."

"Como é o campus?"

"Ótimo. Por quê? Quer pedir transferência?" brinco.

Ela hesita.

"Na verdade..."

Meu pulso acelera de novo.

"Você tá brincando? É sério que está pensando em pedir transferência?"

"Eu estava considerando. Talvez eu queira fazer uma segunda graduação, e a Liberty não oferece muitas opções acadêmicas. Ouvi dizer que a Briar tem um programa de psicologia excelente. E já conversei com a minha orientadora... ela disse que seria fácil pedir transferência. Tenho todos os créditos necessários e não precisaria refazer nenhuma matéria. Mas... sei lá. É meio longe, e..."

E você está aí é o resto dessa frase.

"Deixa disso, Linz. A Briar é grande o suficiente para nós dois. Acho que daria para passar anos sem a gente se cruzar."

"Não, não é isso."

Bufo.

"Não é só isso", ela emenda. "Mas, sim, talvez eu vá fazer uma visita."

"Legal. Se vier, pode dormir aqui. Meu sofá é muito confortável."

"Ah, não quero incomodar."

"Não é incômodo nenhum. Você é sempre bem-vinda aqui. O mesmo vale para Monique e o resto da antiga turma. Não é porque não estamos mais juntos que não somos todos amigos, certo?"

Sua voz fica mais suave.

"Bom, obrigada, Lindy. Agradeço muito."

Fico elétrico depois que encerramos a chamada. Minha pele está vibrando, o pulso ainda desregulado. Vou para a sala de estar e saio para a varanda, que tem vista para os jardins projetados. Não consigo ver bem a piscina, mas tenho uma vista desobstruída do caminho cercado de flores que leva até lá. Sinto como se estivesse em um resort no Caribe. É muito foda.

Inspiro o ar quente do verão. É uma manhã linda. Talvez eu jogue golfe sim. Mas aquele mergulho também parece uma boa. Por que não os dois?

Como o homem desocupado que sou, visto uma sunga e calço os chinelos. Com uma toalha enorme sobre o braço, pego meus óculos escuros e as chaves no aparador da entrada.

Ao sair, o cheiro de grama recém-cortada me atinge. Preciso de ar fresco para processar essa ligação.

Chego à piscina a tempo de ver Diana deslizando pelo ar.

Literalmente.

Um homem de cabelo preto e pele bronzeada a está erguendo pelas panturrilhas, rodopiando enquanto os braços de Diana estão estendidos para cima em uma posição em V. É como uma forma estranha de dança aquática.

Ao me notar, Diana faz uma careta e salta dos braços do cara, mergulhando na água.

"Não", ela rosna ao sair da piscina. Seu rabo de cavalo molhado está pendurado sobre um ombro. Ela está de biquíni vermelho, a parte de cima lembrando um sutiã esportivo e a de baixo um shortinho de cintura alta.

Nossa. O corpo dela é absurdo. Extremamente torneado, sem um pingo de gordura. Atletas são tão gostosas.

"Terças são o *meu* dia de piscina", Diana declara.

"Essa não é uma regra", respondo, sorridente.

"Agora é."

"Você não pode ficar inventando novas regras Dixon quando bem entender." De repente noto o tripé e o smartphone montados na frente da piscina. "O que é que está rolando?"

Como se lembrasse da câmera, ela se aproxima e a desliga, deixando um rastro de água pelo concreto.

"Estamos ensaiando", ela diz com ar de superioridade "e Shanes não são bem-vindos. Muito menos às terças, que são os meus dias de piscina."

Eu me viro para o cara na piscina, que está nos observando e rindo. Aceno.

"Shane sou eu."

"Kenji", ele grita em resposta.

"Não faça amizade com meu parceiro", Diana ordena.

Sorrindo, deixo a toalha e as chaves em uma espreguiçadeira ao lado. Tudo nesse condomínio é sensacional, mas a área da piscina é imbatível. Fileiras de espreguiçadeiras, uma área de convívio com mesas e cadeiras, até um maldito forno de pizza. E esses guarda-sóis de listras vermelhas e brancas são o máximo.

Coloco os óculos escuros.

"Estão ensaiando para quê?"

"Não é da sua conta."

De novo, busco Kenji porque ele parece mais equilibrado.

"CNDSAA", ele responde.

"Que raio é 'Cena Dessa?'"

Diana bufa com irritação.

"É o Campeonato Nacional de Dança de Salão Amadora Avançada."

"Você fala como se eu devesse saber o que é...", eu paro. "Espera, na verdade, sei sim."

"Até parece."

"Sério. Minha ex compete."

Ela me observa com desconfiança.

"Quem é sua ex?"

"Lynsey Whitcomb."

"Ah, eu lembro dela", Kenji diz para Diana enquanto dá uma braçada preguiçosa de costas. "Ela e o parceiro ficaram em terceiro lugar no American Nine do ano passado."

Diana me encara como se eu fosse pessoalmente responsável pelo talento de Lynsey como bailarina.

"Você veio até aqui se gabar que sua ex-namorada é um prodígio da dança de salão?"

"Não." Reviro os olhos. "Vim para nadar. Relaxa e volta para sua dança aquática. Eu fico fora do caminho de vocês, se ficarem fora do meu."

"Mas estamos filmando", ela reclama.

"Ótimo. Assim, seus seguidores podem se deliciar com o deus grego na piscina."

Ela me encara fixamente.

"Ah, você está se referindo a si mesmo."

Rio. Discutir com Diana conseguiu relaxar o restante da tensão do meu telefonema com Lynsey. Eu estava para baixo antes, mas sinto meu peito mais leve agora.

Passo pela loira irritadinha e desço os degraus para a parte rasa. Com o sol do fim da manhã sobre nós, a água parece o paraíso contra minha pele.

"Você também estuda na Briar?", pergunto a Kenji enquanto nado na direção dele.

Ele abre a boca, mas Diana o silencia com a mão.

"Não precisa responder, Kenji."

Rio e espero que ele fale por si mesmo, mas ele só encolhe os ombros como se pedisse desculpas. Banana.

Sorrindo, atravesso a água fria para começar a primeira volta. Me dá um prazer profundo saber que Dixon não me quer aqui.

Estou de ótimo humor agora.

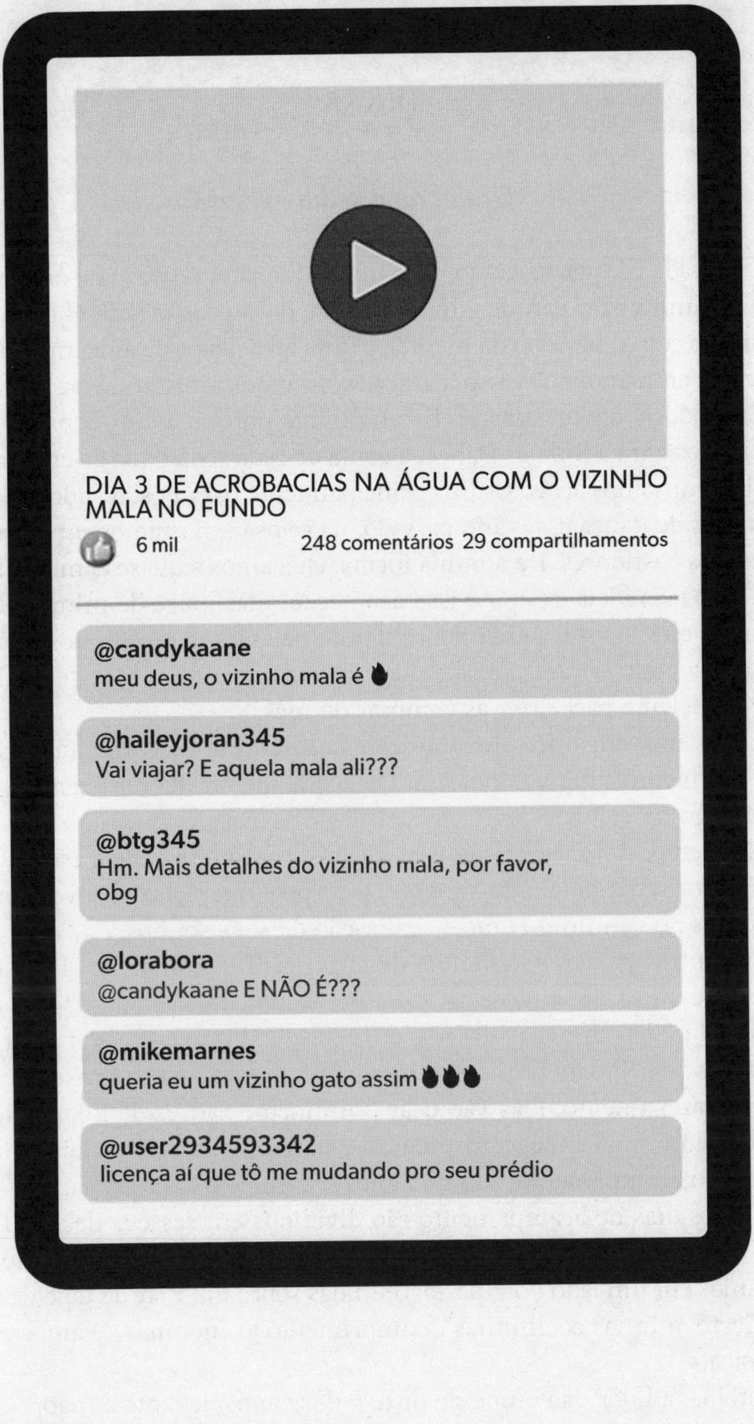
DIA 3 DE ACROBACIAS NA ÁGUA COM O VIZINHO MALA NO FUNDO
6 mil
248 comentários 29 compartilhamentos
@candykaane
meu deus, o vizinho mala é 🔥
@haileyjoran345
Vai viajar? E aquela mala ali???
@btg345
Hm. Mais detalhes do vizinho mala, por favor, obg
@lorabora
@candykaane E NÃO É???
@mikemarnes
queria eu um vizinho gato assim 🔥🔥🔥
@user2934593342
licença aí que tô me mudando pro seu prédio

5

DIANA

Uma boa e velha exclusão

Estou atrasada na quarta, então pego um atalho para o ponto de ônibus, cortando caminho pelo parquezinho na frente do Meadow Hill. O chão ainda está úmido com o orvalho da manhã, e uma leve névoa de água molha meus tornozelos enquanto atravesso a grama com meus tênis brancos.

Eu poderia andar, mas prefiro o ônibus porque assim consigo editar meus vídeos para a Ride or Dance, a conta de rede social que criei para mim e Kenji alguns anos atrás. Utilizo principalmente para postar vídeos de nossos ensaios de dança e, no ano passado, na CNDSAA, postamos um monte de trechos dos bastidores. De alguma forma, chegamos a quase cem mil seguidores. Não faço ideia de como isso aconteceu, mas longe de mim reclamar. Apesar do que Crystal pensa sobre nossos salários, a receita dos anúncios dessa conta pode *sim* ser considerada uns trocados. Às vezes, até ganho dinheiro suficiente para fazer as compras do mês.

Hoje cedo, encontro um número exasperante de comentários sobre Shane em meu último vídeo de ensaio, o que me faz querer deletar a conta e botar fogo no celular.

No meu ponto, desço e ando os últimos cem metros até a escola, onde, três dias por semana, moldo a mente, o corpo e o espírito de jovens atletas, guiando-as no caminho rumo à realização de seus sonhos.

Em outras palavras, dou aula de cheerleading e ginástica básica para crianças de oito a doze anos.

O grupo de campistas de hoje é de onze e doze anos, seus uniformes compostos por shorts brancos e camisetas amarelas estampadas com o logo do acampamento. Elas vão usar o uniforme xadrez de líderes de torcida no evento final em agosto, quando cada grupo apresenta dois números para todo o acampamento, um de dança e o outro de acrobacia.

Nossos dias de acampamento são divididos em sessões de manhã e à tarde. Como meu grupo vai fazer acrobacias na primeira sessão, nós nos agrupamos em um lado do ginásio, reunidas sobre um mar de tapetes azuis.

"Certo, minhas coelhinhas", cumprimento as meninas. "Vamos entrar em posição."

Tatiana, a líder da equipe de onze e doze anos, levanta a mão.

"Diana", ela anuncia. "Nós votamos e decidimos que não queremos mais ser chamadas de coelhinhas."

Mordo o lábio para não rir.

"Entendi. Algum motivo em particular?"

"Porque eles fazem caca para todos os lados."

A risada escapa. Pelo canto do olho, encontro minha colega, Fátima, sorrindo.

"Até que faz sentido", admito. "Mas a questão da caca só passou pela cabeça de vocês agora?"

"Meu irmãozinho ganhou um coelhinho de estimação no fim de semana", Avery explica, tristonha. "Odeio aquele ser com todo o meu coração."

"Certo, então." Penso um pouco. "Que tal... vamos entrar em posição, minhas águias majestosas."

"Adorei", Tatiana diz, enfática. As outras meninas concordam com a cabeça.

"Excelente."

Eu e Fátima trocamos um olhar divertido antes de dividir as campistas em trios. Coreografei quatro números esse ano, dois para meu grupo de oito a dez e dois para o de onze a doze, que é de longe meu favorito.

Como são crianças, mantemos todas as acrobacias bem simples. As de oito a dez estão basicamente fazendo passinhos em pé e em quatro apoios. Cambalhotas e estrelinhas para as acrobatas iniciantes. Com esse grupo, estamos treinando apoio duplo nas coxas, e é com isso que começamos hoje. Eu e Fátima ficamos auxiliando, de olho na parte detrás e na da frente.

"Chloe, seu afundo precisa ser mais baixo", digo para a ruiva com sardas. "Senão Harper não tem uma base estável."

"Por que não posso ser levantada?", ela choraminga.

"Porque agora você está na base", respondo com um sorriso paciente. "Conversamos sobre isso: todas vão ter a chance de serem levantadas no número final. Agora, precisamos de você como base."

Ela aceita, mal-humorada. Algumas crianças são muito mimadas, acham que *elas* deveriam ser a estrela. Outras são terríveis nas acrobacias mas estão contentes de estar aqui; elas sim possuem o espírito necessário, que é a parte mais importante do cheerleading.

Ajudo as duas bases a entrarem em posição. Kerry, que vai ser levantada, sobe nas coxas das colegas.

"Entra, trava, contrai!", lembro.

As meninas da base seguram as pernas da que é levantada. Fátima entra em posição para apoiar levemente a cintura de Kerry enquanto a garotinha estende os braços em V.

"Perfeito!", exclamo. "Cuidado ao descer. Pés juntos, Kerry."

Ela pula de maneira impecável na frente da acrobacia, os pés juntos, o rosto sorridente.

"Excelente. Próximo trio!"

Ao meio-dia, fazemos um intervalo para o almoço. Geralmente, comemos ao ar livre, sob o pavilhão coberto perto do campo de futebol americano. Eu me sento em uma das mesas compridas de piquenique e tiro a tampa da minha salada grega. As meninas estão rindo entre si, espiando uma das outras mesas.

"Compartilhem com a turma", repreendo.

Tatiana sorri com ironia.

"Crystal está com um chupão."

Seguro o riso. Lindley deixando sua marca, entendi.

Olho discretamente, mas, embora eu não consiga ver o tal chupão, noto que Crystal parece um pouco desanimada. Ela está avoada enquanto a outra orientadora, Natalia, tagarela sem prestar atenção.

"É feio ficar olhando para os chupões dos outros", digo para Tatiana. "Se fosse espinha, tudo bem."

Todas caem na gargalhada.

"Brincadeira. Brincadeira. Nunca é bom deixar as pessoas constrangidas pelas espinhas. Aliás, curiosidade: elas nunca desaparecem para valer. Minha mãe tem seus quarenta anos e *ainda* tem espinhas. Essa história de que elas vão embora depois da adolescência é lenda urbana."

As meninas ficam horrorizadas. E é para ficarem mesmo. A puberdade ainda não causou nenhum estrago, então todas ainda carregam aquela pele lisa e sem manchas que gasto centenas de dólares em produtos para ter.

Depois do almoço, as campistas têm quinze minutos de tempo livre antes da sessão vespertina começar, então vou até Crystal, que está sozinha agora, concentrada no celular.

Ela ergue a cabeça quando chego.

"Está tudo bem?", pergunto. "Você parece para baixo."

"Estou sim." Seu maxilar se cerra com ressentimento. "Na verdade, não. Não estou bem. Você estava certa sobre aquele babaca."

Suspiro.

"Lindley?"

"Sim. Ele é *tão* cretino." Sua linguagem corporal é tensa enquanto ela se senta no alto da mesa de ouvir piquenique com os pés plantados no banco. "E, não, não estou muito a fim de ouvir um 'eu avisei'."

"Eu não diria isso."

"Que bom. Porque já estou me sentindo um lixo. Estou *tão* indignada, Di. Ele super me usou. E, tipo, foi tão descarado."

"Como assim?"

"Quer dizer, entendo que ele só queria um lance, mas não precisava ser tão grosso. Ele basicamente falou: *Não quero te ver nunca mais, boa sorte.*"

Uma ruga se formou na minha testa. Posso achar Shane irritante, mas não consigo imaginá-lo sendo tão desrespeitoso com uma mulher.

"O quê, você não acredita em mim?" Quando Crystal nota minha cara de dúvida, seu rosto fica mais sério.

"Não, acredito. Só estou surpresa. Não acho que ele tenha se comportado assim com Audrey."

Audrey é nossa colega de equipe na Briar, a que ficou com Shane no último outono e torceu o tornozelo. Sim, ela ficou chateada quando ele rompeu com ela, mas não disse uma palavra sobre Shane ter feito isso de maneira maldosa.

"Bom, talvez ele tenha se tornado mais babaca desde Audrey." Os dedos de Crystal percorrem a tela por um momento. "Olha isso. Foi o que ele me mandou ontem."

Ela me passa o celular, e faço uma careta quando leio a mensagem de Shane.

SHANE

Não tenho interesse em
te ver de novo. Boa sorte.

"Foi o que ele mandou no dia seguinte ao que vocês transaram?" Digo incrédula.

"Pois é."

"Nossa. É muito rude." Como sou bisbilhoteira, tento subir a tela para ver o resto da conversa. Mas essa é a única mensagem. "Vocês nunca trocaram mensagens antes disso?"

"Só no Insta."

Releio a mensagem. Não consigo imaginar transar com alguém e receber isso na manhã seguinte. Brutal.

"Entendo você ficar chateada." Devolvo o celular. "Quer que eu grite com ele quando chegar em casa?"

"Por favor. Ele merece."

Merece mesmo.

No ônibus de volta, ainda estou pensando em como Shane deu um fora em Crystal. *Boa sorte.* Estou surpresa que ela não tenha descido a lenha nele depois dessa mensagem. Se um homem me tratasse assim, eu perderia a cabeça. Mas tenho um temperamento forte, e conflitos não me assustam. Talvez assustem Crystal.

Quando entro no saguão do Sicômoro, sorrio para cumprimentar Harry, que trabalha no turno do dia. Ele não sorri em resposta. Harry é conhecido pelo seu mau humor e odeia todo mundo, então não levo para o lado pessoal.

Vou para a estrutura prateada de caixas de correio, surpresa ao encontrar Priya no vestíbulo, folheando uma pilha de envelopes.

"Oi", digo enquanto encaixo minha chave na fechadura da caixa de correio. "Por que não está trabalhando?" Ela costuma atender pacientes até às seis, e são só quatro.

"Tirei a tarde de folga. Lucy tinha uma consulta no veterinário."

"Ah, não, ela está bem?"

"Vacinas anuais. Nada para se preocupar. Você acabou de perder nosso vizinho."

"Niall?"

"Não. 2B. O jogador de hóquei. Eu o ouvi contando para Harry que vai passar uns dias fora para ver os pais."

"Já vai tarde", murmuro.

Seus olhos se estreitam.

"Não gostamos dele?"

"Não mesmo." Olho dentro da minha caixa de correio. Encontro alguns panfletos que enfio na bolsa da academia. "Ele dá um novo sentido à palavra cafajeste."

Priya sorri.

"Você sabe que ser promíscuo não torna alguém uma má pessoa, né?"

"Claro que não. Mas *esse* alguém também deveria tratar suas ficantes com delicadeza, e está aí algo que Shane não tem."

Conto rapidamente como ele tratou Crystal, recitando sua mensagem da manhã seguinte palavra por palavra. Sim, decorei.

Priya fica boquiaberta.

"Não."

"Pois é."

"Ele não disse nem *Você é uma pessoa incrível, mas... Foi divertido, mas...*" Ela lista todos os clichês gentis que ele poderia ter dito a Crystal e não disse.

"Não."

"E eu aqui pensando em convidar o menino para o grupo dos vizinhos!"

"Ah, péssima ideia. Não queremos esse tipo de energia no grupo."

"Tem razão. Não mesmo", ela diz, firme. "Aliás, vou espalhar a notícia. Fazer questão que todas fiquem longe desse canalha."

"Bem pensado", digo, virando o rosto para ela não ver meu sorriso.

"Argh." Priya cutuca meu ombro com o dela. "Não olha agora, mas o Niall Vassoura está vindo aí."

Ouço seus passos pesados vindo da entrada na nossa direção. Para alguém que faz tantas queixas de barulho, era de pensar que ele tentaria andar com passos mais leves.

A caixa de correio de Niall fica ao lado da minha, então não tem como evitá-lo.

"Oi, Niall."

Ele tira a correspondência, ignorando meu cumprimento.

"Vocês *ouviram* o que está acontecendo no 2B? Juro, aquele jogador de hóquei deve estar lançando discos dentro da sala."

Eu e Priya reviramos os olhos uma para a outra atrás dele. Já aprendemos a ignorar quando Niall reclama que outro vizinho é barulhento demais.

"Esqueça o barulho, Niall", Priya aconselha. "Temos outro motivo para não gostar dele."

"Barulho já é motivo suficiente para mim, obrigado", ele diz, tenso.

Nossa. Supera, cara. A vida é barulhenta.

"Priya vai dar o alerta para ninguém dar as boas-vindas a ele", digo a Niall.

Pela primeira vez na vida, um sorriso sincero se abre nos lábios dele.

"Excelente. Uma boa e velha exclusão."

"Então o ignoramos por completo?" Priya pergunta com um olhar maligno.

"Exato", ele responde. "Não falem com ele no corredor. Não convidem para nenhum churrasco de verão. Vamos deixar bem claro que não temos interesse em nos aproximar de alguém que não respeita as normas de barulho."

"Bom, não é por isso que vamos excluí-lo, mas claro", digo.

Priya sorri para mim.

"Você topa?"

"Ah, com certeza." Nada me daria mais prazer do que atormentar Shane Lindley.

"Resolvido, então, vamos fazer um pacto para excluir o rapaz." Niall sorri, orgulhoso.

Não acredito que Niall Vassoura é meu aliado agora. Antes da mudança de Shane, Niall era a pessoa de quem eu e Priya menos gostávamos no prédio e, agora, aqui estamos, organizando uma exclusão.

Nada como o ódio para unir as pessoas, pelo visto.

6

SHANE

A libertação das mulheres merece cinco estrelas

"E daí pudemos mandar mensagens *de verdade* para os astronautas *de verdade* na Estação Espacial Internacional! Acredita? E amanhã vamos ver as respostas deles. Acredita?!"

Se ela não tivesse dez anos, eu questionaria se Maryanne cheirou meio quilo de cocaína antes de eu chegar. Ela está andando de um lado para o outro na sala, falando a mil por hora, com um semblante que só pode ser descrito como eufórico.

Infelizmente, todo esse êxtase é resultado não de cocaína, mas de um acampamento espacial.

"Primeiro, preciso que você se acalme", aconselho. "Você está me deixando zonzo. Segundo, qual foi sua mensagem?"

Ela me abre um sorriso largo.

"Perguntei se o cheiro dos puns é diferente na gravidade zero."

Eu a encaro, boquiaberto.

"*Isso?* Essa foi sua pergunta? A gente está falando de um astronauta de verdade no espaço sideral e é isso que você escolhe perguntar?"

"Sei lá", ela responde. "Preciso saber."

"Aliás, ouvi dizer que esse acampamento está ensinando vocês a fazer foguetes de garrafa. E se misturarem todos os ingredientes errados e criarem uma arma biológica sem querer?"

Maryanne pensa por um instante.

"Acho que vamos matar todo mundo no acampamento."

"Nossa. Menina. Que pesado." Rindo, ignoro a ideia de que minha irmã caçula possa ser uma psicopata. "Tá, vai se trocar. O minigolfe não vai se jogar sozinho."

"Eba! Adoro quando você está em casa!"

Quando dou por mim, ela me envolve com seus bracinhos finos. Eu a levanto do chão em um abraço apertado, fazendo-a rir de alegria.

Também adoro estar em casa. Amo minha família e amo especialmente essa menina nerd nos meus braços. Algumas crianças poderiam ficar ressentidas dos pais por ganharem um irmão depois de onze anos como filhos únicos, mas Maryanne me conquistou desde que era recém-nascida e eu, pré-adolescente. Eu corria para casa depois do treino de hóquei e pedia para dar comida para ela. À noite, cantava canções de ninar até meus pais se sentarem comigo um dia para me informar que eu cantava muito mal e que prefeririam, pelo bem de seus ouvidos, nunca mais me ouvir cantar. Desumanos, aqueles dois.

Consigo ouvir a conversa deles na cozinha, então sigo até lá pelo corredor.

Minha mãe acabou de voltar de uma reunião e está recostada no balcão de granito com seu traje profissional de sempre — calça social justa e blusa de seda — e o cabelo preto cacheado preso num coque na altura do pescoço. Ela sempre parece ter saído da capa de uma revista de negócios.

Meu pai, por outro lado, está sempre desleixado. Mesmo antes de começar a trabalhar em casa, ele usava calça jeans e camiseta no escritório. Agora, o jeans foi substituído por um moletom folgado.

Eles formam um casal muito curioso. Os dois se conheceram no ensino médio quando minha mãe era a metódica presidente de classe e meu pai era o astro do hóquei tranquilão. Agora ele é o empresário tranquilão que acabou se dando muito bem nos negócios depois que seus sonhos na NHL não se concretizaram. E ela é a metódica administradora municipal de Heartsong, em Vermont, um cargo que é quase como ser prefeita. É a primeira mulher negra a ocupar esse cargo, então foi uma grande conquista quando foi eleita pela câmara municipal. Heartsong ficou muito mais progressista nos últimos dez anos. O povo da cidade adora minha mãe.

Meus pais olham para mim quando entro, deixando de conversar.

"Desculpa interromper", digo.

"Ah, não está interrompendo", minha mãe responde rápido. "Só estamos falando de trabalho. Cadê sua irmã?"

"Tirando o uniforme do acampamento. Vamos jogar minigolfe." Aponto para os braços do meu pai e pergunto: "Você tem jogado golfe ultimamente? Seus braços estão menos redondos do que da última vez que os vi."

Ele me encara, indignado.

"Redondos? Como ousa?"

"A verdade dói, cara. Mas dá para ver que você está treinando ou sei lá. Você está ótimo." Ele deve ter perdido uns sete quilos nos últimos meses.

"Estou tentando."

"Acho que eu não deveria ter trazido tanta linguiça, então", digo com um sorriso. Talvez eu tenha exagerado um pouco quando visitei meu açougueiro favorito de Boston a caminho de Heartsong.

"Espera, tem linguiça?" Seus olhos se iluminam. "Por favor, me diz que é do Gustav."

"Não, comprei de um açougueiro de supermercado qualquer. Claro que é do Gustav."

Minha mãe olha para meu pai.

"Nunca vou entender essa obsessão."

"Certas pessoas simplesmente não conseguem ver o panorama geral", meu pai diz, acenando para mim.

Aceno em resposta.

"Exatamente."

Ela fica exasperada.

"O que a linguiça tem a ver com o panorama geral? Que panorama geral é esse que vocês estão falando? Quer saber... esquece! Não importa. Só estou feliz por você estar em casa", minha mãe diz, colocando os braços ao redor da minha cintura.

Sua cabeça mal encosta no meu queixo. Com um metro e oitenta e cinco, herdei a altura do meu pai e a combinação perfeita do tom de pele dos dois. Devo admitir: sou bonito pra caralho.

"Queria que você pudesse ficar mais", ela estala a língua.

"Eu também, mas vou dar uma festa de despedida para Beck no sábado à noite."

Seus olhos se arregalam.

"Ele vai se mudar?"

"Não. Vai passar as férias na Austrália. O cara quer uma festa de despedida para uma viagem de um mês."

"Sempre gostei dele", meu pai comenta, porque todos gostam de Beckett Dunne. Ele esbanja charme, aquele vagabundo.

"Na semana que vem eu volto", prometo a meus pais. "Quero tentar passar todos os fins de semana aqui até o verão acabar."

Minha mãe fica contente.

"Sua irmã vai adorar." Ela hesita. "Vai ver Lynsey enquanto está aqui? Cruzamos com ela na outra noite na casa de panquecas."

"É, estou sabendo. Ela me contou."

"Ah, então vocês ainda se falam." Minha mãe pergunta com um tom desconfiado.

Sinceramente não sei dizer se meus pais estão tristes ou felizes por termos terminado. Às vezes, pareciam gostar dela de verdade. E, outras, eu os pegava trocando olhares, como agora.

"Vocês ficariam felizes se a gente voltasse, certo?", pergunto.

Minha mãe pisca, surpresa.

"Não sabia que vocês estavam considerando voltar."

"Não estamos. Só hipoteticamente, ficariam felizes?"

"Sempre vamos apoiar o que você fizer", ela diz, e meu pai concorda com a cabeça.

Não é bem uma resposta. Mas não vou insistir em um cenário hipotético, considerando que Lynsey não demonstrou nenhum interesse em reatar o relacionamento.

"Certo, vou caçar a pequena e sair. Deixar que ela gaste um pouco de energia no campo de minigolfe e encher a barriga dela de porcaria e açúcar para ela capotar quando voltarmos."

"Obrigado por sair com sua irmã. A gente estava ansioso para passar uma noite a sós." Meu pai pisca para minha mãe.

"Urgh, que nojo. Não quero pensar nas atividades que vocês planejaram para quando estivermos fora."

Meu pai faz uma expressão maliciosa.

"Melhor assim."

"Acabei de falar que não quero saber", resmungo.

Ouço os dois rirem de mim enquanto saio da cozinha.

Na noite seguinte, eu e meu pai curtimos uma maratona da Copa Stanley, assistindo a filmagens antigas de algumas das nossas vitórias de campeonato favoritas. Ele gravou todos os jogos dos últimos vinte e cinco anos, então não falta o que escolher. Quando chegamos ao jogo em que Garrett Graham ganhou com os Bruins, goleando de 4 a 0, meu pai diz:

"Não acredito que o Luke se casou com alguém dessa família."

"Né? Quer dizer, não acredito que Luke se casou, ponto. Mas é uma família e tanto para entrar", digo, maravilhado. "Realeza do hóquei é pouco."

Noto como os olhos do meu pai brilham quando Graham marca um dos gols mais bonitos que já vi para garantir a Copa para o time. Porra, mal posso esperar pela oportunidade de correr atrás desse troféu. Quero segurar a taça nas mãos. Quero ver a prata fria brilhar sob as luzes do estádio.

"Você sente falta?" Pergunto ao meu pai. "De jogar?"

"Todos os dias", ele fala sem hesitação, e isso me dá um aperto no peito.

Não consigo imaginar como deve ter sido devastador entrar no gelo para seu primeiro jogo da NHL e, logo no primeiro tempo, sofrer uma lesão que acabaria com sua carreira. Numa jogada trágica, meu pai rompeu o ligamento cruzado anterior *e* o medial, e seu joelho ficou comprometido. Não haveria como jogar no mesmo nível de novo. Sua estabilidade articular já era, e os médicos avisaram que ele poderia sofrer lesões permanentes se continuasse jogando.

O hóquei era sua vida e foi arrancado dele. Quando fui selecionado pelo Chicago, desabei a chorar. Ver o orgulho estampado no rosto do meu pai, saber que eu jogaria pelo mesmo time que ele tinha jogado, mesmo que por pouco tempo... desencadeou uma onda da mais pura emoção que me deu um nó na garganta. Tudo que eu queria era deixá-lo orgulhoso. Não estou nem aí se isso me torna sentimental, mas eles são os melhores pais que alguém poderia ter. Eu e Maryanne temos muita sorte.

Por falar em Maryanne, ela escolhe esse momento para entrar na sala e se jogar entre nós no sofá, tagarelando sobre o itinerário de amanhã. Eles vão para o planetário.

"Cara, e não é que o acampamento espacial parece maneiro?", comento.

"É divertido", ela reconhece. "Mas! O acampamento de geologia é ainda *melhor*."

"Hm. Será?" Entro na brincadeira. Pelo canto do olho, vejo meu pai segurando um sorriso.

"Com certeza!" Maryanne começa a nos contar sobre o acampamento de geologia, explicando que tem três dias inteiros dedicados à arqueologia, quando eles fazem uma escavação de mentirinha. "E! Vamos caçar rochas. O folheto diz que tem várias ágatas por aqui."

"Tem o quê?" Pergunto.

"Ágata. É uma pedra preciosa." Ela bufa para mim. "Você não sabe nada sobre a geologia de Vermont?"

"Não. E estou ofendido que você ache que eu saberia. Eu era popular na escola."

"Sou muito popular", Maryanne diz, orgulhosa, e continua disparando informações sobre o acampamento de geologia. "Ah! E vamos garimpar serpentinas!"

"Tipo cobras?" Franzo a testa.

"Não. É uma rocha. Serpentina. E é *tão* linda. É esverdeada e preta e superlisa. O panfleto diz que vão dar picaretas para a gente poder escavar."

"Como é que é? Vão dar picaretas para as crianças?"

"E daí?" Maryanne questiona.

"E daí que parece extremamente irresponsável."

Meu pai racha de rir.

O resto da visita passa voando, e fico triste em me despedir quando chega a sexta-feira. Saio de Heartsong depois do rush matinal, voltando para Hastings no começo da tarde.

Quase imediatamente, noto que algo aconteceu com os moradores do meu condomínio.

Foram substituídos por clones.

Clones esses que, por algum motivo, não vão com a minha cara.

Não que fossem todos extremamente simpáticos antes, mas pelo menos eu recebia sorrisos e apresentações quando passeava por Meadow Hill. De repente estão todos praticamente hostis.

Como aquele cara, Niall, que mora no andar de baixo. Quando cruzo com ele no estacionamento de visitantes externo, onde deixo minha Mercedes, ele aponta o dedo para mim e dispara: "Sua música é alta demais". Depois clica na chave que trava seu Toyota compacto e sai andando.

Harry, o porteiro do saguão do edifício Sicômoro, fecha a cara quando aviso que vou receber pessoas no sábado. Não sou nem obrigado a contar para ele. Foi uma *cortesia*.

Na trilha, passo por um dos casais que moram no Salgueiro-Chorão, e a esposa me lança um olhar congelante.

Quando digo oi, ela responde com:

"Ah, tá."

Agora, estou pegando minha correspondência quando a mulher que mora ao lado de Niall — acho que se chama Priya? — se aproxima das caixas de correio como se estivesse entrando na jaula de um leão.

Eu a cumprimento com um sorriso e percebo que, não, não é receio. Sua expressão transparece o mais profundo desprezo, como se entrasse na jaula de um leão que ela quer matar.

"Olá", digo, meu sorriso vacilando.

"Ok."

Não sei se "ok" é melhor do que "ah, tá", mas parece um degrau abaixo na escala de cumprimentos.

"Priya, né?", eu me apresento novamente. "Shane."

"Lembro do seu nome. Não esqueço nomes."

"Tá, você deve ser boa nisso. Acompanhando tantos pacientes. Diana comentou que você era psicóloga ou coisa assim?"

"Sou psicoterapeuta."

"Que legal! Fez faculdade para isso?" É a pergunta mais tonta que eu poderia ter feito, mas ela está me deixando constrangido com seu olhar mal-humorado e a boca carrancuda.

"Escolhi o caminho da psicoterapia, mas sou médica com especialização em psiquiatria e doutora em psicologia." Ela me lança um olhar depreciativo antes de se virar para destrancar a caixa de correio. "Por Harvard."

"Uau." Estou realmente impressionado.

"Pois é. Não é espantoso que mulheres possam ser doutoras no século vinte e um? Que nosso valor não está mais associado a como os homens nos tratam?"

Fico olhando, atônito.

Ela está sorrindo para mim com doçura.

Que porra está acontecendo?

Mantenho a expressão agradável no rosto e digo:

"Com certeza. A libertação das mulheres merece cinco estrelas."

Seus olhos se estreitam. Jesus. Esses olhos. Escuros como carvão.

"Está tirando sarro do movimento feminista?"

"Nem pensar. Acho demais." Coloco minha correspondência embaixo do braço às pressas. "Ok, preciso ir."

Saio correndo do vestíbulo, sentindo o olhar de Priya perfurando minhas costas.

Qual é o problema dessa galera? Ninguém tinha me dado uma recepção pra lá de calorosa, mas imaginei que fosse porque não gostavam da ideia de um universitário se mudando para um condomínio cheio de casais e famílias. Mas também tem um número grande de solteiros em Meadow Hill, e quase todos que encontrei hoje agiram como completos imbecis.

É só quando saio para nadar algumas horas depois que finalmente encontro um rosto amigável, de uma mulher na casa dos cinquenta que está saindo da área da piscina enquanto estou entrando. Eu já a vi por ali antes, mas é a primeira vez que ela para e conversa comigo. Antes, parecia se contentar em me comer com os olhos por trás de seu livro enquanto eu fingia não notar.

"Oi! Shane, né?" Ela tem o cabelo pintado de ruivo, a pele muito bronzeada e, ao contrário de todos os outros neste lugar maldito, está exibindo um sorriso de verdade.

"Sim. Sou eu." Estendo a mão para ela. "Prazer em te conhecer."

"Sou Veronika. Cerejeira, 1A."

Sua mão fica na minha por tempo demais, até eu ser obrigado a soltá-la. Uso o pretexto de precisar tirar o celular do bolso, mas isso acaba chamando a atenção para o aparelho e dá uma ideia errada a ela.

"Sim, boa ideia, vamos trocar telefones!" Veronika parece encantada. Ela tem uma daquelas vozes roucas que me diz que devia fumar uns dois maços por dia na juventude. Talvez ainda fume. "É sempre bom ter os contatos dos vizinhos. Quer que eu adicione você no grupo do Meadow Hill?"

Tem um grupo?

Porra, Dixon. Aposto que ela conspirou para me manter fora dele.

"Eu adoraria", digo a Veronika, exibindo minhas covinhas.

Ela sorri como uma adolescente. Trocamos contatos, e ela sai rebolando exageradamente.

Tenho quase certeza que ela quer dar para mim.

Estendo a toalha sobre uma das espreguiçadeiras e me deito, decidindo mexer um pouco no celular antes de nadar. Acabei de terminar o treino de uma hora na academia de Meadow Hill, e acho que talvez tenha exagerado um pouco. É dia de braço, então a ideia de usar os braços de novo para me mover pela água faz todos os músculos do meu corpo chorarem.

Levo meus treinos fora de temporada a sério, mas nesse verão estou em uma rotina ainda mais intensa. Pretendo estar na melhor forma da minha vida quando começar a temporada de hóquei. Não tem mais espaço para corpo mole. A essa altura no ano que vem, vou comparecer ao acampamento de treinamento da NHL. A última coisa que quero é aparecer para meu primeiro acampamento ofegante e sem ar como uma fumante de cinquenta anos porque me permiti perder o condicionamento.

Encontro algumas mensagens no grupo dos meninos. OS MENINOS TUDO

EM MAIÚSCULA, como Beckett batizou. E, sim, TUDO EM MAIÚSCULA faz parte do nome. Eu sinceramente não entendo por que as mulheres se derretem por ele. Ele não é engraçado.

BECKETT

Alguém a fim de uma balada hoje?

WILL

Passo. Estou queimado demais de sol para me mexer.

Originalmente, o grupo era só para mim, Beckett e Ryder, mas Beck adicionou Will depois que eles viraram carne e unha. Nunca conheci duas pessoas mais obcecadas por filmes de viagem no tempo. E suruba. Eles fazem bastante isso também. Não que eu julgue.

BECKETT

Você devia ter pedido para uma das tiazonas gostosas passar protetor solar na sua pica.

WILL

Não como as clientes. Vou ficar repetindo isso até você ser obrigado a aceitar.

BECKETT

Jamais. Ryder, você topa?

RYDER

Eu? Nem fodendo. Mas deixa eu ver com a patroa. Se ela quiser ir, eu vou.

BECKETT

Nossa

RYDER

Nossa o quê?

BECKETT

Aquela mulher manda em você agora. Tá ligado, né?

RYDER

Sim, e daí?

Ergo uma sobrancelha para a tela. Senhor, o que aconteceu com meu parceiro Ryder? O cara foi de evitar namorar a todo custo para se casar e entregar alegremente as bolas em uma bandeja de prata.

Embora eu ache que, se minha esposa fosse Gigi Graham, eu também entregaria minhas bolas a ela com todo prazer.

Eu a ouvi gozar uma vez. Ainda penso nisso às vezes. Já bati punheta lembrando disso algumas vezes, embora eu nunca vá contar isso para Ryder. Ele cortaria meu pescoço.

Ou talvez não?

Quer dizer... ele sabia muito bem que eu estava do outro lado da porta da sala de estudos quando ele e Gigi transaram na biblioteca no último outono. E tenho certeza que ele devia saber que eu ficaria extremamente excitado em ouvir os gemidinhos dela. Parte de mim acha que ele até me deixaria assistir se Gigi quisesse. Ele faria qualquer coisa por aquela mulher. Está completamente apaixonado.

Mas não tenho tesão em ver.

Ser visto, por outro lado... Isso eu toparia. Mas eu não sugeriria isso para ninguém, nem para uma namorada. Na única vez que mencionei esse fetiche para Lynsey, ela ficou tão revoltada que nunca mais falei nada. Ela me acusou de assistir pornografia demais. O que está longe de ser verdade porque quase nunca uso pornô para me masturbar. Prefiro a coisa de verdade.

Quer dizer, hoje em dia nem tanto. Agora que sexo casual está fora de cogitação graças ao fiasco com Crystal, só vou transar se arranjar 1) uma namorada ou 2) uma amizade colorida. Alguém com quem eu passe um tempo considerável. Alguém com quem eu possa fazer sexo regularmente no lugar de aventuras vazias e impessoais.

Estou para responder o grupo dizendo que não estou a fim de sair hoje quando o celular vibra na minha mão. Sorrio ao ver a notificação.

VERONIKA PINLO ADICIONOU VOCÊ AO GRUPO "VIZINHOS".

Aí sim! Já é um avanço! Posso ter sido rejeitado por todos hoje, mas pelo menos conquistei Veronika. E agora quem sabe o resto se impressione com minha personalidade incrível através das minhas mensagens divertidas e comece a gostar de mim.

O otimismo mal cria raízes quando outra notificação aparece.

DIANA DIXON REMOVEU VOCÊ DO GRUPO "VIZINHOS".

A LISTA DIXON

- [ ] Arrasar na pré-seleção
- [ ] Vencer a competição do CNDSAA
- [ ] Voltar o prédio inteiro contra Shane Lindley**
- [ ]
- [ ]
- [ ]

**ele merece

7

DIANA

Kenji me traiu

Meu pai chega no sábado de manhã para consertar meu chuveiro. Me ofereço para ajudar, mas ele recusa e diz que trabalha melhor sozinho, então preparo omeletes para nós enquanto espero. Ele sai do banheiro literalmente dez minutos depois e anuncia:

"Pronto."

Fico olhando, incrédula.

"Tem noção que passei horas assistindo vídeos para tentar consertar aquela porcaria e você conseguiu em *minutos*?"

Ele dá de ombros.

"Só precisava ajustar a válvula reguladora."

"Odeio que, mesmo depois de todos aqueles tutoriais on-line, ainda não sei do que você está falando. Estou me sentindo inútil agora."

Meu pai sorri.

"Não se preocupa, filha. Nunca vou pedir para você consertar a temperatura do meu chuveiro, mas você ainda é a primeira pessoa que eu gostaria de ter ao meu lado em uma briga."

"Óbvio. Thomas nunca te ajudaria."

"Ajudaria sim. Ele se meteria na briga. Mas se sentiria culpado e começaria a cuidar dos ferimentos dos inimigos. Já você..."

"Faria picadinho deles", digo, solene.

"Essa é a minha garota."

"Toma." Passo um prato para ele. "Só me deixa passar manteiga na sua torrada."

Tomamos café lado a lado no balcão da cozinha, conversando sobre o que temos feito. Meu pai é líder de uma equipe da SWAT no departamento de polícia de Boston, então suas novidades são sempre muito mais interessantes do que as minhas. Ele me conta sobre uma batida num laboratório de metanfetamina que sua equipe fez na semana passada, balançando a cabeça ao chegar na parte em que encontraram três crianças pequenas na casa, escondidas dentro de um armário. Não sei como ele consegue. Arrombar portas de biqueiras. Realizar buscas de alto risco. Enfrentar situações com reféns. Toda essa adrenalina me daria um infarto. Mas meu pai se dá bem com isso. Ele é, sinceramente, o homem mais corajoso que conheço.

"E você?", ele pergunta. "Como estão indo os ensaios de dança?"

"Muito bem! Estou com muita esperança para a competição deste ano. Acho que eu e Kenji podemos chegar ao top dez."

"Claro que podem. Vocês são imbatíveis."

"Todo mundo que está competindo também é", resmungo. "Vai ser uma estrada íngreme, com certeza."

"Você consegue." Ele chega perto e cutuca meu ombro com o dele. "Nunca fugiu de um desafio na vida. Nunca encontrou um obstáculo que não fosse capaz de superar."

Meu pai é meu maior fã, e isso é bom demais.

É só depois que ele se despede com um abraço e promete dar uma passada por aqui na semana que vem que me dou conta que a estrada que estou encarando é mais do que íngreme: é uma linha vertical que se estende até o céu.

Kenji liga enquanto me preparo para meu turno na lanchonete e me solta a maior de todas as bombas.

"Como assim, não pode participar da competição?", grito ao telefone. "Por que não?"

"Preciso que você se sente."

"Tarde demais. Já desmaiei de tão horrorizada." A ansiedade me atravessa. Ele não pode me deixar na mão. *Não pode.* Combinamos de filmar nosso vídeo de audição em breve.

"Arranjei um trabalho num superiate", Kenji revela. "Viajo amanhã e fico seis meses fora."

"Por que está me contando isso agora?"

"Vou trabalhar como barman particular no superiate de um bilionário excêntrico cujo nome não posso revelar por causa de um acordo de confidencialidade que assinei, mas digamos apenas que ele é da área de tecnologia e pode ou não ser bígamo."

"Ai, meu Deus", digo, em choque "você vai trabalhar para Constantine Zayn?"

Zayn é o terceiro homem mais rico do mundo. Recentemente foi revelado que ele é legalmente casado com duas mulheres, uma na Grécia e a outra nos Estados Unidos e, agora, as duas estão pedindo o divórcio e disputando por metade de uma considerável fortuna.

"Não posso negar nem afirmar", Kenji diz com inocência.

"Certo, primeiro, vou querer detalhes sobre isso depois. Tenho certeza que conseguimos encontrar brechas no acordo. Segundo: como você pôde fazer uma coisa dessas?"

"Argh", ele resmunga alto no meu ouvido. "Eu sei. Desculpa. Tipo, de verdade, de verdade mesmo. Sei como isso é importante para você. Mas... um *superiate*, Di."

"E a faculdade?" Ele está para entrar no penúltimo ano na Briar. "Você não pode simplesmente desaparecer por seis meses."

"Vou voltar em janeiro para o semestre de inverno, depois compensar o resto das matérias no próximo verão. É uma oportunidade única na vida."

"Como você arranjou um trabalho desses?"

"Saca só! Minha mãe faz o cabelo da amante."

"O cara tem duas esposas *e* uma amante? Parece um exagero."

"A amante estava no salão da minha mãe, reclamando que perderam metade dos empregados do iate porque foram todos presos por tráfico de pessoas."

"Desculpa. *Como é que é?*" Minha cabeça está girando.

"Olha, essa história é um labirinto que levaria anos para entender. Minha mãe falou: *ah, meu filho trabalha em bar para pagar a faculdade, seria perfeito para o serviço.* No dia seguinte? Recebo uma ligação de Cons... meu novo empregador não identificado", ele se corrige rapidamente. "Falei com um bilionário, Diana."

"Estou feliz por você. Juro. Mas, caramba, Kenji. É o CNDSAA!"

"Eu sei. Mas tenho certeza que você vai conseguir encontrar outra pessoa."

"Sim, posso escolher entre todos os amantes de dança de salão que vagam pelas ruas de Hastings na esperança de algum dia competir."

"Posta um vídeo de socorro na Ride or Dance. Vai que alguém da região de Boston quer se candidatar para ser seu parceiro."

"Tá, até que não é uma má ideia. Mas ainda estou brava com você."

"Desculpa. Eu estava me divertindo nos ensaios. Mas vamos ser honestos: nunca ficaríamos entre os melhores."

"Não é verdade", reclamo. "Podemos chegar ao top dez. Já são dois mil em prêmios."

Ele ri alto.

"Nós dois sabemos que não vamos ganhar dinheiro nenhum. Ficamos em décimo quinto na nossa categoria no ano passado. De vinte."

Ele tem razão. É improvável. Mas nem por isso gosto de ver o balão dos meus sonhos estourar assim. É mais legal quando ele está flutuando por aí como um símbolo de esperança e glória. Como se talvez esse ano conseguíssemos mandar bem na valsa vienense, e os juízes ficassem maravilhados, chorando pela beleza inigualável dos nossos corpos em movimento. Talvez todos os outros competidores quebrem as pernas num acidente trágico de esqui de verão na noite anterior. Não entendo mesmo por que Kenji está sendo tão pessimista. O balão dos sonhos é cheio de possibilidades infinitas!

"Por favor, não vai. Por favorzinho?", imploro numa última tentativa desesperada, mas perdi Kenji na palavra *bilionário*.

Enquanto visto meu uniforme de garçonete, resmungo o tempo todo. Não lido bem com decepções, muito menos quando são causadas por algo que não está sob meu controle. Uma coisa seria se eu tivesse desistido por conta própria, mas, poxa, tiraram de mim a opção de escolha.

Estou oficialmente acrescentando Constantine Zayn à minha lista de arqui-inimigos, embaixo da minha antiga treinadora de ginástica e de Shane Lindley.

Meu humor cai mais ainda quando começo meu turno na Della's Diner. Atendo um cliente pior que o outro. Um homem me faz devolver a torta três vezes porque não vai com a cara da massa. Sou finalmente obrigada a chamar meu gerente, que informa ao chatonildo que vai ter que pagar por duas das três fatias porque, gostando ou não da massa, ele comeu quase metade de cada pedaço.

Depois do trabalho, entro no banheiro para trocar o uniforme por um short jeans e uma camiseta listrada. Vou encontrar Gigi para jantar no Malone's no fim da rua.

Meus tênis brancos ressoam enquanto corro pela calçada na direção do bar de esportes na esquina da rua principal. Gigi me mandou uma mensagem dizendo que já chegou e pegou uma mesa para nós.

"Kenji me traiu", anuncio enquanto me sento na frente dela.

Ela tira os olhos do cardápio. Seus lábios estão se contraindo num sorriso.

"Que pena."

Eu a encaro.

"Não tem graça."

"O que rolou?"

"Ele desistiu da competição."

"Não! Tá, isso é bem ruim."

"Viu? Falei."

"Você consegue encontrar outro parceiro?"

Resmungo.

"Quem, Gigi? Quem vai passar o verão aprendendo tango para executar um número bom o suficiente para se classificar para a competição de dança mais importante de todos os tempos?"

"Não acho que seja a mais importante de todos os tempos..."

"Todos os tempos da eternidade", teimo.

Dá para ver que ela está tentando não rir da minha cara de novo. Pelo menos, ela passa os próximos dez minutos sugerindo onde posso encontrar um novo parceiro, mas não estou sentindo muita esperança. O balão dos sonhos está completamente murcho. Parece que o CNDSAA não está no meu destino esse ano, e estou chateada.

Passamos o resto do jantar conversando sobre o casamento, no qual Gigi tem muito pouco envolvimento. Sua tia está controlando tudo e estamos só de carona. Temos uma prova marcada para a semana que vem, e mal posso esperar para ver meu vestido. Mya reclamou por mensagem outro dia sobre não podermos escolher os estilos dos nossos vestidos, mas precisei lembrar a ela que Summer Di Laurentis é uma estilista muito requisitada. Ela nunca nos faria errar. Além disso, o grupo de padrinhos vai usar verde-sálvia. Eu arraso de verde-sálvia.

"Ah, aliás, queria perguntar uma coisa", Gigi diz quando menciono que eu e Mya temos uma videochamada marcada amanhã para tratar dos detalhes da despedida de solteira. "Vocês ficariam superofendidas se não fizéssemos uma?"

"É sério isso?"

"Puts, acho que isso é um sim."

"Não, é um não!" Alívio toma conta de mim. "Você não faz ideia do pesadelo logístico que isso tem sido. Todas as garotas do seu time de hóquei estão espalhadas pelo país, você tem cinco mil tias e primas, todas têm trabalhos ou estão viajando nas férias de verão. Sem brincadeira... eu e Mya estamos batalhando aqui, e você *sabe* que normalmente conseguimos planejar uma viagem e tanto. Podemos dar um jeito, mas..."

"Ai, meu Deus, vamos só não fazer, então", Gigi interrompe, igualmente aliviada. "Tem muita coisa acontecendo neste verão. Vamos viajar para o Arizona amanhã e nem fiz as malas ainda. É por isso que não vamos à festa hoje."

"Que festa?"

"A festa no seu condomínio? A despedida de Beckett."

"Como assim? Ele está se mudando? Por que não sei nada sobre isso?"

Ela sorri.

"Ele não está se mudando. Vai viajar."

"Ah. Nossa. Que exagero."

"Nem me fala."

Mordo os lábios por um momento.

"Tá. Mas eu ainda chuparia o pau dele."

Ela cai na gargalhada.

"Argh. Maldito Shane. Por que ele vai dar uma festa? Eu só queria uma noite tranquila para ficar em dia com *Casinho ou casório*."

"Puta merda, a gente nem falou sobre isso!" Seus olhos cinzentos ficam animados. "Você *viu* que Leni e Donovan ficaram? Nunca ouvi tanta merda sair da boca de um homem."

Concordo com a cabeça.

"Donovan é o pior tipo possível. Ele não está lá por bons motivos. Só está fingindo gostar da Leni, e fico com tanta dó dela, porque ela é muito fofa e gosta dele de verdade."

"Aquele relacionamento é uma tragédia anunciada", Gigi suspira.

Por falar em tragédias, Shane está prestes a provocar a ira da Associação de Moradores do Meadow Hill, considerando o volume de barulho que ouço da piscina quando chego em casa. Claro, são só nove horas. Tecnicamente, Niall só pode começar a reclamar depois da meia-noite.

Por outro lado, imagino que, depois que as luzes da piscina se apagarem automaticamente, Shane vai passar a festa para o Bétula-Vermelha, o que vai levar Niall a um colapso nervoso.

Entro no meu apartamento, descalço os tênis e vou dar ração para o Skip. Enquanto coloco comida no aquário, ele me encara com seus olhos sem vida, e o encaro de volta até ele se sentir constrangido e nadar para o outro lado. Isso mesmo, Skip. Você não manda aqui.

Mesmo com a porta da sacada fechada, escuto o barulho que vem da área da piscina. Risos abafados, música e conversas distantes. Curiosa para ver quem Shane pagou para vir à sua festa (porque ninguém seria amigo dele de livre e espontânea vontade), deslizo a porta de vidro e me aproximo do corrimão branco.

É uma festinha de tamanho razoável. Talvez umas vinte pessoas, metade na piscina, as outras espalhadas pelas espreguiçadeiras ou sentadas nas mesas brancas do deck. Uma caixa de som externa toca uma música pop tranquila em volume baixo, o que me diz que Shane está tentando ser cuidadoso para que os vizinhos não o odeiem. Mal sabe ele. Todos mundo já odeia.

Estou entrando quando Shane me vê, a cabeça escura se virando na direção da minha sacada. Ele está no meio da piscina com a água na altura da cintura, usando uma sunga vermelha e segurando uma cerveja. O sol já se pôs, mas a lua está quase cheia no alto do céu, iluminando todos os traços esculpidos do rosto de Shane.

Quando nossos olhares se encontram, ele ergue a garrafa de cerveja.

"Dixon", ele chama. "Vem também."

"Desculpa, não consigo ouvir por causa da música." Aponto para os ouvidos, fingindo demência.

Ele sai da piscina sem dificuldade. Água pinga do seu cabelo e escorre pelo seu corpo em linhas sinuosas. Seu tanquinho reluz quando o luar se reflete nas gotículas. Tento tirar os olhos, mas não consigo nem piscar enquanto o vejo avançar na minha direção.

Eu me dou conta do que está acontecendo e quase vomito de nojo.

Ai, meu Deus. Eu estava admirando o corpo de Shane Lindley.

Preciso de uma intervenção.

"Falei para você vir também", ele repete, andando descalço na grama. E para a uns dez metros da sacada. "Está divertido."

"Não, obrigada."

"Por que não?"

"Porque quebraria uma regra Dixon. Você e eu não socializamos."

"E nós? Socializamos?" Beckett Dunne se aproxima de Shane, também descalço e sem camisa. Seu cabelo loiro está molhado e quase chega aos ombros.

Senhor, ele é um deus australiano, tão delicioso que não consigo deixar de admirar. Pelo menos *ele* eu posso admirar.

"Estou solitário, Julieta", Beckett cantarola para a sacada. "Vem me fazer companhia."

Abro um sorriso meigo para ele.

"Dispenso, Romeu."

"Vem, uma bebida."

"Di!", alguém grita.

Olho para atrás dos ombros largos deles e encontro Fátima do acampamento de líderes de torcida. Ela está usando um maiô preto elegante e acenando para mim de uma das espreguiçadeiras. Caramba, eles conseguiram fazer com que *ela* viesse? E são Lily e Gia na piscina? Lily é outra orientadora, enquanto Gia está na equipe da Briar comigo. As duas de biquíni estão na parte rasa, conversando com Will Larsen e alguns caras que não reconheço.

Por que todas as minhas amigas estão aqui?

Meu olhar se volta para os peitos musculosos de Shane e Beckett.

Ah. Por isso.

"Tá", cedo, fazendo questão de olhar feio para Shane. "Já desço."

8

SHANE

Ganhei

A maioria das pessoas está viajando durante o verão, então o evento de hoje não é nenhuma festança. É só Will, Beck, alguns outros caras do time. Algumas líderes de torcida. Meninas da cidade que Beckett conheceu em Hastings e alguns caras com quem jogamos sinuca no Malone's. Ao todo, umas vinte a vinte e cinco pessoas. Não deve ser o bastante para irritar a Associação de Moradores, mas me sinto um pouco como um monitor de escola enquanto fico dando a volta pedindo para todos fazerem menos barulho e garantindo que nada saia do controle.

Como essa brincadeira de cavalinho na piscina que de repente virou topless.

"Ei, não pode tirar o biquíni", repreendo a ruiva cuja parte de cima do biquíni está na cintura de repente. "Aqui é um ambiente familiar."

Com uma piscadinha, ela cobre o belíssimo par de peitos e volta a amarrar os cordões do biquíni.

"Desculpa, senhor."

Não é que meu pau se anima com isso?

Acho que não tenho nenhum fetiche em ser chamado de senhor, mas gosto de mandar na cama. Não em um sentido agressivamente dominante; nunca pediria para uma mulher vir rastejando até mim ou coisa parecida. Mas ditar as regras me excita sim.

"Não acredito que Kenji desistiu da competição", Fátima está dizendo quando me junto ao pequeno grupo. Ela está com Will, Beck e Dixon, uma presença com a qual estou chocado.

"Kenji largou você?" Pergunto a Diana, erguendo uma sobrancelha. "Ele finalmente ouviu a voz da razão? Bom para ele."

Ela me mostra o dedo do meio.

"Não teve nada a ver comigo e com o fato de que eu sou maravilhosa. Ele conseguiu um emprego novo." Ela me ignora com uma olhada, voltando os olhos verdes cheios de esperança para Will. "Alguma chance de querer ser meu parceiro de dança de salão?"

Ele quase cospe a cerveja rindo.

"Não. Jamais."

"Por favor? Divido o prêmio em dinheiro pela metade se a gente vencer."

"Espera, você não dividiria com meu parceiro Kenji?", questiono.

Ela faz cara feia.

"É claro que dividiria. Só estou tentando fazer parecer que é uma proposta melhor."

"É, não vai rolar", Will diz. "Não tem nada que eu goste menos do que dançar."

Diante da recusa insistente, ela volta a atenção para Beckett, fazendo charminho.

"Não. Vou para a Austrália." Ele estremece. "Graças a Deus porque não sei dizer não para mulher bonita. Eu toparia se estivesse aqui."

"Cancela a viagem", ela implora.

"Não."

Diana faz biquinho e dá um gole no líquido em seu copo que é tão rosa que chega a dar aflição. Quando viu que só tínhamos cerveja na geladeira e algumas garrafas de uísque para shots, voltou correndo para casa e chegou com uma garrafa cheia dessa coisa rosa. É realmente esse o nome: Coisa Rosa. Segundo as meninas, é o coquetel de vinho do momento, mas ainda não provei e nem pretendo. Não estou a fim de vomitar hoje.

Enquanto ela bebe, eu a observo com expectativa.

"Quê?", ela diz sobre a borda do copo.

"Não vai me pedir para ser seu parceiro?"

Em vez de responder, Diana começa a rir.

"Qual é a graça?"

"Você achou mesmo que eu pediria para você." Ela ainda está rindo quando dá outro gole. "Que fofo."

Cara, meu ego costuma scr inabalável, mas Diana é muito boa em fazer furos nele.

O que me lembra do que ela aprontou ontem.

"Aliás, aquilo não foi legal", resmungo. "Me banir do grupo do condomínio."

"Não fui eu", ela mente antes de abrir um sorriso presunçoso e pegar a mão de Fátima. "Amiga, vamos dançar."

"Eu *vi* que foi você!" Resmungo enquanto ela sai andando. "Para de fazer gaslighting comigo!"

Ignoro a risada de Will e Beckett às minhas custas e decido socializar com pessoas que não são traidoras.

É a noite perfeita de verão. Quase nenhuma brisa. Nenhuma umidade. Apenas ar quente, uma lua brilhante e gente do bem. Quer dizer, em sua maioria. Diana não conta.

Quando chega perto da meia-noite, diminuo a música de novo, mas nenhum dos casais dançando na grama parece notar. O corpo de Diana se move sensualmente contra o de Beckett, que não tira as mãos dela. Observo com um sorriso. Ela está a fim de dançar, e ele está a fim dela.

Acho que entendo o porquê. Claro, ela pode ter a língua afiada e um ranço injustificado contra mim, mas sem dúvida é linda. Sua camiseta listrada larga deslizou, expondo seu ombro. O cabelo claro cai entre as omoplatas enquanto joga a cabeça para trás, perdida na faixa de R&B sensual que toca baixinho sob o ar da noite.

Meu olhar se fixa no shortinho jeans de Dixon que revela a parte de baixo da bunda dela, depois desce por suas pernas bronzeadas, panturrilhas definidas e pés descalços. Suas unhas estão pintadas de rosa. É fofo.

Will, que está ao meu lado enfiando um pedaço de pizza na boca, segue meu olhar. Admiração transparece em seu rosto ao ver Diana e Beckett. Seus olhos seguem o caminho provocante das mãos de Beck enquanto se curvam sobre a bunda de Dixon.

Sorrio para ele.

"Ah, vocês acabaram de encontrar o terceiro elemento para hoje?"

Ele faz cara de pânico.

"Nossa. Claro que não."

"Verdade. Acho que com ela vocês não podem se meter. Gigi mataria vocês."

"Com certeza." Ele termina o restante da fatia e pega a cerveja em cima da mesa.

Joey e Ray, dois caras da cidade que conhecemos no Malone's, se aproximam para me dizer que estão indo embora. Eles me dão tapinhas nas costas e soquinhos antes de desaparecerem pela trilha. Tomara que não se percam na propriedade. A última coisa de que preciso é que um dos meus vizinhos encontre dois caras desmaiados nos arbustos amanhã de manhã.

À meia noite, a festa diminui ainda mais. As únicas pessoas que restam são Will, Beck, Dixon e duas das amigas dela, Lily e Gia. As luzes da piscina se apagam, envolvendo-nos na escuridão, mas não nos deixamos desanimar. As garotas conversam em duas espreguiçadeiras, enquanto eu e os caras nos sentamos no deck da piscina, com os pés na água. Estamos falando sobre nossa vitória no Frozen Four na primavera, revivendo o lance vencedor de Case Colson.

"Porra, quando ele lançou aquela bomba." Beckett se arrepia. "Quase gozei na cueca."

"Do caralho", Will concorda.

"Vocês acham que temos chance de duas vitórias consecutivas no campeonato?", reflete Beck.

"Comigo, Ryder e Colson no time?", respondo. "Claro."

"Nossa, valeu", Will diz, seco. "Não me sinto valorizado."

Estendo a mão para dar um tapinha nas costas dele.

"Não se subestima. Você é quase tão bom quanto nós."

Ele me mostra o dedo do meio.

Mas é verdade. Will e Beck são ótimos jogadores, mas nenhum deles vai para a NHL. Virar profissionais não é o plano de vida deles como é para mim, Ryder ou mesmo Colson.

"Com os pais dele na cama ao lado!"

"Credo. *Que horror.*"

A conversa de Diana e Lily nos faz trocar sorrisos.

"Pois é. E não estou falando de uma suíte com quartos adjacentes. Estou falando do *mesmo quarto*. Duas camas de casal. A mãe e o pai numa cama. Todd e a namorada, em pleno sexozão na outra."

"Acho que vou vomitar."

Me viro para encarar as meninas.

"Que merda de conversa estranha é essa?"

"Você não entenderia", Dixon responde, me dispensando como sempre.

"Acho que não quero entender", Beckett diz, francamente.

"É um dos segredos que alguém revelou no *Casinho ou casório* de ontem", Gia explica. "Revelam as coisas mais malucas durante os jogos de bebida deles."

"Viram que colocaram aquele jogo de bebida no aplicativo?" Gia diz para as amigas, a expressão brilhando de entusiasmo. Juro, as mulheres se empolgam com as maiores bobagens.

"Sério?" Lily está igualmente eufórica enquanto pega o celular da mesa entre as espreguiçadeiras. Ela e Gia encaram a tela com entusiasmo.

"Tá, a gente *precisa* jogar", Gia declara. "Podemos nos dividir em dois times como no *CoC*."

Lily sorri.

"Aaah, meninos contra meninas."

E é assim que eu e os caras somos coagidos a participar de um jogo de festa. É muito simples. Um comando aparece na tela e o jogador da vez tem sessenta segundos para completar a tarefa, que pode ser uma verdade ou um desafio. Se conseguir, ganha um ponto. Se não, o outro time ganha.

"Então... vamos jogar verdade ou desafio", Will diz, rindo.

"Não tem limite de tempo em verdade ou desafio." O tom de Gia é desdenhoso.

"Tem razão", Beckett diz, solene. "É completamente diferente."

Nós nos sentamos ao redor de uma das mesas, as meninas do lado oposto ao nosso. Estou surpreso que Dixon permita isso. Achava que ela diria algo dramático, sobre como preferia comer vidro numa banheira cheia de aranhas a jogar um jogo de festa comigo. Mas aqui está ela, sentada tranquilamente em sua cadeira, o cabelo loiro caído sobre um ombro, os olhos verdes brilhando.

Lily é a primeira. Ela se levanta e espera Gia mostrar a tela do celular para ela. O primeiro comando está escrito em letras grandes garrafais, e o cronômetro começa assim que ele aparece. Sessenta segundos em contagem regressiva.

ENCENE SUA POSIÇÃO SEXUAL FAVORITA
COM ALGUÉM DA EQUIPE ADVERSÁRIA.

"Fácil", ela diz, sorrindo enquanto puxa Beckett da cadeira dele. "De quatro."

Estamos todos rindo enquanto ela se debruça na mesa e Beck chega por trás dela, as mãos apertando seu quadril.

"Menina, você terminou em quatro segundos." Gia está impressionada.

Lily dá de ombros.

"Sei do que gosto."

Rio.

O aplicativo marca os pontos, e o time das meninas agora tem um ponto contra nós. Não estou preocupado em ficar em desvantagem, considerando que esse jogo não exige muito esforço ou concentração. A maioria dos comandos são parecidos com o primeiro. Encene algo safado. Revele algo sexy. Faça algo maluco. Beckett recebe a missão de despejar uísque na bunda de Gia e lamber. Diana e Will têm que pular na piscina sem tirar a roupa; o primeiro a entrar ganha o ponto. Ganho um ponto contra Diana quando tomo um shot de uísque antes dela, enquanto ela ameaça vomitar porque, aparentemente não suporta o gosto de uísque.

Beckett precisa contar sua melhor piada para as oponentes e tirar pelo menos uma risada para conseguir o ponto. Sua contribuição é boa.

"Como se chama um limpador de piscina que não come a dona da casa?"

"Como?" Diana pergunta, com cautela.

"Will."

"Isso não é uma piada! É a afirmação de um fato!" Diana diz, mas Gia estraga para as mulheres dando uma gargalhada alta.

"Traidora", Diana a acusa.

"Foi engraçado", argumenta Gia.

O próximo comando de Lily aparece na tela.

BEBA SE JÁ BEIJOU ALGUÉM DO MESMO SEXO.

A EQUIPE COM MAIS BEBEDORES GANHA O PONTO.

Das mulheres, Lily e Gia bebem. De nós, Beckett leva a garrafa aos lábios. Quando Diana ergue uma sobrancelha para ele, ele dá uma piscadinha.

Ele está com Lily no colo agora, enquanto passa a mão na coxa nua dela. Ainda sem nada além do biquíni, ela reclamou que estava com frio e pediu o calor do corpo dele.

Noto que Will não bebeu. O que significa que ou está mentindo ou que todas as suas atividades extracurriculares ilícitas com Beckett envolvem a regra de não se tocar.

"Sua vez", Gia me diz, e volto a atenção para o celular.

ELOGIE A PARTE MAIS SEXY DE ALGUÉM DA EQUIPE ADVERSÁRIA.

"Faz com a Diana", Lily diz com uma gargalhada.

A contagem regressiva começa, e fico examinando o rosto de Diana com exagero. Inclino a cabeça para o lado, estreito os olhos, dou uma bela de uma encarada.

"Ah, vai se foder", ela resmunga. "Todo mundo sabe que você vai dizer alguma coisa vulgar, como minha..."

"Seu sorriso."

Sua desconfiança é visível.

"Sério?"

"Você tem um sorriso muito bonito." Minha voz de repente soa um pouco áspera aos meus ouvidos.

"A pergunta era a parte mais *sexy*, não a mais bonita", Gia retruca. "Vocês não marcam ponto."

"Ah, nesse caso, adoro a bunda dela."

"Estava demorando", Diana diz, com um suspiro.

Depois de mais algumas rodadas, o jogo está empatado. Só falta um turno: o de Dixon. E o brilho determinado em seus olhos me faz abafar o riso. Claro que ela é insanamente competitiva. Não esperava menos.

"Pronta?" Gia diz.

"Pode mandar." Diana volta a atenção para a tela.

BEIJE UM JOGADOR DA EQUIPE ADVERSÁRIA
POR PELO MENOS 20 SEGUNDOS.

"Shane!" Will e Beckett dizem ao mesmo tempo, e trocam sorrisos.

Diana os encara, horrorizada.

"Como vocês são capazes?"

A contagem regressiva na tela diz cinquenta e seis segundos.

"Tique-taque", provoco, batendo no relógio imaginário no meu punho.

"Beija logo de uma vez", Lily encoraja Diana. "Ele é gato."

"Prefiro comer conchas do mar moídas."

Viu? O drama.

"Isso é estranhamente específico", Will comenta, olhando para ela.

"Quarenta e cinco segundos..." Beckett cantarola.

Enquanto Diana continua paralisada na cadeira, olho para as outras meninas, sorrindo.

"Entreguem logo a vitória para a gente. Ela se recusa. Vai contra tudo em que acredita."

"Não acredito que *Casinho ou casório* se voltou contra mim", Diana declara. Ela é muito melodramática.

A contagem regressiva está em trinta e oito segundos.

"Falei", eu me vanglorio. "Ela vai se recusar. Sabe que vai curtir demais."

Seus olhos se inflamam.

"Ah, vai sonhando. Se minha língua estivesse na sua boca, só um de nós estaria curtindo."

"Sim. Você."

Com isso, solto o dragão. Diana salta da cadeira e vem até mim. Pisco e, de repente, ela está se sentando.

Ela se acomoda em meu colo, e minhas mãos envolvem sua bunda por instinto para a equilibrar. Um arrepio desce por minha espinha assim que faço contato.

Lambendo os lábios, Diana leva a boca à minha e me beija. Quando nossos lábios se tocam, um raio percorre meu corpo. Sua língua desliza para tocar a minha, e chamas disparam e queimam em meu sangue. Meu coração pulsa nos dedos enquanto os deslizo por debaixo da camiseta dela e toco a pele suave da sua lombar. Ela geme baixo em resposta. Sua língua gira levemente sobre a minha, provocante, até que solto um som rouco de desespero.

Não sei o que está acontecendo agora, mas quero mais. Quero sentir o gosto de cada centímetro dela.

Mas tudo para.

"E... tempo!" Lily declara, e ela e Gia começam a comemorar que as meninas marcaram o ponto.

Já eu estou ocupado demais tentando compreender como um beijo de Diana Dixon me deixou tão duro.

"Lindley", ela sussurra, a palma da mão subindo por meu braço nu.

Recuo, a cabeça um pouco confusa. Não consigo desviar o olhar dela. Seus olhos verdes são viciantes.

Engulo em seco. Não consigo encontrar minha voz. Meu pau está duraço, e não tenho como disfarçar. Sei que ela o sente cutucando sua coxa.

"Oi?" Minha garganta está rouca.

Ela leva a boca perto do meu ouvido.

"Ganhei."

9

DIANA

Ei, meu melhor amigo pode te comer?

A festa está acabando, mas meu coração ainda está completamente descontrolado.

Beijei Shane Lindley.

Foi por birra e para ganhar um jogo, mas mesmo assim.

O que fiz foi inaceitável. Foi escandaloso. Foi...

O melhor beijo da minha vida?

Ai, meu Deus, cala a boca, ordeno à minha voz interior traiçoeira. Como meu subconsciente me trai assim?

Mas o pensamento persiste. Talvez tenha sentido uma leve excitação por causa do beijo. Como não, se sua ereção estava pressionada contra mim? E era... substancial. Um pênis generoso, como minha amiga Brooke descreveu o volume do namorado uma vez.

Infelizmente, esse pênis generoso pertence ao arrogante e insuportável Shane Lindley. Portanto, não vou fazer uso desse pênis, muito obrigada.

Will Larsen me puxa de lado enquanto estou jogando garrafas de cerveja vazias numa lata de lixo. Não sei como me arrastaram para a limpeza se a festa nem era minha.

"Ei, posso dormir na sua casa hoje?", ele pergunta, baixo.

Lanço um olhar estranho para ele.

"Por quê? Você mora tão perto. E não parece bêbado demais para andar alguns quarteirões."

"É, não estou nem alto." Ele olha por sobre o ombro.

Sigo seu olhar e encontro Beckett e Lily. Eu a ouvi concordar em ir para a casa com ele hoje, e ela está em cima dele como um cachecol de caxemira.

"Por favor, Di. Me deixa dormir aqui. E, hum, dá para fingir que a gente vai ficar?"

Bufo.

"É sério", Will diz. "Só... sabe... faz parecer que tenho um motivo para subir com você."

O brilho suplicante em seus olhos castanhos é motivo de preocupação. Não faz muito tempo desde que ele se mudou para o apartamento com Beck e Ryder, logo depois que Shane veio para Meadow Hill. Então, por que não quer voltar para casa? Faz uma semana. Eles não podem estar tendo problemas de convivência tão cedo.

Mas não consigo ignorar um homem em apuros, então, quando Shane chega perto, passo o saco de lixo para ele e pego a mão de seu companheiro de equipe.

Com uma piscadinha, Will entrelaça os dedos nos meus e grita para Beckett.

"Ei, pode ir sem mim. Vou dormir aqui."

Beckett parece surpreso por um momento. Depois nota nossas mãos dadas, e os cantos da boca dele se erguem.

"Saquei. Até amanhã."

Quando Beckett e Lily vão embora, puxo a mão de Will.

"Vamos lá."

O queixo de Shane cai.

"É sério isso? Vocês vão ser escrotos e não ajudar?" Ele aponta para as mesas ainda cheias de caixas de pizza e garrafas vazias.

Abro um sorriso debochado para ele.

"Não é minha festa, não é minha responsabilidade."

Will só dá de ombros.

"Foi mal, cara. Tenho outros planos."

Shane lança um olhar fulminante para o companheiro de equipe.

"Não faz isso, cara. Ela vai acabar com você. Ainda dá tempo de tomar a decisão certa."

"Ele só está com inveja", tranquilizo Will. "Juro, esse cara é obcecado por mim."

"Vai sonhando", Shane rosna. "E não esquece quem beijou quem."

"Não esquece que pênis estava duro e que vagina estava seca."

"Você estava mais molhada que o Atlântico", ele dispara em resposta.

"Mais seca que o Saara. Mas tudo bem. Tenho certeza que um dia você vai conseguir excitar uma mulher. É só continuar treinando com sua boneca inflável."

Dando um tchauzinho indiferente com a mão livre, puxo Will da área da piscina na direção da trilha para casa. Um olhar de relance por sobre o ombro revela um Shane de mau humor, os ombros largos curvados, limpando o resto da bagunça.

"Você poderia ser mais gentil com ele", Will me diz. A lua cheia revela claramente o sorriso divertido em seu rosto.

"Poderia", concordo. "Mas não vou."

Também não vou dar a ele a satisfação de saber como gostei do beijo. Por que os babacas arrogantes sempre beijam bem?

Quando entramos no Bétula-Vermelha e fecho a porta do apartamento, Will me lança um olhar sincero e diz:

"Obrigado por fazer isso."

"Vai mesmo ficar?"

Ele faz que sim.

"Posso?"

"Sim, mas..."

"Não esquenta, não estou esperando que aconteça nada."

"Que bom. Porque não vai acontecer. Mas preciso de uma explicação em troca de casa e comida."

"Você tem um lençol e uma coberta sobrando para eu colocar no sofá?"

"Para de bobagem. Você vai dormir na minha cama. É grande para nós dois. Mas vai ter que aturar minha rotina de *skincare*. Me recuso a deitar sem cuidar da pele." Eu o observo. "Na verdade, não faria mal você cuidar um pouco do rosto. Você está meio queimado."

"Trabalhei a semana toda ao ar livre."

"Tá. Vem que eu cuido disso."

Ele sorri, chamando a minha atenção para sua aparência de bom moço. Ele é o típico rapaz estadunidense, que usa a jaqueta do time do colégio no ensino médio, se forma na faculdade com um curso bem prático e se casa com uma mulher que vai dar de dois a cinco filhos a ele e assar biscoitos nos fins de semana. No outono, vão juntos a plantações de abóbora e tiram fotos em família, posando com suéteres laranja combinando.

"Tudo bem?"

Volto do devaneio.

"Desculpa. Estava imaginando você numa plantação de abóbora."

"Eu estava pelado?"

"Claro que não. Isso assustaria as outras famílias."

Ele fica confuso.

"Eu estava lá com uma família?'

"Longa história."

Will ri.

"Beleza."

Entramos no banheiro, onde pego o esfoliante que uso uma vez por semana. Tiro a tampa do pote com a substância branca rosada.

"Primeiro, esfoliamos a pele", explico.

Pelo menos, ele não reclama. Segue minhas instruções, e morremos de rir enquanto esfrego a substância granulada no rosto dele. Depois que lavamos o esfoliante, pego o próximo produto.

"Agora, aplicamos a máscara. Precisa ficar por quinze minutos."

Ele hesita ao me ver espremer uma porção da substância preta nas mãos.

"Que porra é essa? Carvão?"

"Tem carvão aqui. Confia em mim, suas olheiras vão me agradecer de manhã."

Depois que aplico a máscara em nós dois, vamos para o quarto para esperar.

Will baixa os olhos para o calção de banho, depois para a cama.

“Ainda está molhado. Por acaso você tem alguma cueca aqui?”

“Na verdade.” Sorrio. “Tenho sim.”

Ele estreita os olhos.

“Por favor, diz que está limpa.”

“Está sim. Meu irmão mais novo tem uma gaveta para quando dorme aqui”, digo, indo até a cômoda. Na gaveta de baixo, encontro uma samba--canção xadrez. Eu a ergo pelo elástico e observo o quadril de Will. “Ele tem mais ou menos seu tamanho, então deve caber. Talvez fique um pouco apertado, mas quer dizer que posso ficar olhando sua mala.”

Ele sorri e pega o tecido xadrez quando o jogo para ele. Pego meu próprio pijama e me troco no banheiro, voltando para o quarto para encontrar Will à vontade na cama. Suas pernas nuas, cobertas por pelos castanho-claros, estão estendidas na frente dele. Ele também tem um pouco de pelos no peito, mas não muitos, e, claro, possui o tanquinho de jogador de hóquei.

“Então, qual é o problema? Não está curtindo morar com Ryder e Beckett? Cheio demais ou algo assim? Porque Ryder vai sair depois do casamento”, eu o lembro. “Gigi e o marido assinaram o contrato de aluguel de um apartamento que fica livre em setembro.”

“Não, eu adoro lá. É mil vezes melhor do que o alojamento universitário. E Ryder quase nunca está em casa.”

“Saquei. É Beckett que estamos evitando.”

“Não estamos evitando ninguém.”

“Por que você não ir para casa, então?”

“Não estava a fim de andar.”

“É isso que fazemos agora? Mentimos um para o outro? Somos melhores amigos, William.”

Ele ri.

“Não, não somos.”

“Tá. Quase melhores amigos. Você e Gigi são próximos. Portanto, eu e você somos próximos.” Me sento ao lado dele no colchão. “Conta pra mim.”

“Não, prefiro falar do beijo que você deu em Lindley hoje. Acho que ele curtiu.”

“Ah, sim. Tinha coisas me cutucando no calção dele.”

“Que coisas?”

“Bom, uma coisa só. O pinto”, respondo, prestativa.

Will solta uma gargalhada.

“Sim, isso eu notei.”

"Enfim, para de fugir do assunto. Por que estamos evitando Beckett?"

"É... complicado."

Ele solta um longo suspiro que desperta meu interesse.

"Espera. Vocês dois estão...?" Ergo a sobrancelha com o ar sugestivo.

"Não."

"Tem certeza? Às vezes sinto uma energia bi nele. Mas não de você." Encolho os ombros. "Enfim, longe de mim julgar."

"Não, não é isso."

"O que é, então?"

Will morde o lábio, visivelmente sem jeito. Mas consigo ver pela sua expressão que ele quer conversar sobre o assunto.

"Não vou contar para ninguém", garanto. "Nem mesmo para Gigi."

"Não acredito em você."

"É sério. Sou muito boa em guardar segredos. Me pergunta o que Brooke Sato fez no México no último inverno."

"O que ela fez?"

"Não vou contar. É segredo."

Isso tira mais uma gargalhada dele.

"Tá, você passou no primeiro teste."

"Não vou dar um pio, juro."

Will passa as duas mãos no cabelo antes de coçar a nuca.

"Eu e Beckett temos feito essa, hum, coisa nos últimos tempos. Quer dizer, desde que viramos amigos."

"Que coisa?"

"Tipo..." Ele encolhe os ombros, constrangido. "Ménages."

Tento manter o rosto imparcial.

"Tá..."

Eu *talvez* já soubesse disso, graças às informações das minhas fontes, também conhecidas como Gigi, de que Will e Beck ficaram com a mesma menina algumas vezes. Mas essa informação me foi dada em segredo, então finjo que é a primeira vez que a escuto.

"Ménages podem ser divertidos", digo, neutra.

"Uma delícia", ele admite.

"Aham."

"Muito delícia."

"Tá." Mantenho o tom encorajador, na esperança de fazer com que ele formule frases de mais do que duas palavras. "Então, qual é o problema?"

Ele responde com um resmungo frustrado.

"O problema é que eu não devia achar uma delícia."

Mordo o lábio para não rir. Ele parece tão atormentado.

"Você pode gostar de ménage, Will. Não te torna gay nem nada, se é essa sua preocupação."

"Não estou preocupado com isso. É só que..." Ele perde a voz e, antes que eu possa insistir para ele completar, ele aponta para o rosto e diz: "Não precisa tirar isso?"

"Ai, droga. Sim." Saio da cama. "A gente precisa lavar agora ou vai ressecar a pele."

Voltamos ao banheiro para esfregar o rosto. Depois, pegou um potinho prateado da gaveta de hidratante.

"Esse é nosso toque final. O melhor hidratante que você vai experimentar na vida. Tem colágeno, mas é basicamente o único ingrediente confirmado. O fabricante mantém a receita exata em segredo, então, até onde sei, é feito de lágrimas de zebra e sêmen de jacaré..."

Will se dobra de tanto rir.

"... mas, seja lá o que for, vai mudar sua vida. Confia em mim, você vai amar. Me dá seu rosto."

Ele obedece e baixa a cabeça para não ficar tão alto comparado a mim, e passo o gel de colágeno em sua pele recém-esfoliada. Sua barba rala das bochechas e ao longo da linha do queixo arranha a ponta dos meus dedos. Seu maxilar é esculpido. Entendo por que as mulheres ficam tão loucas por ele quanto por Beckett.

"Enfim", digo, estudando seu reflexo no espelho enquanto hidrato o rosto. "Voltando aos ménages que você está tendo com Beckett e dos quais não quer gostar."

"Não é só isso. É que... tipo, estou transando desde sempre, sabe?"

"Desde sempre? Quando você começou?"

Ele revira os olhos.

"Você entende o que quero dizer. Não sou nenhum virgem que está começando agora. Dormi com mulheres suficientes para saber que adoro transar."

"Entendi. Já deu para entender que você ama sexo."

"Então, no fim de semana passado, fui ver meu primo em Boston, e conhecemos umas meninas no bar. Curtimos a noite toda com elas. Elas moravam juntas e nos convidaram para o apartamento delas, então é óbvio que fomos. Meu primo e uma das meninas desapareceram no quarto dela. Fiquei com a outra. Ela era linda e divertida e exatamente meu tipo. Uma coisa levou à outra... e foi bom. Não me entenda mal, ruim não foi. Mas..." Ele murmura algo muito baixo.

"O quê?"

Suas bochechas estão vermelhas agora, e acho que isso não tem nada a ver com a rotina de cuidados com a pele.

"Demorei um tempo para chegar aos finalmente."

Reviro meu arsenal em busca de um pouco de tato.

"Ah. Tá. Bom. É completamente normal. Ela achou que você gozaria quando ela mandasse ou coisa assim? Ejaculasse assim que ela estalasse os dedos?"

"Não, ela não estava reclamando. Era um problema totalmente meu. Sei que alguns homens podem demorar muito tempo, mas nunca tive esse problema." Ele sorri com tristeza. "Aliás, acho que eu poderia *sim* gozar quando alguém mandasse." Ele encontra meu olhar pelo espelho. "O motivo pelo qual demorei mais é que não conseguia parar de pensar que seria muito mais excitante se Beckett estivesse lá."

Fico olhando para nossos reflexos.

"Ah."

"Pois é."

"Ah", digo de novo, saindo do banheiro atrás dele.

"Pois é."

"Mais excitante em qual sentido?" Não consigo deixar de perguntar.

Ele só responde quando voltamos a nos sentar na cama.

"Eu ficava pensando que ela curtiria mais se ele estivesse, sabe, brincando com os peitos dela. Ou beijando a boca dela enquanto eu metia. Ou com o pau dele na boca..." Envergonhado, Will desvia os olhos. "Sério, isso mexeu com minha cabeça. Me distraiu. Daí perdi a ereção e demorei um tempo para recuperar."

Ele afunda o rosto recém-hidratado entre as mãos e solta um resmungo.

"Ahhh." Chego mais perto dele. Entrelaçando os braços, apoio a cabeça em seu ombro. "Tem razão. Parece estressante."

"Estressante é pouco. Não consegui dormir à noite porque minha cabeça ficava questionando o que aconteceu. E foi aí que cheguei à conclusão que acho que prefiro sexo quando é..."

"Mais interativo?", completo.

Apesar da risada dele, sua expressão é aflita.

"Não é normal, Diana. É coisa de pervertido."

"Quem disse?"

"Sei lá. A sociedade." Ele resmunga de novo. "Enfim, preciso dar uma pausa de tudo isso. Sei exatamente o que aconteceria se fosse para casa com Beck e Lily hoje. Tipo, ela é um tesão."

"Maravilhosa", concordo.

"E ela estava interessada nos dois, disse com essas palavras. Se eu tivesse ido embora com eles, nós três acabaríamos na cama juntos e... não quero mais isso."

"Mas você disse que curte."

"Não pode virar um hábito." Seu tom continua firme. "Quero namorar em algum momento. Se estiver com alguém, não posso exatamente pedir: *ei, meu melhor amigo pode te comer?*"

"Faz sentido. Se meu namorado dissesse isso para mim, eu perderia o tesão."

“Viu?”

“Entendo o que você quer dizer, de verdade. E, embora eu não ache que você deva parar completamente com os ménages, talvez não fizesse mal dar uma pausa. Ter um pouco de sexo a dois de vez em quando.”

Ele parece aliviado com a minha concordância.

“É o que eu estava pensando. Beck vai embora amanhã à noite e vai passar um mês fora. Vai ser um bom respiro. Talvez eu encontre alguém em Boston quando estiver trabalhando...” Ele boceja abruptamente. “Porra, bateu um cansaço de repente.”

O bocejo é contagioso.

“Em mim também.” Deslizo para longe dele e puxo o canto da coberta. “Fica do seu lado da cama ou você vai perder seus privilégios de pernoite para sempre.”

“Não vou nem respirar na sua direção”, ele promete.

Eu me levanto para apagar as luzes, depois volto a me deitar e me aconchego embaixo do edredom. Will é fiel à sua palavra, ficando no lado oposto e pegando no sono instantaneamente. Fico um tempo deitada, parte de mim desejando ter pedido para ficarmos de conchinha. Platonicamente, claro. Sinto falta de ficar abraçada com um homem embaixo das cobertas. Apesar dos seus defeitos, Percy era bom de conchinha.

Por incrível que pareça, não apenas caio no sono pensando em Percy, mas também acordo ouvindo sua voz.

É só quando os fios tênues do sono se dissipam que percebo que não estou sonhando. Alguém está batendo à porta, e é definitivamente a voz do Percy dizendo:

“Diana, está em casa?”

Eu me sento, assustada, esfregando os olhos. O despertador diz que são nove horas. Não é super cedo, mas é domingo de manhã e ele apareceu sem avisar.

Ai, diabos.

“Diana?” Percy de novo, sua voz abafada do corredor.

Outra batida.

Dou uma olhada em Will, que está começando a despertar.

“Merda.”

“Que foi?”, ele murmura, sonolento.

Saio da cama e passo os dedos no cabelo desgrenhado, ajeitando-o atrás das orelhas.

“Não fala nada”, aviso. “Preciso resolver isso.”

10

DIANA

Olha quem fala

Abro a porta da frente com cuidado, fazendo questão de deixar parcialmente fechada para Percy entender que não vou convidá-lo para entrar. Eu o cumprimento com uma pergunta em vez de um oi.

"O que você está fazendo aqui?"

Mas a resposta está em suas mãos. O saco de papel pardo que ele está segurando tem o logo do Della's Diner, e a mancha de gordura no fundo me diz que os sanduíches de café da manhã que adoro estão lá dentro.

É um belo gesto, mas não pedi por isso e não estou particularmente interessada.

"Trouxe café da manhã para você", meu ex diz com um sorriso tenso.

"Obrigada. É muito gentil. Mas acabei de acordar e não estou com fome." Franzo a testa quando algo passa pela minha cabeça. "Como você entrou no condomínio?"

"Louis me liberou. Falei que você não se incomodaria."

Ranjo os dentes porque me incomodo *sim* e, agora, preciso conversar com Louis. Ele trabalha no turno diurno aos fins de semana na recepção do Sicômoro e sabe que não pode deixar ninguém entrar na propriedade sem antes interfonar para o morador. Sim, Percy foi uma visita constante nos últimos seis meses em que namoramos, mas eu nunca disse a Louis que poderia deixar Percy entrar quando quisesse.

Aliás, talvez eu tenha que fazer uma reclamação na reunião da Associação de Moradores de hoje. Que começa daqui a pouco, aliás. Brenda bate o martelo pontualmente às dez.

Merda, quase perdi a hora. Isso é inaceitável. Não perco reuniões de condomínio se puder evitar. Talvez eu devesse agradecer Percy por me acordar.

... Não, ainda estou irritada.

"Olha, agradeço o gesto, mas você não deveria ter vindo."

Ele não consegue esconder a frustração a tempo.

"Você ainda está brava comigo", ele diz, seco.

"Não estou brava. Nunca estive brava."

"Quando vim durante a semana, parecia brava."

"Não, eu só estava explicando por que não éramos um bom casal."

Ouço um barulho atrás de mim, virando para entrever uma sombra passando pela cozinha. Will está indo ao banheiro.

Merda. Fecho mais um centímetro, de modo que a porta fica encostada em meu ombro. Percy não deixa de notar minha reação.

"Tem alguém aí?", ele questiona.

"Não", minto.

"Pode me dizer se tiver."

Não, não posso. Porque você vai surtar como sempre.

Mas não digo isso em voz alta. Está na cara que uma amizade com Percy não é viável. E está na hora de ele saber.

Ao contrário da maioria das pessoas, não sou avessa a conflito. Conheço meus limites, sou autoconfiante desde pequena e minhas palavras sempre foram acompanhadas por atitudes.

Falo com um tom firme.

"Acho que não podemos ser amigos."

Ele recua como se eu tivesse batido nele. Seus ombros se curvam e seu pomo de adão se move enquanto ele engole a saliva em desespero.

"Então você está *sim* brava."

"Já falei, não estou. Mas tive muito tempo para refletir desde que terminamos, e acredito que essa não é mais uma situação saudável. Nós dois devemos tentar seguir em frente. Você não deveria me trazer café da manhã." Aponto para o saco engordurado do Della's. "Não vamos voltar, e não há sanduíches de ovo frito que mudem isso."

"É um gesto de amizade", ele insiste.

"Se fosse um gesto de amizade, você não ligaria se tivesse alguém no meu apartamento."

"Quer dizer que tem." Seus olhos faíscam, e os pelos da minha nuca se arrepiam.

Curvo os dedos na borda da porta.

"Não."

"Acho que você está mentindo. Acho que tem um homem aí dentro." Acusação transborda em seu tom. "É seu vizinho? O jogador de hóquei?"

"Percy." Frustração cresce dentro de mim, tensionando meus músculos. "Todas as palavras que você está dizendo agora são o motivo por que não podemos ser amigos. Sinto muito que terminamos e que não era isso que você queria, mas não estamos mais juntos. Então, por favor, preciso que respeite isso. Preciso que respeite meus limites e saia."

Ele fica completamente imóvel por um momento. Um segundo se passa. Dois. Três. Suas maçãs do rosto já salientes ficam ainda mais destacadas quando suas bochechas se encovam. Ele está rangendo os dentes. No mais absoluto silêncio.

Por fim, balança a cabeça e murmura:

"Estou desapontado com você. Pensei que você fosse diferente."

Não estou nem aí! Só vai embora!

Em voz alta, digo:

"Sinto muito que se sinta assim."

Com um último olhar desdenhoso, ele dá meia-volta e sai andando a passos firmes. Leva consigo o saco de café da manhã, como se eu não fosse mais digna dele.

Os passos de Percy ecoam na escada, mas só saio do vão da porta quando ouço o som característico lá embaixo. O barulho que a porta da frente faz sempre que alguém entra ou sai do Bétula-Vermelha.

Quando não resta nada além do silêncio abençoado, solto um longo suspiro. Deus. É por isso que sou tão dividida em relação a relacionamentos. Às vezes, adoro. Outras, quando explodem na minha cara como uma granada, por exemplo, são um puta de um incômodo e digo a mim mesma que deveria estar fazendo muito mais sexo casual.

A porta do apartamento 2B se abre de repente. Noto o movimento pelo canto do olho quando Shane bota a cabeça para fora.

"Caramba, Dixon. Que frieza! Coitadinho."

"Aquele 'coitadinho' está me incomodando há meses", retruco. "E não fica escutando a conversa dos outros. Não é uma qualidade atraente em uma pessoa."

"Eu não estava escutando. Todo mundo escuta tudo nesse prédio. Sério. A gente precisa ter uma conversa com quem fez as paredes porque economizaram no material de qualidade. O coitado do Niall deve estar puto com você agora."

Um grito abafado vem debaixo.

"Não fale por mim!" Há uma pausa. "Mas estou puto sim. E é com você, 2B! Sua festa ontem à noite foi a gota d'água."

"É, 2B", zombo. "A gota d'água."

Shane está com um olhar assassino.

"O que você fez com eles?"

"Com quem?"

"O prédio todo. E não só o Bétula-Vermelha. Sei que você falou mal de mim para o Meadow Hill inteiro."

"Lamento dizer, mas você mereceu sua reputação."

"Até parece."

Ouço passos atrás de mim e me assusto quando Will aparece, completamente vestido.

"Tudo bem aqui?" Ele sorri com ironia. "Foi uma manhã muito caótica."

"Um pé no saco, isso sim."

"Will ainda está aí?" Shane pergunta, esticando o pescoço enxerido na direção da minha porta.

"Não é da sua conta."

Volto para dentro do apartamento e bato a porta.

"Odeio que ele mora aqui", digo, irritada. "Odeio com todas as minhas forças."

Will ri.

"Meio que gosto."

"Rindo da minha desgraça, hein?"

"Prefiro a desgraça dele, na verdade. É divertido ver você enchendo o saco dele. Aposto que ele fica a noite toda remoendo isso, pensando em como ter a última palavra."

Há uma batida muito alta na porta.

Will sorri.

"Viu?"

Dito e feito, quando abro a porta, Shane passa por mim com passos pesados e entra no meu apartamento como se morasse aqui.

"Estava pensando sobre ontem à noite e decidi que, se não tenho permissão de dormir com líderes de torcida, você não pode dormir com jogadores de hóquei. Regra nova. A regra Lindley. Você não pode transar com meus companheiros de equipe."

"Por que não?", questiono, embora nada tenha acontecido entre mim e Will.

"Raiva", Shane retruca. "E vingança. É pura retaliação."

"Você é tão infantil."

"Olha quem fala."

"Ai, meu Deus, é exatamente o que uma criança diria."

"Ah, e outra regra. Você não pode voltar o condomínio contra mim."

"Tarde demais", digo, orgulhosa.

"Então você disse alguma coisa para eles!"

O olhar de Will se alterna entre nós como uma bola de pingue-pongue.

"Vocês estão flertando?"

"Não", digo, horrorizada.

"O que você fez com os nossos vizinhos?", Shane insiste.

"Nada, juro."

Ele fecha a cara.

"Você está mentindo?"

"Claro."

Will começa a rir. Ele dá um tapinha no braço de Shane, depois olha para mim.

"Hum. Acho que vou deixar vocês à vontade. Obrigado por me deixar dormir aqui."

"Por favor, não me deixa sozinha com ele", imploro, mas Will já está a caminho da porta. "Viu o que você fez? Você afasta todo mundo com sua personalidade. Não tenho amigos por sua causa."

Seus lábios se contraem.

"Você é tão dramática."

"Olha quem fala", imito. "Dito isso, vai embora. Preciso me arrumar para a reunião de condomínio. Podemos terminar essa conversa... me deixa ver na minha agenda... nunca."

"Não esquenta a cabeça, podemos terminar na reunião do condomínio", Shane diz com um sorriso. "Estou planejando ir."

"Não se atreva."

"Ah, me atrevo. Tenho algumas questões para levantar com o conselho."

"Não tem conselho."

"Vai ter quando eles se verem comigo."

"O que isso quer dizer?" resmungo, mas Shane dá uma de Will e vai em direção à porta.

"Volto em vinte minutos para buscar você para a reunião", ele chama sobre o ombro.

"Não se atreva", rosno atrás dele.

"Ah, me atrevo pra caralho", é tudo que ouço enquanto a porta se fecha.

Ai, meu Deus. Odeio esse moleque. Não acredito que meus lábios tocaram os dele na noite anterior. E sua língua estava na minha boca. E eu *gostei*.

A memória só piora a manhã infernal. Fico resmungando palavrões enquanto me arrumo. Escovo os dentes com raiva e depois coloco um vestido azul leve com florezinhas brancas. Enquanto espero a cafeteira fazer seu trabalho, dou uma olhada no celular e encontro algumas mensagens do meu irmão e uma de Gigi.

Thomas está mandando notícias do Peru, onde faz trabalho voluntário em uma organização de ajuda humanitária. Ele me garante que está vivo e que ainda planeja voltar para casa no final do verão para o churrasco anual do papai. Que bom. Estou com saudades dele.

A mensagem de Gigi é de vinte minutos atrás. Ela mandou do aeroporto, dizendo que estão esperando no portão e que está entediada porque Ryder está lendo um livro em vez de conversar com ela.

Respondo primeiro para ela porque é óbvio que ela precisa de mais atenção do que Thomas.

> Beijei Shane ontem à noite como desafio em um jogo. Foi a pior experiência da minha vida e peço privacidade durante este momento de grande vergonha e sofrimento.

GIGI

HAHAHA beijou de verdade?

Infelizmente.

GIGI

Ele beija bem?

De 0 a 10? 5

Mentira. Foi um belo de um oito. Poderia até chegar a nove se não tivéssemos plateia. Ou talvez a plateia tenha elevado de sete para oito. Foi estranhamente sexy ter olhares voltados para nós.

GIGI

Ele tentou te agarrar?

Não. Mas senti alguma coisa.

GIGI

Meu Deus, você gostou?

Não, eu literalmente SENTI alguma coisa. Ele estava de pau duro, e era… impressionante.

GIGI

Ah, sei bem. Já topei com ele no caminho para o banheiro e ele estava pelado.

E DURO?

GIGI

Não, não. Estava flácido. Mas mesmo flácido chamava a atenção.

Não sei por que, mas fico estranhamente ofendida com a palavra flácido.

GIGI

Concordo. É muito desagradável. Vamos trocar para "não duro".

Tá, então era grande mesmo não duro?

GIGI

Pois é. Comparável com o de Ryder não duro, e o de Ryder é enorme.

É a primeira vez que ela menciona que Ryder tem um volume grande, e fico naturalmente curiosa.

Enorme quanto?

GIGI

Não é da sua conta.

Vai, conta logo. Compartilha com a turma. Defina enorme.

Há uma longa pausa. E então:

GIGI

25 centímetros.

Quase engasgo com o café. Ai, meu Deus. Olha esse cara. Uma lenda de um metro e noventa com um pau de vinte e cinco centímetros.

Nunca mais vou conseguir olhar para o pau dele.

Ainda estou admirada pelas partes baixas de Ryder quando Gigi diz que é hora de embarcar e promete me mandar mensagem do Arizona. Termino o café, levando a xícara para a pia bem quando, pela milésima vez esta manhã, ouço uma batida na porta.

Impressionante. Shane vai cumprir a ameaça de invadir nossa reunião.

Ele sorri com sarcasmo quando abro a porta.

“Pronta?”

“Não”, respondo de mau humor.

“Ótimo. Vamos.”

11

DIANA

Suíte dos Doces

"Diana, você tem um registro das atas da última reunião?", pergunta Brenda, a síndica.

"Aqui." Ergo o caderno no colo.

"Ótimo."

A sala de conferência está lotada, como sempre acontece com as reuniões de condomínio. Na frente da sala está uma mesa comprida onde se sentam os membros do comitê. Brenda comanda o espetáculo enquanto o silencioso Jackson e a sempre monossilábica Tracey seguem a liderança de Brenda para não colocarem os seus na reta. Brenda é um dragão humano que os reduzirá a cinzas se ousarem contrariá-la.

O resto da sala é composto de fileiras de cadeiras de metal. Estou sentada na frente, com Shane à minha esquerda. Quando entramos, Veronika o chamou, dando um tapinha na cadeira ao lado dela. Ou ele não viu ou fingiu não ver e, em vez disso, se sentou ao meu lado, impondo sua presença sobre mim.

"Por que tem tanta gente aqui?", ele sussurra. "Essas coisas não costumam ser chatas?"

"Dá dez minutos c você vai entender por que a palavra *chata* não tem espaço neste ambiente", sussurro em resposta, antes de perceber o que estou fazendo.

Não. De jeito nenhum. Não posso ficar cochichando com ele como se fôssemos cúmplices. Somos inimigos.

Brenda se levanta para se dirigir à sala.

"Olá a todos. Vamos começar. Antes de tudo, vejo um rosto novo entre nós." Ela lança um olhar incisivo a Shane.

Em resposta, ele abre seu sorriso arrogante de sempre.

"Pego no flagra. Sou Shane Lindley. Moro no..."

"Sabemos quem você é", ela diz com frieza.

Shane fecha a boca, surpreso.

"Preferimos que recém-chegados observem e escutem em sua primeira reunião." A expressão dela sugere que ela vê a mera existência dele como um insulto. "A participação não é incentivada."

Priya está à minha direita, mordendo o lábio para não rir. Essa não é uma regra de verdade da Associação de Moradores, então fica óbvio que a exclusão agora se estende à nossa síndica. Pelo que soube, a fábrica de fofocas do Meadow Hill tinha espalhado algumas histórias bem absurdas sobre o nosso mais novo morador. Marnie e Dave, do Salgueiro-Chorão, me contaram que ouviram dizer que Shane foi escoltado para fora de um avião no ano passado por intimidar a tripulação. Sinceramente, não faço ideia de como esse boato sequer começou.

"Continuando", Brenda diz. "Há algum problema que precise ser abordado?"

A mão de Niall se levanta, como em toda reunião.

"Sim. Não vi mudança no nível de barulho desde o último mês. Acho necessário instituir uma lei do silêncio a partir das oito da noite."

Ray, um homem robusto que sempre participa das reuniões com sua esposa quietinha, levanta a voz:

"Que absurdo! Alguns de nós têm vidas, filhos. Como vou fazer meus filhos ficarem em silêncio depois das oito da noite?"

"Sei lá, talvez colocando seus filhos para dormir às sete. Não é um bom horário para colocar os filhos na cama?" Niall pergunta.

"Está tentando me ensinar como ser pai?" A voz de Ray fica mais alta.

"Estou tentando dizer como ser um bom vizinho."

Ray está em pé agora, e Niall cruzou os braços, quase sem fazer contato visual sob os óculos escuros grossos. A esposa meiga de Ray, Lisa, está puxando a camisa dele para fazer com que ele se acalme.

"Caramba", Shane murmura para mim "é sempre tão dramático?"

"Espera só para ver", murmuro em resposta "o principal item da pauta é contratar um novo limpador de piscina porque Veronika foi pega dando para o último no banheiro perto das churrasqueiras."

Ele ri baixo, e não consigo conter o sorriso. Apesar de toda minha resistência, há uma desenvoltura inata quando converso com Shane. Mesmo quando estamos brigando ou nos atacando, existe essa... sintonia.

E agora que reconheci isso, acho a constatação incrivelmente desconcertante.

"Chega!" Brenda quase grita. "Parem, vocês dois. O comitê ouviu a sugestão de Niall e vai levar em consideração." Ela respira para se acalmar. "O próximo item da pauta: a moção de Carla para negar o pedido de Liam e Celeste Garrison de anunciar seu apartamento on-line para aluguel de curtas temporadas. Jackson?", ela diz, olhando para o homem barbudo ao seu lado.

Jackson se levanta um pouco da cadeira, franze a testa para a mulher mandona e careta que todos tentamos evitar, e murmura:

"Pedido negado."

Carla se levanta.

"Vocês não têm direito de fazer isso!"

"Na verdade, temos sim", Brenda responde. "Votamos sobre isso na última reunião. A maioria concordou que os Garrison podem anunciar o apartamento durante as seis semanas que vão estar em Atlanta."

"Eu votei contra!" Carla bufa. "Por que a minoria não tem voz?"

"Porque não é assim que funcionam as votações de maioria e minoria", Brenda diz com frieza.

"Senta, Carla", Jackson rosna da mesa principal. "Ou faço você sentar."

"Quero ver você tentar!"

Pelo canto do olho, vejo Shane se tremendo de tanto rir. Droga. Ele está gostando demais disso. E se começar a participar regularmente? Não posso permitir que isso aconteça. Essas reuniões são minha razão de viver.

"Tenho uma moção", anuncio, erguendo a mão.

Brenda acena para mim.

"Pois não?"

"Moção para proibir todas as festas no condomínio."

"Apoio", Niall diz no mesmo instante.

"De jeito nenhum", Veronika dispara, furiosa.

"Não acredito que vou dizer isso, mas concordo com Veronika", diz Elaine, uma advogada poderosa de um escritório de advocacia de Boston. "'Todas as festas' é um termo amplo demais. Vamos limitar a abrangência. Isso inclui festas de aniversário de crianças? E os churrascos comunitários mensais?"

Brenda bate o martelo.

"A moção de Diana está negada. Não precisa de votação."

Shane sorri para mim.

"Valeu a pena tentar", digo, dando de ombros.

"Por falar no próximo churrasco." Isso vem de Carla. "Gostaria de discutir as restrições alimentares. Meu filho não pode chegar a quinze metros de melancia. Senão ele morre."

Shane pergunta, curioso:

"Desculpa, a gente pode recapitular? Quando é esse churrasco?"

Todos se calam imediatamente.

Brenda ignora a pergunta.

"Podemos guardar todas as discussões sobre o churrasco para o grupo. Próximo item..."

"Sobre esse grupo", Shane interrompe, se virando para Jackson. "Você com a camisa do Bruins: te dou dois ingressos para a abertura da próxima temporada se me adicionar nesse negócio. Acho que fui removido sem querer."

Ergo a mão.

"Moção para expulsar Shane Lindley de Meadow Hill por tentar subornar um membro do comitê."

"Apoiado", Priya intervém porque ela está sempre do meu lado.

"Moção negada", Jackson resmunga. "Quero esses ingressos."

Shane cutuca minhas costelas alegremente.

"Ha."

Brenda bate o martelo de novo.

"Vamos tratar do item mais importante da pauta. Precisamos decidir sobre uma empresa de limpeza da piscina."

"*Isso*", murmuro. "Lá vamos nós."

"Não entendo o problema com a empresa de limpeza antiga", Veronika diz descaradamente.

"Está falando sério?", Priya pergunta, virando a cabeça para encarar nossa loba residente. "Estamos todos perdendo tempo com serviços de piscina por sua causa, e você quer perder ainda mais?"

"Por minha causa?", Veronika pergunta com uma surpresa exagerada. "Mas o que eu fiz?"

Carla entra na briga.

"Você fez o coitado do Niall testemunhar sua indiscrição ao lado de um mictório!"

"Não entendo o problema."

"Diana, pode por favor ler as atas da última reunião para podermos lembrar exatamente o que aconteceu entre Veronika e o limpador da piscina? Já que ela não sabe por que temos que contratar um novo?", Brenda não se preocupa em esconder sua exasperação.

Viro uma página no caderno e pigarreio.

"Bom, Niall detalhou que entrou no banheiro masculino durante nosso churrasco comunitário para encontrar Arvin, o limpador da piscina, erguendo Veronika entre dois mictórios. Ela gritou, abre aspas: 'Limpa essa safadinha imunda como você limpa a piscina'."

Isso leva Shane ao limite. Ele se curva na minha direção, a cabeça praticamente colada em meu braço enquanto treme de tanto rir em silêncio. Seu peito sobe e desce enquanto ele tenta recuperar o fôlego. Sua reação é contagiante, e preciso engolir meu próprio riso histérico.

"Está claro agora, Veronika, por que seria inadequado continuar com nossa antiga empresa de piscinas?", Brenda pergunta com frieza.

"Na verdade, não", ela responde com a voz sedutora. "Pode ler de novo?"

"Chega!", Jackson dispara. "Diego, você tem as cotações de preço das outras empresas de piscina?"

"Tenho. Vou abrir aqui." Na segunda fileira, Diego do Pinheiro-Branco mexe no celular.

O resto da reunião segue sem contratempos, exceto pelo momento em que Veronika manda um beijo para Shane e não consigo controlar o riso de novo. Quando Brenda nos dispensa, saio da sala de conferência com Priya e Niall, deixando Shane à mercê do comitê. Brenda o encurralou na entrada.

“Bom trabalho lá dentro”, digo a meus vizinhos do Bétula-Vermelha. “Sei que Lindley é divertido, mas não se deixem levar.”

“Não me deixei levar”, Niall diz com firmeza.

“Que bom, Niall. Aguenta firme.”

Ele estende o punho com expectativa. Eu o encaro. Até que suspiro e dou um toque com o meu. Então é isso que fazemos agora, eu e Niall. Trocamos soquinhos.

Shane nos alcança enquanto saímos pelas portas dos fundos do Sicômoro.

“Essa foi a melhor experiência da minha vida!”, ele exclama. “Dixon! Por que não me contou como essas reuniões são demais? Nunca mais vou perder uma. Ai, meu Deus, e se eu tiver jogos de domingo nessa temporada? O que faço? Pode filmar para mim?”

“Brenda não permite câmeras na sala de conferência”, Niall diz, ríspido.

Shane solta um suspiro.

“É claro que não. Tão Brenda isso.”

Contenho meu próprio suspiro, mas escapa dos meus pulmões quando vibra uma notificação no meu celular.

JACKSON DELUTE ADICIONOU SHANE
LINDLEY AO GRUPO "VIZINHOS".

Traidor!

Shane olha o celular e comemora.

“Adivinha quem conseguiu uma segunda chance no grupo?”

Priya lança um olhar frio para ele.

“Parabéns. Tenta não mandar nenhuma mensagem insensível de término nele.”

Ele estreita os olhos para ela, mas ela e Niall já estão andando à nossa frente.

“O que foi *isso*?”, Shane pergunta para mim.

“Ah, desculpa, espera aí.”

Estou ocupada mexendo no celular.

Gente, Shane pediu para ser removido do grupo. Ele fica aflito com interação humana. Não o adicionem de novo, por favor. Ele acha situações em grupo super estressantes e estava envergonhado demais para dizer alguma coisa na reunião.

VOCÊ REMOVEU SHANE LINDLEY DO GRUPO "VIZINHOS".

Aparece um alerta no seu celular. Shane fica boquiaberto de indignação. Sorrio para ele.

"Pois é. Não tenho medo de abusar dos meus poderes de administradora."

À noite, ouço uma batida na porta. Atendo para encontrar a cara amarrada de Shane. Sua expressão é tão sombria quanto a camiseta preta que marca seu peito musculoso.

"Desculpa. Não tenho pão velho", digo com a voz doce.

Ele passa por mim para atravessar o vão da porta.

"Sobre o que foi aquele comentário de Priya?"

"Quê?"

Shane entra na sala, as sobrancelhas franzidas de consternação.

"Aquele comentário que Priya fez depois da reunião sobre mensagens insensíveis de término. Fiquei o dia todo pensando nisso e não consegui entender. Sei que fiz piada sobre você voltar os vizinhos contra mim, mas você ficou falando mal de mim pelas costas? Tipo me difamando?"

"Te difamando? Não. A verdade? Sim."

"O que isso quer dizer?"

"Quero dizer que o jeito como você tratou a situação com a Crystal foi insensível. E, francamente, muito maldoso."

Ele me encara, confuso.

"Crystal? Isso é por causa da Crystal?"

Volto para a cozinha para continuar a tarefa que eu estava fazendo antes de Shane aparecer à minha porta. Pego uma garrafa de tequila do armário ao lado da pia e a coloco ao lado do liquidificador.

Shane me segue, furioso, sua raiva se intensificando. Vejo na tensão dos seus ombros e na forma como ele envolve os dedos da mão sobre a borda do balcão de granito branco.

"Por que exatamente lidei mal com aquela situação?" Irritação e incredulidade se misturam em sua expressão.

"Tá me zoando? Li sua mensagem, Lindley. Foi dura pra caralho."

"*Você* tá me zoando? *Hoje cedo* ouvi você falar para o seu ex que não está interessada. Por que isso é diferente?"

"O que eu disse para Percy veio depois de meses dele aparecendo e mandando mensagem. Fui dura porque ele não estava entendendo o recado. Na primeira vez que terminei com ele, não foi só um: *foi mal, some, boa sorte.*"

Revirando os olhos, coloco o mix de margarita de morango, a tequila e o gelo no liquidificador e aperto o botão de ligar. Os ingredientes colidem com a lâmina, cubos voando pelo jarro como caquinhos de vidro de uma janela quebrada. Seguro o botão mais do que o necessário. É meu jeito passivo-agressivo de irritar Niall.

Quando o barulho para, Shane fala de novo, a boca torcida de descontentamento.

"Não foi isso que eu disse para ela."

"Até parece. Eu li sua mensagem."

Ele balança a cabeça, parecendo ainda mais irritado.

"Então, o que você está dizendo, é que leu a conversa toda, mas só está me julgando com base na última mensagem? Que, sim, admito, foi dura, mas ela estava falando umas paradas bem pesadas antes disso."

"Última?", repito, franzindo a testa. Penso na conversa que Crystal me mostrou. "Só tinha uma mensagem naquela conversa, Shane."

"Não, tinha umas vinte. Se não mais."

Desconfiança me atravessa. Não sei de quem estou desconfiada, Crystal ou Shane. Notando minha expressão, ele curva o lábio e tira o celular do bolso da calça de moletom azul-marinho.

"Não acredita em mim? Toma. Lê essa porcaria você mesma."

Eu o vejo deslizando por blocos assustadores de textões até finalmente me dar o celular.

"Começa aqui", ele resmunga. "Quando ela diz que foi o melhor encontro da vida dela."

Quando começo a ler, uma pontada de culpa me atravessa. Quanto mais leio, mais culpada me sinto.

Shane na verdade é bonzinho na maioria das mensagens. Ele dá um fora gentil. Mesmo quando ela o acusa de ter dado esperanças falsas, ele lida com isso com tato e delicadeza.

Em resposta, ela... Ai, Deus. Crystal parece um pouco descontrolada aqui. Mas quem estou enganando? Não posso dizer que nunca fiz o mesmo. Acho que a maioria das mulheres tem no histórico alguma troca de mensagens constrangedora que beira o *stalking* e, se não tiver, tem toda minha admiração por nunca ter sucumbido à insegurança ou ao desespero.

Consigo entender totalmente por que Crystal deletou tudo que veio antes daquela última mensagem de Shane. As mensagens dela vão de piegas a ridículas a extremamente broxantes.

Quando Shane escreve "Não tenho interesse em ver você de novo. Boa sorte", fica claro que ele estava farto das agressões verbais de Crystal.

Aliás...

Ergo os olhos da tela.

"Vocês não transaram?"

"Não." Indignação transparece em sua expressão. "Ela disse que transamos?"

Tento lembrar as palavras exatas dela. Acho que ela usou o termo "ficar", mas, quando eu disse que não acreditava que ele trataria alguém assim depois de transar, ela não me corrigiu.

"Deu a entender", admito.

Agora que sei que foi só um beijo, eu me sinto ainda pior por Shane ter aturado o surto de Crystal. Ela tinha *ameaçado* contar para todo mundo que ele era um aproveitador.

Isso também me irritaria. Entendo que ele tenha perdido a paciência. Assim como perdi hoje com Percy. Quando alguém não consegue ser racional ou se recusa a ouvir, às vezes você acaba perdendo o controle. Não estou justificando o comportamento, mas entendo.

Devolvo o celular sem dizer nenhuma palavra. Shane cruza os braços diante do peito. Seus bíceps se contraem, atraindo meu olhar para a pele lisa. Meio que gosto que ele não tenha tatuagens. A falta delas destaca todos os músculos e veias quando ele cruza os braços.

"Estou esperando", ele diz.

Ranjo os dentes.

"Desculpa."

Seus lábios se curvam.

"Pelo quê?", ele provoca.

"Por tirar conclusões precipitadas e achar que você foi um escroto com Crystal. Em minha defesa, você é um imbecil insuportável na maior parte do tempo, então imaginei que estivesse sendo consistente."

"Isso é lá um pedido de desculpa?"

Argh. Beleza. Sei ser madura quando preciso.

"Desculpa. Acho que você lidou com essa conversa de maneira quase impecável." Minha curiosidade se atiça. "Você estava falando sério quando disse para Crystal que não superou sua ex?"

Incômodo franze a testa dele.

"É complicado."

"Isso é um sim."

Shane encolhe os ombros, os dedos de uma mão passando sobre a superfície brilhante do balcão. Está na cara que esse assunto o deixa desconfortável.

"Ficamos juntos por quatro anos. Não é algo que dá para superar num estalar de dedos."

"Cara, tá tudo bem. Não precisa justificar por que ainda está sofrendo pela sua ex." Tiro um copo alto de plástico da lava-louças e volto para o liquidificador. "Dito isso, pode ir. Tenho uma margarita para beber e quatro episódios de *Casinho ou casório* para assistir."

"Show. Quer pedir uma pizza? Vou buscar umas cervejas no meu apartamento."

Eu o encaro.

"Não te convidei."

"Ah, *eu* me convidei. Não ficou claro?"

E é assim que eu e Shane acabamos no sofá, com bebidas nas mãos e uma caixa aberta de pizza de pepperoni em cima da mesa de cabeceira, enquanto faço um resumo para ele dos casais atuais na casa de campo.

"Então, Leni é minha favorita. Mas a gente *odeia* o Donovan. Ele não é bom o bastante para ela. E Zoey e O Connor são meu casal favorito do momento."

"O Connor?"

"Eu sei. É repulsivo, mas, por sorte, ele não pede para ela o chamar assim. Ele é um locutor de rádio em Nashville. O típico playboyzinho. Muito babacão."

"O que nossa Zoey está fazendo com ele, então?"

"Acho que os opostos se atraem."

Shane pega outra fatia, mastigando devagar enquanto assistimos à interação que se desenrola na tela. Como sempre, fico fascinada.

"Só estou dizendo que eu estaria aberta a isso." A voz de Zoey é suave mas firme. "Não estou completamente fechada."

Connor fica aborrecido. Ele passa a mão nos cachos escuros, inclinando-se para a frente na beira da espreguiçadeira.

"Como assim, Zoey? É sério que você ficaria de boa se Ben escolhesse você?"

"Quem é Ben?", questiona Shane.

Pauso a série para explicar.

"Ben é o cara novo. Toda semana, chegam um menino e uma menina novos, e cada um tem que fazer com que um casal existente termine."

"Caramba. O que acontece com quem leva um fora?"

"Tá, *eles*..." Estou começando a ficar animada. "Vão para a Cabana dos Doces."

Shane ri.

"Quem inventa essas paradas?"

"Os maiores produtores de todos os tempos."

Dou play.

"A Cabana dos Doces parece um lugar aonde as pessoas vão para transar", ele comenta.

Aperto pause de novo.

"Não, essa é a Suíte dos Doces."

Ele solta uma risada grave.

"De tantos em tantos episódios, o público vota em qual casal pode passar a noite na Suíte dos Doces. Acho que é por isso que Connor está tão chateado agora, porque Zoey e Connor *acabaram* de dormir lá. E! Eles fizeram coisas."

"Que tipo de coisas?" Shane parece intrigado.

"Não sei. Não podem mostrar. Mas parecia que a mão dele estava mexendo embaixo do edredom. As pessoas ficam muito apegadas depois que vão para a Suíte dos Doces."

"Bom, ainda mais alguém como Zoey", Shane concorda. "Ela é tão sensível."

Tento avaliar se ele está tirando sarro de mim.

"Quê?", ele diz, envergonhado. "Dá para ver. Você viu como ela ficou chateada quando Jas tirou sarro dos pelos no peito de Todd? Ela puxou Todd de lado e disse que eram bonitos."

"Se ela é tão sensível, por que está aberta a Ben?", argumento. "Nós dois sabemos que, se Ben a escolher, O Connor pode acabar sozinho porque Erica é que não vai escolher O Connor."

"Não, ele não é alfa o suficiente para Erica."

"Vou dar play de novo. Fica quietinho."

Shane ri enquanto pega a cerveja.

"Você é mandona pra caralho."

Quando o episódio acaba, devoramos a pizza e tomamos uma bebida cada.

"Vou pegar outra cerveja antes de você colocar o próximo", Shane diz, levantando-se do sofá. "Quer mais?" Ele acena para o meu copo vazio.

Passo para ele.

"Sim, por favor."

Em vez de sair, ele me observa, pensativo.

"O quê?" digo.

Shane aponta para a caixa de pizza, a cerveja, a TV.

"Isso é uma trégua, né?"

"Não." Rio. "E você é ingênuo por perguntar."

"Eu sei. Eu me senti idiota assim que disse." Ele solta um suspiro. "Vou lá pegar as bebidas."

12

SHANE

Não me excita a essa hora da manhã

Passo quase a semana inteira jogando golfe e treinando, os dois pilares básicos do Verão de Shane. Até agora, a vida está sendo fenomenal. Tenho pena dos Wills, limpadores de piscina, e dos Ryders, operários de construção, do mundo. Bebi algumas com Will ontem à noite no Malone's e ele estava tão cansado e queimado de sol do trabalho que quase desmaiou em cima da mesa.

Na quinta à noite, quando voltei da academia do Meadow Hill para o meu apartamento, recebi uma mensagem que fez meu coração disparar.

LYNSEY

Ainda está de pé aquela oferta de dormir no seu sofá?

Fico encarando a mensagem por uma eternidade. Não quero parecer ansioso demais. Não posso responder com um "*Pode crer. Vem logo para Hastings, sua gostosa*". Porque teoricamente somos amigos, e eu não deveria chamar minha amiga de gostosa. Também não posso responder rápido demais, então, em vez de testar minha força de vontade, deixo o celular no sofá e vou tomar banho.

Minha camiseta suada ainda está colada ao peito. Eu teria ficado mais na academia e feito mais algumas repetições de agachamento terra, mas, perto do fim do treino, eu estava acompanhado por duas moradoras de meia-idade cujos olhares descarados estavam começando a me dar medo. Juro: todas as mulheres desse condomínio estão na seca.

Depois do banho, coloco um short de basquete e volto para a sala. Passaram-se dezessete minutos. Parece um tempo longo o suficiente.

Com certeza.

LYNSEY

Posso te ligar?

Claro.

Um momento depois, sua voz rouca enche meus ouvidos. É tão familiar que faz com que eu me sinta em casa.

"Marquei uma visita em Briar no sábado de manhã. Um dos estudantes de verão vai me mostrar o campus e, depois, tenho uma reunião com a chefe do departamento de Artes Cênicas."

"Uau. Essa transferência é para valer, hein?" Meu pulso acelera com a expectativa de tê-la por perto o tempo todo. Quer dizer, é um campus grande e provavelmente nunca vamos nos ver, mas só de saber que ela está aqui...

Mas não posso me precipitar.

"Acho que sim. Mas quero falar com os chefes de departamento e alguns professores antes de tomar qualquer decisão. Tem um curso de verão em andamento agora. Balé avançado. Vão me deixar participar da aula à tarde."

"Que demais. Tomara que dê certo", digo com naturalidade, tentando fingir que não tem um estádio de hóquei cheio de torcedores vibrando dentro de mim.

"Devo sair de Connecticut por volta da hora do almoço amanhã e chegar na sua casa por volta das sete ou oito. Pode ser?"

"Claro. Vou te mandar o endereço."

"Obrigada. Ah, talvez eu leve alguém, se não tiver problema. Mas ainda não tenho certeza."

"Está bem." Ignoro a dor resultante da decepção porque não posso exatamente pedir para ela não trazer Monique ou alguém da turma antiga. Primeiro, pareceria suspeito, e segundo, eles também eram meus amigos durante todo o ensino médio. De toda forma, será bom rever o pessoal.

"Mando mensagem amanhã quando estiver saindo", ela diz. "E obrigada de novo, Lindy. Vai ser muito mais fácil do que arrumar um hotel em Boston, já que você está a apenas dez minutos do campus."

"Claro. Como eu disse, pode contar comigo."

Meu coração está se debatendo no peito quando encerro a chamada. Cheio de energia, dou uma examinada rápida no ambiente. Meu apartamento está limpo, mas Lynsey tem um pouco de mania de limpeza. No ensino médio, ela passava o dedo na camada de poeira no parapeito da janela do meu quarto e dizia: "*É assim que você quer viver, Shane?*". Era fofo. Quer dizer, na maioria das vezes. Não posso negar que às vezes podia ser irritante.

Durante minha missão de limpeza, percebo que não tenho um aspirador. Não faço ideia de como minha mãe permitiu que essa atrocidade acontecesse. Provavelmente porque paga uma faxineira e supôs que eu nunca tentaria limpar a casa entre uma diária e outra.

Não tem grandes lojas em Hastings, apenas butiques pequenas, mas a loja de ferragens deve vender aspiradores. Posso ir amanhã de manhã, quando abrir.

Uma voz zombeteira na minha cabeça aponta que estou fazendo muito esforço por Lynsey, que pode nem vir, mas informo a essa voz que todos precisam de um aspirador, então, por favor, vai se ferrar.

Na manhã seguinte, acordo bem cedinho, saindo do apartamento no mesmo momento que a porta de Diana se abre.

"Bom dia", ela diz quando nossos olhares se cruzam.

"Bom dia."

Ela está de short branco e camiseta amarela com as palavras ACADEMIA DE ANIMAÇÃO estampadas em letras azuis. Seu cabelo loiro platinado está amarrado num cabo de cavalo alto.

"Indo para o trabalho?", pergunto enquanto começamos a caminhar juntos.

Segurando um copo para viagem, ela desce a escada praticamente correndo.

"Sim, e estou atrasada. Dormi demais, e tenho quase certeza que perdi o ônibus."

"Onde é esse programa de animação de torcida? Te dou uma carona."

Sua expressão é cheia de desconfiança.

"Fala logo. Onde você precisa estar?"

"A escola de ensino médio de Hastings. E só estou aceitando porque estou desesperada."

"Agradeço por me dar a honra."

No estacionamento, Diana revira os olhos para minha Mercedes prateada reluzente.

"Nossa, você é tão mimado. Mamãe e papai compraram para você?"

"Claro." Destravo as portas e entro, esperando que ela se sente no banco de passageiro. Depois que ela se senta, inclino a cabeça e pergunto. "Está me dizendo seriamente que, se ganhasse um carro caro dos seus pais na formatura do ensino médio, você recusaria?"

Ela aperta os lábios. Depois suspira.

"Nem fodendo. Eu pegaria a chave das mãos deles antes que mudassem de ideia."

"Exato", digo e ligo o motor.

A escola fica a apenas cinco minutos de carro. Passo pelos portões automáticos na lateral do condomínio e entro na rua. Árvores centenárias cercam os dois lados da rua, com os jardins residenciais em plena floração. Tudo por onde passamos é verde e colorido. Adoro o verão.

"Por que você perdeu a hora? Foi para cama tarde?"

"Fiquei acordada assistindo a vídeos de comentários sobre *Casinho ou casório*. A internet está chocada que Ben escolheu Jasmine."

"Sabia que ele faria isso."

"Eu tinha certeza que ele pegaria a Zoey."

"Não. Estava na cara que a Zoey queria Connor porque ele deu um orgasmo para ela na Suíte dos Doces. Aliás, aquela briga com Ben e Jas foi do caralho. Os produtores sabem o que estão fazendo... claro, levaram Ben a escolher a garota que causaria mais drama. Zoey é doce demais."

"Ainda não sei se você está tirando sarro de mim."

Nem eu. Até começou assim, mas depois de quatro episódios consecutivos estou estranhamente envolvido no relacionamento de Zoey e Connor.

"Aonde você está indo hoje?" Diana pergunta com um olhar de esguelha. "Você não está usando suas roupas de golfe esquisitas."

"Minhas roupas de golfe não são esquisitas. E vou comprar um aspirador. Preciso limpar a casa para uma visita."

Ela bufa.

"É o dia de folga de Niall. Pode filmar a reação dele para mim?"

"Ele não gosta de aspirador... Espera, por que estou perguntando? O cara não gosta de nada que faça mais do que zero vírgula dois decibéis."

Nosso trajeto curto acaba quando chego à frente da escola, um prédio amplo de estuque cinza com janelas brancas.

Estaciono para ela poder sair.

"Até mais, Dixon."

"Obrigada pela carona, papai."

"Não me excita a essa hora da manhã, por favor."

Ela está rindo quando sai. Podemos não ter feito uma trégua oficial, mas ela parece muito menos hostil desde que desmascarei as mentiras de Crystal. Ainda machuca que Crystal tenha não apenas levado Diana a acreditar que fizemos sexo como que eu lhe dei um fora através de uma mensagem de uma linha depois. Eu nunca trataria uma mulher assim.

Depois que deixo Diana, compro um aspirador que provavelmente só vou usar uma vez e passo as horas seguintes limpando e torcendo para não ser em vão.

Quando finalmente desligo o aspirador, ouço um grito irritado do andar de baixo.

"*Finalmente.*"

"Niall, supera!", grito, mostrando o dedo para a porta. Porra, Niall.

Por volta das três, Lynsey manda mensagem para dizer que está saindo. Ou, melhor, que *estão* saindo. Acho que quer dizer que Monique também vem. Mas talvez seja uma coisa boa. Faz mais de um ano que eu e Lynsey não ficamos a sós. Nós nos vimos depois do término, mas só com outras pessoas por perto.

De repente me passa pela cabeça que talvez ela esteja trazendo uma vela de propósito. Mas teoricamente somos amigos agora. Amigos não precisam de uma vela. O que me leva a pensar que ela tem medo de ficar sozinha comigo. E a única razão para isso dar medo nela é porque... ela ainda sente alguma coisa por mim também.

Ou talvez eu esteja exagerando.

Passo o resto da tarde fazendo compras na cidade, depois arranjo tempo para um treino rápido na academia do condomínio. Lá pelas sete, Lynsey me manda mensagem dizendo que chegaram em Boston. Isso me dá uma hora para tomar banho e me vestir. Faço um esforço para não parecer desleixado. Nada de short de basquete, nada de camiseta surrada. Coloco jeans, uma camisa limpa e um boné na cabeça. O boné tem o logotipo dos Warriors, nosso antigo time de futebol americano da escola. Talvez isso desperte alguma nostalgia nela.

Logo depois das oito, Richard do Sicômoro interfona para dizer que chegaram minhas visitas e que ele deu a elas o cartão do estacionamento noturno. Logo depois, recebo mais uma chamada no celular, um pedido de liberação das portas do Bétula-Vermelha.

"Sou eu." A voz cheia de estática de Lynsey enche meus ouvidos.

"Pode subir."

Minhas palmas estão um pouco úmidas, então as seco na calça jeans. Porra, passei quatro anos com essa garota. Eu a conheço melhor do que ninguém. Não era para ficar tão nervoso.

Pelas paredes finas, escuto passos na escada.

Abro a porta e lá está ela. Linda, como sempre. Um vestido florido envolve seu corpo torneado, revelando um par de pernas esculturais, definidas por anos de balé. Ela alisou o cabelo preto brilhante, que está solto sobre os ombros, em vez de preso num rabo de cavalo, como de costume.

Um sorriso hesitante se abre em seus lábios. Entendo instantaneamente sua hesitação quando meu olhar passa para o homem ao lado dela.

Eu me recupero rápido, forçando um sorriso descontraído.

"Oi. Que bom que você chegou inteira." Depois de um segundo, chego perto para dar um abraço rápido. "Você está linda."

Talvez seja só um amigo.

Por que não seria?

Mas vi a mão possessiva que ele manteve no quadril dela antes de ela retribuir o abraço.

Ignorando a tensão constrangedora no ar, estendo a mão para o homem. "E aí, cara. Sou Shane."

Lynsey engole em seco.

"Ah, desculpa, sou péssima com apresentações. Shane, esse é Tyreek. Meu namorado."

13

DIANA

O rico enredo do nosso amor

Volto do trabalho para casa na sexta à noite querendo só vestir uma roupa confortável, pedir comida chinesa e assistir a *CoC*. Quase nunca consigo assistir ao vivo, então estou animada. Significa que hoje vou poder votar para alguém da Cabana dos Doces voltar à casa de campo.

Encontro o entregador no saguão do Bétula-Vermelha, pego a sacola de plástico que ele me dá e levo para o andar de cima. Estou tirando e colocando pequenos potes de papelão no balcão quando meu celular toca. Estico o pescoço para ver a tela, reprimindo um suspiro quando vejo o nome da minha mãe. Conversas com minha mãe são dolorosas ou *muito* dolorosas.

Eu a coloco no viva-voz, continuando a tirar minha comida das embalagens.

"Oi, mãe."

"Oi, querida. Pensei que faz tempo que não falo com você, então liguei para ver como você estava."

"Estou bem. Ocupada com o trabalho. Como você está?"

"Bem. Acabei de sair do telefone com seu irmão." É claro que ela ligou primeiro para Thomas. É o favorito. "Estou pensando em fazer companhia para ele em Lima por uma semana ou duas. Ele disse que está adorando o trabalho lá."

Ela passa os cinco minutos seguintes se derretendo em elogios ao meu irmão mais novo. Que está orgulhosa dele por ter entrado na sua primeira opção de faculdade. Que ele vai se tornar um médico brilhante. Que ela torce para ele fazer um PhD além da especialização, afinal, o que é melhor do que um diploma de doutorado? Dois doutorados!

Finalmente, como se só lembrasse de mim agora, ela pergunta:

"Quais são seus planos para hoje?"

"Comida chinesa e reality show ruim", respondo. Isso mesmo, mãe. Thomas não é o único da família com grandes ambições!

"Não sei como você consegue assistir a essa porcaria." A desaprovação é evidente em suas palavras. "Você poderia estar fazendo coisas tão mais produtivas com seu tempo."

"Bom, passei o último mês ensaiando muito, mas Kenji me deixou na mão."

"Kenji?", ela diz sem entender.

"Meu parceiro de dança."

"Parceiro de dança?"

"Da competição de dança de salão, lembra?"

"Ah, sim. Claro. Você competiu no ano passado. Você ficou em...?" Ela deixa a pergunta no ar.

"Décimo quinto", respondo com vergonha. Para alguém tão ambiciosa como minha mãe, décimo quinto lugar é uma desgraça. Uma mancha na reputação da família. "Enfrentamos alguns casais incrivelmente talentosos, mas foi superdivertido mesmo assim. Meu pai, Thomas e Larissa estavam lá para torcer por nós."

E você não, é meu lembrete implícito. Até minha madrasta, Larissa, se importa com meus interesses.

Mas minha mãe é inteligente demais para não captar e não é do tipo que não responde. Minha mãe não tolera comportamento passivo-agressivo.

"Querida, acho que nós duas sabemos que tenho atividades mais relevantes para fazer no meu tempo."

Sim. Esqueci. Dança é uma atividade inútil e trivial. Perdão. Lembro quando comecei a demonstrar interesse na infância. Implorei para os meus pais me colocarem nas aulas, e minha mãe bateu o pé e disse: "*Não vou ser mãe de uma bailarinazinha, Diana*". Como se isso fosse muito inferior a ela. Meu pai a convenceu a me deixar fazer dança e ginástica, mas era ele quem me levava e buscava dos treinos, e o único que comparecia às competições e aos recitais.

O irônico é que, quando me apaixonei por dança de salão há alguns anos, pensei que seria o tipo de coisa que finalmente atrairia a aprovação da minha mãe. Dança de salão é vista como "séria", não tão trivial quanto a dança moderna e o hip-hop que eu curtia quando era criança. Mas a aprovação da minha mãe não parece estar no meu destino. Pelo contrário, praticar dança de salão só me torna ainda mais frívola aos olhos supersérios dela de professora universitária.

Olhe, não me entenda mal. O meio acadêmico merece respeito. Acredito muito nisso. Mas também cria pessoas muito pretensiosas e, por acaso, minha mãe é uma delas. Ela parece ter ficado ainda mais insuportável desde que saiu do MIT para dar aulas na Columbia. Embora eu ache que o lado bom é que não está mais no mesmo estado que eu.

Sentindo que estou a dois segundos de desligar na cara dela, minha mãe muda de assunto para um que é ainda menos interessante.

"Tem falado com Percival?"

"Não." Não comento que ele tentou me trazer café da manhã na semana passada e eu basicamente disse para ele sumir.

"Não sei por que você terminou com ele." O tom desaprovador retorna.

"Porque não somos compatíveis."

Há uma longa pausa.

"Que foi?", digo, a irritação crescendo.

Quando ela volta a falar, é com cautela.

"Diana, sei que namorar intelectuais pode ser desafiante..."

Intelectuais? Ai, meu Deus. Que *palhaçada*. Claro, Percy poderia dar uma aula de física avançada com o pé nas costas, mas quando o assunto é inteligência emocional ou habilidades interpessoais, ele não tem nenhuma. Tentei apresentá-lo aos meus amigos uma vez, e ele deu respostas monossilábicas o tempo todo.

Particularmente, acho que existem tipos diferentes de inteligência. Minha mãe, porém, acredita na teoria de que existe apenas uma medida de intelecto que é determinada por um teste de QI.

"... acreditar que ele é um bom partido para você."

Ah, ela ainda está falando.

Eu me forço a prestar atenção, interrompendo-a antes que ela continue a exaltar as virtudes geniais de Percy.

"Não nos comunicávamos bem, mãe. E ele era inseguro demais. Essa é a qualidade menos atraente num homem."

Para meu espanto, ela concorda. Mas, enfim, até um relógio quebrado está certo duas vezes ao dia.

"Sim, entendo que isso possa ser irritante. Construir confiança é fundamental para o desenvolvimento humano."

Felizmente, a conversa acaba não muito depois disso, e consigo redirecionar minha atenção aos planos mais simplórios e mundanos da noite. Jantar e casa de campo, baby.

Como sempre, o episódio é cheio de drama, suor e tensão sexual. Quando chega a hora da votação, tenho uma grande decisão a tomar. Os dois solteiros da Cabana dos Doces com mais votos podem voltar, mas não têm permissão para separar um casal ou se reunir com seu ex-parceiro. Eles formam um casal entre si, então às vezes é preciso votar estrategicamente. Esse programa é muito besta.

Quando meus votos estão confirmados, meu celular toca de novo e, dessa vez, é Shane.

"O que você quer?", digo no lugar de oi.

"Oi, preciso da sua ajuda." Sua voz está estranhamente baixa.

"Não."

"Você nem sabe do que eu preciso."

"É, mas não acho que vou gostar."

"Acho que vai amar. Parece o tipo de brincadeira que você curte."

"Tá, estou curiosa."

Ele murmura alguma coisa.

"Desculpa, quê? Não consigo ouvir."

Ele murmura de novo.

"Shane! Não consigo ouvir."

"Estou tentando falar baixo. Eles estão no outro cômodo."

"Quem está no outro cômodo?"

"Minha ex-namorada e o namorado novo dela", ele murmura como se estivesse falando entre dentes. Ouço um silvo de ar.

"Ah. Ah, não."

"Consigo ouvir seu sorriso, Dixon."

"Então, você limpou a casa para ela."

"Não, pelo visto, limpei a casa para *eles*. Mas tudo bem. Fiz um controle de danos."

"Que controle de danos?"

"Eu disse que estava namorando."

Começo a rir.

"Esse é o melhor dia da minha vida."

"Ah, melhora ainda mais, Dixon. Eu disse que era com você."

Meu queixo cai. Fico tão chocada que perco a voz por um momento.

"*Eu?*"

"Sim. Disse que você morava do lado, mas que saiu com as amigas." Ele solta um resmungo baixo. "Acho que eles não acreditaram em mim."

"Claro que não. Está na cara que é mentira."

"Pois é. E agora estou parecendo ainda mais otário. Então, por favor, preciso da sua ajuda. Pode vir aqui, mas, tipo, se arrumar antes? Eu disse que você foi para a balada."

"Uhum. Legal. Você quer que eu coloque uma roupa de balada, passe aí e... faça o quê?"

"Seja minha namorada, Diana!", ele rosna. "Por favor."

Ele me chamou de Diana. E pediu *por favor.*

Deve ser grave.

"É constrangedor pra caralho."

Muitos homens seriam orgulhosos demais para admitir isso. Shane parece tão angustiado que acabo amolecendo por sua situação.

"Quais são as regras?", pergunto devagar. "Como nos conhecemos?"

"Não ligo. Pode inventar a história que quiser. Só me faz esse favor."

"Por que não estou na balada?"

"Sei lá. Diz que Gigi teve uma intoxicação alimentar."

"Gigi estava na balada comigo?"

"Estou *cagando* para quem..." Ele volta a baixar a voz abruptamente, suas palavras seguintes são pouco mais do que um sussurro. "Não me importa a história que você vai inventar."

"Onde você está agora?"

“Estou no quarto. Fingindo procurar o anuário do ensino médio para mostrar para o namorado dela.”

“Eita.”

“Pois é.”

“Tá, então, para recapitular, sou sua namorada de mentira e tenho liberdade total sobre o que dizer? Posso criar o rico enredo do nosso amor?”

“Se você vier e me ajudar, pode fazer o que quiser.”

Não consigo parar de sorrir.

“Me dá uma hora.”

14

DIANA

Top dez motivos para sair comigo

Precisamente sessenta minutos depois, chego ao apartamento de Shane com o mais dramático dos suspiros.

"Estou *tão* chateada agora, amor! Tipo, uma coisa seria se ela tivesse intoxicação alimentar ou coisa assim, mas me dar cano por causa de macho? Fazia semanas que a gente estava planejando isso. Não vou a Boston há *séculos*. Estava ansiosa para dançar e..." Finjo de repente notar o casal sentado no sofá de Shane. "Ah. Desculpa." Volto o olhar para Shane. "Era hoje?"

Sou uma atriz fenomenal.

"Sim." Ele está contendo um sorriso. "Te falei pelo telefone mais cedo."

"Verdade, desculpa. Não estava prestando atenção. Ocupada demais ficando *assim*."

Subo e desço as mãos apontando para meu vestido preto justo. Tem um decotão nas costas e é sexy para caramba. Como eu toda, modéstia à parte. Meu cabelo está preso num coque. Os lábios estão vermelho-sangue. Brincos pendentes enfeitam minhas orelhas, e sandálias com tiras cruzadas destacam minhas pernas bronzeadas, com saltos que não são altos demais para eu não conseguir dançar com eles. Embora eu ache que, na verdade, poderia dançar com qualquer coisa.

Dou uma olhada na ex-namorada de Shane, nem um pouco surpresa ao descobrir que ela é absolutamente linda. Tem o cabelo escuro e brilhante, liso e com um pouco de volume. Seus traços são impecáveis, assim como sua pele. Ela tem lábios carnudos e olhos castanhos que piscam com curiosidade quando encontram os meus. E talvez eu esteja imaginando coisas, mas tenho a impressão de ver também um traço de irritação.

"Oi", digo, com um sorriso radiante para o casal. "Sou Diana. Desculpa interromper."

Ela sorri em resposta. O que quer que eu tenha visto em seus olhos passou, substituído por uma expressão simpática.

"Sou Lynsey. Esse é Tyreek."

"Prazer." Eu me viro para Shane. "Por favor, me diga que você tem um pouco de álcool aqui porque preciso muito de uma bebida."

"Está a fim do quê?"

"Você sabe do que gosto", digo, fazendo charme, me sento no lado menor do sofá. Enquanto me inclino para começar a desamarrar os sapatos, olho para o outro casal. "Zero lealdade", digo.

"Como assim?" Tyreek pergunta, achando graça. Ele é um homem atraente com o cabelo raspado e um sorriso bonito, mas nem de longe tão gato quanto Shane.

"Minha melhor amiga", explico. "Ela não tem lealdade. Me trocou por um cara hoje." Suspiro. "Está na fase da lua de mel. Literalmente, porque eles acabaram de se casar."

"Ah, sim." Lynsey me surpreende ao acenar. "Luke."

Hesito por um segundo antes de me tocar que é óbvio que ela deve conhecer os amigos de Shane. Preciso tomar cuidado sobre o que digo a respeito de Ryder.

"Isso, minha melhor amiga, Gigi, se casou com ele", respondo. "O que é, sabe, romântico e tal. Mas agora eles estão grudados, e essa é a segunda vez que ela cancela a noite das meninas em três semanas."

"Em que balada vocês iam?" Tyreek pergunta.

"Mist. As mulheres entram de graça sexta à noite."

Sim, fiz minha pesquisa antes de vir. Não sou nenhuma amadora.

Shane retorna, sorrindo de leve. Entendo por que quando noto o que ele está segurando. Preciso morder a língua para não rosnar para ele.

"Uísque. Puro. Do jeitinho que você gosta." Ele arqueia uma sobrancelha.

Ah, então é assim que vai ser? Ele *sabe* que não suporto o gosto de uísque. Cretino. Só dei carta branca para ele escolher a bebida porque imaginei que ele faria alguma coisinha fofa para deixar Lynsey com ciúme. Como trazer uma batida de vinho com um guarda-chuvinha.

Seu semblante perverso me faz conter um olhar fulminante.

"Obrigada, namorado."

Aceito o copo de uísque cheio até a borda. Com um sorrisão, dou um golinho e tento não vomitar.

Uísque em temperatura ambiente é horrível.

"Essa é sua bebida favorita?" Tyreek parece impressionado. "Nunca conheci uma mulher que tomasse uísque puro."

"Ah, sim. Eu curto. Adoro." Meu estômago está em chamas. É isso que ganho por fazer um favor a Shane Lindley.

"Espera, deixa que eu ajudo, gatinha."

Quando dou por mim, Shane está de joelhos desamarrando as alças do meu outro salto.

Involuntariamente, um calafrio sobe por minha perna e formiga entre minhas coxas.

"Obrigada", digo, a garganta um pouco rouca.

Sua mão fica no meu tornozelo. Shane faz um carinho de leve antes de se levantar para se sentar ao meu lado no sofá. Senta com as pernas abertas e me puxa para seu lado, colocando um braço musculoso ao redor de mim. Ele cheira bem. Como sabonete e sândalo, e um toque de pós-barba intenso.

"Sei que você está chateada por causa da balada, mas não estou exatamente reclamando por não ter dado certo." Ele leva os lábios muito perto do meu ouvido. "Você está gata pra caralho." Ele sussurra essas palavras, mas alto suficiente para eu saber que Lynsey e Tyreek conseguem ouvir.

"Ah, obrigada, amor." Viro um pouco a cabeça e nossos lábios ficam subitamente a milímetros de distância.

Meu coração dá uma cambalhota e, por um segundo, penso que ele vai me beijar. Mas ele apenas sorri e pisca. Sua mão se move distraidamente pelo meu braço nu em um carinho lento.

Engulo em seco.

"Então, o que vocês estavam fazendo antes de eu aparecer?"

"Nada demais. Só conversando, botando o papo em dia", Shane responde.

"Vocês estudaram juntos no ensino médio, certo?" Digo, alternando o olhar entre Shane e Lynsey. "E você?" Pergunto a Tyreek. "Também é de Vermont?"

"Não" Tyreek responde. "Sou de Boston. Estudo na Universidade de Boston."

"Legal. Qual seu curso?"

"Cinesiologia."

"Sério? O meu também!", exclamo.

"Não brinca. Você é atleta?" Tyreek pergunta.

"Líder de torcida."

Lynsey entra na conversa com um sorriso educado.

"Ah, que demais. Estudo artes cênicas. Não temos nenhuma equipe da AAUN, então não entendo muito dessas coisas, mas ginástica de torcida é reconhecida agora como esporte?"

"Não, não é." Não sei se ela quis ser maldosa, mas pareceu. Mesmo assim, retribuo seu sorriso. "Mas deveria. A gente sua muito a camisa."

Mas ela não é a primeira pessoa a sugerir, intencionalmente ou não, que ginástica de torcida não é um "esporte" oficial. A AAUN, ou Associação Atlética Universitária Nacional, ainda não a reconhece, o que é um absurdo, afinal, alguém consegue mesmo dizer que líderes de torcida não são atletas? Treinamos muito. Somos flexíveis para caramba. Porra, consigo fazer séries de acrobacias que um jogador de hóquei como Shane não faria a menor ideia de como executar. O que não significa que ginástica de torcida seja mais exigente do que hóquei. Só que somos atletas e merecemos esse reconhecimento.

O programa de líderes de torcida da Briar é muito competitivo. Assim que o ano letivo começa, já estamos a todo vapor. Nos matando e levando nossos corpos ao limite para nos prepararmos para as regionais em novembro. Depois, se tivermos a sorte de avançar, é rumo às nacionais na primavera.

Surpreendentemente, o namorado de Lynsey me apoia.

"Boto fé. Nossa equipe é sinistra."

"Você joga futebol americano na Universidade de Boston?", pergunto.

"Basquete. E, mano, as coreografias que aquelas mulheres mandam durante o intervalo? Incríveis."

"Confia em mim, eu sei. A Universidade de Boston tem uma equipe de peso. Quase nos derrotaram nas regionais do ano passado." Volto o olhar para Lynsey. E você? "Shane disse que você dança balé?"

"Sim", ela responde. "Treino no Conservatório Liberty em Connecticut."

"Ah, que demais. Eles têm um programa excelente." Levo a mão ao copo de novo até lembrar o que tem nele. Então ele continua na mesa de centro e recuo a mão discretamente. "Na verdade, estudei balé até os catorze."

"Jura?" Ela parece interessada agora. "Parou por quê?"

"Era muito..." Eu me contenho porque quase disse *pretensioso*. "Rígido", completo. "Gosto de pensar que tenho disciplina, mas o balé exigia mais do que eu estava disposta a dar. O mesmo vale para a ginástica. Quando eu era criança, sonhava em ir para as Olimpíadas. Até perceber que você não tem uma vida. Precisa viver e respirar ginástica. Para ser sincera, prefiro ensinar a praticar. Estou passando o verão dando aulas num programa de cheerleading para crianças e é muito gratificante."

Lynsey torce o nariz.

"Nunca conseguiria dar aulas. Não tenho esse tipo de paciência, muito menos com crianças. Fico irritada quando vejo que estão fazendo alguma coisa errada."

Seu comentário não me surpreende. Não está demorando para eu formar uma opinião sobre a ex de Shane, e não é lá muito positiva.

"Não me incomodo", digo. "Claro, as crianças cometem muitos erros... porque são *pequenas*. Mas elas são tão loucas para aprender. Não tem nada que eu ame mais do que vê-las dominar uma habilidade."

Ela encolhe os ombros.

"Sinto mais satisfação em dominar minhas próprias habilidades."

Não deixo de sentir os dedos de Shane ainda acariciando meu braço. Quando acabo de falar, ele se inclina e esfrega o nariz no meu pescoço antes de me dar um rápido beijo na bochecha. Ele está sendo tão afetuoso. Chega a ser desconcertante. E está tão cheiroso que não dou conta.

"Aposto que você sente falta de ter esse aqui para dançar", brinco, sorrindo para Lynsey enquanto dou uma tapinha na coxa de Shane. "É difícil tirar esse cara da pista de dança."

Suas sobrancelhas se erguem.

“Sério?”

“Ah, sim. Aliás, foi assim que a gente se conheceu. Ele esvaziou toda a pista e tentou me conquistar na base da dança. Apresentou um solo e tudo. Querido, conta para ela.”

Shane vira a cabeça de leve para me encarar. Parece querer me matar, mas, quando desvia o rosto, está com um sorriso tímido.

“É, fiz papel de palhaço.”

“Não, foi uma gracinha.” Eu me inclino para a frente para pegar meu uísque, dessa vez me forçando a dar um bom gole.

A mente controla o corpo. É só fingir que não está queimando minha garganta e espumando feito lava no meu estômago. Mal bebi um quarto do copo e já estou ficando alta.

Ofereço para Shane.

“Quer um pouco?”

“Não, vou ficar na cerveja.”

Babaca.

“Quero ouvir o resto dessa história”, Lynsey diz.

Tyreek ri.

“Mano, eu também. É sério que você fez uma coreografia maluca para conquistar a mina?”

“Seríssimo”, respondo por Shane. “A gente estava numa balada de música latina em Boston. Não lembro o nome, mas foi logo depois da vitória do Frozen Four, e fomos todos lá para comemorar. Já fazia uns meses que o Shane estava tentando ficar comigo.

“Não fazia tanto tempo assim. Só chamei você para sair uma vez.”

“Claro, uma vez por semana desde setembro. Ele estava gamado”, digo, sorrindo para Lynsey e Tyreek. “Eu vivia recusando, e ele ficava cada vez mais desesperado.”

“Desesperado não. Determinado”, Shane interrompe. Ele me lança um olhar fulminante de brincadeira, mas só eu sei que de brincadeira não tem nada.

“Ele me mandava umas mensagens... eram tão cafonas. Eram, tipo, *top dez motivos para sair comigo*.”

Tyreek engasga no meio do gole de cerveja.

“Quais eram os motivos?”

“Não lembro todos.” Finjo vasculhar a memória. “Alguns eram muito ridículos. Como... *consigo durar até vinte minutos na cama*.”

Isso faz Tyreek se dobrar de tanto rir. Lynsey mal esboça um sorriso.

Noto que ela não é muito engraçada. Não que seja um defeito. Nem todo mundo tem o senso de humor incrível desta que vos fala. Mas pessoas sérias me deixam incomodada às vezes. Me lembram demais minha mãe, que não sabe o significado da palavra *piada*.

"Tinha motivos românticos também", Shane se defende antes que eu solte mais alguma revelação humilhante. "Eu disse que era gentil e amoroso, lembra?"

"Verdade. Disse mesmo. Tem razão."

"Disse que sabia tratar bem uma mulher, que era muito cavalheiro."

"Verdade também." Dou de ombros. "Mas o motivo número um era que ele dançava muito bem e, à noite, paguei para ver. Falei para ele me impressionar. Então, Shane foi até o DJ e pediu para ele tocar uma faixa ridícula, um remix rap-pop muito horrível do Vizza Billity. E entrou no meio da pista de dança e começou a fazer seus, digamos, 'passos'." Faço aspas no ar. Tyreek e Lynsey estão rindo agora. "Foi muito fofo."

"Estava todo mundo torcendo", Shane acrescenta, criando todo um grupo de incentivo para a história.

"E ele veio rebolando até mim, estendeu a mão e disse: *me concede essa dança?*"

Tyreek ri de novo.

"Não sei se é cafona ou charmoso."

"Charmoso, certeza." Shane pega minha mão e entrelaça nossos dedos. Mas, quando o outro casal não está olhando, ele pressiona o polegar no centro da palma da minha mão. É um aviso. "E olha só no que deu. Acho que fazer papel de palhaço na frente de Boston inteira valeu a pena."

Tá, até que isso foi romântico. Noto a expressão de Lynsey mudar de sorridente para... não sei dizer o quê. Ela é muito competente em mascarar suas emoções.

"Quer dizer que agora você dança?", ela fala para Shane. Acho que era para ser uma piada, mas percebo o tom cortante em sua voz.

"Acho que sim", ele responde, dando de ombros. Para minha mais absoluta surpresa, ele acrescenta: "Eu e Diana vamos participar daquela competição de dança. A CNDSAA."

Seus olhos faíscam.

"Você não está falando sério."

Eu me recupero rápido da surpresa.

"Pois é, consegui convencer o menino", confirmo, me aconchegando ainda mais em Shane. "Por quê? Você também vai competir?"

"Competi todos os anos desde os dezesseis." Seu maxilar está tenso. "Desde quando você se interessa por dança de salão, Lindy?"

Ah, sim, ela está puta por Shane estar fazendo dupla comigo. Aposto que ele nunca quis fazer com ela. Não que ele seja meu parceiro de verdade. É uma mentira e está claramente fazendo efeito.

"Diana fez pressão." Ele abre um sorriso meio culpado. "É difícil dizer não para ela."

"Pode apostar que é." Dou um beijo em sua bochecha barbeada.

O celular que deixei em cima da mesa de centro apita com um alerta de repente, e me desvencilho de Shane para dar uma olhada.

"Tudo bem?", ele pergunta.

"Sim, desculpa. É uma notificação de que a votação de *Casinho ou casório* acabou."

"Putz, era a liberação da Cabana dos Doces? Você votou?"

"Óbvio."

"Quem você escolheu para voltar para a casa?"

"Todd e Ky."

"Todd!" Shane resmunga. "O infiel de plantão?"

"Ele é divertido!"

Do outro lado do sofá, Tyreek nos encara com um sorriso.

"Casinho ou o quê? É um reality show? Ah, espera." Ele cutuca a coxa dela. "Amor, não é aquele que você assiste?"

Ela acena distraidamente, mas está concentrada na gente.

"Você o fez dançar *e* acompanhar reality show? Estou impressionada."

Dessa vez ela nem tenta disfarçar com humor. Seu tom é cortante e carrega um quê de ressentimento.

Tenho quase certeza que essa garota me odeia, mas não sei quanta empatia consigo sentir por ela. Ela está ali sentada com o namorado ao lado. Não tem o direito de ser abertamente hostil com a namorada de mentira do ex-namorado.

Até que isso é divertido. Estou arrasando nesse papel. E mal comecei.

Shane vai me matar.

15

SHANE

Você sempre foi tão gata?

Vou matar Diana.

Sabia que ela me zoaria e teria o maior prazer em fazer isso, mas não esperava que nossa história de amor épica envolveria cortejar Diana por meio da dança. Agora, enquanto Lynsey usa o banheiro e Tyreek está na cozinha fazendo uma ligação, ela coloca uma música e vem saltitante na minha direção com os pés descalços. Seus saltos estão abandonados no chão perto do sofá.

"O que você está fazendo?", pergunto, desconfiado.

"Estou a fim de dançar." Ela me puxa na direção da janela ao lado da porta da sacada.

Deixo que me arraste só porque quero um segundo a sós com ela, e isso me dá a oportunidade de dizer:

"Te odeio."

"Odeia nada. Você me ama. Sou sua namorada e estamos perdidamente apaixonados."

Radiante, ela coloca uma mão no meu ombro e a outra na palma da minha mão. Por instinto, seguro a cintura dela e a puxo para perto e, nossa, ela é muito mais baixinha do que eu imaginava. Sempre que eu dançava com Lynsey, eu não precisava abaixar tanto a cabeça para ficar na altura dos olhos dela. Com Diana, sou quase trinta centímetros mais alto.

Porra, ela está um verdadeiro furacão nesse vestido justo. Muito gostosa. Quase compensa toda a dor e o sofrimento que está me causando esta noite. Mas acho que é o que mereço por ter pedido a ajuda dela.

"Não precisa exagerar tanto", aviso com a voz baixa.

"Por quê? Ela está com ciúme."

Isso me faz hesitar.

"Você acha?" Eu estava com essa impressão, mas Lynsey pode ser difícil de decifrar.

"Certeza", Diana diz. "Quando você disse que participaríamos da competição?" Ela aponta dois dedos para os olhos. "Armas de fogo. Eu me senti fuzilada. Me gira."

Sorrindo, ergo nossas mãos dadas para ela poder executar um pequeno giro, depois a puxo na minha direção.

Diana observa nossos pés, como se estivesse me avaliando.

"Até que seus passos não são tão ruins."

"A gente está só andando para trás e para a frente de um lado para o outro."

"Olha, muitos homens não conseguem fazer nem isso."

Tyreek volta para a sala, sorrindo para nós. Para ser sincero, ele é uma cara bacana. Tranquilão e fácil de conversar. Queria estar com raiva dele, mas não consigo.

"Diana, achei a coreografia que eu estava comentando", ele diz. Ele estava procurando um vídeo de uma das coreografias de cheerleading que a equipe da Universidade de Boston apresentou no ano passado.

"Ah, perfeito. Estou louca para ver."

Diana me solta e corre para o sofá. Ela se senta ao lado de Tyreek enquanto ele reproduz o vídeo para ela.

Lynsey sai do corredor um momento depois, parando perto de mim ao lado da porta da varanda. Ela segue meu olhar para nossos respectivos namorados. Quer dizer, o dela. O meu é uma farsa.

Não acredito que ela tem um namorado. E não acredito que teve a coragem de aparecer com ele. É um tapão na cara. Me deixa com raiva toda vez que paro para pensar, mas não posso demonstrar. Sem falar que não quero que Tyreek pense que tenho algo contra ele. É tudo contra Lynsey.

"Um aviso teria sido legal", murmuro para ela. Esse é nosso primeiro momento a sós desde que eles chegaram. Ela não saiu do lado dele.

"Sim. Teria", ela concorda, tensa.

Lanço um olhar surpreso para ela.

"Sério? Você acha que *eu* deveria ter avisado *você*?"

Nossas vozes são sussurradas, mas acho que Diana e Tyreek nem notam. Eles estão concentrados no vídeo.

"Você não me contou que estava com alguém."

"Nem você, Lynz. Sem falar que não apareci com Diana na sua casa pedindo para passar a noite."

"Desculpa. Achei que não seria nada demais. Faz um ano que terminamos, Shane."

"Está saindo com ele faz tempo?"

"Um mês. A gente se conheceu numa festa em Boston. Ele é amigo do primo de Monique."

Então, ela estava com ele quando nos falamos ao telefone algumas semanas atrás. Teria sido gentil se ela tivesse aproveitado para me contar. Entendo... ela não me deve nada. Não precisa me atualizar sobre sua vida amorosa. Mas me sinto um lixo por não saber de nada e ser pego de surpresa na minha porta.

"Você não está bravo, está?" Ela examina minha expressão.

"Não, claro que não." Dou um passo para longe. "Vou pegar outra cerveja. Quer alguma coisa?"

"Não, obrigada."

Cruzo a sala na direção da cozinha e torço para ela não notar a tensão nos meus passos. Estou irritado pra caralho. Eu nunca a teria pegado desprevenida assim. Nunca teria sonhado em levar minha mais nova namorada para passar a noite no apartamento de Lynsey. E me dou conta de que vou ter que oferecer minha própria cama agora. É a coisa educada a fazer.

Maravilha. Agora vou ter que queimar aqueles lençóis.

Quando Diana me vê na cozinha, ela dá um tapinha no braço de Tyreek e diz que já volta. Um momento depois ela está do meu lado, pulando para se sentar na bancada.

"Vem cá, namorado", ela provoca.

Fechando a geladeira, faço minha cara de namorado e ando até ela. Não consigo deixar de notar que seu vestido subiu tanto que suas coxas estão praticamente nuas. Se ela abrir um pouquinho a perna, vai dar para ver sua calcinha.

Se é que ela está usando uma.

O pensamento evoca uma onda de calor que faz meu pau se contrair.

Diana me segura pelas alças do cinto e me puxa para o meio daquelas coxas bronzeadas. Ela entrelaça as mãos ao redor do meu pescoço para aproximar meu rosto do dela.

"Você está bem?", ela pergunta baixo. Há preocupação sincera em sua voz.

"Estou."

"Sua máscara está começando a cair."

"Eu sei", admito.

Planto as mãos em seus joelhos e olho para ela.

Reparo de repente em como ela é gostosa. Quando abri a porta para ela hoje, percebi que ela estava linda, mas agora estou *realmente* absorvendo a visão dela, e é de tirar o fôlego. Seus olhos verdes parecem ainda mais brilhantes. Aquele batom vermelho está um espetáculo. O decote dela é sensacional. Ela é uma arma de sedução.

"Por que você está me encarando?" Suas bochechas estão vermelhas, por causa do uísque ou da dança. Mas ela não parece muito bêbada.

"Você sempre foi tão gata?", pergunto.

Seu queixo cai. Uma risada escapa.

"Bom, sim. Sempre."

"Você está linda, Dixon."

"Eu sei."

Fixo meu olhar no dela. Minha boca está um pouco seca.

Ela ergue uma sobrancelha.

"Está esperando que eu retribua o elogio?"

"Não. Sei que estou bonito. Sempre estou."

Diana ri de novo. Algo naquele som suave e melodioso faz meu corpo se enrijecer. Antes que eu consiga me conter, passo o polegar em sua bochecha. Porra, como a pele dela é macia!

Olho por sobre o ombro. Lynsey e Tyreek estão rindo de alguma coisa no celular dele. Se o olhar de Lynsey estivesse em mim agora, não sei se estaria lambendo os lábios e murmurando:

"Tenho uma confissão a fazer, Dixon."

Acho que ela também está afetada por essa tensão estranha que paira entre nós. Quando nos beijamos durante o jogo de desafio, ela fingiu não se excitar, mas suas reações diziam o contrário. A respiração ofegante. O pulso acelerado quando toquei seu punho. As pupilas dilatadas.

Estou vendo todos esses mesmos sinais agora.

"O quê?", ela pergunta.

"Meio que quero te beijar."

"Você está bêbado?" Ela parece achar graça.

"Talvez um pouquinho. E você?"

"Talvez um pouquinho." Ela sente um arrepio visível quando envolvo sua bochecha, depois inspira quando uso a outra mão para fazer um carinho de leve na sua coxa nua. Sua pele arde sob o ao toque.

"Você quer?" A pergunta sai rouca pelo desejo repentino em minha garganta.

Diana faz uma cara pensativa.

Depois se inclina um pouco para a frente e encosta os lábios nos meus.

É um beijo suave. Uma exploração. Como colocar um pé na jacuzzi para testar a temperatura. Começa como uma onda quente borbulhando ao seu redor. Depois, quando você percebe que está gostosa pra caralho, mergulha. Se deixa consumir. Acontece em um piscar de olhos. Estou submerso e consumido. Ela tem sabor de uísque e tentação, e quero que isso não acabe nunca. Esse beijo é um incêndio.

Nossas bocas se fundem, deslizando uma sobre a outra, seus lábios se abrindo, sua língua saindo para tocar a minha. Meu coração está batendo rápido demais. Diana solta um som baixo. É difícil ouvir com a música. Mas vibra em meus lábios.

"Ei, Shane, qual é mesmo o Wi-Fi? Me desconectei... ah, desculpa." Tyreek ri baixo.

Eu e Diana nos separamos. Passo a mão na boca, enquanto ela ajeita às pressas um fio de cabelo que se soltou do coque atrás da orelha.

"Não, desculpa", respondo. Pigarreio. "Esqueci que a gente não estava sozinho."

Não estou mentindo. Esqueci completamente que Lynsey e seu namorado estavam aqui. Eu estava tão absorto naquele beijo que um meteoro poderia ter atingido Meadow Hill e eu teria morrido distraído e feliz com a língua na boca de Diana. O beijo da festa na piscina foi gostoso. Mas esse? Escaldante. Meu pau nunca ficou tão duro por causa de um beijo.

Umedecendo os lábios subitamente secos, olho para o sofá. O olhar de Lynsey encontra o meu. Não consigo decifrar sua expressão.

Mas a de Diana eu consigo entender — um misto de tesão e choque.

Sei exatamente como ela se sente.

16

DIANA

Falta de controle

Agora são duas.

Duas vezes.

Duas vezes que beijei Shane Lindley.

É sábado de manhã e estou deitada em uma espreguiçadeira, contemplando as nuvens e pensando sem parar que beijei Shane ontem à noite. De novo. E, dessa vez, não foi porque ele me desafiou e eu estava tentando ganhar um jogo de festa.

Mas porque eu *queria*.

Cerro os dentes e fixo o olhar furioso numa formação de nuvens em particular, que lembra dois cisnes se beijando. Malditos cisnes de nuvem. Esfregando na minha cara.

A culpa do meu beijo com Shane é daquele uísque horrível. Eu estava muito, muito bêbada.

Não estava muito, muito bêbada.

Ai, meu Deus. Verdade. Estava altinha, no máximo.

Ouço o som de chinelos no concreto e ergo os olhos para encontrar Shane de calção de banho vermelho e camiseta branca. Ele coloca uma caneca de café cheia na mesa ao meu lado e estende uma toalha listrada enorme sobre a espreguiçadeira ao lado da minha.

Só tem mais uma pessoa aqui nesta manhã. Veronika está sentada do outro lado da piscina retangular, lendo um livro romântico com um cara sem camisa na capa. Por mais que eu goste de tirar sarro por ela transar com todos os limpadores de piscina, admiro sua atitude de quem está pouco se fodendo. Está na casa dos cinquenta e está vivendo sua melhor vida de solteira depois de um divórcio arrastado. Sem marido, sem filhos. Vivendo seu sonho.

Sua cabeça se ergue assim que Shane chega, admiração enchendo seus olhos. Maravilha. Acho que vou ter que ter essa conversa constrangedora na frente de uma plateia.

“Oi.” Sua voz é um pouco rouca, e ele parece cansado.

“Oi.”

Quando Shane se deita e estica as pernas, não posso deixar de notar que seu corpo simplesmente domina a espreguiçadeira. Parece que não tem fim. Mas acho que é o que acontece quando você tem um metro e oitenta e cinco com pernas absurdamente longas e um peito largo e escultural.

Viro a cabeça para ele.

"Cadê seus hóspedes?"

"Foram embora, graças a Deus. O tour pela Briar de Lynsey começou às nove."

"Eles vão voltar mais tarde?"

"Não." Seu tom está cheio de alívio de novo. "Ela vai voltar direto para Connecticut depois das entrevistas."

Estudo seu perfil acinzentado, sem conseguir conter a memória de como foi a sensação de deslizar os dedos por aquele maxilar definido. Como os pelinhos em sua nuca eram macios antes de eu envolver minha mão em torno do pescoço dele para tornar o beijo mais intenso.

Desvio rápido o olhar. Ai, meu Deus. Apesar do comportamento traiçoeiro da minha boca nos últimos tempos, não estou a fim dele. Ele me irrita.

Alheio à minha turbulência interior, Shane começa a mexer no celular. Me ignorando completamente.

Solto um suspiro.

"Sério que não vamos conversar a respeito?"

Ele dá uma risadinha.

Do outro lado do deck, Veronika se empertigou um pouco mais e baixou o livro. Ela nos observa descaradamente agora. Tomara que não saiba ler lábios.

"A gente ficou, Dixon. Nada demais." Ele parece despreocupado.

"Nunca mais vai acontecer."

"Beleza."

"Como assim, beleza?"

Ele baixa o celular e ergue uma sobrancelha.

"Você *quer* que aconteça de novo?"

"Claro que não. Só quero me certificar de que estamos na mesma página. Só beijei você porque me deixei levar pelo meu papel de namorada."

"Não precisa se explicar. Estou na mesma página."

"Então você também estava representando um papel?"

"Não, eu queria te beijar."

Isso me faz calar a boca.

Shane ri.

"Dixon. Foi um beijo. Você está fazendo uma tempestade em copo d'água."

"Não estou fazendo tempestade em copo d'água."

"Legal, beleza."

"Ótimo."

"Excelente."

"Brilhante." Ele ri de novo. "Obrigado, aliás." Ele volta o rosto para a água. "Sei que você não gosta muito de mim, mas mesmo assim você foi e me ajudou. Sou muito grato."

"Por nada. E sei a maneira perfeita de você me recompensar."

Ele me olha com desconfiança.

"Tá, imagina só", começo com um sorriso radiante.

"Não."

"*Imagina* só. Eu e você. Deslizando juntos pelo salão de dança numa valsa vienense elegante."

"Não."

"Não terminei!"

"De jeito nenhum. Você me perdeu em valsa."

O desespero me toma e me vejo fazendo biquinho.

"Por favor? Kenji me largou e agora estou totalmente ferrada. Você mostrou uma boa coordenação ontem à noite. O talento bruto você tem, tenho certeza. *E* você já disse para Lynsey que vai entrar comigo na competição."

"Sim, disse no momento." Ele parece achar graça. "Não estava planejando levar adiante."

"O que você vai dizer para ela, então?", desafio.

"Sei lá. Vou dizer que não deu certo. Você encontrou um novo parceiro. O treinador não me deixou participar durante a temporada de hóquei." Ele dá de ombros. "Tem muitos motivos pelos quais eu poderia ter que desistir."

"Vai, Shane, por favor."

Ele dá outra risadinha.

"Você nem gosta de mim e quer ser minha parceira de dança?"

Ergo o queixo.

"Ninguém precisa gostar do seu parceiro de dança."

"Não vou aceitar."

"Que tal um boquete?"

"Sou todo ouvidos."

Sorrio para ele.

"Ótimo. Vou encontrar um bom serviço e ver se mandam alguém para você na surdina..."

"Um boquete *seu*, Dixon", ele interrompe com um sorriso. "É sua boca ou nenhuma."

"Tarado. Eu *nunca* te chuparia."

"Eu sei. É por isso que estou satisfeito em nunca ser seu parceiro de dança."

Solto um gemido alto.

"Toda vez que começo a gostar de você, você vai lá e decide estragar minha vida."

Shane se curva de tanto rir, o que só intensifica minha irritação. Lá estava eu, oferecendo um ramo de oliveira para esse homem na forma de dança, e ele joga de volta na minha cara. Rindo de mim.

O toque do meu celular nos interrompe. Contenho um resmungo depois que olho a tela. É Percy. Meu ex me mandou mensagem umas dez vezes desde que falei que não podemos ser amigos e ele está mais ou menos a uma mensagem de ser bloqueado.

PERCY

> Sei que você está me evitando.
> Podemos conversar, por favor?

Ignoro a mensagem e resmungo, irritada.

"Más notícias?"

"Não. Só meu ex."

"Ainda incomodando você?"

"Sim. Ele ainda acha que tem chance de me reconquistar." Faço um barulho exasperado. "Sério, qual é o problema de vocês? Por que vocês não podem simplesmente sumir depois que levam um fora? Por que não entendem o recado?"

"Eita."

"Ai, não estava falando de você. Estava falando de..." Eu me lembro de repente o que estávamos fazendo ontem à noite e por quê. "Ah, opa. Acho que estava falando sim de você. Desculpa."

"Não estou tentando reconquistar minha ex", ele insiste.

"Não? Quer dizer que não me beijou ontem à noite para fazer ciúmes nela? Mostrar o que ela está perdendo?"

A voz de Shane fica rouca de novo.

"Posso dizer sinceramente que, naquele momento, Lynsey era a última coisa que eu tinha na cabeça."

Nossos olhares se cruzam por um segundo. Uma onda de calor me atravessa.

Ah, não. Nem pensar. Essa pulsação entre minhas pernas *não* é um bom sinal.

"Mas você quer voltar com ela", digo, insistindo na questão.

Ele demora um longo tempo para responder, o que é a resposta de que preciso.

"É só que eu tinha todo esse futuro em mente, sabe? Para nós dois."

Isso me pega desprevenida.

"Futuro? Não sabia que cafajestes pensavam no futuro."

"Não sou um cafajeste."

Ergo uma sobrancelha.

"Sei que parece que sou. Tenho certeza que Gigi contou que fiquei meio louco por sexo esse ano."

"Você tentou comer a equipe inteira de cheerleading sozinho."

"Que exagero. Mas, sim, transei muito." Ele suspira. "Mas não é isso que quero. Acho que precisava passar por tudo aquilo para aceitar que sou um cara que gosta de relacionamentos."

Não sei se acredito nele, mas não posso negar que parece sincero.

Preciso me arrumar para o trabalho, então deixo Shane na piscina e subo para casa, onde coloco meu uniforme na mochila porque nem morta eu seria vista indo trabalhar com ele. O Della's Diner é definitivamente o lugar mais ultrapassado do mundo. É muito retrô. Os uniformes são muito cafonas, mas os clientes parecem adorar o traje de poliéster azul com colarinho branco e avental combinando. Pelo menos, os gerentes nos deixam usar tênis brancos em vez de patins. E, embora eu tenha certeza de que eles adorariam que usássemos penteados elaborados, rabos de cavalo são aceitos.

Meu turno passa voando. Noites de sábado são sempre assim. Fico tão ocupada que nunca olho as horas, então é sempre uma surpresa agradável quando a lanchonete se esvazia de repente, e me dou conta que faltam trinta minutos para fechar. É meu momento favorito da noite.

Estou limpando atrás do balcão das tortas quando toca o sino sobre as portas e um cliente entra no salão iluminado por lâmpadas fluorescentes.

Percy.

Meu maxilar se cerra. Estou empilhando copos e, agora, bato um com força demais. Não era minha intenção colocar tanta força, mas, felizmente, o vidro não se estilhaça.

"Você está bem?", pergunta Dev, o outro garçom. Todos os outros já saíram.

"Estou." Aceno bruscamente na direção do recém-chegado. "Deixa que eu cuido desse. Eu o conheço."

Vou até Percy, que se senta a uma mesa.

"O que você está fazendo aqui?", pergunto, com raiva.

Ele ergue as duas mãos em sinal de rendição.

"Pegando um café."

"Percy."

"E torcendo para ter uma conversa rápida com você."

"Eu disse tudo que precisava dizer."

"Bom, eu não disse tudo que precisava dizer." Sua voz se ergue, chamando a atenção de Dev.

Meu colega ergue o queixo numa pergunta silenciosa, e respondo levemente em negação. Consigo resolver isso.

Lanço um olhar de advertência para Percy.

"É meu ambiente de trabalho. Por favor."

"Tudo bem. Vou embora... *se* você concordar em conversar comigo depois do seu turno." Determinação endurece seus olhos. "Te encontro lá fora?"

Solto um grito interno. Ai, meu Deus. Alguns homens já ficaram obcecados por mim no passado, mas nunca a esse ponto. Não sei o que fazer com isso. Será que conta como *stalking*? Acho que ainda não se classifica como, mas é a segunda vez que ele aparece sem avisar.

Está me deixando constrangida, e não gosto dessa sensação. A apreensão, a falta de controle. Normalmente sou mestre em lidar com situações difíceis. Desde sempre. Meu pai diz que é o que ele mais gosta em mim. Com a exceção de consertar um chuveiro, se tem uma situação que precisa ser resolvida, pode contar com Diana Dixon. Se precisar de alguém para defender você, xingar ou acabar com outra pessoa, pode contar com Diana Dixon.

Pensei que tinha sido firme com Percy no último fim de semana, mas está na cara que não fui firme o suficiente. E essa é a única razão pela qual concordo em encontrá-lo depois do meu turno. É hora de colocar os pingos nos is.

Percy espera na calçada quando saio da lanchonete trinta minutos depois. Suas bochechas estão um pouco coradas e, quando ele me cumprimenta, sinto um cheiro de álcool em seu hálito.

"Você estava bebendo?", pergunto, com um pé atrás.

"Tomei uma cerveja no Malone's enquanto te esperava. Mas não se preocupa, estou bem para dirigir. Vou te dar uma carona. A gente pode conversar no carro."

"Não. Quero andar."

Uma ruga se forma na sua testa.

"Não estou bêbado."

"Não achei que estivesse. Só prefiro andar." A última coisa que quero agora é ficar presa em um carro com Percy.

"Beleza, então. Vamos andar."

Meu peito está tão apertado que consigo sentir minhas costelas tentando atravessar minha pele.

Mais dez minutos da minha vida, garanto a mim mesma, enquanto saímos da calçada. Consigo aguentar por mais dez minutos.

"Tenho uma coisa importante para dizer", ele começa, seu tom sincero. "Assumo total responsabilidade pelo fracasso do nosso relacionamento, Diana. Tive meses para refletir sobre minhas ações, mas foi só na nossa última briga, quando você apontou minhas inseguranças que finalmente consegui olhar a situação inteira do seu ponto de vista. E compreendi. O quanto odiaria se você me acusasse de transar com outras mulheres...”

“Percy”, intervenho. Ele está gastando saliva à toa aqui.

“E você tem razão, as acusações foram desnecessárias. É algo em que vou ter que trabalhar. E *estou* trabalhando...”

“Percy”, interrompo de novo.

“Só peço uma chance. Me deixa provar que ainda sou o pós-graduando nerd e engraçado que você conheceu no Coffee Hut e não sabia a diferença entre uma porta de empurrar e uma de puxar.”

Dou um riso fraco.

“Sei que você é aquele cara.”

“Então me dá uma chance de provar.”

Não estamos longe de Meadow Hill agora, e conto os passos ansiosamente. Percy acredita que tem uma chance de me convencer, mas não tenho interesse em voltar com ele. Quero que esse suplício acabe. Nunca tive um namorado tão carente e inseguro. E agora peguei ranço.

“Vou ser sincero, Diana. Você é a mulher mais bonita com quem já estive, e isso me intimida. É difícil namorar alguém como você, sabe?”

Mais dois minutos. Tento apertar o passo, mas sou baixa e não consigo me mover tão rápido.

“Então, tenta entender do *meu* ponto de vista? É difícil saber que você chama a atenção e que os outros homens estão olhando para você. Porque, sério, a gente sabe o que eles estão pensando. Estão todos imaginando você pelada.”

“Quem liga para o que eles estão pensando?”, digo, irritada. “Não é porque eles talvez estejam me imaginando pelada que vou dormir com eles. Você deve ter uma péssima visão de mim se acha que não consigo andar dez passos sem abrir as pernas para alguém. Isso é ridículo. É ofensivo.”

“Não é isso que estou dizendo.” Ele ajusta o ritmo para alcançar meus passos rápidos, resmungando de frustração. Há uma nota de raiva também, da qual não gosto.

“Percy, entendo o que você está dizendo.” Na verdade, não entendo nem um pouco, mas tanto faz. Vamos fazer a vontade dele. “Mas não estou interessada em voltar.”

“Mesmo se eu estiver trabalhando nos meus problemas?”

“Mesmo assim.”

“Então, o quê? Passamos seis meses juntos e você simplesmente me joga fora? Casais resolvem as coisas juntos. Ajudam um ao outro com seus problemas.”

“Não é minha responsabilidade ajudar você com suas inseguranças!”

Agora estou *sim* brava. E, agora que minha raiva foi despertada, não dá para voltar atrás. Essa deve ser minha pior característica, mas agora não há nada que eu possa fazer a respeito. Ele realmente esgotou até meu último pingo de paciência.

"Vou ser bem sincera com você agora. *Não quero estar com você.* Não quero te ajudar a resolver seus problemas." Estamos a uns quinze metros do portão principal de Meadow Hill, mas estou nervosa demais para andar. Paro no meio da calçada e coloco as mãos no quadril. "Não estamos mais juntos. Nunca mais vamos estar juntos."

"Tem outra pessoa?", ele questiona.

Ai, meu Deus!

Quero gritar. Mas é óbvio que esse homem não tem nenhum respeito pelos meus limites e ainda mais óbvio que ele nunca vai compreender que simplesmente não quero estar com ele. Para Percy, se eu não o quero, *deve* ser porque existe outro homem.

E, como está na cara que essa é a única forma que o cérebro dele vai registrar o que estou dizendo, grito:

"Sim!"

Ele recua como se eu tivesse batido nele.

"Como assim?"

"Sim, tem outra pessoa. Estou saindo com outra pessoa."

Ele solta o ar.

"É o jogador de hóquei?"

"Sim. Isso mesmo. Terminamos, tá? Então, por favor, só supera. Como *eu* já superei."

Começo a andar, mas ele segura meu braço e me puxa para trás. Não sei se ele é tão agressivo de propósito, mas sinto como se meu braço tivesse sido arrancado da articulação.

"Me solta."

"Sua vadia de merda", ele grita, e a máscara cai por completo, revelando olhos vermelhos furiosos, as bochechas coradas e os lábios retorcidos de desprezo. Seus dedos apertam meu antebraço como aço. "Você me fez rastejar e implorar e esse tempo todo estava fazendo exatamente o que eu *sabia* que estava fazendo!"

"Me solta", repito.

Quando tento me desvencilhar de sua mão, ele aperta mais.

"*Me solta.*" Minha mão livre se estende para tentar empurrá-lo para longe.

"*Vadia* de merda."

Quando dou por mim, seu punho se ergue.

E me atinge.

17

SHANE

Se me quiser, sou todo seu

"Oi, Lindy."

Essa é a primeira vez que Lynsey me liga desde que terminamos. Ela mandou algumas mensagens, claro, para dizer "*espero que esteja bem*" ou alguma outra frase vazia, mas nunca se esforçou para entrar em contato e ouvir minha voz. Até agora.

"Oi", digo, escondendo um sorriso. "Tudo bem?"

Faz alguns dias que eu e Diana mandamos bem na nossa atuação incrível de Namorados: Loucos de Amor. Embora talvez *loucos de tesão* seja mais fiel à trama, considerando que acabei dando uns beijos nela na minha cozinha. Na hora, achei que Lynsey parecia incomodada por eu estar com outra mulher, mas, depois de dias de completo silêncio, deixei essa ideia de lado.

E olha só quem está ligando agora.

"Obrigada por nos deixar passar a noite aí no último fim de semana."

"Sem problemas. Tyreek parece um cara legal."

"Sim." Lynsey hesita. "Diana também pareceu gente boa."

"Ela é."

"Ela... fala bastante."

Meu sorriso se abre.

"Nem tanto. Ela só parece falar muito porque você fala pouco."

"Não estou falando só de quantidade. É só que ela é tão direta. Parece ter uma personalidade forte."

É uma crítica a Diana? O tom de Lynsey é completamente benigno, então não sei dizer.

"Enfim, liguei para dizer que protocolei oficialmente o pedido de transferência para minha orientadora da Liberty. Vou estudar em Briar no outono."

"Puxa, legal, grande mudança. E quanto à moradia?"

"Quando fiz a entrevista, a chefe do departamento disse que tem alguns quartos individuais vagos no alojamento dos veteranos. Não me lembro qual era o nome do prédio, mas ela disse que é onde todos os alunos de dança moram."

"Você vai morar no campus? Não com Tyreek?"

Ela ri.

"*Muito* cedo para isso. Mal faz um mês que estamos saindo. Sem falar que não quero me deslocar de Boston. Sei que é só uma hora mais ou menos, mas mesmo assim é um pé no saco. Por que acordar cedo para fazer o trajeto se posso acordar cedo para ensaiar?"

Admiro a ética profissional dela. Sempre admirei.

"Mas vou ter que dar um jeito de ensaiar com Sergei. Talvez encontrar algum lugar no meio do caminho entre Liberty e Briar."

"Verdade. A CNDSAA. Como vocês vão fazer isso?"

"Passamos nas preliminares, então já estamos na competição. Acho que ensaios de fim de semana devem dar conta. Ou..." Ela faz uma pausa em tom de brincadeira. "Sempre posso roubar você."

Mordo o lábio para suprimir o riso.

"Ah, é?"

Certo, ela definitivamente está flertando agora.

"Talvez." Ela pausa por um segundo. "Mas, sinceramente..." Seu tom fica um pouco cortante. "Estou um pouco irritada que você tenha formado dupla com ela considerando que chamei você para fazer isso durante anos e você recusava toda vez."

O arrependimento me aperta por dentro. Eu não deveria ter mentido sobre a competição. Acho que me deixei levar pelo papel de Namorado. E, sim, queria deixar Lynsey com ciúme. Mas não era minha intenção magoá-la, e a próxima pergunta dela, baixa e dolorida, mostra que magoei.

"Não entendo. Você simplesmente criou interesse por dança de repente?"

"Não, não é isso. É que..." Decido colocar a culpa em Dixon. Ela não vai ligar. "É difícil dizer não para Diana."

Há uma pausa longa e tensa.

"É", Lynsey diz finalmente. "Parece mesmo que ela está com você na palma da mão, pelo jeito como manda em você."

"Ela não manda em mim."

"Shane, ela manda *muito* em você. Durante todo o nosso relacionamento, acho que não ouvi você discutir comigo por nada. Já na única noite em que estive na sua casa, vocês passaram o tempo todo discutindo por uma coisa ou outra. Não é saudável."

"Pode ser." Franzo a testa. "Mas a gente não estava discutindo de verdade. Era tudo brincadeira..."

"Enfim, gosto que você esteja competindo." Ela me interrompe como se eu não tivesse falado nada. "Mostra muito crescimento. Mostra que você pode ser capaz de apoiar alguém. Priorizar o outro."

Seu comentário desperta um misto de alegria e irritação. Gosto que ela esteja vendo algo bom em mim, mas me incomoda a facilidade com que ela ignora as vezes em que a apoiei. Não é porque não quis entrar em competições de dança com ela que eu não estava sentado na primeira fileira de todas as suas apresentações, torcendo por ela.

Mas talvez eu pudesse ter feito mais. Me esforçado mais. É provável que eu seja mais egoísta do que a maioria das pessoas, mas isso é por causa do hóquei. Ele te torna egoísta. Você devota todo seu tempo e energia a um esporte e não a uma namorada. Nesse sentido, ela tem razão. Talvez eu nem sempre a tenha priorizado. Talvez não tenha conseguido achar o equilíbrio perfeito entre hóquei e namoradas, mas, se eu tiver a oportunidade, sei que consigo lidar melhor com esses dois mundos agora. Vi pessoas ao meu redor fazerem isso. Como Ryder, que sempre só se importou com hóquei a vida toda e mesmo assim conseguiu convencer uma mulher a se casar com ele. E, pelo que sei, o casamento não mudou seu desempenho no gelo, e o gelo não afetou seu casamento.

Então por que eu não conseguiria?

"Acho que amadureci um pouco", digo com uma risadinha irônica. "Ou muito, considerando que estou disposto a dançar tango na frente de uma plateia."

"Ah, tango é uma das suas provas? Em que categorias você entrou?"

"Na verdade, não sei direito. Ainda estamos trabalhando no nosso vídeo para as preliminares." Olha só para mim, mandando ver no jargão da CNDSAA.

"Bom, me avisa se vocês se classificarem."

"Por quê? Está se sentindo ameaçada? Você e Sergei vão tentar nos sondar? Espionar para roubar nossas coreografias?"

"Não estou preocupada", ela diz, orgulhosa.

"Pois deveria porque vamos acabar com você, garota."

"Ah, é?"

"É."

"Pode vir." Ela ri. "Enfim, vou te falando sobre a transferência. Depois a gente conversa, Lindy."

Desligamos e meu corpo está todo vibrando. Quero contar para alguém sobre isso, mas ninguém vai estar nem aí que minha ex-namorada me ligou. Todos os meus amigos me zoariam sem dó nem piedade.

Mas... minha "namorada" nova poderia ser compreensiva. Sorrio com a ideia. Ouvi os passos de Diana a manhã toda. Não sei o que ela anda fazendo, mas parece estar andando de um lado para o outro pelo apartamento há horas.

De bom humor, vou para o apartamento ao lado e bato alto.

"Oi, sou eu. Me deixa entrar."

"Vai embora. Estou ocupada", é sua resposta abafada.

Bato de novo. Mais alto.

"Silêncio!", vem um grito do andar de baixo.

"Ah, deixa disso, Niall!", grito em resposta. "Anda logo, Dixon, tenho novidades."

Depois de um breve silêncio, eu a ouço chegar perto da porta.

"Tá, mas não se assusta quando vir meu rosto."

"Por que eu ficaria assustado..."

A porta se abre, e eu solto uma respiração chocada.

Ela está com um belo de um hematoma. Não chega a estar roxo, mas está machucado e inchado embaixo do olho e acima do ossinho da bochecha. A cor é um azul-avermelhado, em vez de preto e roxo, o que me indica que o hematoma tem alguns dias.

Tento lembrar há quanto tempo não a vejo. Desde sábado de manhã, percebo. Merda, como não nos esbarramos nenhuma vez em quatro dias? Não fiz nada além de jogar golfe, treinar e nadar, e duas dessas atividades acontecem em nosso condomínio. Onde é que Diana estava?

"O que aconteceu?", exclamo. "Você está bem?"

"Programa de cheerleading", ela diz com tristeza.

Meu queixo cai.

"O que eles fazem lá? Obrigam vocês a competir em esportes sangrentos?"

"Eu e as outras orientadoras estávamos ensinando as meninas a formar uma pirâmide, e eu estava no topo. Levei uma cotovelada na cara quando a pirâmide caiu."

"Caramba. Colocou gelo?"

"Sim. Mas é uma merda. Enfim, o que rolou?"

Entro atrás dela no apartamento. Noto que ela empurrou a mesa para longe do sofá e enrolou aquele tapete bordô superbrega; está encostado na parede ao lado do aquário. Olho o grande espaço vazio que ela criou.

"O que você estava fazendo aqui? Ouvi seus barulhos a manhã toda."

"Estou treinando uma coreografia que quero ensinar para as crianças amanhã."

"Já encontrou um parceiro de dança de salão?"

"Não", ela diz, triste.

"Não é verdade." Ergo a cabeça para ela, sorrindo. "Encontrou sim."

Diana estreita os olhos. Quer dizer, o outro olho. O esquerdo já está estreitado devido ao inchaço.

"Acabei de sair do telefone com Lynsey. Ela me disse que estou exibindo muita maturidade e crescimento entrando nessa competição de dança. Então..." Encolho os ombros. "Se me quiser, sou todo seu."

Pela primeira vez desde que me mudei para o apartamento ao lado, um sorriso sincero enorme, direcionado a *mim*, se abre em seu rosto.

"Está falando sério?"

"Sim. Vamos dançar, Dixon."

Diana me surpreende mais uma vez: ela dá um passo à frente e envolve os braços ao redor da minha cintura. Encostando o lado não machucado do rosto em meu peito, ela me abraça com força. Estou tão atônito que fico parado com os braços balançando ao lado do corpo.

"Obrigada", ela diz baixo. "Estava precisando disso."

Não sei se ela está falando da dança, do abraço ou de outra coisa completamente diferente, mas a forma como sua voz embarga desperta uma pontada de preocupação.

Eu me obrigo a deixar isso de lado porque conheço Diana e sei como ela fica irritada quando se metem demais na vida dela.

Então me limito a retribuir o abraço e digo:

"Vamos arrasar."

18

DIANA

Um pesadelo que passou

"Certo, minhas águias majestosas", anuncio. "Vamos executar esses saltos uma última vez e paramos por hoje, beleza?"

Enquanto eu e Fátima contamos, as garotas começam a pular, dando o melhor de si. Os saltos *toe touch*, em que elas precisam tocar os pés no ar, têm sido difíceis para algumas, especialmente para Chloe e Harper. Elas conseguem levantar as pernas, mas não esticá-las para a frente, ou vice-versa.

"Por que meu *toe touch* é tão baixo?", Chloe choraminga depois que pousa. Sua testa está reluzindo de suor.

Vou até ela.

"Porque suas pernas não estão abertas o suficiente. Quanto mais afastadas estiverem, mais alto seu *toe touch* vai ser. É por isso que continuamos insistindo sobre alongamento. Essa flexibilidade precisa começar desde cedo."

Fátima bate as palmas.

"Vamos fazer os saltos com os joelhos dobrados no peito."

"Esses são chatos", Harper resmunga.

"São ótimos para o abdome", digo ao grupo, batendo na minha barriga. "Acrobatas..." Olho para Tatiana e Kerry, nossas melhores ginastas. "Vocês, em particular, precisam praticar mais os saltos com joelhos levantados. Quanto mais força no abdome vocês conseguirem desenvolver, melhores acrobatas vocês vão se tornar."

Treinamos a série final de saltos, e estão todas sorridentes e suadas quando as dispensamos. As garotas correm para o vestiário enquanto Fátima as segue.

"Você vem?", ela pergunta por cima do ombro.

"É minha vez de guardar os colchonetes", respondo.

"Legal. Se eu já tiver ido embora quando você terminar, até amanhã."

Assim que o ginásio se esvazia, meu sorriso desaba como uma barraca barata.

Manter esse sorriso estampado no rosto a semana toda é uma das coisas mais difíceis que já fiz na vida.

Estou um caco desde que Percy me bateu.

Segundo ele, foi um acidente. Ele alegou que foi involuntário. Que, quando o empurrei, seu primeiro instinto foi se defender. Talvez seja verdade. Provavelmente não. Seja como for, não quero fazer escândalo por causa disso. Não quero. Não consigo.

Não consigo *nem fodendo*.

Lágrimas brotam e pisco para dispersá-las. Empilho os colchonetes, ansiosa para voltar para casa.

Rezo para que as outras orientadoras já tenham saído enquanto me arrasto para o vestiário. Felizmente, está vazio e, como me troco em casa, pego minhas chaves, meus óculos de sol e minha bolsa do armário e corro para a saída.

Hesito no meio do caminho quando meu reflexo na parede de espelhos chama a minha atenção. Meu olhar se fixa no hematoma feio ao redor do meu olho esquerdo. Um soluço angustiado se prende em minha garganta, e o engulo com força. Por um segundo, não consigo respirar. De repente, volto para lá. Para aquela noite. Completamente zonza, atordoada pela dor do soco de Percy em meu rosto.

Ninguém nunca me bateu antes.

Não importa se foi um acidente. Ainda dói pra caralho. Disse a todos no programa de cheerleading que levei uma cotovelada sem querer de Kenji durante o ensaio de dança. Disse a Shane, assim como à Gigi quando a vi no outro dia, que aconteceu o mesmo no acampamento durante a queda de uma pirâmide.

Não sei por que não consigo simplesmente contar a verdade.

Você sabe por quê.

Sim. Eu sei. É pelo mesmo motivo por que não liguei para o meu pai assim que aconteceu, embora todos os instintos do meu corpo estivessem me mandando fazer isso.

Todos os instintos exceto um: medo. Assim que o punho de Percy acertou meu rosto, o mecanismo de lutar ou fugir entrou em ação, e o segundo venceu de forma esmagadora. Eu não conseguia fazer nada além de fugir. Fugir de Percy, fugir da vergonha, fugir da vontade de ligar para meu pai pedindo ajuda. Porque meu pai teria me feito ir à polícia, e essa era a última coisa que eu queria naquele momento.

Ainda não quero. Me *recuso* a fazer disso algo maior do que é. E a verdade é que, sim, eu o provoquei. Tentei empurrá-lo. Então de que adianta denunciar para a polícia se é muito provável que não resulte em nada além de um depoimento constrangedor?

Quero tirar todo esse incidente humilhante da cabeça. Está morto e enterrado. Acho que Percy nunca mais vai chegar perto de mim. Embora ele tenha passado a semana toda mandando pedidos de desculpa, deixei claro que não quero mais nada com ele. Também guardei todas as suas mensagens, os *prints* salvos em uma pasta no celular.

Sinto os joelhos bambos demais para andar, então me sento no longo banco de madeira e releio as mensagens agora.

A primeira foi enviada menos de cinco minutos depois que entrei no apartamento naquela noite e subi a escada às pressas para colocar gelo no rosto.

PERCY

Diana, perdão. Foi completamente sem querer. Eu NÃO tinha a intenção de bater em você. Foi uma reação totalmente instintiva ao seu empurrão.

Tentei te empurrar porque você agarrou meu braço. E não soltou quando pedi três vezes para soltar.

NUNCA MAIS entre em contato comigo. NUNCA MAIS.

PERCY

Foi um acidente. Por favor, acredite em mim.

Como não respondi, suas mensagens continuaram se acumulando. Chegaram todos os dias, cheias de desculpas.

PERCY

Foi um reflexo. Completamente involuntário.

Você está bem?

Entendo que esteja brava comigo, mas desculpa de verdade. Você me empurrou e minha reação foi puramente instintiva.

Não queria machucar você.

Não bato em mulheres.

Você sabe que não sou essa pessoa.

Esta é minha última mensagem para ele. Em termos muito claros, coloco os pingos nos is.

Você precisa me deixar em paz. Senão, vou à polícia. Estou falando muito sério. Vou te bloquear agora e não quero mais você na minha vida. Adeus, Percy. Tenha uma boa vida. Vai à merda.

Cumpri a ameaça e o bloqueei. Não sei se ele continuou a mandar mensagens depois disso. Só me resta imaginar que sim. Mas, da minha parte, está completamente fechado.

Além dos *prints*, também estou monitorando meu hematoma. Tirei fotos dele na primeira noite e todos os dias desde então. Não sei por quê. Não planejo fazer boletim de ocorrência. Acredito nele quando ele diz que não foi sua intenção, mas não consigo apagar a lembrança dos olhos dele. Por um momento assustador, aquelas íris castanhas tinham ficado absolutamente selvagens. Embora talvez isso só apoie sua defesa, de que foi um instinto animal de se defender porque ele achou...

O quê? Que você era uma ameaça? Você tem um e cinquenta e cinco de altura e pesa cinquenta quilos! O que você faria com ele?

A voz incrédula em minha cabeça está correta, claro. Mas mesmo assim a silencio. Não quero ficar remoendo isso. Não quero mais pensar sobre Percy ou lembrar daquela sensação estranha e surreal de medo sufocando minha garganta.

Eu me forço a levantar do banco e sair do vestiário. Não posso me esconder aqui para sempre. Também não posso me esconder no meu apartamento, algo que estou fazendo há dias e, enquanto sigo a calçada para longe da escola, faço uma promessa a mim mesma de que o que Percy fez não vai me transformar em algo que não sou. Uma covarde e uma reclusa. Um caso perdido.

Quando o celular toca na minha mão, eu tremo instintivamente. Por sorte, Percy não encontrou um jeito de entrar em contato comigo. Mas é meu pai que está ligando, o que talvez seja ainda pior. Preciso me fazer de forte quando falo com ele. Não é bem que eu *precise*; não é algo que ele explicitamente exige de mim. Mas desabar na frente do meu pai não é uma opção. Não consigo lembrar a última vez em que chorei na frente dele ou demonstrei sequer um pingo de vulnerabilidade.

"Oi, filhota", ele diz quando atendo.

"Ei, ligou na hora certa. Acabei de sair do acampamento. Estou caminhando para casa."

"Perfeito. Queria ver como estão as coisas. Confirmar se a temperatura do chuveiro ainda está do seu agrado."

"Sim, está ótima."

"Como vai a vida? Tudo bem?"

"Tudo ótimo."

"Certeza?" Preocupação enche sua voz. "Não me pareceu muito convincente."

Merda. Fiz um esforço para soar mais animada, mas não sei mentir direito, então opto por uma meia-verdade.

"Quase tudo", corrijo. "Percy ainda está me incomodando."

"O ex?"

"Sim. Ele não entende que não quero reatar."

Meu pai ri.

"Bom, eu me ofereceria para dar uma surra nele, mas sei que você é perfeitamente capaz de se virar sozinha."

"Pois é." Dou uma risada forçada. "Não esquenta a cabeça. Já falei para ele ir se foder."

"Essa é minha filha." Meu pai muda de assunto. "Ah, sobre o churrasco do Dia do Trabalho... Larissa perguntou se você vai fazer sua salada de batata com bacon."

"Claro. Na verdade, não sei cozinhar mais nada."

Sua risada é música para os meus ouvidos.

"Ainda não acredito que sua mãe pagou todo aquele dinheiro para você fazer aquele curso de culinária uns meses atrás."

"Um grande erro", concordo.

O pior de tudo foi que o único motivo pelo qual aceitei foi porque minha mãe deu a entender que faríamos o curso juntas. Como uma trouxa, me deixei enganar ao acreditar que ela realmente queria passar tempo comigo. A verdade é que ela nunca teve a intenção de fazer isso juntas. Ela me inscreveu porque minha avó, a mãe dela, fez um comentário depreciativo no Natal anterior sobre como era uma pena eu ser uma péssima cozinheira, e minha mãe não podia passar uma má impressão na frente da sua família tradicional sulista. Era inaceitável.

"Mal posso esperar para ter você em casa", meu pai diz com a voz grossa.

Um nó de emoção se forma em minha garganta.

"Eu também."

"Certo, preciso ir, filhota. Depois a gente se fala. Te amo."

"Também te amo."

As lágrimas ameaçam cair de novo. Meu pai confia tanto em mim. Desde sempre, minha vida inteira, ele sempre elogiava a minha resiliência. Dizia que não havia ninguém que ele preferisse ter ao seu lado.

Ir para a polícia por causa de Percy seria muito humilhante. Meu pai conhece *todas* as autoridades, então, mesmo se eu quisesse esconder que estava prestando queixa, a notícia acabaria chegando até ele. E depois minha mãe também ficaria sabendo e, como eu a conheço, sei que diria que foi culpa minha por provocar Percy. Minha mãe sempre me recrimina por precisar controlar a raiva.

Em casa, lembrando da minha promessa de não deixar que as ações de Percy fizessem com que eu me escondesse, troco as roupas do acampamento por um maiô. Eu e Shane combinamos de repassar os detalhes da competição, então mando mensagem para ele me encontrar na piscina em vez do meu apartamento, depois me forço a sair.

Meu pulso acelera à medida que me aproximo. Evitei todos os vizinhos essa semana por causa do meu rosto, mas me tranquilizo dizendo a mim mesma que está tudo bem. Se alguém perguntar, posso dar a mesma desculpa que dei a Shane e Gigi.

Para meu alívio, a área da piscina está deserta quando chego. Encontro duas espreguiçadeiras, me sento e abro o site da CNDSAA no celular. Preciso reavaliar toda minha estratégia. Eu e Kenji dançaríamos o tango para nosso vídeo de audição, mas, pela altura de Shane, acho que podemos ter mais chance de classificação com uma dança latina.

Ainda não consigo acreditar que ele aceitou ser meu parceiro. Quando Shane apareceu no outro dia, eu ainda estava atordoada pelo que aconteceu com Percy e, de repente, alguém estava me oferecendo uma tábua de salvação, uma distração. Tudo bem que esse alguém era Shane Lindley, mas passei o ano todo ansiosa para competir e, agora, a oportunidade estava de volta ao meu alcance.

"Meu Deus, Dixon", Shane resmunga cinco minutos depois. Ele está deitado na espreguiçadeira ao lado da minha, também navegando pelo site. Com um palavrão, ergue a cabeça em choque. "Isso é intenso. O que é isso? American Nine? Dixon! Diz que precisamos fazer *nove* danças! Quatro de dança de salão e cinco latinas."

"Relaxa. Não estamos inscritos nessa prova."

"Como estamos inscritos em alguma coisa se nem fomos classificados ainda?"

"Porque você manda a inscrição antes da pré-seleção. Eu e Kenji nos inscrevemos para o American Smooth Duo e o American Rhythm Solo.

Ele relaxa.

"Ah, beleza..." Depois fica pálido. "Espera. Como assim? São duas provas?"

"Sim."

"Vamos fazer *duas* danças?"

"Três, na verdade."

Ele me encara com um olhar de acusação horrorizado.

"Vai dar tudo certo. Você consegue. O evento de dupla é tango e valsa. O solo é o chá-chá-chá."

Shane parece prestes a vomitar.

"Dixon."

"Quê?"

"Não vou, nem agora nem nunca, fazer uma dança chamada chá-chá-chá."

"Beleza." Dou de ombros. "Pode ligar para Lynsey e dizer que desistimos."

"Merda."

Sorrio.

"Vamos fazer o chá-chá-chá para a audição. Acho que você vai curtir mais."

Shane me encara.

"O que está acontecendo aqui?", uma voz rouca pergunta.

Erguemos os olhos para ver Veronika se aproximar. Nossa *femme fatale* de plantão está usando uma saída de praia branca translúcida sobre um biquíni de oncinha bem indecente, com seu cabelo pintado de vermelho solto sobre os ombros.

Ela balança o dedo com ar travesso.

"Vocês dois andam passando muito tempo juntos. Será que temos romance no ar?"

"Ai, meu Deus, jamais. Mas vamos entrar numa competição de dança juntos."

"Não, não vamos", Shane nega imediatamente. Sua expressão é de alerta.

Entendi o que é. Ele tem vergonha da nossa conexão rítmica.

"E daí?". Dou de ombros. "Vão ver a gente ensaiando de qualquer forma. Vamos fazer muitas sessões na academia."

"Aaah, parece tentador", Veronika diz.

Seguro o riso.

"Bom, divirtam-se", ela diz alegremente antes de seguir para sua espreguiçadeira e seu guarda-sol de sempre, que oferecem uma visão clara da trilha, permitindo que ela observe todas as idas e vindas do Meadow Hill.

"Enfim, voltando ao assunto", Shane resmunga, erguendo o celular. "Não vou fazer mais do que uma dança."

"Vamos fazer três, e isso não é uma negociação." Ergo a cabeça. "Qual é o problema, Lindley? Acha que não consegue dar conta?"

"Ah, você sabe que consigo."

"Exato. É por isso que vamos fazer três danças. Vou dar um mergulho agora. Pode fazer birra à vontade."

Mergulho na parte funda, curtindo a sensação da água fria envolvendo meu corpo. Pela primeira vez em dias, me sinto confiante de novo. Forte. É como se tudo o que rolou com Percy nunca tivesse acontecido. Só um pesadelo que passou e nunca mais vou precisar revisitar. Assim que o hematoma desaparecer, não vai restar mais nenhum vestígio daquela noite horrorosa.

Uma calma me inunda enquanto nado. Eu me desligo, movendo o corpo pela água, desfrutando o ardor nos músculos. Quando paro para recuperar o fôlego na parte rasa da piscina, noto que alguns vizinhos chegaram. Adoro os verões em Meadow Hill. Existe um verdadeiro espírito de comunidade aqui.

Nado de costas em direção à parte funda, onde saio da água para poder cumprimentar Priya, que está sentada em uma mesa com Marnie e Dave.

"É um universitário", Dave está dizendo.

"Quem é um universitário?" Pergunto, curiosa, pegando a conversa no meio. Água escorre do meu corpo enquanto me aproximo da mesa. "Ei, Lindley, pode me trazer uma toalha?"

"Pede por favor", ele grita.

"Não", respondo.

Priya acha graça.

"Espera, a gente gosta dele agora?" Ela fala um pouco alto demais.

"Sabia!" Shane, que está se aproximando de nós com minha toalha, me fuzila com os olhos. "*Sabia* que você promoveu um programa de exclusão."

"Não promovi programa de exclusão nenhum", minto.

"Promoveu?" Shane pergunta a Priya.

"Sigilo médico", ela responde com um tom presunçoso.

"Marnie?", ele questiona.

Olho para Marnie, dando uma piscadinha. Com a cara séria, ela diz:

"Você está imaginando isso, querido. Ninguém está excluindo você."

"Pura maldade. Todos vocês", ele acusa antes de jogar a toalha para mim. "Você não merece essa toalha."

Dave ri baixo.

Marnie traz o grupo de volta ao assunto em questão.

"O inquilino do Bétula-Doce 1A chegou hoje", ela me conta.

Veronika se aproxima com sua saída de praia branca.

"Estamos falando sobre o inquilino dos Garrison?"

"Sim", Marnie responde. "Acabamos de vê-lo no estacionamento descarregando algumas caixas. Vai passar seis semanas. Rapaz bonito. Jovem."

Veronika se empertiga.

"Quão jovem?", ela pergunta. Porque é a Veronika e ela não presta.

"Não sei, talvez de vinte cinco a trinta anos?" Marnie responde. "Disse que é estudante de pós-graduação em Briar."

De orelha em pé, aperto a toalha com mais força.

"Perguntaram o nome dele?"

Dave suga os lábios.

"Peter qualquer coisa?"

Sua esposa solta uma gargalhada.

"Querido. *Peter?* Como você pode esquecer o nome dele? Era Percival."

O choque é imediato. Puta que pariu.

Não.

De jeito nenhum.

"Percival?", disparo, raiva crescendo dentro de mim. "Tem certeza que era esse o nome dele?"

"Ao contrário desse pateta aqui", Marnie aponta para o marido "não é um nome que eu esqueceria."

Priya me observa com preocupação.

"Qual é o problema?"

"É meu ex." Aperto a toalha com mais força ao redor do corpo, já me afastando da mesa. "Desculpa, preciso ir e descobrir o que é que está rolando."

Shane corre atrás de mim enquanto me apresso em direção às nossas espreguiçadeiras para colocar minhas roupas. Junto minhas coisas e saio da área da piscina, seguida por Shane enquanto entramos na trilha principal.

"Não é possível que seu ex esteja se mudando para o nosso condomínio", ele diz, rindo. "É?"

"Parece que sim", murmuro, e quero dizer que não tem a menor graça. De engraçado não tem *nada*. Mas não posso dizer uma palavra porque já menti para ele sobre como consegui esse hematoma. "Você conhece algum outro Percival que é estudante de pós-graduação em Briar?"

"Não, mas tenho certeza que deve ter algum outro."

"Ah, vai se foder, Shane. Fala sério."

"Ei, não desconta em mim."

Pânico enche minha garganta e entorpece minhas mãos.

"Desculpa. Não queria descontar em você. É só que..."

Paro de andar e coloco o rosto entre as mãos por um momento, tentando me acalmar. Se Percy está mesmo no Meadow Hill, não sei o que vou fazer. O que *posso* fazer?

Outra coisa me passa pela cabeça de repente, uma lembrança do que eu disse para Percy na noite em que ele me bateu.

"Ai, meu Deus", resmungo, contra as palmas das mãos. Levanto a cabeça e olho em desespero para Shane. "Da última vez que vi Percy, eu disse que estava namorando com você."

O bom humor de Shane volta na forma de uma risada alta.

"O quê? Por que você faria isso?"

"Porque parece que é o que fazemos agora, beleza? Falamos para nossos exes que estamos namorando."

Minhas mãos ainda estão tremendo. Eu as aperto contra meu corpo e torço para Shane não perceber. Qual é a do Percy? Ele me dá um soco e depois se muda para o meu condomínio? Quero chorar, mas adoto uma expressão impassível e finjo que estou brava com a mudança dele e não com o soco.

"Lindley", digo, angustiada. "Antes de ir até o Bétula-Doce para confrontar Percy, preciso que você concorde em ser meu namorado."

Ele encolhe os ombros.

"Beleza, sem problemas. Eu te devo essa."

"Não só por hoje. Estou falando de todo o tempo em que ele estiver aqui."

"Marnie não disse que ele está alugando o apartamento por seis semanas?" Shane questiona.

Mordo o lábio.

"Você mesmo falou que me deve uma."

"Dixon. Pedi para você ser minha namorada por uma noite. Você está me pedindo para abrir mão do meu verão inteiro."

"Abrir mão do quê? Você mesmo disse que não quer dormir com ninguém, então não vai ficar trazendo mulheres aleatórias para casa o verão todo. Não é?"

"É, mas..."

"E tudo que você estava planejando fazer neste verão era relaxar. Ser meu namorado de mentira não muda nem um pouco seus planos. *E* dá mais oportunidade para deixar sua ex com ciúme", concluo, usando todos os argumentos possíveis.

"Então você está tentando deixar Percy com ciúme?"

"Não, quero que ele me deixe em paz!"

A testa de Shane se franze com meu desabafo.

"Dixon...", ele começa, cauteloso. "O que está acontecendo?"

Sinto o desespero crescer de novo, apertando as garras no meu pescoço. Não posso deixar que Percy more aqui, mas também não posso deixar que Shane saiba que Percy é o responsável pelo roxo no meu rosto. É humilhante pra caralho.

Volto a andar. Ficar parada está me deixando tonta. Shane acompanha meu passo e sinto seu olhar fixado na lateral do meu rosto.

"Não quero ele aqui." Odeio o tom vacilante em minha voz. "Terminei com Percy e ele não consegue aceitar isso. Por favor, Lindley, são só seis semanas. Depois que ele for embora, podemos dizer para todo mundo que terminamos."

"Espera, você quer mentir para as pessoas que conhecemos? Até para Gigi e Ryder?"

"Só enquanto Percy estiver aqui. Não quero que ele desconfie que podemos estar mentindo."

É mentira. O motivo pelo qual não quero contar para Gigi que eu e Shane estamos fingindo por causa de Percy é porque a primeira pergunta dela vai ser *por quê*.

Por que estou fazendo joguinhos em vez de mandar Percy ir se foder? *Por que* estou criando uma farsa em vez de entrar em guerra de cabeça erguida?

E esses *por quês* envolvem revelar a verdade.

Que ele me bateu.

Que estou com medo de tê-lo por perto.

Que nunca me senti tão envergonhada na vida.

Meu cérebro é um emaranhado de pensamentos. Alguns podem ser irracionais. Reconheço. Mas não consigo fazer isso. Não consigo contar para meus amigos que meu ex-namorado me *bateu*. E olha que eu tentei. Vi Gigi essa semana. Abri a boca, totalmente preparada para confessar que Percy me deu esse olho roxo, mas as palavras se recusaram a sair. Em vez disso, contei para ela a mentira.

"Gigi nunca vai acreditar", Shane diz com ironia.

"Claro que vai. Além disso, ela vai estar distraída com o casamento e a lua de mel." Imploro para ele. "Por favor? Eu me sentira mais... segura... se ele achar que tenho um namorado."

"Mais segura?" Shane repete, desconfiado de novo.

"Quero dizer no sentido de que ele não vai me incomodar aparecendo na minha porta com café da manhã", digo tranquilamente.

Por falar em incomodar, o diabo em pessoa aparece de repente na trilha. Vestido de calça cáqui e camiseta branca, os braços de Percy carregam duas caixas de papelão que com a palavra APOSTILAS escrita com caneta preta.

Paro. Nossos olhares se cruzam, e não há como negar o vislumbre de culpa nos olhos dele. É a primeira vez que o vejo desde a noite do Della's e, embora estar perto dele de novo provoque uma indignação profunda, também sinto uma pontada de medo. E é isso o que mais me irrita.

Eu me recuso a ter medo desse imbecil.

Parto para cima, sem medir as palavras.

"Não sei o que você está tramando..."

"Não estou tramando nada", ele interrompe baixo. "Você sabia que eu estava procurando um lugar para morar, Diana."

"E precisava se mudar para *cá*?"

Minhas mãos estão tremendo novamente, dessa vez de raiva. Como ele *ousa*? Como esse filho da puta *ousa*?

"Era isso ou passar semanas naquele hotel imundo na periferia. Não tenho como pagar a pousada na rua principal por seis semanas. Essa é a melhor opção até meu sobrado novo ficar disponível em setembro."

Parece verdade, mas não acredito.

Noto seu olhar se fixar em meu rosto. No hematoma que *ele* causou.

Shane está a poucos metros, então sei que Percy nem sonha em comentar o que aconteceu na outra noite, mas ele baixa a voz e pergunta:

"Você está bem?"

Ignoro a pergunta.

"Quer saber? Não estou nem aí para o motivo por que você está aqui. Isso não muda nada entre nós. Minha última mensagem para você deixou clara minha posição."

Crispando-se, ele tem a decência de parecer envergonhado de novo.

"Ah, e aproveitando." Chamo Shane para perto, ele pega minha mão e, muito ostensivamente, entrelaça nossos dedos. "Esse é meu namorado, Shane."

Shane não oferece um aperto de mão. Ele acena e diz:

"Prazer."

Percy aperta os lábios por um segundo.

"Prazer também. Se me dão licença..." Ele levanta um pouco as caixas. "Preciso terminar de desempacotar."

Quando ele passa, me viro para observar suas costas se afastando. Seus ombros estão mais rígidos do que tábuas. Como se *ele* fosse a parte injustiçada.

"Você está bem?" Shane pergunta com a voz grossa. Ele ainda está segurando minha mão, quase como se soubesse que preciso do apoio para não cair.

Não, não estou bem, quero dizer.

A necessidade de contar para alguém o que aconteceu é quase sufocante. Quero contar para Shane. E para Gigi. E ao meu pai. Mas não consigo encontrar as palavras. Estão entaladas.

A confissão arde em minha garganta e, por um segundo de pânico, me sufoca por completo. Não entra ar e, de repente, não consigo respirar. Aconteceu mais de uma vez essa semana.

"Estou", consigo dizer. Por milagre, minha voz sai completamente normal.

Shane parece alheio ao pandemônio que se revira dentro de mim enquanto caminhamos até o Bétula-Vermelha, subindo a escada para o segundo andar.

"Quando você quer começar a ensaiar?"

"Para o quê?" Estou distraída demais com meu coração acelerado para prestar atenção nele.

"A competição?", ele responde, rindo. "E quando vamos filmar essa pré-seleção?"

"Ah, é. Desculpa. Precisamos mandar o vídeo até o fim de agosto, mas seria bom começarmos a nos mexer. Que tal ensaiar no sábado? No fim de semana, só trabalho nos turnos de café da manhã e almoço, então estou livre nas duas noites."

"Beleza. Me manda uma mensagem."

Nós nos separamos no corredor, e praticamente pulo para dentro do conforto do meu apartamento, onde posso hiperventilar à vontade.

"Ai, meu Deus, Skip", resmungo para o meu peixe. "O que está acontecendo?"

Ofegante, desabo no sofá e luto contra o turbilhão de sensações. Meu estômago revira. Sinto que realmente posso vomitar. Respiro fundo, depois mais uma vez, até que a sensação de torpor e náusea começa a se dissipar. Mas meu coração ainda está batendo rápido demais para o meu gosto. Não deve ser saudável o coração bater tão forte assim.

Por que isso continua acontecendo?

Você está tendo ataques de ansiedade.

Não, caramba. Não pode ser.

Nunca sinto ansiedade. Mesmo antes de uma competição de cheerleading, o nervosismo vem na forma de uma empolgação eufórica. Medo não é algo que eu sinto com frequência, e quando sinto, é completamente justificado. Como naquela vez em que Gigi e eu estávamos andando por um beco escuro em Boston e ouvimos um carro estourar. Achei de verdade que fosse um tiro, e o choque de adrenalina no meu sangue foi intenso.

Ou quando o cachorro do vizinho do meu pai se soltou durante o churrasco de Dia do Trabalho no último verão. O Doberman imenso saiu em disparada na direção de um grupo de crianças e, por um segundo, meu coração subiu pela garganta porque pensei de verdade que ele as atacaria. Na verdade, o cachorro era ótimo com crianças. Tudo o que fez foi roubar a bola delas e fazê-las correr atrás dele enquanto gritavam de tanto rir.

Esses dois episódios provocaram medo, o que faz sentido. Eu *pensei* que estava em perigo. Mas não estou em perigo agora. Não existe motivo para uma pontada de pânico.

Eu me sento no sofá, inspirando e expirando, desejando que meu coração desacelere.

Por fim, a ansiedade passa, mas o aperto no peito permanece. Não posso deixar que isso continue. Não sou uma pessoa fraca. Não tenho medo de nada, muito menos de um homem ridículo e inseguro como Percy Forsythe.

A partir de agora, preciso encontrar uma maneira de deixar isso para trás.

GIGI

Ainda está de pé amanhã? Se sim, estava pensando em jantar no restaurante indiano perto de Fenway. Depois, drinques no bar de martínis que gostamos?

Sim, tô dentro!

Aaah, sim, adoro esse restaurante. Quero muito voltar lá

Shane e eu estamos namorando agora

Qual bar de martínis? O perto do Ritz?

GIGI

Espera. Quê?

Como assim, você e Shane estão namorando??

Me responde!

digitando...

19

SHANE

Namorado Experimental

"Não quero mais casar."

A declaração dramática vem de Ryder, que está sentado na outra ponta do sofá, com o rosto inexpressivo.

Faço o possível para não rir dele.

"Lamento informar, mas você já está casado."

É sexta à noite, e estou no sobrado que, até algumas semanas atrás, eu dividia com Ryder e Beckett. Agora, Will está no meu antigo quarto e, em breve, Ryder vai morar com a esposa. Que ele já está querendo abandonar, pelo visto.

Mas entendo o que ele quis dizer. Pelo que me contou, a família de Gigi está passando dos limites com esse casamento. Um que só vão fazer porque o pai dela, o célebre Garrett Graham, tem um coração de manteiga e quer levar sua única filha ao altar. Longe de mim criticar; consigo imaginar meu pai fazendo o mesmo com Maryanne. Não que ela vá se casar algum dia. Maryanne é um tesouro único. Já decidi que, quando ela fizer dezesseis anos, vou me sentar com ela e falar sobre os benefícios de virar freira. Acho que um convento seria um ótimo lugar para ela.

"Talvez não seja tarde demais para se divorciar", Ryder diz, o tom tão esperançoso que não consigo segurar o riso.

"Você não quer um divórcio. É obcecado por aquela mulher." Dou de ombros. "Além disso, a cerimônia não vai ser tão ruim assim. Eu, por exemplo, mal posso esperar para encher a cara e ver com quantas madrinhas Beckett consegue ficar."

"Bom, a madrinha principal você já está pegando, então está aí pelo menos uma que ele não tem como conquistar."

Não exatamente, mas agora que Dixon disse para Gigi que estamos namorando, é compreensível que Ryder pense que já nos pegamos. Acho que posso deixar que ele continue pensando isso, mas também não quero manchar a reputação de Diana.

"Na verdade, ainda não transamos", digo.

"Até parece."

"É sério. Estamos indo devagar."

“Desde quando você vai devagar?” A pergunta vem de Will, que sai da cozinha. Só ele e Ryder estão aqui enquanto Beckett está na Austrália.

Ele entra bebendo uma garrafa d’água e vestido como se fosse sair. Calça jeans escura envolve suas pernas compridas, e sua camisa azul de botão tem o mesmo tom claro dos seus olhos.

“Vai sair?” Ryder pergunta.

“Sim, vou para a cidade”, Will diz. “Aliás, vou encontrar sua esposa e sua namorada”, ele aponta a cabeça para mim “para beber.”

Ryder estreita os olhos.

“Gisele disse que era a noite das meninas.”

“O que posso fazer? Diana me convidou.” Ele me lança um olhar metido. “Sua namorada gosta mais de mim do que de você.”

“Provavelmente”, concordo. “Ela vive de saco cheio de mim.”

Ryder ri.

“Como isso foi acontecer, aliás?”

“Ah, já estava na cara”, Will diz. “Eles ficaram na festa da piscina, e todo mundo fingiu que foi por causa de um desafio.”

Ignoro o sorriso sarcástico de Will e olho para Ryder.

“Sei lá. Meio que foi rolando e agora tenho uma namorada.”

Ele ergue as sobrancelhas.

“Virou exclusivo bem rápido.”

“Não posso exatamente *não* ser exclusivo. Ela é a melhor amiga de Gigi e não estou a fim de ser morto. Mas não leva tão a sério. Namoro é só por falta de um termo melhor.”

“Cara, ele está minimizando”, Will diz para Ryder. “É sério pra caralho. Ele entrou numa competição de dança com ela.”

Meu melhor amigo vira a cabeça para mim. Contenho um grunhido. Estava torcendo para esconder isso por mais tempo.

“Como assim, entrou numa *competição de dança*? O que aconteceu com você desde a mudança? Quem é você?”

“Você está perguntando quem sou *eu*? Você se casou”, retruco. “Você mudou primeiro, cara. Não coloca a culpa disso em mim. Foi você quem estragou nossa amizade.”

Ele ri e me mostra o dedo do meio.

“Como você sabia sobre a história da dança?” Dirijo a pergunta a Will. Agora estou com a pulga atrás da orelha.

“Diana anunciou no Ride or Dance.”

“Que porra é Ride or Dance?” A ficha cai com a memória dela e Kenji filmando naquele dia na piscina. “Ah, não. Ela não fez uma coisa dessas.”

Will sorri para mim.

Eu me inclino para a mesa de cabeceira e pego o celular. Um minuto depois, a tela mostra o vídeo mais recente da conta de dança ridícula de

Diana. Meu estômago revira quando vejo que ela tem mais de cem mil seguidores. Quero morrer.

O celular está no modo silencioso, então aumento o volume e aperto o play. A voz aguda e animada de Diana sai do celular.

"Olá, dançarinos! Queria dar a vocês uma atualização rápida sobre a CNDSAA. Kenji caiu fora. Não, não tem drama nenhum. Não brigamos nem nada. Ele só decidiu que superiates são mais importantes do que eu. Mas quem sou eu para julgar? Superiates devem ser mais importantes do que eu mesmo. Mas, sim, ele vai passar o verão no Mediterrâneo, o que significa que não vai poder competir, então arranjei um parceiro novo. E acho que, julgando por todos os comentários no nosso último vídeo, muitos de vocês vão ficar felizes com essa revelação de parceiro. Isso mesmo, estou falando do Vizinho Mala."

Ryder ri no meio do gole de cerveja.

"Ah, e vocês vão amar isso também. O Vizinho Mala agora também é Namorado Experimental."

"Experimental?" Rosno.

Will começa a rir. Meus amigos são babacas.

"Decidi dar a ele uma chance de provar que é digno do meu amor. Então, sim, estamos dançando e estamos namorando. É um namoro dançante. Vai ser maravilhoso. Nossos ensaios começam neste fim de semana, então fiquem ligados para mais conteúdos do Vizinho Mala e toda a dor de cabeça que imagino que ele vá me trazer. Certo, vou para a cama. Boa noite, dançarinos."

"Ela é muito sem noção", resmungo.

"Acho engraçadinha", Will diz.

"Por que não fica com ela, então?"

"Vou lembrar de contar para ela que você disse isso quando estivermos bebendo hoje. Bom, é isso, preciso ir." Ele olha para Ryder. "Não precisa me esperar acordado. Acho que vou dormir na casa do meu primo Rob, em Boston. Acho que ele vai tomar umas com a gente."

Balanço a cabeça.

"Como assim, você e 'Rob'..." Faço aspas com os dedos.

"Por que está fazendo aspas no ar? Está insinuando que Rob não existe?"

"... vão sair de casal com a esposa de Ryder e a minha namorada, enquanto eu e ele estamos aqui, e *não* saindo com elas?" digo, incrédulo.

"Não sei. Alguns homens têm sorte." Will encolhe os ombros com exagero e sai da sala.

Depois que a porta se fecha, os olhos azul-escuros de Ryder ficam sérios de novo.

"Olha, sobre você e Diana. Cuidado, beleza? Como você disse, ela é a melhor amiga de Gigi."

"Confia em mim, não precisa se preocupar."

Literalmente. Porque é de mentira.

"De verdade", insisto quando noto sua expressão desconfiada. "Não acho que vá durar muito."

"Não?"

"Ela não faz muito meu tipo. Você sabe que prefiro garotas mais sérias. Alguém que esteja na mesma página que eu."

"E que página é essa?"

"A de um relacionamento a longo prazo." Encolho os ombros. "Dixon é ótima, mas vive no momento. Age por capricho, mergulha em projetos novos aleatórios. É o tipo de pessoa que vai fugir para Budapeste por um ano, saca? Não acho que ela queira compromisso tão cedo. A gente está só se divertindo."

"Justo." Ele esfrega o lado do rosto, pensativo. "Mas, se você não vê nada a longo prazo com ela, não deixa a menina se apegar."

"Não se preocupa. É ela quem está insistindo em manter o relacionamento casual", minto. "O rótulo de namorados é só mais fácil de dizer do que 'essa é minha amiga colorida', sabe?"

Ele relaxa.

"Entendi. Então é mais um esquema de amigos coloridos."

"Exato."

"Mas vocês não fizeram sexo." Ele parece cético de novo.

"Ainda não. Mas acho que vamos transar, tipo, amanhã."

Ele ri.

"Tá."

"E você?" Digo, louco para mudar de assunto. "Como vai a vida de casado? Ainda não cansou da Gisele?"

"Jamais." Seu rosto relaxa sempre que Gigi é mencionada. E, sempre que esse amor puro e sincero enche seu rosto, você quase sente que está invadindo um espaço íntimo. Como se tivesse uma visão de algo muito pessoal que não pertence a você.

Mas ele simplesmente não consegue disfarçar seus sentimentos por ela, o que é engraçado, porque Luke Ryder é especialista em esconder suas emoções. Desde que o conheço, nunca estive cem por cento certo sobre o que passa na cabeça dele. Mas com Gigi não há dúvidas. Ele ama aquela mulher. A idolatra. Ela é a vida dele e ele morreria por ela. Fica claro em seus olhos assim que alguém menciona o nome dela.

"Mas não estou nada animado para essa cerimônia", ele admite com a voz angustiada.

"Sinto muito. Mas estou aqui, cara. Para o que você precisar."

Ele suspira.

"Valeu, irmão. Vou precisar que me encha de bebida para eu esquecer quantas pessoas vão estar lá. E talvez que faça carinho nas minhas costas enquanto vomito."

Rio.

"Vai dar tudo certo."

"Ah. Esqueci de perguntar: está a fim de ajudar no programa Hockey Kings? É daqui a algumas semanas."

"Ah, sim. É em agosto. Que cara de Harvard eles escolheram para ensinar com você?"

"Troy Talvo."

"Ele é bom", digo, relutante.

"Os meninos vão jogar uma partida no último dia e precisamos de atacantes. Você topa?"

"Garrett e Connelly vão estar lá?"

"É o programa deles."

"Então sim."

Rindo, ele revira os olhos para mim.

"É só assim para você topar? Não por bondade no coração?"

Sorrio para ele.

"Vou seguir fielmente meus próprios interesses e nunca vou me justificar."

"Cara, a Diana merece coisa muito melhor do que você."

"Ha. Como se a Gigi tivesse conquistado um príncipe."

"Acho que você está certo. As duas são areia demais para os nossos caminhõezinhos."

20

DIANA

Sexo vertical

Volto do trabalho para casa na tarde de sábado toda animada para ensaiar com Shane, mas descubro que ele ainda está jogando golfe com Will. Argh, que moleque mimado. Sei que ele gosta de brincar que é filhinho de papai, mas aquele cara está realmente vivendo o sonho. Que outro jovem de vinte e um anos tem o luxo de passar o verão inteiro jogando golfe e esculpindo o corpo?

Enquanto espero ele voltar, vou me atualizando em *Casinho ou casório*, fascinada por uma briga épica entre Faith e Ky. Donovan ainda está dando um golpe em Leni, e posso estar paranoica, mas essa menina nova, Marissa, está tentando cravar suas garras no Connor. Cai fora, garota.

Lá pelas sete, Shane manda mensagem para dizer que está pronto, e descemos. Decido fazer nosso primeiro ensaio ao ar livre, já que está uma noite tão perfeita. Quente, mas não demais, e com uma brisa para refrescar o suor. Meadow Hill tem uma quadra de tênis, mas acho que vai ser mais fácil praticar na grama, então eu e Shane arrumamos um lugar numa pequena clareira em frente às quadras. Estou usando um shortinho preto e uma blusa esportiva laranja neon, e trouxe uma caixa de som, meu notebook e um tripé.

"Como foi a noite das garotas com Gisele e Will?" Shane pergunta, seco, enquanto ajusto a altura do tripé.

"Foi divertida. Vou encontrar Gigi de novo amanhã depois do turno do café da manhã para uma prova do vestido e depois ela vem dar um mergulho."

"Excelente. Lembrem de usar seus menores biquínis."

"Só se você usar sua sunguinha."

"Combinado." Ele baixa a cabeça, distraído por um momento com o celular. Parece estar digitando uma redação.

"Para de mandar mensagem para sua ex", brinco. "Temos trabalho a fazer."

Ele ergue a cabeça, revirando os olhos.

"É meu pai."

"Você manda textões para o seu pai?"

“Sim. Ele é meu melhor amigo. A gente conversa sobre tudo. Algum problema?”

Quero chamá-lo de infantil, mas não posso negar que é fofo. Eu e meu pai também somos próximos, mas não temos com frequência longas conversas por mensagem.

“Certo, vamos começar.” Eu me aproximo de Shane, toda séria. “Imagino que saiba os passos básicos do chá-chá-chá?”

Ele me encara.

“Não. Por que você imaginaria isso?”

“Você namorou uma dançarina por quatro anos.”

“Ela é bailarina. E não é porque *ela* dança balé que *eu* entendo de balé. Não era eu que estava fazendo piruetas e jetés e... eita porra, acho que conheço sim alguns passos.”

Seguro o riso. Shane até que é engraçado às vezes, admito. E ele está um gato com as roupas de ensaio. Pedi para ele usar algo mais colado ao corpo, então ele está de camiseta branca justa e calça jogger preta. A calça é de um material mais leve do que moletom e, mesmo não sendo superjusta, fica apertada na região da virilha quando ele anda, marcando seu pênis generoso. Ainda penso na sensação dele pressionado contra mim quando eu estava no seu colo. Por que é tão grande? E... ai, meu Deus, algo me vem à mente. E se for ainda maior? E se ele só estivesse *meia-bomba* na festa da piscina? Ele pode ter o maior pênis do planeta. Pode ter uns sessenta centímetros.

“Dixon.”

Volto a mim.

“O que deu em você? Sua cara está mais vermelha que um tomate. Está tendo uma reação alérgica ou algo assim?”

Maravilha. Meu rosto ficou vermelho pensando no pau de sessenta centímetros de Shane.

Eu me recomponho. Não sei do que gosto menos, corar pensando nas partes íntimas de Shane ou essa onda recente de ataques de ansiedade porque meu ex-namorado me deu um tapa na cara.

Acho que a palavra certa é soco.

Ranjo os dentes e viro de costas para Shane, para que ele não testemunhe o misto perigoso de raiva e desamparo que começa a inundar meus olhos.

É como se existissem duas Dianas dentro de mim. Uma está furiosa, e diz: *Qual é seu problema? Vai até a polícia. Faça aquele moleque pagar.* E a outra está encolhida e paralisada pela vergonha, pedindo para eu não gastar mais energia nessa catástrofe maldita. O hematoma já cicatrizou, e o contato de Percy continua bloqueado.

Na verdade, está tudo bem agora.

Tem que estar.

"Deixa eu me preparar para a gente começar", digo, ficando de costas para Shane enquanto monto o tripé.

"Precisa mesmo filmar?"

Sua voz sai tão chateada que viro a cabeça para conferir sua expressão. E não é que seu descontentamento parece sincero? Hesito ao me dar conta que nunca pedi seu consentimento.

"Ah, merda." Remorso me atravessa. "Acho que a gente não precisa filmar se você realmente não quiser."

"Não quero passar vergonha na frente do seu zilhão de seguidores."

Entreabro um sorriso.

"Você sabe quantos seguidores tenho?"

"Dei uma olhada na conta na outra noite." Ele fecha a cara. "*Namorada experimental.*"

Rio, mas meu bom humor passa quando percebo o que isso quer dizer.

"Olha, vou ser sincera. Ganho um dinheirinho monetizando meus posts." Dou de ombros com constrangimento. "Ajuda a pagar as contas e tal. Não espero que você entenda porque tenho certeza que você não paga nada..."

Ele franze a testa.

"Desculpa, não estou tentando ofender. De verdade. Estou só declarando um fato. Duvido que eu e você tenhamos os mesmos gastos."

"Não, eu entendo", ele diz, seco. "Não temos."

"Tá." Mordo o lábio. "Só estou dizendo que esses vídeos bobos de dança me ajudam em termos de grana."

Faço o possível para ignorar a sensação incômoda causada pela minha confissão. Odeio admitir fraqueza ou mostrar vulnerabilidade, ainda mais na frente de alguém como Shane, que vem de família rica. Não que a minha seja pobre. Herdei uma grande quantia na forma deste condomínio, que, sim, eu poderia vender como Thomas fez com o outro imóvel da tia Jennifer e pegar o dinheiro. Mas gosto de ter uma casa. Algo que é meu. Dinheiro é fácil de torrar, mas um apartamento é para sempre. Pode ser um investimento para a vida toda.

"Então, sim, *consigo* contornar isso. Postar algumas coisas solo quando estiver ensaiando sozinha. Mas o conteúdo comigo e com Kenji fazia um sucesso absurdo." Volto um olhar esperançoso para ele. "Se ajudar, divido toda a receita de anúncios com você. Não é muito, mas..."

"Não", Shane interrompe. "Não preciso. Tudo bem, pode filmar. Mas quero aprovar tudo que você postar para não parecer um completo idiota. Não confio na sua edição."

Não deveria confiar mesmo. Eu com certeza o faria parecer mala na edição. Escondo um sorriso e monto o equipamento.

"Beleza." Me aproximo. "Nosso ritmo básico é lento, rápido-rápido, lento, rápido-rápido."

"Até que é fácil."

"Segura a onda. O chá-chá-chá é uma questão de ritmo. Um passo em falso e você estraga tudo."

"Mas sem pressão."

"Nossa posição inicial é de frente um para o outro, e o único passo que você precisa saber agora é o chassé. Começa com o peso no pé esquerdo. Esquerdo, Lindley!"

"Desculpa, estava olhando o seu pé."

Posiciono suas mãos — a direita na minha escápula esquerda, a esquerda na minha mão direita. Ele tem mãos grandes, provavelmente proporcionais ao seu pau de sessenta centímetros. Enquanto praticamos os passos devagar, calor percorre meu corpo, e sei que não é por causa da brisa quente que sopra. Eu preciso mesmo parar de especular sobre o pênis dele.

Normalmente, adoro chá-chá-chá. É rápido e animado e faz eu me sentir como uma criança. Mas a expressão de Shane é tudo menos jovial.

"É para ser uma dança divertida!" Eu o repreendo. "Você parece estar em um presídio se apresentando para os carcereiros. Sorria."

Ele mostra os dentes.

Quase caio de tanto rir, o que nos faz perder o ritmo de novo.

"Desculpa, vamos recomeçar. E para de olhar para os pés. Precisamos manter contato visual o tempo inteiro. É como nos comunicamos. Olha para mim, não para os pés."

"Mas como vou saber se eles estão fazendo o que deveriam estar fazendo?!" Ele parece desesperado, a testa franzida de frustração.

"Pronto?" Reinicio a música e faço a contagem para começar. "Passo lento para a direita, rápido-rápido para a esquerda. Lento, rápido-rápido, lento, rápido-rápido." Dou um gritinho quando Shane quase esmaga meus dedos dentro do tênis. "Tá, para. Não era nada disso. Precisamos treinar nossa coordenação." Suspiro porque essa vai ser a parte mais difícil, fazer isso em sincronia. "Seu passo rápido precisa ser mais rápido."

Ele resmunga.

"Essa é a pior experiência da minha vida." Ele vira para a câmera. "Não me julguem."

"Não, a gente consegue", prometo. "Confia em mim."

Embora seus passos sejam melhores na vez seguinte, seu corpo continua duro como uma rocha.

"O foco do chá-chá-chá é o quadril. A cada passo, balança o quadril. Assim." Demonstro para ele.

"Não vou fazer isso."

"Vai sim. Empurra o quadril para fora quando fizer o chassé. Depois traz de volta no chá-chá-chá."

"Não."
"Sim."
"Não."
"É só um movimento de quadril", encorajo. "Você consegue."
Ele rosna para mim.
"Sou um jogador de hóquei. Meu quadril não se mexe assim."
"Juro que mexe."
Coloco as mãos na sua cintura, depois as levo para o alto da bunda dele.
"Dixon", ele diz com um sorriso. "O que você está fazendo?"
"Está tudo no quadril e nos glúteos. Juro. Posso tocar na sua bunda?"
"Óbvio."
Desço as mãos para envolvê-lo. Meu Deus. É a bunda mais dura e musculosa que já peguei *na vida*. Já fiquei com atletas antes, mas o bumbum de Shane é excepcional.
"Você tem a bunda de uma estátua de mármore", digo, admirada.
Ele sorri com malícia.
"Eu sei."
"Tá, sem querer ser vulgar..." Olho por sobre o ombro na direção da câmera "... tampem os ouvidos das crianças, pessoal. Mas dançar é praticamente sexo vertical. Você está rígido demais, Lindley. Precisa mover seu quadril como se a gente estivesse... sabe."
Seus olhos brilham.
"Está me pedindo para te comer na vertical?"
"Shane", repreendo. Dou um leve tapa em sua bunda. "Anda, vamos repetir esse passo."
"Com você apertando minha bunda?"
"Sim, confia em mim. Vou mostrar para você como relaxar o quadril."
"Parece a premissa de uma cena pornô muito ruim."
"Vai sonhando."
Depois que faço a contagem para recomeçarmos, Shane empurra o quadril como se estivesse tentando transar. Isso me faz rir.
"Não, você tem que *girar* o quadril." Aperto os lados da sua bunda. "Aqui. Mexe a partir daqui."
Tentamos de novo e, dessa vez, seus movimentos são um pouco mais soltos e menos pornográficos.
"Viu? Sentiu a diferença, não sentiu?"
Uma voz indignada interrompe nosso momento de progresso.
"Que pouca-vergonha é essa?"
Olho por sobre o ombro para ver nossa vizinha Carla se aproximando.
"Ah, oi, Carla. Estamos ensaiando para uma competição de dança."
Ela cruza os braços sobre a blusa de seda com estampa florida.
"Apalpar o traseiro um do outro é um dos requisitos?"

"Não, mas assim é mais gostoso", Shane diz, dando uma piscadinha para ela.

Minhas mãos saem do traseiro em questão.

"Desculpa. Não é o que parece." Seguro o riso enquanto abro um sorriso tranquilizador para Carla, que está furiosa. "Juro que esse não é nenhum comportamento obsceno."

"Acho bom", ela responde num tom formal. "Dito isso, vou levantar essa questão na próxima reunião do condomínio."

"Não esperava menos, Carla." Aceno enquanto ela sai andando, furiosa.

"Não entendo as pessoas nesse condomínio", Shane divaga, observando Carla ir.

"Às vezes acho que é algum experimento bizarro do governo onde juntaram todas essas pessoas aleatórias só para ver no que ia dar. Cada um tem um papel específico a desempenhar, mas ninguém sabe exatamente qual é."

"Por que eu e você estamos aqui?" Ele parece intrigado.

Penso um pouco.

"Você está aqui porque..."

"Sou o elemento imprevisível." Seus olhos se iluminam. "Todo mundo pensa: o que diabos ele vai fazer?"

"Claro." Dou um tapinha no seu braço. "Você é o elemento imprevisível."

Praticamos por mais trinta minutos e, por mais que eu não queira aceitar, acho que o chá-chá-chá é uma causa perdida, pelo menos para as audições. Não duvido nem um pouco da minha capacidade de elevar as habilidades de Shane até um nível decente a tempo da competição em si em outubro, mas o vídeo de pré-seleção é para daqui a algumas semanas. É impossível que ele fique bom o suficiente até lá, e meu medo é não nos classificarmos se continuarmos com o chá-chá-chá. Vou tentar mais algumas sessões, mas desconfio que teremos mais chances com o tango.

"Vai fazer o que agora?" Shane pergunta na caminhada de volta ao Bétula-Vermelha.

"Preciso terminar de assistir ao *CoC* de ontem. Estou doida para ver quem é solto da Cabana de Doces."

"Posso contar se quiser. Assisti ontem à noite."

Viro a cabeça para ele.

"Desculpa, quê?"

"Sei lá", ele responde. "Não tinha nada melhor para fazer. Enfim", ele diz, ignorando as risadinhas que estou soltando às suas custas "por que não compro o jantar para a gente? Terminamos de assistir ao seu episódio, depois assistimos ao novo. E depois, talvez, quem sabe..."

Paro no meio da trilha e olho para ele, rindo.

"Não, *não* sei."

Shane arqueia as sobrancelhas.

"Vamos para o quarto e..."

"Você está me pedindo para transar com você?"

"Não precisa fazer essa cara de nojo."

Rio da cara dele.

"Nem gostamos um do outro."

"A gente se tolera", ele reclama.

"Uau, que belo discurso para me levar para a cama! *Eu te tolero, Diana. Por favor, me deixa fazer amor com você.*"

"Não foi isso que eu quis dizer. Só estou dizendo que deveríamos considerar uma amizade colorida."

"Pensei que você não queria mais saber de sexo casual."

"Não seria casual. Seria a longo prazo. Quer dizer, se já temos que fingir que estamos nos pegamos por causa de Percy, é melhor ficarmos de verdade. O que você tem a perder?"

"Minha paciência. Minha dignidade. Minha inocência."

Shane solta um suspiro exasperado.

"Precisa mesmo continuar fingindo que isso não te afeta?" Ele faz um gesto vago para o próprio corpo.

"Para o que você está apontando?"

"Meu pau. Você precisa parar de fingir que não te dá tesão."

"Ai, meu Deus, você é tão arrogante."

Ele apenas sorri.

"Então... o que acha de sermos amigos coloridos?"

Dou uma palmada na testa de maneira dramática, como se tivesse me lembrado de algo de repente.

"Ah, merda, esqueci de contar. Na verdade, seleciono todos os meus amigos coloridos de maneira muito, muito criteriosa. Tem todo um processo de inscrição."

Shane entra na brincadeira.

"Ah, tem? Pode me dar uma cópia do formulário?"

"Infelizmente, estou editando para deixá-lo mais detalhado, então, não estou aberta a candidatos no momento. Mas quem sabe você não se candidata no ano que vem?"

Ele dá um aceno solene.

"Por favor, me avisa quando reabrir a vaga."

"Você vai ser a primeira pessoa que vou notificar", prometo. "E, quando digo a primeira, quero dizer a última."

Estamos passando pelo Bétula-Doce quando Percy sai de repente pela porta. A parte paranoica do meu cérebro se pergunta se ele estava de tocaia. Escondido no saguão à espera da oportunidade certa para sair. Mas meu lado lógico diz que isso é loucura. Ele não teria como calcular tão bem.

A cara dele fecha ao nos ver, mas ele se recupera rapidamente e estampa um sorriso fraco no rosto.

Shane para, mas pego sua mão puxando-o para a frente.

“Continua andando”, murmuro.

“Diana”, Percy chama atrás de nós. “Tem um segundo?”

Eu o ignoro e acelero o passo, praticamente arrastando Shane comigo. A ansiedade volta a crescer, comprimindo minha garganta. É uma sensação já familiar a essa altura, e *odeio* que tenha virado rotina. Graças a Percy, me sinto indefesa e encurralada. Quero ligar para meu pai e implorar para ele vir, erguer Percy pelo colarinho e arremessá-lo em outro estado. Mas não posso pedir para meu pai resolver meus problemas. Preciso resolvê-los sozinha.

Inspiro o máximo de ar possível, mas me sinto ainda mais zonza quando chegamos ao saguão.

Não sei o que Shane vê em meu rosto — torço para que não seja medo —, mas o que quer que seja deixa seu maxilar tenso.

“Quer que eu tenha uma conversinha com ele?”

“Não. Tenho esperança de que ele vá embora se eu continuar ignorando.”

Isso não parece satisfazer Shane, mas, depois de um segundo, ele dá de ombros.

“Beleza. Me avisa se mudar de ideia.” Chegamos ao topo da escada. “O que vamos pedir para o jantar?”

Percebo que perdi completamente o apetite. Ver a cara de Percy acabou com minha fome.

“Quer saber, mudei de ideia sobre jantar. Estou com dor de cabeça”, minto. “Acho que vou tomar banho e me deitar um pouco.”

“Tem certeza...”

“Até mais, Lindley.” Entro no meu apartamento antes que Shane possa argumentar.

21

SHANE

Viralizamos

Diana e Gigi voltam de sua prova de vestido por volta das duas horas no domingo. Ainda está muito quente, e Ryder também acaba vindo para a piscina de Meadow Hill, nós quatro ocupando um conjunto de espreguiçadeiras e nos lambuzando de protetor solar.

Enquanto as meninas tomam sol, acabo com a raça de Ryder em uma corrida que anima a torcida dos adolescentes bagunceiros que estão na piscina. Os filhos de Dave e Marnie têm permissão para falar comigo agora que os vizinhos não me odeiam mais. Veronika, claro, está deitada na espreguiçadeira de sempre, olhando descaradamente para mim e Ryder. É um dia perfeito de piscina com bons amigos, sol e cerveja.

O único problema é que eu e Diana sempre esquecemos que estamos fingindo namorar. Perto dos nossos melhores amigos, voltamos aos nossos antigos papéis. Que são: Diana odeia Shane, e o único objetivo na vida de Shane é encher o saco de Diana.

Saindo da piscina, observo enquanto Diana aponta algo nas nuvens para Gigi.

"Ali. *Ali*. Está vendo?"

Gigi ergue os óculos de sol para ter uma visão melhor.

Eu me seco e me acomodo na espreguiçadeira ao lado da de Diana, enquanto Ryder se deita ao lado da esposa.

"O que estamos olhando?", pergunto, curioso.

"Aquela nuvem lá em cima tem o formato de um mágico. Ele está usando uma cartola e segurando um coelho numa mão e uma faca de açougueiro na outra."

"Que pesado", digo.

"Ei, não fui *eu* quem fez isso. É o que as nuvens estão dizendo hoje."

Reviro os olhos para ela.

"Você tem problemas."

"Você nem tentou ver", Diana acusa.

"Por que eu tentaria? Não está lá."

"*Tenta*."

"Beleza. Onde?"

"Está vendo aquele espaço entre as duas nuvens que acabaram de sair da frente do sol?"

Puxo o ar.

"Puta que pariu. Aquele coelho vai ter a garganta cortada logo, logo."

O rosto de Diana se ilumina.

"Está vendo mesmo?"

"*Não*. Não, Dixon. Claro que não."

Ela resmunga com irritação.

"Por que você fingiu ver?"

"Porque é divertido te deixar empolgada e depois destruir seus sonhos."

"Te odeio imensamente."

"Ah, não. Como vou dormir à noite sabendo disso?"

Uma voz seca nos interrompe.

"Têm certeza de que vocês estão juntos?" Gigi pergunta, erguendo uma sobrancelha.

Embora ela esteja brincando, não deixo de notar um brilho de ceticismo em seus olhos cinzentos.

E, embora eu tenha dito para Ryder que estávamos namorando, parece errado fazer essa encenação na frente dos nossos melhores amigos.

Viro para Diana com um olhar de *talvez a gente devesse abrir o jogo*. Sua expressão culpada confirma que ela também está achando difícil mentir assim. Resignação surge em seus olhos verdes, e suspeito que ela esteja prestes a contar a verdade... até que o ex dela entra na área da piscina.

"Puta que pariu", ela murmura baixo.

Gigi se endireita.

"Quê?"

Diana aponta com a cabeça para o outro lado do deck.

"Quem é aquele?" Ryder pergunta.

"Meu ex-namorado", ela responde, sombria. "Ele decidiu alugar o apartamento três blocos depois do meu. Porque é um sociopata."

Ryder se empertiga. Está de óculos escuros, mas a tensão em seu maxilar revela o que ele pensa sobre o assunto.

"É esse babaca que está perseguindo você?"

O olhar de Diana está fixo em Percy. Embora estejamos falando baixo, ele deve imaginar que estamos falando dele.

Do outro lado da piscina, ele estende a toalha e tira a camisa. Para um estudante de física, não está em má forma. É alto e magro, com alguns músculos. Não tanto quanto eu e Ryder, mas imagino que ele não passe tanto tempo na academia ou jogando hóquei competitivo.

Ele se deita na espreguiçadeira e apoia um livro de bolso nos joelhos. Não consigo enxergar o título, mas aposto cem pilas que ele está fingindo ler.

"Ele disse que não tinha para onde ir", Diana conta para Ryder. "O sobrado dele só estará disponível em primeiro de setembro, e ele está dando aula na Briar durante o verão, então precisa ficar por perto."

"E você não acredita nele?" Ryder diz.

"Não. Ele não consegue superar esse término. E..." Ela hesita, visivelmente frustrada. "Enfim. Ele vai embora logo menos."

"Ele sabe sobre vocês dois?" Gigi pergunta, apontando o dedo para mim e Diana.

"Sim", Diana responde. "O que é mais um motivo para ele estar ali fingindo ler enquanto nos encara."

Olho discretamente para Percy. Acho que não o vi virar nenhuma página ainda.

"Vem, namorada", digo. "Vamos nos refrescar. Estou vendo que você já está ficando com o sangue quente."

"Beleza." Ela me deixa puxá-la da espreguiçadeira. Seu corpo escultural mal está coberto por um biquíni vermelho minúsculo. Ela ajeita os dois triângulos enquanto caminha em direção à parte rasa da piscina.

Sei que meu próximo passo pode se voltar contra mim e provocar ainda mais sua raiva, mas seguro seu braço e a puxo na minha direção.

"Aonde você pensa que vai?", brinco.

Um gritinho escapa dos seus lábios quando a pego nos braços e corro na direção da piscina. Pulo, e ficamos no ar por um segundo antes de cairmos na água com impacto. Diana está se engasgando de tanto rir quando sua cabeça sai da água.

"Ah, seu cretino", ela diz, batendo no meu peito. Mas seus olhos estão brilhando.

Viu? Sei como animar a Dixon. Nadamos lado a lado por um tempo até pararmos no meio da piscina. Consigo ficar em pé nesse pedaço, mas ela não, então enlaça as pernas e os braços ao meu redor, envolvendo meu corpo como um coala pendurado em uma árvore.

"É sério que você não consegue encostar no chão aqui?", pergunto.

"Não! Sou baixinha."

"Deve ser horrível viver assim."

Ando para trás até minhas escápulas encostarem na lateral da piscina perto das nossas espreguiçadeiras. Diana se vira e suas costas ficam coladas ao meu peito. Envolvo os braços ao redor dela, inclinando a cabeça para o céu. Não vejo nenhum mágico assassino, mas de repente estou procurando formas em toda parte. Dixon me influencia das maneiras mais estranhas.

"Que tipo de pensamentos você acha que uma nuvem teria se fosse consciente?", pergunto.

"Não consigo nem começar a responder essa pergunta."

Brinco distraidamente com a ponta do seu rabo de cavalo molhado.

"Acho que ela pensaria: o que diabos estou fazendo aqui em cima?"

Há um momento de silêncio, e Diana cai na gargalhada, ondas espirrando para tudo quanto é lado enquanto ela se sacode em meus braços.

"Ai, meu Deus, por que você é tão estranho?"

"Cala a boca."

Ouço a risada de Gigi da cadeira.

"Tá, retiro o que disse."

"Como assim?" Diana diz, olhando para ela.

"Vocês foram feitos um para o outro."

Não sei se Percy ouviu isso, mas noto seus olhos turvos se voltarem para nossa direção antes de retornarem ao livro.

"Por que ele não vai embora?" Diana murmura para mim.

"Quer que eu vá lá e fale alguma coisa? Porque eu faria isso com o maior prazer."

"Não. Ele alugou legalmente o apartamento dos Garrison. O que podemos fazer em relação a isso?"

"Você não pode apresentar algum tipo de reclamação para Brenda?"

"Ele não fez nada que justifique ser expulso do condomínio. Confia em mim, eu li o manual."

Claro que leu.

"Já, já ele vai embora", garanto. "Até lá, vou servir fielmente como seu namorado."

"Obrigada." Uma gratidão sincera suaviza seu rosto.

É estranho ver isso. Eu não achava que Diana fosse capaz de se desestabilizar por causa de ex-namorado, mas, para alguém que gosta de conflito, ela definitivamente não quer um com esse cara.

"Tem falado com a Lynsey ultimamente?", ela pergunta, ainda usando meu corpo como cadeira.

"Não." Mantenho a voz baixa porque não quero que Ryder ouça. Ele passou o último ano me alfinetando por não ter superado minha ex.

"Deveríamos postar algumas fotos nas redes sociais para ela ficar com ciúmes", Diana diz, diabólica. Antes que eu possa me opor, ela se apoia na beira da piscina e grita para Gigi. "Ei, G, pode tirar uma foto nossa?"

"Claro." Ouço um barulho enquanto Gigi sai da espreguiçadeira. Ela ri. "Hum. D? Você tem cinco mil notificações. Literalmente."

"Até parece."

"É sério."

Confusa, Diana seca as mãos com a toalha que Gigi passa para ela e confere o celular. Um momento depois, ela começa a rir de novo.

"Ai, meu Deus. Lindley. Viralizamos."

Pavor revira meu estômago.

"Não."

"Nosso último vídeo tem... você não vai acreditar... dois milhões e meio de visualizações. Até agora."

Ai, Jesus. Dois milhões e meio de pessoas me viram dançar o chá-chá-chá e rebolar o quadril?

Quero morrer.

"Isso é incrível!" Ela ainda está rindo, balançando a cabeça de espanto enquanto devolve o celular para Gigi. "Vamos comemorar mais tarde."

"Não vamos, não", respondo, mas ela já está colocando os braços ao redor do meu pescoço de novo e me forçando a posar para uma foto.

"Dá um beijinho", Gigi diz, erguendo o celular.

Obedeço, abaixando a cabeça e encostando os lábios nos de Diana. Quando nos afastamos, Diana olha para Gigi.

"Valeu, G."

"Sem problema. É para isso que estou aqui, sou sua fotógrafa particular, seguindo você de um lado para o outro."

"Faz parte dos deveres de melhor amiga!" Diana grita enquanto Gigi volta à espreguiçadeira.

Continuamos na água, nadando em direção à parte rasa. Mas, embora Diana consiga alcançar o chão aqui, ela envolve de novo as pernas ao meu redor. Seguro sua bunda, enquanto o sol bate em nossa cabeça.

Estou obcecado pelos lábios de Diana. Me lembro de beijar esses lábios na minha cozinha. Do seu sabor delicioso. Da sensação gostosa da sua língua na minha boca. De como ela a usou, dando aquela deslizada provocante...

"Por que você está me encarando?"

"Estava pensando naquela deslizada que você deu com a língua quando a gente se beijou."

Ela dá um soquinho de leve no meu ombro. Gotículas de água espirram no meu braço.

"Ei, você que perguntou." Com os dedos traço de maneira provocante o contorno da sua bunda. "Vai me dizer que não pensa nisso?"

"Nenhum pingo da minha energia mental é gasta com aquele beijo."

"Mentira. Não sou o único afetado."

"Lamento dizer, mas é."

Dou uma apertada discreta na bunda dela. Quando os lábios dela se abrem, aproveito a oportunidade e encosto minha boca na sua, deslizando a língua para dentro. Apesar de soltar um muxoxo de surpresa, Diana corresponde ao beijo. Fico duro como pedra em questão de segundos, e sei que ela consegue sentir.

Afasto a boca quando ouço passos altos no deck. Viramos para ver as costas de Percy se afastando enquanto ele sai da piscina.

"Recado dado", ouço Gigi dizer da espreguiçadeira.

Porra. Para ser sincero, esqueci completamente do ex de Diana. Não havia recado nenhum a ser dado. Queria apenas dar um beijo nela e provar que a excito.

"Viu", murmuro. "Afeta você tanto quanto me afeta."

Ela abaixa a mão entre nós, e meus lábios mal contêm um gemido quando ela aperta minha ereção.

"Será mesmo? Se estamos os dois tão afetados, por que eu sou a única que pode sair da piscina?"

Ela ri e sai nadando na direção da escadinha. E está certa. Não posso sair sem dar abertura para as zoações impiedosas de Ryder. Tudo que posso fazer agora é ficar na água com minha ereção e esperar que passe.

NAMORADO EXPERIMENTAL APRENDE O CHÁ-CHÁ-CHÁ

👍 495.8 mil 5.8 mil comentários 23 mil compartilhamentos

@gynnyloo43
meu deus que tensão sexual 🔥

@meninadanca
🔥🔥🔥

@associacaodedancadesalaostlouis
Incrível! É ótimo ver jovens se interessando por essa arte atemporal. Queremos mais conteúdos assim!

@euamodancadesalao
Vocês dois são incríveis

@meghan_johnson2
gata, seu namorado é um tesão

@donnadancante_ny
#casalperfeito

22

SHANE

Minha filha nunca vai namorar um jogador de hóquei

AGOSTO

"Sou só eu ou esses dois são os homens mais atraentes que já vi na vida? São mais atraentes do que a maioria dos famosos."

"São lindos sim", concordo.

"Não sei se homens gostam de serem chamados de lindos."

"Não é problema meu. Eles são."

Do banco afastado no centro do gelo, Will e eu estamos de patins, admirando Garrett Graham e Jake Connelly. Dois superastros da NHL. Um deles membro do Hall da Fama. Dois homens bonitos.

Já mandei para o meu pai algumas fotos que tirei discretamente deles quando ninguém estava olhando. Ou pelo menos espero que ninguém tenha notado, porque isso é coisa de *stalker*. Mas sei que meu pai vai adorar ver isso.

"Tá... um para transar, um para casar, um para matar", digo.

"Quem a gente vai matar?" Will franze a testa. "Só tem dois."

"A esposa daquele com quem você quiser se casar."

Levando o pedido estranhamente a sério, ele estuda os dois dos pés à cabeça enquanto conversam do outro lado do rinque. Eles estão de calça preta e moletom azul-marinho idêntico à primeira vista, até você observar com mais atenção e ver que o moletom de Graham tem o logotipo dos Bruins, enquanto o de Connelly é dos Oilers. Jake franze a testa enquanto ouve Garrett com atenção.

Will finalmente responde.

"Transo com Graham. Caso com Connelly. E mato a esposa de Connelly antes que ela me mate por roubar o marido dela."

"Bem pensado." Brenna Connelly é aterrorizante. Eu a vi destruir homens duas vezes maiores que ela em seu programa esportivo da TSBN. Ela conhece hóquei melhor do que todos os analistas da rede juntos.

"Eita. Reviravolta", Will murmura. "Saca só o corpo dele."

John Logan patina para formar o trio. Ele também vai arbitrar o jogo de hoje. Outro vencedor da Copa Stanley. Outra lenda.

Como vim parar aqui?

"Cara, o *shape* dele é absurdo", elogio.

"Vocês estão ligados que a gente está aqui, certo?"

Eu e Will nos viramos para a fileira de garotos adolescentes no banco atrás de nós. Eles têm de dezesseis a dezoito anos, e nos encaram como se fôssemos loucos.

"Vocês não deveriam objetificar os homens assim", um menino diz.

"Além disso", o cara ao lado acrescenta, "se é para dar prêmios para o mais bonito, aquele ali ganha fácil."

Ele aponta para o quarto homem que está patinando na direção do grupinho. O recém-chegado é alto, loiro e parece um modelo. Está colocando um capacete preto enquanto se junta aos outros.

"Cara", reclama o jogador sentado na ponta do banco. "Aquele é o meu pai."

Examino o adolescente, logo notando a semelhança. Seu nome é Beau e, embora seu cabelo seja um tom mais escuro do que o do pai, ele tem os mesmos olhos verdes e traços esculpidos. Ainda nem terminou de se desenvolver, mas já é alto e musculoso. Tenho pena dos oponentes que ele vai enfrentar daqui a alguns anos.

"Árbitros!" Graham sopra seu apito para chamar a nossa atenção. Ele acena para mim e Will.

Will olha para mim com nervosismo.

"Não me deixa passar vergonha."

"Idem."

Garrett nos cumprimenta com um sorriso e nos apresenta para John Logan, que dispensa apresentações, e Dean Di Laurentis, que descobrimos ser o técnico do time feminino de hóquei de Yale. Como eu e Will, Logan e Dean estão vestidos com camisetas listradas de manga longa, capacetes pretos e apitos pendurados no pescoço. Mas os dois também usam braçadeiras laranjas, já que eles são os árbitros e nós, meros assistentes.

Ryder e Troy Talvo completam o grupo. Como assistentes técnicos, eles tiveram a difícil tarefa de ajudar Garrett e Jake a selecionar as duas equipes de hoje. Ryder disse que escolheram os jogadores com base em seus pontos fortes e fracos, tendo trabalhado com eles durante toda a semana.

Garrett está prestes a nos passar as instruções quando seu olhar desvia bruscamente para o banco do time da casa.

"Ei, G", ele grita. "Espera aí. Quero falar com você antes de ir!"

"Porra, esqueci que elas estavam saindo. Me deem um minuto também." Ryder toma impulso com os patins e sai atrás do sogro.

Gigi espera por eles no banco, inclinando-se para dar um beijo rápido em Ryder antes de se virar parar falar com o pai. Ela não está sozinha; uma menina de cabelo castanho-claro se afasta de Gigi em direção ao outro banco para falar com alguns dos meninos. Ela usa um short de barra desfiada e uma regata preta que deixa sua barriga à mostra, e não tem nenhum moleque naquele banco que não esteja reparando nela.

Eu e Will esperamos sem jeito com os outros árbitros enquanto tento não ficar olhando para os ombros de John Logan. São enormes. Como ele ainda está tão sarado nessa idade? Quer dizer, claro, ele não é nenhum idoso. Talvez esteja na casa dos quarenta e poucos. Mas mesmo assim. Está em melhor forma do que muitos caras da minha idade.

"Você está atrasado", Dean grita para mais um recém-chegado.

Um homem ruivo se aproxima, suas lâminas chiando ao parar. Ele revira os olhos para Dean.

"Calma. Nem estou apitando. Só estou aqui por diversão." Ao olhar para mim e Will, ele sorri. "Oi. Sou o Tucker."

"Shane", digo, estendendo a mão para apertar a dele. "Esse é Will."

"Vocês jogaram juntos na faculdade?" Troy Talvo pergunta apontando para os três. "Ouvi Garrett comentar algo assim."

"Hóquei em Briar", Dean confirma, abrindo um sorriso branco perfeito. "Éramos imbatíveis."

Logan acena, os olhos azuis brilhando.

"Vitórias consecutivas no Frozen Four. Porra. Foi demais, hein?"

"Esse é nosso plano para esta temporada", digo a eles. "Arrebentamos no ano passado, então agora nós..."

Levo um susto quando Logan rosna de repente.

"Não. Nem fodendo, Dean. Não vai rolar. Vai segurar seu moleque."

Sigo seu olhar e vejo Beau Di Laurentis abraçando a menina de regata. Eles estão claramente felizes em se ver.

"Relaxa. É só um abraço", Dean responde, despreocupado.

"A mão dele roçou na lombar dela."

"A mão dele não roçou em porra nenhuma."

O tom de Logan permanece letal.

"Não vou deixar que um Di Laurentis a corrompa."

"Ele só tem dezesseis anos e não vai fazer nada."

Tentando não rir, interrompo sua discussão acalorada.

"Imagino que sejam sua filha e seu filho?", pergunto a Logan.

"Não, aquela é minha filha e *aquele* é o futuro filho galinha dele."

"Na verdade, ele já tem idade para ser um galinha", pondero, enquanto Will ri baixinho.

Logan me lança um olhar fulminante. Dean também.

"Desculpa." Ergo as mãos. "É verdade. Dezesseis é idade suficiente, cara. Com quantos anos *vocês* perderam a virgindade?"

"Nunca", Dean diz com um tom formal. "Nunca tive o prazer de me deitar com uma mulher."

Eu, Will e Tucker começamos a rir, mas a expressão de Logan não tem nenhum vestígio de bom humor.

"Eu tinha catorze." Ele está visivelmente contrariado. "Ah, puta que pariu. Por que fomos ter filhos? *Sabíamos* que havia cinquenta por cento de chance de ser mulher."

Dean sorri para o drama de Logan.

"Relaxa. Olha... Blake está abraçando AJ agora. Vai encher o saco de Connelly."

"Minha filha nunca vai namorar um jogador de hóquei", Logan diz com a voz ameaçadora. "Sei como eles são."

"E você?", pergunto a Tucker. "Alguma filha correndo o risco de ser corrompida?"

Ele passa a mão pela barba avermelhada, bufando alto.

"Minhas meninas acabariam com a raça desses moleques."

"Destruidoras de corações", Dean concorda.

Garrett e Ryder voltam ao grupo, e repassamos a estratégia.

"Certo, todos cientes do que arbitrar ou não?" Graham pergunta aos árbitros.

"Só pedir penalidades contra meu filho. E deixar que ele soque a cara das pessoas que quiser", Dean diz, sério.

Todos rimos.

"É, vamos fazer o oposto disso", Connelly diz com um suspiro.

"Podemos ser agressivos?", pergunto.

"Até onde as regras permitem. Alguns desses meninos vão direto para a NHL no mês que vem. Não vamos pegar leve com eles."

Às vezes me arrependo de não ter escolhido esse caminho também, mas não acho que aos dezoito anos estivesse preparado para jogar hóquei profissional. Jovem e bobo demais. Queria um pouco de experiência na faculdade, antes de ir para Chicago e me jogar no mundo.

Garrett bate as mãos.

"Vamos tratar isso como um jogo de verdade. Três tempos completos. Alta pressão."

"Vamos lá", Jake concorda.

"Preparem-se para o massacre", Garrett diz a Connelly com um sorriso largo. "Eu e o genrão vamos acabar com isso."

"Até parece. Os homens de Harvard é que sabem fazer as coisas."

"Ele te chama de genrão?" Sorrio para Ryder enquanto os homens saem patinando.

Ele suspira.

"Pois é. Isso ou sr. Ryder."

"Pelo menos ele gosta de você agora", Will diz, tentando ajudar.

"'Gostar' é forçar um pouco a barra. Está mais para tolerar. Mas ele sabe que eu morreria pela filha dele, então é isso o que importa."

A partida começa. Parte do trabalho de Ryder e Talvo era organizar a escalação como se estivessem montando sua própria equipe. A primeira escalação do Time Graham conta com Beau Di Laurentis. O Time Connelly teve sorte de ter AJ, o filho de Jake, e Gray Davenport na mesma escalação.

Não acompanho tanto o hóquei colegial, mas até eu já ouvi falar desse trio. São os três melhores jogadores do país, e soube que eles já se comprometeram a jogar pela Briar daqui a alguns anos. Com esse nível de estrelas no elenco, vão ser precisos muitos imprevistos e surpresas para arrancar o troféu do Frozen Four das mãos de Jensen. Há uma razão para ele ser o treinador com mais vitórias no hóquei universitário e provavelmente o de maior salário. Ele não só recruta os melhores jogadores, mas depois que eles saem, consegue os filhos deles também. Cara de sorte.

É muito divertido assistir aos meninos jogarem. Eles me fazem lembrar de mim mesmo quando era adolescente. A forte determinação. A garra. A coragem de fazer jogadas arriscadas antes que seus treinadores universitários tirem essa imprudência deles.

Logo fica na cara que Beau possui talento. Proteção de disco, manejo de bastão, arremesso. Seus instintos são incríveis, e fico impressionado com sua capacidade de manter a calma sob pressão. AJ tem velocidade, assim como seu pai. E embora o pai de Gray tenha jogado como atacante, ele é um zagueiro implacável. Gray não deixa Di Laurentis se aproximar do gol em nenhum dos seus tempos de jogo.

Estou começando a achar que a equipe de Graham vai levar uma surra histórica, mas subestimei Ryder e seu sogro. A estratégia de Connelly e Talvo foi encher a primeira escalação com todos os superastros. Graham e Ryder, por outro lado, colocaram um em cada escalação, de modo que houvesse sempre grande jogador no gelo.

Quando a primeira escalação de Connelly sai, o superastro da segunda escalação de Graham marca um gol assim que Davenport pisa fora do gelo.

Eu e Will estamos em lados opostos, de olho na situação do jogo. A certa altura, apito um impedimento do filho de Connelly. Connelly quase voa do banco na minha direção, um misto de treinador e pai de jogador de hóquei. Já vi muitos como ele, gritando com o rosto vermelho nas laterais dos meus jogos de ensino médio.

"Ele estava na linha, imbecil!" Connelly rosna para mim.

Patino até ele educadamente.

"Mais um ataque seu, e vou botar o senhor para fora do jogo, treinador."

Ai, meu Deus. Não acredito que disse isso para Jake Connelly. É o melhor dia da minha vida.

Ele resmunga, mas está envergonhado.

"Você não pode sair por aí chamando as pessoas de imbecis", ouço Talvo repreender Connelly depois e seguro o riso. "Somos de Harvard. Somos melhores do que isso."

"Desculpa, perdi a cabeça."

O jogo continua nesse nível de intensidade até o último segundo do terceiro tempo. A estratégia de distribuir o protagonismo do time de Graham dá certo — eles vencem por 3 a 2, graças a um gol decisivo de Beau, que demonstra por que ele tem a reputação de brilhar em situações críticas. O pai de Beau patina até ele e o abraça, dizendo:

"Meu garoto."

Patino até o banco e dou uma olhada no celular, mas meu pai não respondeu a nenhuma das mensagens que mandei hoje à tarde, nem mesmo a foto de Graham e Logan rindo tanto que estão quase caindo. Isso me faz franzir a testa porque meu pai nunca demora mais do que uma hora mais ou menos para responder. Mas deixo para lá. Vai ver ele e minha mãe só estão ocupados com Maryanne.

Ryder se afasta dos outros treinadores e patina até mim e Will.

"Garrett e os outros vão levar todo mundo para beber", ele diz. "Topam?"

Eu e Will o encaramos.

"Como assim?"

"Que merda de pergunta é essa?" Digo. "Claro que sim."

"Idiota", Will murmura.

Olho para Will.

"Você ficou muito mais maldoso depois que virou amigo do Beck. Eu adoro isso."

Ele sorri.

"Obrigado."

23

DIANA

Quer que eu bote para fora?

Às onze e meia, Shane atravessa minha porta antes que eu o convide para entrar. O que eu não pretendia fazer porque é quinta à noite e estou no meio de uma maratona de *CoC*. Estou dois episódios atrasada.

"Estou bêbado", ele anuncia.

Eu o encaro enquanto ele entra descaradamente na minha sala. Ele está de bermuda cargo e regata e, por algum motivo, segura um saco de papel pardo nas mãos.

"Você sabe que não mora aqui, né?"

"Eu *deveria* morar aqui", ele diz, sem falar coisa com coisa.

Seus olhos castanhos se voltam para a tela da TV, que está pausada no rosto britânico repulsivo de Donovan.

"Show! Eu topo. Precisamos ficar em dia até sábado."

Aperto os lábios para segurar o riso.

"Por quê?"

"Porque sábado é a liberação da Cabana dos Doces. *Superimportante*." Ele levanta uma sobrancelha arrogante ao ver minha expressão. "Isso mesmo, agora eu manjo dos termos. E quer saber? Não tenho vergonha de dizer que gosto desse programa. É divertido. As mulheres são gostosas. E alguns dos caras são engraçados. Como o Connor. Não tem um episódio em que ele não me faça chorar de rir."

É um esforço não cair na gargalhada. Shane está bêbado mesmo. Jamais ele admitiria isso sóbrio.

"E olha! Até comprei refrescos. *E* precisei entrar na loja de bebidas com *John Logan* e pedir ajuda para o funcionário porque não conseguia achar isto na prateleira. Eu parecia um mané. John Logan riu de mim, Dixon. Por *sua* causa."

Com um gesto dramático, ele tira uma garrafa de Coisa Rosa da sacola de papel.

Surpresa transparece em meus olhos.

"Você parou para comprar minha bebida favorita?"

"Só o melhor para minha namorada de mentira."

Um sorriso surge no meu rosto apesar da minha resistência. Droga. Odeio admitir, mas esse bobão está me conquistando.

"Tá", amoleço, pegando a garrafa rosa dele. "Vou buscar umas taças para nós."

Enquanto vou até a cozinha, Shane anda até o aquário.

"E aí, Skip?", ele cumprimenta o peixinho-dourado. "Ei, Dixon", ele chama por sobre o ombro. "Tem certeza que ele está saudável? Ele parece gordo."

"Ah, a saúde dele é péssima. Ele está comendo ração light."

"Existe ração light para peixe?"

"Sim, preciso encomendar de uma mulher esquisita da Flórida. Ela mesma faz. Mas não importa o que eu faça para tentar ajudar esse palhaço. Ele não perde peso."

"Ahh, deixa ele assim. Ele é só um gorducho que ama seu baú de pirata."

Sorrio quando vejo Shane espiando o aquário com a cara grudada no vidro.

"Ele tem, tipo, olhos mortos."

"Eu sei. Dá medo." Levo duas taças de vinho cheias até a borda com o líquido rosa e as coloco na mesa de centro. "Como foi seu jogo de hóquei?"

"Lendas, Dixon. Passei o dia e a noite com *lendas*." Ele suspira, feliz. "Foi foda!"

"Que bom que se divertiu." Pego o controle. "Tá. Tem uma cerimônia de seleção no fim do episódio. Algum palpite sobre quem Marissa vai escolher?"

"Cem por cento o Steven."

"Lamento informar, mas certeza que ela vai se jogar em cima do Connor."

"Sem chance. A Zoey é querida demais. Você não pode ser responsável por mandar Zoey embora e querer ganhar algum voto na final. Nem Marissa é tão burra assim. Continuo apostando no Steven."

Dou um gole da bebida e me concentro na tela. Depois de dez minutos, Ky e o menino novo, Juan, passam a noite na Suíte dos Doces.

E não vou mentir.

A coisa esquenta.

Bebo um pouco mais quando o casal começa a se beijar em uma cama branca decorada com pétalas de rosa. Não tem nenhuma nudez explícita, mas vemos imagens provocantes de Ky jogando o sutiã de renda vermelha no chão. Juan descendo a calcinha dela pelas pernas bronzeadas. A boxer de Juan sendo atirada para o outro lado da suíte.

Um segundo depois, o casal está debaixo do edredom, e parece que ele está operando uma britadeira lá embaixo.

"Isso sim é veloz e furioso", comento. "E eles foram de beijo a superpenetração em cinco segundos. Cadê as preliminares?"

"O que é superpenetração?"

"*Aquilo*. A cama toda está sacudindo. Como isso é prazeroso para ela? Não tem como ela ter um orgasmo assim."

"Sei lá. Vai ver ela pediu. Vai ver ela falou: *Não me chupa, Juan. Preciso ser macetada, de preferência a uma velocidade de cem quilômetros por hora, para conseguir gozar.*"

Caio na gargalhada, quase cuspindo a bebida no sofá.

"E você?" Shane pergunta, curioso.

"Eu o quê?"

"O que te dá tesão?"

"Não." Coloco a taça na mesa. "Não vamos falar sobre isso."

"Por que não?"

"Porque estamos num relacionamento de mentira. Não somos amigos que falam sobre suas preferências na cama."

"Acho que deveríamos reavaliar suas obrigações de namorada de mentira."

"Minhas únicas obrigações são fazer você parecer um pouco mais aceitável para sua ex-namorada."

"Ah, vai se ferrar." Ele termina o resto da bebida e se inclina para encher a taça novamente.

"Você está mandando ver na coisa rosa", digo, levantando uma sobrancelha.

"Bêbado eu já estou. Que diferença faz ficar um pouco mais?"

"Que língua você está falando?"

Shane não está mais prestando atenção.

"Puta merda, *sério* que essa menina acabou de falar para o Connor que ele seria mais feliz com ela do que com a Zoey? Juro por Deus, se ela escolher esse cara, eu vou... cala a boca, Dixon! Cala a boca. Jeff está prestes a escolher."

"Não estou falando nada. Quem está falando é você!"

Posso dizer sinceramente que o Shane Bêbado talvez seja meu Shane favorito.

Comemoramos quando Jeff escolhe Leni, rompendo o vínculo dela com Donovan. Então chega a hora da verdade. Marissa, a morena que causou alvoroço na casa de campo, se levanta e alisa a barra do minivestido branco. A câmera passa do rosto de Steven para o de Connor. São os dois com quem ela mais conversou e os que estão nos relacionamentos mais sólidos.

"Se Steven for escolhido, eu e você viramos amigos coloridos", Shane comenta. "Se for o Connor, vou para casa bater uma."

Bufo.

"De um jeito ou de outro, você vai para casa bater uma, queridinho."

"Não devo nada a ninguém aqui", Marissa diz ao grupo. "Cheguei sabendo que agitaria as coisas. Hoje, preciso seguir meu coração e escolher a pessoa com quem sinto a conexão mais forte. Então, o cara com quem quero trilhar o caminho do casório é..." A música fica dramática. "... Connor."

Shane resmunga, indignado, quando o rosto arrasado de Zoey enche a tela.

"Eu avisei", digo com um suspiro.

A apresentadora do programa se dirige ao grupo com seu sotaque britânico elegante.

"Zoey e Donovan, seus vínculos foram rompidos. Vocês vão se juntar aos outros solteiros na Cabana dos Doces. Sinto muito, mas foi só um casinho. O resto de vocês ainda está no caminho do casório."

Shane está pasmo, tão chateado com a expulsão de Zoey que não consigo evitar estender a mão para apertar seu braço. Claro que ele escolhe esse momento para mover o braço, e minha mão acaba em seu colo.

Sorrindo, ele baixa os olhos para a virilha.

"Se queria tirar minha calça, era só pedir."

Puxo a mão de volta.

"Não vou tirar sua calça."

"Custa tanto assim admitir que você se sente atraída por mim?"

Custa. Porque não me atraio por homens como Shane. Do tipo irritante e arrogante. Já saí com atletas antes, mas me atraio por um tipo específico de personalidade. Alguém com a cabeça mais equilibrada. Alguém mais maduro que eu, para ser sincera. Alguém para me manter na linha quando minha raiva aflora. Shane só a desperta. Seríamos intensos demais juntos.

Por um lado, isso significa que o sexo tem tudo para ser incrível.

Por outro, não vou abrir essa porta. Não porque eu seja contra sexo casual. Às vezes até prefiro dependendo do homem. Mas entrar nessa com Shane parece uma má ideia. Ele é o melhor amigo do marido da minha melhor amiga *e* mora no apartamento ao lado. Se um relacionamento sexual acabar em desastre, o que parece bem provável, considerando nossas personalidades conflitantes, só vai criar uma situação constrangedora, e aí eu vou ter duas pessoas para evitar em Meadow Hill. É melhor para mim resistir a essa tentação.

"Não acha que está na hora de ser sincera consigo mesma?" A pergunta de Shane transborda sedução.

Tento me afastar, mas ele me impede pegando minha mão. As pontas de seus dedos roçam nos meus.

"Você já me beijou três vezes", ele continua.

Deixo escapar uma risada.

"Três, hein?"

"Uhum." Aqueles olhos escuros se fixam em mim, me observando de cima a baixo. Ele está me imaginando pelada? Parece que está.

"A primeira vez por um desafio, a segunda pela sua ex, a terceira pelo meu."

"Não importa qual foi a motivação. O que importa é o resultado."
"E qual foi o resultado?" Pergunto.
"Você ficou excitada."
Um calor me atravessa.
Caí direitinho nessa.
Engulo em seco.
"Não, não fiquei."
"Dixon, não mente para mim. Você é melhor que isso. Consigo ver na sua expressão que estou certo." Ele solta um resmungo ofegante. "Por que você tem que ser tão cabeça-dura? Você quer isso tanto quanto eu."
Isso me pega de surpresa.
"Você quer?"
"É sério isso? Claro que quero."
Minha cara arde em resposta.
"Bom, não importa porque não vai rolar."
Frustração engrossa sua voz.
"Então não tem nada que eu possa dizer para convencer você a entrar naquele quarto comigo? Nadinha?"
"Nada", respondo, fingindo que minha boca não está mais seca do que algodão. "Você está perdendo tempo."
"E se eu te beijar?"
"Você teria que me pedir primeiro, e não tem meu consentimento."
"E se eu tirar a calça?"
"Daí você ficaria sem calça."
"Você me tira do sério."
"Porque não vou transar com você?"
"Não, porque você não consegue admitir que quer."
"É uma sensação nova para você, né? Rejeição."
"Rejeição eu aguento, mentira é que não."
"Você não viu mal algum em mentir para Lynsey sobre nosso relacionamento falso."
"Você tem resposta para tudo."
Solto um suspiro.
"Não é uma boa ideia. Para ser sincera, metade das vezes acho que você está de sacanagem comigo. Não confio em você. Você é muito inconstante, Lindley. Um dia você é um cafajeste, no outro quer um relacionamento, no seguinte quer ser amigo colorido. Não consigo confiar no que você diz."
Ele fica incrédulo.
"É sério que você não acredita que estou atraído por você? *Olha* isso." Ele passa a mão sobre a bermuda, estendendo o tecido para eu conseguir ver a ereção marcando. "Estou meia bomba, e isso é só de discutir com você."
Quase engasgo com a língua. Isso é meia-bomba? Nossa, eu estava

certa. Seu pênis generoso é mais do que generoso. O que é maior do que generoso? Considerável? Substancial?

"Você gosta do que está vendo", ele diz, percebendo.

Ao me dar conta de que estava encarando sua virilha, desvio o olhar.

"Admite. Você quer que seja a sua mão fazendo isso." Ele envolve a ereção e sorri com malícia.

Minha garganta fica seca. Tusso quando ele começa a subir e descer a mão pelo membro.

"Ai, meu Deus", digo, rouca

"Ai, meu Deus, o quê? Quer que eu pare?"

Estou colada no sofá, observando-o com atenção. E nem sequer estou bêbada. Não há desculpas para esse comportamento.

"Me manda parar." Desejo está estampado em seu rosto enquanto sua mão continua os movimentos lentos.

Abro a boca. Quero tentar formar a palavra *para*. Mas nenhum som sai.

"Sabe o que acho? Acho que você quer saber como é", Shane diz com a voz arrastada.

Engulo em seco de novo.

"Como é o quê?"

"Estar com alguém quando não é você quem manda no quarto."

Não esperava essa resposta.

"O que faz você pensar e eu mando no quarto?"

"Sua personalidade." Ele ri baixo. Ainda se alisando. E, sim, o volume está maior agora. Ele vê para onde foi meu olhar e arqueia uma sobrancelha. "Quer que eu bote para fora?"

Consigo gaguejar a resposta:

"Não."

Ele passa a língua sobre o lábio superior.

"Beleza. Vamos guardar para depois. Enfim, voltando a como você é mandona na cama."

"Não sou mandona na cama."

Mas ele tem razão. Sou *sim*. Gosto de comandar a situação, controlar o ritmo. Percy era bom em me deixar fazer isso. No começo, eu pensava que ele seria mais dominador por causa da idade, mas ele era bastante submisso na cama. Na verdade, tentava tornar tudo mais emocional. Mais suave. Sempre que eu queria algo mais safado, ele me fazia sentir vergonha só por pedir.

Shane não seria submisso.

E talvez por isso estou resistindo tanto. Porque ele não está errado: meu corpo está pegando fogo. Estou *sim* molhada, e meu clitóris está latejando. Quero sua boca em mim. Quero seu pau em mim.

Tusso de novo, me contorcendo no sofá.

"É só dizer", ele provoca. "É só dizer e dou o que você quer."

Não sei como, mas consigo recuperar minha clareza mental.

"Não."

Depois de um longo silêncio tenso, ele solta um palavrão frustrado.

"Beleza. Se me der licença, vou ali do lado resolver isso aqui."

"Beleza", repito, com a voz fraca.

Continuo sentada e o deixo ir.

24

SHANE

Qualquer coisa é coisa de tango se você fizer ser

"Não esquece: tango não é uma dança", Diana explica, apoiando as duas mãos no quadril esguio. Está chovendo lá fora, então estamos ensaiando na academia do Meadow Hill. O que normalmente não seria um problema, mas assim como atraio uma plateia nesta maldita academia, Diana também parece atrair, pelo visto.

Tem três homens aqui fingindo treinar, o que significa três pares de olhos fixos na bunda de Diana enquanto ela busca uma garrafa de água. Eu e ela nos instalamos no tatame onde faço meus agachamentos terra. Estamos na linha de visão de Ralph, que está usando a esteira no fim da fileira, andando incrivelmente devagar. Liam Garrison está representando o papel de "homem que faz supino". E completando o trio está Dave, do Salgueiro-Chorão, que passou mais tempo observando Diana se alongar do que remando em sua máquina.

Não os censuro. A bunda dela fica incrível nesse short justo. E, embora o top esportivo tenha certo acolchoamento, isso não impede seus peitos de balançarem sempre que ela se mexe. Tudo nela merece ser admirado. Sua barriga à mostra. A pele bronzeada. O cabelo em um rabo de cavalo alto.

Ela é de dar água na boca. E quero morder.

"Lindley, presta atenção."

Volto a mim.

"Tango não é uma dança. Saquei." Faço uma pausa. "Espera. É o que, então?"

"É uma promessa."

"Promessa de quê?"

"Do melhor sexo da sua vida."

Não é que isso faz minha virilha se contrair?

"Você está dançando, mas, na verdade, queria estar na cama. Mas não pode, então precisa descontar toda essa frustração sexual na pista de dança."

Ela está querendo ensinar o padre a rezar a missa. A frustração sexual virou a história da minha vida. Justamente por causa de Diana Dixon. Estamos ensaiando tango todas as noites essa semana, e está ficando cada vez mais difícil ter o corpo dela tão perto do meu e *não* tirar sua roupa.

Aprendi os passos de tango muito mais rápido do que os do chá-chá, então os ensaios estão entrando em uma nova fase. Não demora muito para entrarmos em posição, dançando para cima e para baixo nos tatames da academia uma coreografia que estou dominando rapidamente.

"E um, dois, três, quatro, cinco-seis, sete, oito. Um, dois, três, quatro, cinco-seis, sete, oito. Perfeito. Boa, nós *conseguimos*. Lembra de ir um pouco mais rápido no cinco."

Tango é uma dança de andar. Em teoria, parece simples, mas é mais difícil do que parece. Precisa dobrar muito os joelhos. Exige bastante flexibilidade.

"Ai, meu Deus, Shane, você tá indo muito bem!"

"Você é muito líder de torcida", resmungo, mas não estou reclamando.

Confissão: fazer isso com Diana é divertido. Ela é um poço sem fundo de entusiasmo. Um turbilhão de energia. Ela não para, e meio que adoro quando esse seu lado líder de torcida aparece. Essa mulher simplesmente exalta você. Se sofresse de baixa autoestima, eu a contrataria para me seguir o dia todo e me motivar, dizendo que sou incrível.

Segunda confissão: gosto de dançar.

Claro, ainda não consigo fazer meu quadril se mover exatamente como Diana quer, mas sempre tive ritmo, e sinto essa música de tango meio cafona no meu sangue enquanto conduzo Diana para a frente, deslizo minha mão sobre suas costas e a faço descer.

Queria que pudéssemos fazer alguns levantamentos bacanas, mas quando menciono a ideia de novo, Dixon diz que não é bem "coisa de tango".

"Acho que qualquer coisa pode ser 'coisa de tango' se você fizer ser", retruco. Eu me viro para a câmera, presente o tempo todo. "Certo, pessoal?"

"Errado, pessoal", Diana diz, apontando para o tripé com raiva.

Não estamos filmando ao vivo, mas é desconcertante pensar que esse vídeo vai ser visto por centenas de milhares de pessoas. Desde nosso primeiro vídeo viral, a contagem de seguidores de Ride or Dance disparou dos meros cem mil para mais de quatrocentos e cinquenta mil. Tivemos outros três posts com mais de um milhão de visualizações, e Diana não para de falar da receita de anúncios.

"A gente precisa seguir a coreografia. Recebeu nota dez de todos os juízes em *Dance Me to the Moon*" Diana diz, mencionando o reality show do qual rouba as coreografias.

"Sim, mas a gente não precisa copiar passo por passo. Vamos pensar fora da caixinha. Um levantamento", imploro. "Por favor?"

Ela cede.

"Tá. Vamos tentar. Vamos fazer as mesmas duas batidas lentas por uma contagem de quatro e, no cinco-seis rápido, você pode me levantar."

"Gosto da ideia." Aprovo com a cabeça.

Diana ergue os braços para apertar o elástico do rabo de cavalo, o que leva meu foco para seus peitos naquele top esportivo rosa neon. Ela usa muito neon. Combina com ela. E seus peitos empinados também. Ela parece um aviãozinho sexy e compacto.

Não ligo que ela ainda esteja fingindo não sentir atração por mim. Preciso de alguém que me faça me esforçar um pouco. Sou um homem que adora correr atrás. Mas odeio que o controle esteja todo nas mãos dela. Deixei claro na outra noite que estava disponível para... qualquer coisa. Literalmente qualquer coisa. Mas Diana é cabeça-dura demais. Não faço ideia do que vai ser preciso para conquistar essa mulher. Ela só precisa, sei lá, engolir o orgulho. E depois o meu pau.

Sufoco uma risada.

"Do que você está rindo?"

"Nada."

Diana estreita os olhos.

"Você está tendo pensamentos impuros?"

"Claro. Eu e todo mundo nessa academia."

Ela olha de relance para o trio de homens, e todos desviam o olhar. Liam fica mexendo no peso. Dave começa a apertar botões aleatoriamente para mudar a configuração do aparelho de remo. E aquele sem vergonha do Ralph, pai de três filhas não muito mais novas do que Diana, finge estar no celular.

"Certo. Vamos testar um levantamento", Diana diz. "Quero avaliar a altura que devemos tentar atingir." Ela se posiciona em frente à parede de espelhos. "Vem por trás."

Sim, por favor.

Dou um passo atrás ela.

"Mãos na minha cintura."

Deus, por que estamos usando roupas para isso?

Engulo em seco e obedeço, colocando as duas palmas no quadril dela.

"Não, assim." Ela cobre minhas mãos com as dela e as puxa alguns centímetros para baixo. "Você precisa me levantar daqui. Dá uma base mais estável. Certo, no três, me levanta em linha reta. Não alto demais."

Faço o que ela diz, segurando-a suspensa no ar, e nos examinamos no espelho. Seus braços estão estendidos, as pernas juntas, as pontas dos pés apontadas para baixo.

"Bela execução", digo.

Ela ri.

"Para de falar merda."

"Na verdade, execução *excelente*. E saca só essa técnica de pouso", elogio depois que a coloco no chão.

"Vamos fazer de novo, doido. Quero ver uma coisa."

Aperto seu quadril e a levanto.

"Não me coloca no chão ainda." Ela parece pensativa enquanto examina nosso reflexo.

Admiro sua barriga chapada e as linhas perfeitas do seu corpo. Como meus dedos se curvam perfeitamente ao redor da sua cintura. Meu pau se contrai sob a calça.

"Sou só eu ou você também está imaginando a gente pelado?", pergunto ao espelho.

Diana resmunga.

"Ai, meu Deus. Me põe no chão." Ela desce deslizando pelo meu corpo, e não sei se faz de propósito, mas sua bunda encosta no meu pau de maneira torturante. "Isso é importante. Vamos filmar daqui a uma semana."

"Acho que se filmássemos agora ficaria ok."

"'Ok' não é bom o suficiente!" Ela exclama. "Está tentando nos sabotar? Você é um sabotador?"

"Não sou um sabotador, sua psicopata. Só estou dizendo que acho que estamos bons o bastante para mostrar aos jurados que não vamos passar vergonha na organização idiota deles. Não é esse o objetivo da pré-seleção? Porque um bando de esnobes da dança de salão se irritou porque vários amadores ruins estavam entrando na sua preciosa competição?"

"Sim, mas não quer dizer que vou fazer essa audição de qualquer jeito. Não se pode correr riscos com a dança."

"Dançar é correr riscos." Eu me viro para a câmera. "Certo, pessoal?"

"Errado, pessoal", ela ordena. "Dança é disciplina. E paixão. Disciplina apaixonada."

Eu a encaro.

"Por que você é assim?"

Ela ignora.

"Vamos repassar a coreografia toda de novo e encerramos por hoje."

Pela última vez neste ensaio, repassamos nossa coreografia de tango ao som da música que sai da caixinha de som de Diana. Quando chegamos ao último passo, estamos os dois ofegantes. Terminamos com uma porção de aplausos. Olho para nossa plateia que consiste em três homens que só querem comer Diana e faço uma pequena reverência.

"Obrigado, gentis cavalheiros." Vou até o banco onde deixei a toalha e seco o rosto. Diana faz o mesmo. Seu pescoço está arqueado enquanto ela passa a toalha sobre a camada de suor no decote.

Noto os olhos de Ralph se fixarem.

"Cara", repreendo, "você tem três filhas. Mostre um pouco de respeito. Ou discrição."

Ele sai da academia, envergonhado.

"Jantar e *CoC* hoje?", pergunto a Diana quando voltamos ao Bétula-Vermelha. Meio que virou nossa rotina agora.

"Não posso. Vou jantar com Will."

Fecho a cara.

"Você vai sair com meu companheiro de equipe?"

"Sim."

"E não estou convidado?"

"É algo entre ele e eu."

Não sei por que, mas isso deixa meus ombros tensos.

"Mas sou seu namorado. Ele está tentando ter um encontro com você?"

"Claro que não. Somos amigos."

"Mas sou seu namorado", repito.

"Namorado de mentira", ela corrige.

"*Ele* não sabe disso." Franzo a testa. "Will está chamando você para sair?"

Ela para à porta do 2A.

"Ele me chamou, como amigo, para jantar com ele hoje. Não é um encontro. Sou a namorada de mentira mais leal que você vai ter. Eu te amo de mentira, Shane. Quero me casar de mentira com você e ter seus filhos de mentira. Beleza?"

Eu a encaro.

"Desnecessário. Não acredito que você enfiou nossos filhos de mentira nessa história."

"Por que *você* é assim?" Ela suspira. "Te vejo no ensaio amanhã."

Ela me deixa no corredor encarando sua porta fechada.

Destranco a porta e entro no meu apartamento, sem saber ao certo por que estou tão irritado. Estou incomodado porque Larsen pode estar tentando dar em cima da mulher que ele pensa ser minha namorada? Ou estou chateado porque Diana está escolhendo passar tempo com ele em vez de comigo hoje?

Puta que pariu.

Acho que é a segunda opção.

Acho que essa sensação desagradável percorrendo minhas veias é ciúme.

E se ela decidir que gosta de Larsen e quiser ficar com ele para valer? Meu cérebro finalmente se reconciliou com o fato de que eu talvez esteja um tiquinho interessado em começar algo com ela. Certo, mais que um tiquinho. Desde que adivinhei os fetiches dela, não consigo parar de pensar em transar com ela.

Vi em seus olhos o quanto ela quer abrir mão do controle, e isso não para de me intrigar. Nunca conheci uma mulher que quisesse explorar esse tipo de coisa comigo. Lynsey com certeza não queria. Mas Diana quer um cara que assuma o controle. Que possa realizar suas fantasias mais safadas e obscuras.

Por que diabos Will Larsen deveria explorar isso com ela?

De jeito nenhum. Se alguém vai ter essa honra, sou eu.

25

DIANA

Você venceu

WILL

> Parece que o restaurante tem código de vestimenta. Usa alguma coisa meio chique.

Will me dá essa rasteira vinte minutos antes de vir me buscar. Homens! Como ele espera que eu fique "meio chique" em *vinte minutos*?

Suspirando, deixo a calça jeans e a blusa de alcinha na cama e vou até o guarda-roupa para procurar algo mais adequado para um jantar elegante. Passo os olhos pelos cabides até encontrar um vestido vermelho cintilante. Tiro o tecido aveludado do cabide e me visto, prendo o cabelo em um coque arrumado e aplico um batom vermelho que combina perfeitamente com o vestido.

Pronto. Meio chique.

Will me busca, estiloso em uma camisa branca de botão e calça preta. Seu cabelo castanho está mais curto do que da última vez que o vi, deixando-o com mais cara de menino.

"Uau." Ele assobia enquanto entro no lado do passageiro. "Tomara que Lindley não tenha visto você sair de casa assim. Senão, vai achar que estou te levando para um encontro e me dar uma surra."

"Ele já acha que é um encontro", respondo, sorrindo. "Passei por um interrogatório pesado para vir aqui."

Conversamos no caminho para o restaurante, uma esquina muito familiar na rua principal.

"Aqui não era um lugar de café da manhã na semana passada?", pergunto, confusa.

"Mês passado", ele corrige, rindo. "Semana passada era um restaurante japonês."

Tomara que *este* empreendimento vingue, porque somos recebidos por um ambiente muito agradável quando entramos. É um restaurante mediterrâneo agora, oferecendo pequenas mesas isoladas escondidas entre palmeiras que daria para encontrar na Grécia e fotografias emolduradas de

Santorini e das ilhas gregas decorando as paredes de estuque branco. Tem até uma banda ao vivo. Quer dizer, um violonista e um cara tocando um bongô suave. Mas é legal. Gosto daqui agora.

Will não tem a oportunidade de puxar minha cadeira: um garçom muito ansioso aparece do nada para fazer isso por ele. Ele acomoda Will na sequência e abre nossos guardanapos com um floreio sofisticado, entregando-os para que nós os coloquemos no colo. Estamos os dois tentando não rir quando ele termina seu show extravagante nos oferecendo um par de cardápios encadernados em couro vermelho.

Depois que ele sai, ficamos examinando os cardápios.

"Bom." Will levanta a cabeça e exibe um sorriso inocente. "É tudo grego para mim."

Rio tão alto que sai como um ronco.

"Ai, meu Deus, que idiota."

Mas errado ele não está. O cardápio inteiro está escrito em grego. Não consigo entender os caracteres estrangeiros na página. Não há nenhuma opção em inglês abaixo.

Aperto os lábios.

"Acho que sei por que esse proprietário vive se reinventando."

"É, acho que sei também."

Somos obrigados a pedir para o garçom traduzir cada item, o que leva um tempão. Finalmente, pedimos nossos pratos e nos recostamos nas cadeiras, enquanto a música suave de violão nos cerca. Will passa um tempo reclamando do pai, que está se opondo ao desejo dele de passar um ano na Europa depois de se formar. Descubro que o sr. Larsen é um congressista que divide o tempo entre Washington e Connecticut com a madrasta de Will. Acabamos no aproximando no tópico madrastas, pois descobrimos que nós dois gostamos das nossas. Mas os pais dele não são divorciados; a mãe morreu quando ele tinha quatro anos, e ele foi criado por uma série de babás até o pai se casar de novo.

Acabo direcionando o assunto para Beckett porque a curiosidade está me matando.

"Como estão as coisas com Beck? Ele está para voltar, né?"

"Semana que vem."

Não deixo de notar como o semblante de Will fica tenso.

"Ih, aquela situação ainda está te incomodando?"

"Um pouco. Talvez fosse diferente se eu tivesse ficado com alguém desde que ele foi embora. Mas não conheci ninguém com quem rolasse química."

"Então a última vez que você ficou naquele encontro estranho no qual você não parava de pensar no Beck?"

"Pois é." Ele parece abatido.

"Entendi. Bom. Onde estamos na escala de excitação agora? Quando você pensa em ficar com Beckett e uma mulher, dá menos tesão? Ou mais?"

Ele suspira.

"Mais, né?"

"Essa porra não sai da minha cabeça", ele resmunga.

"Sinceramente, acho que você está se estressando demais com isso. Cada um com seu fetiche."

"Ah, é?", ele questiona. "Qual é o seu?"

"Não é da sua conta."

Will sorri.

"Vai fazer o que quando Beckett voltar?"

"Não sei."

"Chegou a conversar com ele depois que ele foi embora?"

A pergunta o surpreende.

"Claro. A gente troca mensagens todo dia. Ele é meu melhor amigo."

"Não acha que deveria estar conversando com *ele* sobre tudo isso? Contar o que está te incomodando?"

"Talvez."

Ele soa evasivo. Típico de homem. Sim, vamos continuar reprimindo tudo. É sempre uma ideia maravilhosa.

O resto do jantar passa com comida boa e uma conversa excelente. Gosto muito de Will. Ele começou como um amigo de Gigi, mas ficamos mais próximos agora que estamos os dois passando o verão em Hastings. E pode ser que eu seja uma cretina por isso, porque ele está muito estressado, mas estou adorando essa situação entre Will e Beckett. Não sei se conseguiria fazer um ménage, mas não posso negar que a fantasia seja interessante. Além disso, Will e Beck são dois jogadores de hóquei absurdamente atraentes. Dá para entender por que qualquer garota ficaria tentada a ser esmagada entre aqueles dois corpos musculosos.

O garçom está tirando nossos pratos quando recebo uma mensagem de Shane. Imagino alguma reclamação emburrada sobre eu estar saindo com o Will. Em vez disso, encontro um link para um documento. Ok. Estranho.

Preciso fazer xixi, então decido abrir a mensagem no banheiro. Primeiro, porque é falta de educação olhar na frente de Will e, segundo, porque tenho medo de olhar na frente de Will.

E estou curiosa demais para esperar até chegar em casa.

Depois de usar o banheiro e lavar as mãos, encontro uma segunda mensagem de Shane, dizendo apenas: *você venceu.*

Clico no link e quase morro de rir no piso frio.

É uma inscrição.

Uma inscrição literal para a vaga de amigo colorido.

Campos engraçadíssimos enchem meus olhos. Nome. Tamanho do pênis. Habilidades... ai, meu Deus. Ele listou todas suas posições favoritas na ordem em que se considera mais habilidoso a menos habilidoso. Sentada de costas está em último lugar.

Minha risada ecoa pela acústica do banheiro. Se não tivesse acabado de fazer xixi, faria nas calças. Mesmo assim, apesar do absurdo do que estou lendo, não consigo resistir à onda de excitação que inunda minha corrente sanguínea.

No campo "Curto", ele escreveu:

Dominar.
Não me incomodo em ser observado.

Perco o ar, calor formigando as pontas dos meus seios. Sob considerações finais, ele foi mais articulado:

Como seu namorado de mentira e amigo colorido de verdade, levo muito a sério o dever de te proporcionar prazer. Garanto pelo menos um orgasmo por sessão, seja com a língua, os dedos ou com o pau.

Meu corpo todo se contrai. A ideia de sua boca, seus dedos ou sua língua em qualquer lugar do meu corpo faz meu coração acelerar.

Vou venerar e respeitar seu corpo e te foder como nunca te foderam antes.
Grato pela consideração.

Encaro a tela até ela se apagar e ficar preta. Inspiro um fôlego longo e vacilante, bem quando outra mensagem aparece.

SHANE

E aí? A vaga é minha?

26

DIANA

Iniciativa

"Foi isso que você usou para sair com ele?" Shane resmunga quando abre a porta.

Fico plantada no vão da porta.

"Sim."

"E você ainda insiste que não foi um encontro?"

"Não foi. Só fomos a um restaurante bacana."

Shane não consegue tirar os olhos de mim.

"Por favor, diz que é esse vestido que você vai usar para o vídeo de pré-seleção."

"Não, vai ser transparente para poder ver o collant por baixo."

"Porra", ele geme. Então nota que não me movi um centímetro. "Vai entrar?"

Não saio da soleira.

"Não até discutirmos as regras Dixon."

"Você e suas regras. A gente pode pelo menos discutir dentro de casa, para que Niall não opine?"

Bem observado. Entro na sala atrás de Shane, onde mantenho certa distância entre nós. Ele tomou banho e se trocou depois do nosso ensaio, porque está cheirando a sabonete e usando uma camiseta cinza do Eastwood College e uma calça preta de moletom de cintura baixa em seu quadril esculpido. Um oblíquo definido está à mostra, e meus dedos coçam de vontade de tocar nele.

"Gostou da minha inscrição?" Seus olhos estão brilhando.

"Está muito bem redigida", respondo, relutante.

"Sabia que você curtiria." Piscando, ele dá um passo na minha direção. "Então, vamos falar sobre as regras."

Dou um passo para trás.

"Uma regra só. Respeito."

Shane fica espantado.

"O que você quer dizer?"

"Quero dizer que respeitamos um ao outro em todos as áreas. Sim, é só sexo. Não, não vai ter sentimentos envolvidos. Mas até uma situação de amigos coloridos exige certo nível de respeito. Não sou seu brinquedo sexual."

Ele fica atônito.

"Meu Deus. Claro que não."

"E não quero você dormindo com outras pessoas."

"Não vou." Segurança ressoa em seu tom. "Já falei que não tenho mais interesse em ir para a cama com qualquer uma, e nunca colocaria você em risco."

"Ótimo. Ah. E camisinha", completo.

"Óbvio."

"Dito isso, tomo pílula, então, se nós dois nos testarmos, topo transar sem." Solto um suspiro. "Porque meio que odeio camisinha."

Ele geme de novo.

"É sério que você está me dizendo que quer transar sem camisinha? Está tentando me fazer ejacular?"

"*Só* se os exames de saúde derem negativo", reitero.

Ele inclina a cabeça.

"Qual foi sua parte favorita da inscrição? O que fez com que eu me destacasse como candidato?"

Escondo um sorriso.

"Não vou responder isso."

"Não, acho que deveria responder sim. Você sabe do que gosto. É justo que eu saiba do que você gosta. Alguma parte se destacou?"

Hesito.

"Eu *talvez* tenha gostado da parte em que você me dominaria."

Seu lábio se curva.

"É. Tive um pressentimento sobre isso. Por que será?"

É uma pergunta muito fácil de responder. Porque em todos os aspectos da minha vida, sempre estou no controle absoluto. Virei capitã do time de cheerleading no segundo ano, o que era algo inédito. Dou as ordens nos treinos e comando minha equipe como uma máquina bem sincronizada. Para meu pai e meu irmão, sou uma força indomável da natureza. Corro atrás do que quero. Dou cem por cento de mim em todos os projetos que assumo.

Isso não quer dizer que eu seja inflexível. Gosto de controle, mas não sou controladora; posso tranquilamente entregar as rédeas se necessário. Sou perfeccionista, mas não vou desmoronar se algo não sair perfeito.

E, quando o assunto é sexo, não tem nada que eu gostaria mais do que receber ordens.

Com respeito, claro.

"Porque passo mais tempo no controle do que fora. E os homens com quem namorei nunca tomaram muita iniciativa na cama", confesso a Shane.

"É isso que você quer ver? Iniciativa?"

Faço que sim devagar.

"Tá, então. Vai para o quarto", ele diz com a voz baixa. "Espera por mim lá."

"Esperar por você", repito, hesitante.

Ele fica parado, me provocando com seu corpo alto e largo. Consigo ver o volume grosso do seu pau marcado sob a calça. É preta, então é difícil saber se está completamente duro. Graças à sua inscrição, agora sei exatamente o tamanho dele, e minhas coxas se contraem só de pensar nele dentro de mim.

"Quarto", ele repete, num tom mais cortante.

Respiro fundo. Depois vou para o quarto sem dizer uma palavra.

Examino o ambiente, observando a cama feita, o tapete cinza e a cômoda de mogno lustrosa. Não consigo acreditar que estou fazendo isso. Por que estou no quarto de Shane Lindley? Qual é meu problema?

E onde é que ele está?

Eu o escuto na cozinha. Ouço água corrente. Ele está tomando um copo d'água? Indignação cresce dentro de mim, acelerando meu pulso. Tenho medo de que ele esteja me fazendo de palhaça, mas, ao mesmo tempo, a expectativa que está criando é insuportável. Sinto uma dor real entre as pernas. Um nó de agonia. Tudo parece quente e tenso, meu corpo inteiro se contraindo de desejo enquanto espero por ele.

Finalmente, Shane entra pela porta. Ele me observa por um momento, os olhos cada vez mais pesados. Tira a camiseta pela gola, todos os músculos do seu peito se contraindo ao jogar a camisa sobre uma cadeira estofada no canto.

"Solta o cabelo", diz, brusco.

Engulo em seco. Não estava esperando que minha noite acabasse assim. Ou que estaria seguindo as ordens de Shane Lindley sem resistir. Sem brigar ou discutir com ele nem mandar que faça as coisas por mim.

Sem uma palavra, puxo o elástico que está prendendo meu coque. Eu o coloco no punho e solto o cabelo. Eu o ajeito com os dedos para que caia sobre os ombros.

Calor acende nos olhos de Shane. Ele se senta na beira da cama, com as coxas musculosas abertas.

"Vem cá."

Paro na frente dele. Uma mão grande se estende e toca meu joelho, depois sobe, escorregando por baixo da barra do vestido, erguendo o tecido até revelar minha calcinha. Ele coloca um dedo sob a alça e puxa com ar provocante, mas não a tira.

Ele ergue os olhos para mim. Com a luminária do teto brilhando sobre seu rosto, percebo de repente que seus olhos não são simplesmente castanhos. São de um castanho avelã escuro, com pontinhos verdes intensos em suas íris, como uma floresta tropical exuberante à noite.

Fico em silêncio. Esperando.

Ele ri. Um som baixo e rouco. Aprovação transparece em seus olhos lindos.

“Gosto muito dessa Diana Dixon”, ele diz com a voz arrastada.

“Não brinca com a sorte”, alerto, embora minha voz esteja trêmula. “Ou a mulher durona vai voltar.”

“A mulher durona não foi a lugar nenhum. Ela está aqui. Doida para me dar.”

Mordo o lábio enquanto uma onda de desejo percorre meu corpo. Se você me dissesse no ano passado que um dia eu estaria no quarto de Shane, esperando sua próxima ordem, eu teria rido na sua cara.

“Tira a calcinha.” Sua mão sai debaixo da minha saia. “Mas fica com o vestido.”

Com o coração acelerado, deslizo a calcinha fio dental pelas pernas e a chuto para longe. O pedaço de renda fica caído no chão perto dos meus pés descalços.

“Nossa, você é obediente pra caralho.” Ele lambe o lábio inferior. “Senta.”

Estou ofegante enquanto me sento nele. Shane coloca as mãos na minha cintura e as sobe devagar, pausando para apertar meus seios de leve antes de parar nas alças finas do meu vestido. Ele as tira dos ombros, e me arrepio. Seus dedos são ásperos, calos raspando minha pele, enquanto ele puxa o corpete do meu vestido para baixo.

Ele geme quando vê que estou sem sutiã. Normalmente não uso, pois nem sempre preciso.

“Que bonitinhos”, ele murmura.

“Está chamando meus peitos de bonitinhos?”

Seus lábios se curvam em um sorriso.

“Qual é o problema?”

“Não deveriam ser bonitinhos”, argumento. “Deveriam ser sexys. Gostosos.”

“Ah, pode crer, são sexys. E gostosos. E empinados. E bonitinhos pra caralho.”

Ele traça o contorno de cada seio com os polegares. O toque delicioso em minha pele sensível é quase insuportável. Quando o polegar dele desliza sobre um dos mamilos, solto um som desesperado e meu quadril se empina.

“Interessante”, ele diz.

“O quê?”

“Você é sensível.”

Ele aperta meu mamilo entre o polegar e o indicador, girando de leve, e sinto a umidade escorrer entre as pernas. Se acumulando.

"*Muito* sensível", ele se corrige, sorrindo. "Já teve um orgasmo só de chuparem seus mamilos?"

"Não, mas já cheguei bem perto", admito.

Ele leva a boca a um dos seios e envolve meu mamilo com os lábios, passando a língua sobre ele. Contenho um gemido e me contorço sem rumo em seu colo.

"Safada", Shane provoca.

Ele ri com a boca em minha pele, as vibrações pulsando através do meu corpo. Depois leva a boca para meu outro mamilo e o chupa suavemente, enquanto suas palmas envolvem meus seios, apertando.

Quando estou me contorcendo demais, roçando demais, ele coloca uma mão no meu quadril para me parar.

"Porra, você está louca por isso."

Acho difícil encontrar a voz.

"Preciso..."

"Me diz o que você precisa", ele murmura, passando a língua sobre meu mamilo.

"Preciso que você me toque."

"Onde."

"Entre as pernas. Por favor. Toca em mim."

Meu Deus, estou realmente implorando. O que está acontecendo comigo?

"Não." Shane dá um tapa na minha bunda. "Levanta."

Saio de seu colo. Meus joelhos estão tremendo. O coração acelerado. Consigo sentir a pulsação nas têmporas. No pescoço. Latejando no clitóris.

Ele sorri, sabendo perfeitamente o que está acontecendo com meu corpo.

"Tira minha calça."

Meus dedos tremem enquanto toco em sua cintura. Esse é o encontro sexual mais excitante da minha vida, e nem estou pelada. Nem *ele* está pelado... ainda. Ele fica um segundo depois, quando puxo sua calça para baixo.

Perco o fôlego ao ver seu pau. É tão substancial quanto eu esperava. E provoca uma sensação peculiar de nervosismo que atravessa meu corpo e lateja entre minhas pernas. Eu o quero dentro de mim. *Preciso* dele dentro de mim. Embora, para ser sincera, nem sei se vai caber.

Shane passa a mão devagar e conscientemente em seu pau ereto. Ele fixa o olhar em mim e diz:

"Ajoelha, Diana."

27

SHANE

Pede com jeitinho

Diana parece ter saído diretamente das minhas fantasias. Das minhas fantasias mesmo. Ela está me deixando dar ordens sem reclamar, e nós dois sabemos que ela está adorando. Um rubor de desejo cora suas bochechas. Ela ainda está com aquele vestido vermelho sexy, agora abaixado para revelar seus peitos deliciosos. Mas não a mando tirar o vestido. Gosto que ainda esteja semicoberta. Que eu ainda não tenha visto sua buceta. Por algum motivo, torna as coisas ainda mais excitantes.

Ela se ajoelha. Estou tão excitado que sei que não vou aguentar mais do que três segundos metendo se não aliviar a tensão primeiro.

"Coloca a mão em volta."

Ela geme e faz o que eu mando. A sensação da sua mão quente ao meu redor é incrível.

"Põe a língua", murmuro. "Deixa bem molhado e pronto para sua boca."

Outro gemido.

Meu pulso acelera quando ela começa a lamber a cabeça do meu pau, cercando-o com a língua. Sua mão se move com delicadeza ao longo do meu pênis.

"Pode apertar."

Ela aperta, e gemo. Enquanto isso, sua língua obediente continua a lamber, fazendo meu pau reluzir.

"Sua boca, Dixon. Preciso dela agora."

Sei que é grande, mas, porra, ver seus lábios ao redor do meu pau é tão excitante que faz minha cabeça girar.

"Me faz gozar." Minha voz é baixa. Rouca de tesão e cheia de promessa. "Se fizer um bom trabalho, vai ganhar uma recompensa."

Ela me solta com um leve estalo. Interesse cintila em seus olhos, misturando-se com o calor do desejo.

"Que recompensa?"

"Vou deixar você decidir." Sorrio para ela. "Minha língua ou meus dedos."

Ela prende a respiração. E passa a mão em mim de novo.

"Isso não?"

"Não. Você não está pronta para isso. Vamos ter que ir devagar."

"Sei não, já estou bem molhada."

Gemo de novo.

"Para de me distrair. Me dá o que eu quero."

Ela aperta meu pau e volta a chupar. Jesus, ela mal consegue enfiar tudo na boca. Talvez até a metade. Então precisa usar a mão também.

Tenho que me esforçar para não meter com força na boca dela. Deixo que ela guie, confio que vai me levar aonde preciso. A verdade é que não vai demorar muito para eu gozar. De tão incrível que ela fica de joelhos na minha frente.

O cabelo platinado despenteado.

A boca sedenta me chupando.

Os sons que ela faz.

Meu Deus.

Minhas bolas estão tão contraídas que desapareceram dentro do corpo. Todos os músculos estão tensos também. Vou gozar mais rápido do que nunca. Não tenho como me controlar. Ela me dá mais tesão do que qualquer outra pessoa em muito tempo.

"Vou gozar", aviso. Vou deixar que ela decida como quer.

Diana solta meu pau e me masturba durante o orgasmo. Gemo e gozo em seus peitos. Ela não parece ligar. Está mordendo o lábio. Sua outra mão está entre as pernas.

"Não disse que você podia se masturbar", rosno, embora ainda esteja soltando as últimas gotas do orgasmo mais alucinante. Foi rápido e intenso, como uma chuva repentina, e não estou nem perto de estar saciado. Ainda estou muito duro e pronto para outra.

Mas fiz uma promessa para ela.

Diana se levanta, com o vestido em volta da cintura. Puxo o tecido pelas pernas e o tiro.

"Na cama", digo.

Ela sobe no colchão. Tenho a impressão de que essa é a única vez que vou ver Diana Dixon submissa, e vou aproveitar cada segundo.

Ainda ofegante, brinco com meu pau. Ainda tem uma gota de porra na ponta, e passo o polegar por ela enquanto meu olhar percorre o corpo nu de Diana.

"Língua ou dedos?" Minha voz é rouca.

"Língua", ela diz.

"Boa escolha."

Eu me ajoelho na frente da cama e passo as duas mãos sobre suas pernas lisas. Ela estremece quando acaricio suas panturrilhas e canelas antes de apertar seus tornozelos e puxar seu corpo para frente, de modo que suas coxas fiquem a centímetros do meu rosto.

"Me pede para te chupar."

Ela perde o fôlego. Ergo os olhos para encontrá-la me observando, as pupilas dilatadas, as pálpebras pesadas.

"Pede", repito.

Seu peito sobe com uma inspiração profunda.

"Me chupa", ela sussurra.

Sorrindo, abro suas coxas e coloco a boca entre suas pernas. Quando passo a língua para sentir seu gosto, meu cérebro entra em curto-circuito. Ela é deliciosa demais. Queria cair de boca, mas não posso. Preciso provocar um pouco. Estive com mulheres suficientes para saber que preliminares são necessárias, não opcionais. Elas precisam estar prontas para mim.

Lambo sua buceta enquanto ela roça em mim. Não falamos nada. Os únicos sons no quarto são seus gemidos ansiosos e os meus, vorazes, porque ela é como uma droga, e preciso de mais. Enfio um dedo e, quando ela o aperta, percebo que isso vai demorar um pouco. Enfio o segundo dedo, e ela geme tão alto que não consigo segurar o riso.

"Caramba, Dixon. Você está desesperada."

"Eu sei. O que tem de errado comigo?" Sua voz soa angustiada.

Ergo a cabeça. Meus lábios estão cobertos por sua excitação.

"Não tem nada de errado com você. Essa buceta é a coisa mais certa que já experimentei na minha vida."

Não é difícil adivinhar do que Diana gosta. E, se estiver fingindo, está fazendo um trabalho e tanto. Sons ofegantes. Suspiros baixos. Os palavrões sussurrados que solta quando coloco e tiro os dedos.

Coloco mais um dedo.

"Me avisa se for demais." Estamos em três agora.

Ela se apoia nos cotovelos e olha para mim. Seus olhos estão completamente turvos. Ela morde o lábio enquanto observa o que estou fazendo com ela. Enquanto deslizo aquele terceiro dedo e o enfio em um espaço incrivelmente apertado.

"Você aguenta tão bem, gatinha. Mal posso esperar para estar dentro de você."

Ela geme.

"Você vai gozar para mim agora, tá? Quando me der esse orgasmo, vou te dar meu pau."

Ela puxa o ar de novo.

"Vou tentar."

"Muito bem."

Enfio os dedos devagar dentro dela e volto a brincar com seu clitóris com a língua. Sei que ela está quase lá, mas continua se contorcendo e gemendo em desespero, sem chegar aonde precisa.

Lembrando a convulsão quase violenta do seu corpo quando chupei seus mamilos, ergo a mão para apertar um deles com firmeza. E Diana explode como um foguete. Ela goza perdendo o fôlego, e me pego sorrindo com a boca em sua buceta enquanto ela absorve cada gota de prazer que tenho a oferecer, roçando na minha cara.

Quando tiro os dedos e ergo a cabeça, ela está ofegante. Sua buceta está inchada e reluzente.

"Prontinho", murmuro com aprovação. "Você fez um excelente trabalho."

Meu pau está duro como ferro. Eu a deixo na cama, extasiada. Seus olhos me acompanham quando pego uma camisinha e a coloco. Ela observa enquanto reviro a primeira gaveta.

"Está procurando o quê?"

"Talvez a gente precise de lubrificante."

"Confia em mim, não precisa." Ela ri, cansada. "Vem logo aqui."

É a única ordem que ela deu desde que essa interação extremamente erótica começou, então deixo passar. Além disso, errada ela não está. Enfio um dedo em sua abertura e descubro que ela está encharcada.

"Aquele orgasmo não foi o suficiente?" Sorrio para ela. "Você quase esmagou minha cara."

"Nem perto de suficiente. Estou louca para saber como é gozar com *isso.*" Seu olhar se fixa na minha ereção.

Subo na cama e cubro seu corpo com o meu, baixando os lábios para beijá-la. Mas não entro nela ainda. Estou encaixado, latejando, meu pau buscando um alívio, meu quadril se movendo para encontrá-la. Nossas línguas se enroscam enquanto intensifico o beijo. Seu beijo é fenomenal. E esses sons. Não me canso desses sons. Não curto muito aqueles gemidos e gritos exagerados de estrelas pornô. Diana não faz nada disso. Ela geme sim, mas vem de um lugar mais primitivo.

Pego um travesseiro.

"Levanta", digo, e o posiciono embaixo dela. Sei por experiência própria que essa é a melhor forma para ela me receber nessa posição.

Seguro meu pau e vou entrando nela. Basta alguns centímetros para nos fazer suar feito loucos. Enfio mais alguns centímetros. Ela fica fora de si.

"Puta que pariu, Lindley. Me dá mais."

"Pede com jeitinho."

Calor cintila em seus olhos. É a primeira vez que ela me desafia.

"Quero mais agora."

"Quem manda aqui sou eu, e não você. Se quiser gozar, vai ter que pedir com muito jeitinho para eu meter em você. Pede mais um centímetro e diz por favor."

Ela engole em seco.

"Me dá mais um centímetro, por favor."

Meus lábios se curvam em um sorriso. Ver Dixon submissa a mim é a coisa mais excitante que já me aconteceu na cama.

Dou mais um centímetro, e ela deixa escapar um suspiro.

"Outro", ela implora.

"É? Quer mais?"

"Por favor."

Muito devagar, vou empurrando.

"Está na metade, gatinha."

"Metade!" Ela geme. "Ai, meu Deus. Já me sinto tão preenchida. Como não está tudo dentro? Me dá mais."

Coloco mais.

"Mais. Por favor, Shane."

Cada pedido ofegante me enlouquece. Vou metendo, não tudo, mas fundo o suficiente para sentir ela me apertando. O suficiente para fazer seus olhos revirarem e ela se agarrar em mim. Ela começa a rebolar.

"Devagar", aviso. "Vai se acostumando."

"Estou acostumada", ela diz, teimosa.

"Dixon..."

"Me fode. Por favor. Por favor, Shane, por favor."

Diana Dixon está implorando para ser fodida por mim. Eu nunca teria imaginado isso quando ela tirava sarro de mim por causa do meu comportamento cafajeste, jurando que nunca sairia comigo. Bom, agora ela me tem. Por inteiro. Quer dizer, quase por inteiro.

Mas não vou usar isso contra ela. Não se trata de nenhum fetiche de humilhação. O ponto é dar prazer para ela. Assumir o controle para ela não precisar assumir. Mostrar para ela que seu prazer importa tanto quanto o meu.

Vou devagar apesar dos seus pedidos. Porque a expectativa é incrível. Estocadas profundas e lentas. Seus dedos apertam minha bunda, e seus dentes mordem meu ombro.

"Você é selvagem", gemo.

Ela responde me mordendo com mais força. A dor aguda provoca outra onda de prazer. Acelero. Pois é, não tem mais volta. Não consigo mais controlar o ritmo. Ninguém está no controle além do meu quadril e da sua buceta me engolindo.

Mas ainda resta um pouco de autocontrole em mim.

"Vai gozar de novo?", pergunto com esforço. Estou prestes a explodir. Ela me deixa tão duro.

"Acho que sim. Continua batendo nesse ponto."

Ajusto o quadril.

"Esse?"

"Uhum. Sim. Bem aí. Não para."

Meto com força. Meu corpo está em chamas. O coração acelerado. Estou oficialmente na zona de perigo. Aquele momento em que a mulher me diz para *não* parar o que estou fazendo porque ela está prestes a gozar, o que significa que *eu* estou prestes a gozar, e logo vou parar exatamente o que estou fazendo porque já é tarde demais.

Seguro o máximo que consigo, tentando pensar em qualquer coisa que não seja sua buceta prestes a pulsar ao meu redor. Eu a beijo, contendo um xingamento quando ela morde meu lábio inferior. *Caralho.* Meu autocontrole se desfaz, e peço a Deus que ela também goze porque para mim já deu. O prazer explode dentro de mim. Eu me tremo todo, perdendo o ritmo, enquanto o orgasmo escorre.

Estou acabado, destruído e exausto, ofegando intensamente. Desabo em cima dela e sinto nosso coração batendo em sincronia. Um ritmo rápido e pulsante.

Rosno em seu ouvido:

"Por favor, me diz que você gozou."

Sua risada ofegante vibra em meu peito.

"Sim."

"Graças a Deus." Rolo para o lado e coloco seu corpo quente e amolecido em cima de mim. "Esse foi o melhor sexo de mentira da minha vida", digo, e ela ri ainda mais.

INSCRIÇÃO PARA AMIGO COM BENEFÍCIOS

NOME	Shane Michael Lindley
ALTURA	1,87 m
PAU	23 cm
CARGO	Amigo colorido de Diana Dixon.
POR QUE QUERO ESSE CARGO	Gostaria de transar com você.

EXPERIÊNCIA

Perdi a virgindade aos 16 anos e uso meu pênis assiduamente desde então.

PONTOS FORTES	Língua, dedos, pau. Falo putarias excepcionais.
PONTOS FRACOS	Ofereço orgasmos demais. Causo dores devido ao tamanho do pênis.
CURTO	Dominar. Não me incomodo em ser observado.
NÃO CURTO	Dividir.

POSIÇÕES SEXUAIS FAVORITAS + NÍVEL DE HABILIDADE NA REFERIDA POSIÇÃO:
(1 = decente, 5 = excelente)

Papai e mamãe (5)	De ladinho (4)
De quatro (5)	Pouso forçado (4)
Sentada (4)	Sentada de costas (1)

CONSIDERAÇÕES FINAIS

Como seu namorado de mentira e amigo colorido de verdade, levo muito a sério o dever de te proporcionar prazer. Garanto pelo menos um orgasmo por sessão, seja com a língua, os dedos ou com o pau. Vou venerar e respeitar seu corpo, e te foder como nunca te foderam antes. Grato pela consideração.

28

DIANA

Festa da linguiça de setembro

Transei com Shane Lindley, e não me arrependo.

Porque o sexo com Shane é meio que incrível.

Tá, meio não, totalmente incrível.

Foi com certeza o melhor sexo da minha vida. E agora que essa bola de orgasmo está em campo, não posso impedir que role por cima de mim. Transamos todas as últimas três noites, embora eu tenha nos proibido de passar a noite juntos, porque eu é que não vou dormir de conchinha com Shane Lindley como se fôssemos um casal de verdade. Eu só estou usando ele para... bom, para tanta coisa que já perdi as contas.

Eu estou usando Shane como parceiro de dança.

Como guarda-costas contra Percy.

Como pau amigo.

Ah, e ele é um telespectador de reality shows melhor do que Gigi. Não perde um episódio. Gigi diz que não tem tempo para assistir a um episódio por noite, afinal, que tipo de programa exige esse tipo de compromisso dos seus telespectadores e, a isso, respondo que um *verdadeiro fã* assume o compromisso. E Shane está se revelando um verdadeiro fã. Ele é estranhamente protetor em relação a Zoey. E nem é porque quer transar com ela! Perguntei, e ele insistiu que ela não faz o tipo dele.

No domingo de manhã, acordo com uma mensagem habitual. A mesma que recebo há três dias seguidos.

SHANE

Sexo matinal?

Digito a resposta com preguiça.

Não posso. Reunião de condomínio.

SHANE

> Eita porra. Estava esquecendo.
> Vai se vestindo. Te encontro no corredor.

Ele vai a outra reunião?

É compreensível. Literalmente não existe entretenimento melhor. Fico ansiosa para essas reuniões como imagino que os cidadãos com sede de sangue em Roma ficavam quando entravam no Coliseu domingo sim, domingo não.

A caminho do Sicômoro, comento com Shane:

"Se minha tia não tivesse morrido, eu nunca teria conhecido os prazeres das reuniões do condomínio Meadow Hill."

"Um, isso é macabro pra caralho. E, dois, depois da reunião: eu e você, pelados?"

"Não, preciso trabalhar. Mas com certeza vamos ficar pelados quando eu voltar." Um resmungo escapa. "Ai, meu Deus, por que sou assim? Você e sua maldita pica movediça."

"Pica movediça?"

"Sim, tipo areia movediça. Mas a armadilha é seu pau, e agora estou presa no fundo."

"Não era para sua buceta ser a areia movediça já que sou eu que meto meu pau no fundo dela?"

Ficamos nos encarando por um momento.

"Por que a gente é assim?", ele suspira.

"Não sei, mas... espera, não, não vem com essa de *a gente*. *Você*. O esquisito é *você*."

Se bem que a forma como entendemos as excentricidades um do outro é um pouco perturbadora. A última pessoa com quem quero formar uma conexão estranha é Shane Lindley.

"Seu ex vai estar aqui, não?" Shane pergunta quando entramos no prédio.

Meu estômago revira com a menção de Percy.

Parece que só consigo manter minha ansiedade sob controle se não me permitir lembrar que Percy existe. Mas então o vejo na trilha ou alguém comenta dele, e o pânico volta. Num instante, sinto aquela dor fantasma em meu olho, aquele aperto sufocante na garganta, e lembro que não sou a mesma Diana de um mês atrás.

Sou a Diana que deixou que um homem batesse nela.

"Dixon?" Shane está alheio ao meu conflito interior.

"Ah, desculpa. Não, Percy não é um proprietário. Inquilinos não podem participar dessas reuniões."

A sala de conferência está cheia quando entramos, mas Priya guardou meu lugar de sempre na primeira fileira. Estou prestes a dizer para Shane que ele foi relegado ao fundo quando, do outro lado de Priya, Veronika dá um tapinha na cadeira vazia ao lado *dela* e diz:

"Shane, guardei um lugar para você."

Baixo a mão e dou um tapa discreto na bunda dele.

"Vai pegar sua loba, tigrão."

"Te odeio", ele resmunga.

Nós nos sentamos, e Brenda começa a reunião com um item da pauta com que não me importo nem um pouco.

A Festa da Linguiça de Setembro.

Era de se esperar que Shane ficasse tão entediado quanto eu, mas, para meu mais absoluto espanto, meu namorado de mentira e contatinho de verdade fica mais empolgado do que uma adolescente falando sobre seu astro do pop favorito. Ele começa a falar animadamente sobre seu açougueiro predileto de Boston e que, se quisermos experimentar linguiças *de verdade*, precisamos falar com Gustav, que recentemente começou a vender uma linguiça italiana doce, temperada com erva-doce e alho, que é *quase* tão boa quanto a *kielbasa* de porco dele, com seu sabor salgado e ligeiramente defumado.

"Quer saber", Shane diz, interrompendo-se no meio da frase. "Acho que eu deveria ser adicionado no grupo dos vizinhos. Vou mandar todos os detalhes por lá."

À mesa principal, Brenda olha para ele com desconfiança.

"Pensei que você achasse grupos muito estressantes."

"Amadureci bastante desde nossa última reunião. Me sinto bem confiante de que consigo lidar com a pressão do grupo agora." Ele pisca para Veronika, que ri baixo.

"Vou te adicionar", Niall fala, ainda relutante. "Mas só porque gosto de uma boa *kielbasa*."

Shane sorri para ele.

"Todos gostamos, meu chapa."

Niall não retribui o sorriso.

Como é impossível passar por uma reunião inteira sem drama, a confusão começa depois que Brenda abre espaço para preocupações e queixas.

Na ponta da primeira fileira, Carla se levanta.

"Tenho uma queixa. Tudo tem limites", ela se dirige ao comitê. "Ela precisa ser proibida de vez de usar a piscina!"

Ninguém precisa perguntar quem é "ela".

Veronika é rápida em se defender.

"Como assim? Tenho o direito de nadar como qualquer outra pessoa."

"Sabem como ela não tira os olhos do meu filho Carl? Ele não consegue mais nadar, fica nervoso demais."

"Talvez ele não fique nervoso por minha causa mas porque a mãe dele, Carla, é tão narcisista que batizou o próprio filho de Carl." Veronika cruza os braços.

Shane tenta segurar o riso mas não consegue, e acaba saindo como um ronco abafado.

O queixo de Carla cai.

"O que isso quer dizer?"

"Pelo amor de Deus, é esquisito. Todo mundo acha que é esquisito, não é?" Veronika pergunta para os presentes.

"Odeio concordar com Veronika", Niall murmura "mas sempre pensei isso."

"Argh!" Carla resmunga. "Juro que, se não impuserem limites a ela, vou sair do condomínio. Vou para algum outro lugar. Não posso conviver com essa vagabunda estragando nossa comunidade dia após dia."

"Carla", Brenda diz "não dá para expulsar Veronika da piscina. Ela já pagou a multa dela e não quebrou nenhum regulamento da piscina que justifique suspensão."

"Está bem, então", Carla bufa. "Quero propor uma regra nova. Diana, pode colocar nas atas?"

"Sim, claro." Viro às pressas a página do meu caderno de atas.

"Moção para criar uma regra formal proibindo a presença de piranhas na piscina."

"Ah, sua insolente", Veronika grita, indo para cima de Carla.

Carla grita em desespero, pulando da cadeira e tentando se proteger atrás da mesa dos membros do comitê. Mas Veronika não para e, agora, Brenda está com as mãos estendidas entre elas. Niall se levanta para segurar Veronika, mas ela está uma fera.

"Já chega!" Nunca ouvi Brenda perder o controle, mas ela está gritando para o salão inteiro agora. "A reunião está cancelada hoje! Não sei por que não conseguimos passar por uma reunião de condomínio sem um incidente grave! Vai todo mundo para casa! Veronika, desce da mesa, caramba!"

Shane e eu saímos aos tropeços. Preciso me apoiar em seu braço de tanto que estou rindo.

"Não acredito no que acabou de rolar!" Lágrimas escorrem do canto dos meus olhos.

"Não quero me mudar nunca desse condomínio", ele diz, entre uma e outra risada grave e ofegante.

Quando nos acalmamos, saímos para o sol. Os outros vizinhos já estão se dispersando, saindo do Sicômoro e desaparecendo pela trilha.

"Acho que você deveria faltar ao trabalho", Shane diz. "Não dá para ignorar o desejo em seus olhos."

"Não. Não é assim que empregos funcionam."

"Beleza, então. Quer uma carona?", ele oferece.

"Obrigada, mas acho que vou a pé. Está um dia tão gostoso."

"Está bem, te vejo depois."

Ele se curva para a frente e eu, para trás.

"O que foi isso?", questiono.

Shane encara.

"Meu Deus. Eu ia te dar um beijo de despedida."

"Não. Não vai rolar."

Estou rindo sozinha enquanto saio para o meu turno no Della's. No horário de almoço, olho o celular e encontro certa movimentação no grupo de vizinhos. Niall, o traidor, cumpriu a promessa e adicionou Shane, que já mandou algumas mensagens. Ah, olha ele participando!

Faço minha magia.

> Gente, Shane derrubou o celular na piscina e ele parou de funcionar. E não sei como, mas ele também perdeu todas as mensagens e os contatos e não dá para saber se ele vai conseguir recuperar.

VOCÊ REMOVEU SHANE LINDLEY DO GRUPO "VIZINHOS".

Logo recebo uma mensagem de Shane.

SHANE

> Por que você não me deixa participar?!!

> Porque você quer muito.

29

SHANE

Aimodeuso

"Obrigado por isso", meu pai diz enquanto Maryanne entra saltitante no meu apartamento. Ela puxa uma mala roxa de rodinhas. Não uma bagagem de mão, mas uma mala grande que um adulto levaria em uma viagem de um mês pela Europa. Está coberta de adesivos com slogans ridículos de ciências como: AO ÁTOMO E ALÉM!

E: CIÊNCIA É MEU SUPERPODER.

E o meu favorito: FEMINICIENTISTA EM FORMAÇÃO.

"Imagina", digo ao meu pai. "Você sabe que adoro passar tempo com a pivetinha."

Maryanne puxa minha mão.

"Shane, qual é o meu quarto?"

"Só tem um quarto, lembra? E é seu."

"Sério?"

"Sim, todo seu pelas próximas duas noites." Aponto para o sofá em L, onde já empilhei lençóis e um cobertor. "Vou ficar no sofá."

Ela entra saltitante no quarto, puxando a mala atrás de si.

"Vou desfazer a mala!", ela grita.

Viro para o meu pai.

"Quanta coisa ela colocou na mala? Ela só vai passar o fim de semana."

"Pois é, sua mãe até tentou acalmá-la, mas ela estava empolgada demais em passar o fim de semana com o irmão mais velho. Está se achando toda crescidinha."

É o aniversário de casamento dos meus pais. Eles vão dar um festão no fim de semana que vem, mas também queriam uma comemoração a sós, então meu pai vai passar o fim de semana fora com minha mãe. Maryanne costuma ficar com nossa tia Ashley quando eles viajam, mas é verão e não tenho absolutamente nada para fazer, por isso me ofereci para cuidar dela.

Meu pai se apoia no balcão da cozinha e, quando ergue o braço para passar a mão no cabelo loiro desarrumado, noto que seus braços parecem ainda mais magros do que na última vez em que o vi. Ele deve estar treinando quase tanto quanto eu nesse verão. Conversamos sobre o acampamento Hockey Kings, e conto como foi surreal estar no gelo com verdadeiras lendas.

"Vai ser você no ano que vem, filho."

"Mal posso esperar." Adrenalina dispara em meu sangue. "Vou me certificar de que você tenha ingressos para todos os jogos fora de casa porque vai que você decide pegar um voo para assistir a algum."

O olhar dele é um misto de alegria e nostalgia.

"Vou cobrar, hein. Ei, princesa, vem cá. Dá um abraço no pai."

Maryanne sai correndo e se agarra na cintura dele.

"Não dá muito trabalho para Shane."

"Pode deixar. E também vou cuidar para ele não se meter em encrenca."

Nossa, como amo essa menina!

Depois que ele sai, viro para Maryanne.

"Tá, o que você quer fazer? Pensei em passar no Della's para jantar. Eles têm um zilhão de opções de torta e copos de milkshake à moda antiga."

Seus olhos se iluminam.

"Tá legal!"

"Mas só daqui a algumas horas. A menos que esteja com fome agora."

"Não, não estou com fome. Quero fazer um vulcão."

"Fazer o quê?"

"Um vulcão." Ela sorri de orelha a orelha. "Não se preocupa! Trouxe todas as instruções e materiais necessários."

Um minuto depois, entendo exatamente por que a bagagem dela é tão grande. Em algum momento, quando minha mãe não estava olhando, Maryanne colocou um verdadeiro arsenal dentro da mala. Estou falando de jornal, bicarbonato de sódio, vinagre, tubos de tinta acrílica, detergente, e todos os outros ingredientes e ferramentas necessários para seu projeto secreto.

"Ai, meu Deus. Como você pode ser minha irmã?" Suspiro.

"Só porque sou muito mais legal que você? Eu sei. Também me pergunto isso às vezes, mas não questiono por que Deus decidiu dar você para mim."

Caio na gargalhada. Essa menina é demais!

"Então *por que* vamos fazer um vulcão?"

"Porque eu e o papai assistimos a um programa muito legal ontem à noite sobre uma erupção vulcânica imensa." Seus olhos se arregalam. "Já ouviu falar de Pompeia?"

Tento não rir de novo.

"Talvez. Por quê?"

"Foi totalmente destruída por um vulcão. A erupção durou *dezoito horas*! E cobriu tudo de cinzas. Pessoas de pedra por toda parte!"

"Quanto mais te conheço, mais acho que você é mesmo uma psicopata."

"Elas morreram, Shane. Não dá para mudar o passado. Enfim, queria muito fazer um vulcão. Fizemos um na escola no ano passado e estou louca para fazer outro desde então, e aí assistimos ao programa sobre Pompeia e pedi para a mãe e para o pai *de novo*, mas eles estavam ocupados brigando..."

"Espera, por que eles estavam brigando?"

"Não sei. Mas aí a mamãe *finalmente* entrou no meu quarto e disse que não tínhamos nem tempo nem os materiais." Maryanne abre um sorriso enorme e dentuço. "Adivinha quem tem tempo e os materiais?"

Alerta de spoiler: somos nós.

Não demora para estarmos colando tiras de papel machê num vulcão que construímos usando jornal amassado e uma forma de bolo. Na zona de desastre que antes era minha cozinha, Maryanne molda nosso Vesúvio em miniatura para que a parte de cima fique mais estreita que a base, enquanto me esforço para criar a mais épica maquete da cidade de Pompeia na base do vulcão. Maryanne é mais artística que eu, mas acho que minhas árvores de papel machê estão bem impressionantes. Apesar do que *certas* pessoas diriam, elas não parecem gosmas.

Quando meu celular vibra em cima do outro balcão, minhas mãos estão grudentas demais, então viro para minha irmã.

"Pode ver quem é?"

Ela dá uma espiada.

"É uma mensagem de Dixon. Alguma coisa sobre Zoey."

Minha irmã rapidamente recita a mensagem de Diana antes que eu possa impedir, mas, por sorte, essa não é proibida para menores.

"'Não esquece de assistir a *CoC* hoje. Vamos torcer para Zoey voltar.'" Maryanne franze o nariz. "O que é *CoC*? Quem é Zoey? Quem é Dixon?"

"Minha vizinha Diana. Ela só está falando de um programa bobo de relacionamento a que assistimos."

"Você assiste?" Maryanne começa a rir.

"Ei, não critica antes de assistir."

"Tá, vou falar para ela vir e assistir aqui."

"Não..."

Maryanne já está digitando. Não faço ideia do quê, mas é tarde demais para impedir. Ela manda a mensagem e volta correndo para nossa estação de trabalho.

Minhas desconfianças são despertadas quando, alguns minutos depois, há uma batida hesitante na porta. Seguida pela voz cautelosa de Diana.

"Lindley, você está bem?"

"Sim, estou", grito na direção da porta. "Por quê?"

Há uma longa pausa antes de ela responder:

"Quer que eu chame o Lucas?"

Do que ela está falando? Quem é Lucas? Ela está falando de Ryder?

"Você está falando de Ryder?" Digo, confuso.

"Shane. Como sua namorada, preciso dizer que estou muito preocupada."

Maryanne abre a boca de espanto.

"*Namorada?*"

"Quem está aí?" Diana grita. "Shane!"

Olho feio para minha irmã.

"Vai lá abrir para ela, por favor?"

Um momento depois, Diana aparece na cozinha. Com o cabelo preso em um rabo de cavalo, ela está de regata branca e short rosa.

Por que ela sempre precisa usar shorts tão curtos? Me deixam louco. Toda vez que ela se abaixa com esses shorts, sua bunda fica quase toda à mostra. E eu sou obcecado por aquela bunda. Passo as mãos e a boca nela todas as noites, e não estou nem perto de me acostumar.

O sexo com Diana só melhora. A memória de cada encontro é como um gole de água gelada depois de um treino intenso — é tão satisfatória que você solta um suspiro. E faz mais de uma semana que ela é meu copo de água gelada.

Estou adorando esse nosso esquema de amigos coloridos. E não só porque ela é uma gostosa, embora seja mesmo. Já transei com muitas mulheres atraentes, e só isso não basta para me manter interessado. Não, o que mais gosto é como ela é espevitada. Adoro uma mulher que sabe se impor e me colocar no meu lugar. Dixon faz isso como ninguém. Nunca sei que maluquice vai sair da boca dela, e meio que adoro isso.

"Que história de Lucas foi aquela?" Pergunto, confuso.

"Ah, eu estava tentando usar um código", ela explica. "Se você agisse como se o nome dele fosse Lucas, eu saberia que você estava em perigo. Sendo sequestrado ou coisa parecida."

"Por que você achou que eu estava em perigo?"

Ela me ignora, seu olhar descendo mais de meio metro.

"Oi, sou Diana. E você é?"

"Sou Maryanne. Muito prazer." Minha irmã estende a mão.

"A educação dessa menina. Gostei." Diana responde com um aperto de mão vigoroso, depois observa nosso projeto com um sorriso. "O que vocês estão fazendo?"

"Estamos recriando a erupção de Pompeia."

A boca de Diana se abre por um segundo, depois se fecha, depois se abre de novo.

"Olha, sou completamente a favor da ciência. Mas não é um pouco insensível? Muitas pessoas morreram."

"Vamos fazer uma oração em homenagem a elas antes da erupção", Maryanne diz, séria.

Suspiro. Essa menina é tão incrível que não dá nem para chamar a atenção dela por ser politicamente incorreta.

"Claro", Diana diz, contendo um sorriso. "Acho que faz sentido."

"Por que você achou que eu estava em perigo?" Repito, não deixando o assunto morrer. Vou até a pia para lavar a substância viscosa das mãos.

"Por causa da sua mensagem."

Seco as mãos antes de pegar o celular. Rio quando vejo o que Maryanne escreveu.

> Aimodeuso. Vem e a gente assiste aqui.
> Aimodeuso. Torcendo tanto por Zoey!

A resposta de Diana é igualmente engraçada.

DIXON

> Não gostei do sarcasmo.

"Não falo coisas como 'aimodeuso', nem em três palavras nem em uma", resmungo para Maryanne.

"Mas economiza tempo." Minha irmã observa Diana como se ela fosse uma de suas lâminas de microscópio. "Você é mesmo a namorada do meu irmão? Ele disse que você era a vizinha dele."

"Sou as duas coisas." Diana vira para mim para confirmar, como se quisesse verificar se deve falar a verdade.

Aceno discretamente porque minha irmã parece muito empolgada com a ideia e acho melhor deixar que ela acredite. Posso dizer que terminamos depois que o verão acabar.

"Você é tão bonita quanto a última namorada dele", ela anuncia. "Talvez *mais*."

Os lábios de Diana se apertam.

"Fico lisonjeada. Conheci a última namorada dele, e ela era linda."

"Você também é linda", Maryanne diz com firmeza.

"Bom, obrigada. Mas acho que você ganha de nós duas."

Maryanne sorri com o elogio e oferece um ainda maior em resposta.

"Quer ajudar a gente com Pompeia?"

"Claro. Me põe para trabalhar."

Não fico nem um pouco surpreso que Diana e minha irmã logo viram amigas. Nosso vulcão acaba sendo um sucesso estrondoso, com a solução de lava de Maryanne causando o máximo de estrago enquanto sai borbulhando pelo topo e escorre pelas laterais. O corante alimentício vermelho dá um toque extra de morbidez ao projeto.

Mais tarde, quando Maryanne descobre que Diana é cheerleader e ensina meninas da idade dela no acampamento de cheerleading, ela implora para que Diana a ensine alguns movimentos. Quando dou por mim, estamos ao ar livre praticando cambalhotas, o que logo se transforma em Diana me forçando a mostrar a Maryanne a coreografia de tango que gravamos para nossa audição no CNDSSA. Ainda estamos aguardando os resultados, mas estou com um bom pressentimento em relação a isso.

Diana vai jantar conosco, e Maryanne está exausta quando chegamos em casa, dizendo que quer ir para a cama cedo. Ou assim pensava eu. Pelo visto, ela está acordada o bastante para mandar mensagem para nossa mãe contando nosso dia inteiro tintim por tintim. Sei disso porque, dez minutos depois de Maryanne ir para o quarto, recebo uma mensagem da minha mãe.

MÃE

> Desculpa, meu único filho homem tem uma namorada e preciso descobrir isso por meio da irmã dele de dez anos? E vocês entraram em uma competição de dança? Essa é uma traição ao código de mãe e filho, e vamos discutir isso em detalhes quando vier para nossa festa de aniversário de casamento no fim de semana que vem.

Ela continua.

MÃE

> Pensando bem, traz sua namorada. Vamos adorar conhecê-la.

30

DIANA

Mudança interessante

"Não precisava fazer isso", Shane diz enquanto saímos da rodovia interestadual. É a décima vez durante nossa viagem de três horas que ele me informa que não preciso ir. Parece até que está se arrependendo da nossa excursão de fim de semana.

Já eu estou feliz da vida no banco de passageiro da sua Mercedes. *Amo* esse carro. Queria poder roubá-lo para mim. Os bancos são absurdamente confortáveis e o cheiro é incrível. Seria de se esperar que ter uma bolsa de hóquei o tempo todo no porta-malas deixaria aquele cheirinho de homem suado, mas o carro ainda mantém o aroma de couro caro. É inebriante. Juro que um dia vou ter grana o suficiente para comprar uma Mercedes.

"Nós dois sabemos que eu não tinha como dizer não para sua irmã", digo a Shane.

No fim de semana passado, Maryanne ouviu Shane rindo por sua mãe querer que eu fosse à festa de aniversário de casamento deles e, quando dei por mim, aquela menina fofa estava puxando minha mão e pedindo: "Vai, por favor!".

Sério, aqueles olhos grandes e escuros? Não dá para dizer não para eles. Além disso, adoro uma boa festa.

"Ei, Lynsey vai estar lá?"

"Na festa de aniversário de casamento dos meus pais? Hum, não." Seu tom é seco.

"Seus pais gostavam dela quando vocês estavam juntos?"

"Acho que sim." Ele mantém o olhar fixo na estrada enquanto dá seta. "Diziam que sim."

A resposta não é convincente. Interessante. Meu lado curioso desperta. Tomara que eu consiga interrogar um pouco os pais de Shane nesse fim de semana e descobrir a verdade. Porque, se eles não estavam animados para receber a menina com quem ele namorou por *quatro* anos, com certeza a história não acaba por aí.

Shane me olha de esguelha.

"É sério que você não está incomodada em ir a um evento de família comigo?"

"Não. Por que estaria?"

"Você não está nervosa?"

"Não fico nervosa."

Ele parece impressionado.

"Nunca?"

"Não."

Bom, tirando aqueles ataques de ansiedade irritantes que pareço ser incapaz de controlar. Pensei que, se eu simplesmente não pensasse em Percy, eles passariam. Mas, nos últimos tempos, estou acordando com acessos de pânico aleatórios. Hoje cedo, por exemplo, abri os olhos e o primeiro pensamento que surgiu foi a memória do soco de Percy. Eles começaram a acontecer também à noite, quando estou trabalhando no turno noturno do Della's. Acabei precisando comunicar meu gerente que faria menos turnos noturnos, colocando a culpa da mudança de horário nos meus ensaios de dança.

O único ponto positivo nessa situação toda é que Percy tem mantido distância em Meadow Hill. Imagino que seja por causa de Shane, e sou mais do que grata por ter Shane no condomínio...

... palavras que nunca pensei que diria em toda minha vida.

Mas, se Shane não estivesse por perto, mal consigo imaginar como seria insuportável topar com Percy na trilha ou na piscina. Eu ficaria trancada no meu apartamento, provavelmente sofrendo com ainda mais ataques de ansiedade do que já estou tendo.

"Quando estivermos lá, vamos tentar dar uma segurada nas brigas, pode ser?"

A voz de Shane me traz de volta ao presente.

"Brigas?", repito.

"Sabe." Ele sorri. "Como você vive me criticando por uma coisa ou outra."

"Não critico você."

"Claro que critica."

"Simplesmente aponto verdades que você não gosta de ouvir. Não é culpa minha que seu ego não consiga aguentar."

"Meu ego está indo muito bem, obrigado... *isso*", ele se interrompe, acenando a mão entre nós. "É disso que estou falando. As discussões. Meus pais não são assim. Eles são muito tranquilos e completamente apaixonados. Eles não brigam nem tiram sarro um do outro."

"Não sei se isso é entediante ou fofo."

"Confia em mim, eles são companhias divertidas. Não são entediantes. Só estou pedindo para dar uma segurada nisso."

"Você está falando de mim." Tento não deixar transparecer a irritação. "Você quer que eu *me* modere."

"Ah, você entendeu o que eu quis dizer."

Não, *não* entendi. Mas dane-se. Ainda bem que não estamos juntos de verdade porque está aí uma coisa que eu nunca gostaria de ouvir de um namorado. Que eu deveria segurar alguma parte da minha personalidade. Quer dizer que ele não me ama como sou. Quer dizer que...

E *por que* estou dissecando o que Shane sente por mim? Tudo o que importa é o prazer que *ele* proporciona para *mim*... na cama. E, nossa, ele sabe exatamente o que está fazendo nesse campo.

Aliás, a única coisa que me "incomoda" sobre passar o fim de semana em Heartsong, Vermont, com a família de Shane é que provavelmente isso significa que não vamos transar.

Uma estrada rural sinuosa se estende diante de nós enquanto Shane passa por uma placa azul que nos dá as boas-vindas a Heartsong. Não muito depois, me vejo em um verdadeiro conto de fadas. Uma cidadezinha charmosa situada entre colinas ondulantes e emoldurada por uma cobertura de carvalhos. O ar traz o cheiro de grama e flores silvestres pela minha janela aberta.

Mais à frente, encontro outra placa: uma de madeira antiga declarando orgulhosamente o nome da cidade de novo.

"Ai, meu Deus, essa é a coisa mais Vermont que já vi na vida."

Ele suspira.

"Eu sei."

Seguimos pela rua principal, que está cercada de fachadas congeladas no tempo: uma mercearia, uma farmácia, uma loja de sidra artesanal, uma taverna. Cada prédio é decorado com toldos coloridos e metais ornamentados. Quando a praça da cidade aparece, juro por Deus que eu perco o ar. Ela tem uma torre de relógio *e* uma fonte.

Passamos por um parquinho onde crianças estão gritando de rir e por uma sorveteria com uma fila de clientes esperançosos virando o quarteirão.

"Nossa, é como se uma cidadezinha charmosa tivesse engolido uma cidadezinha charmosa menor e vomitado em cima de uma terceira cidadezinha charmosa para criar uma..."

"Entendi", ele interrompe, rindo.

"É fofa até demais. Foi aqui que você cresceu?"

"Sim. Nasci em Burlington, onde meus pais se conheceram. Mas eles se mudaram para cá depois que me tiveram. E você?"

"Não muito longe daqui, na verdade", digo. "Cresci em uma cidade pequena também. Oak Ridges. Fica no norte de Massachusetts, bem na fronteira com Vermont."

"Ah, nossa, é perto. Sempre passo por lá."

"Meu pai e minha madrasta moram lá. Minha mãe é de Savannah, mas foi para o MIT e depois arranjou um trabalho em Boston. Conheceu meu pai lá."

"Ele é policial, né?"

"SWAT."

"Que massa."

"Pois é. Se um dia vocês se conhecerem, pede para ele te contar algumas histórias. Ele já esteve envolvido em dois sequestros com reféns, um em que tiveram que atirar no sequestrador."

Shane assobia baixo.

"Porra. Foi ele quem apertou o gatilho?"

"Não, um dos *snipers*, mas ele deu a ordem. Meu pai diz que às vezes isso é ainda mais difícil. Saber que você ordenou a morte de alguém, mas mandou outra pessoa fazer o trabalho sujo."

"É, não consigo nem imaginar."

Ele entra em uma rua residencial cercada por mais árvores antigas. A luz do sol atravessa as folhas, projetando desenhos de luz e sombra na rua. Essa cidade é deslumbrante.

"É aqui", Shane diz, parando na frente de uma bela casa vitoriana com um alpendre e uma garagem larga de três carros. "Pronta, namorada?"

"Nasci pronta, namorado."

Ao entrarmos, somos recebidos pelos pais de Shane e o furacão Maryanne que coloca os braços ao redor da minha cintura num abraço extasiado.

"Você veio!", ela exclama. "Estou tão feliz!"

Fico obcecada pelos pais de Shane a partir do momento em que os conheço. O pai, Ryan, é cheio de piadas e sorrisos, e a mãe dele é mais acolhedora do que eu esperava. Costumo me dar bem com os pais de namorados, enquanto as mães me interrogam a todo momento. Mas April Lindley, embora faça algumas perguntas curiosas sobre o meu relacionamento com o filho, me trata desde o começo como uma filha que não vê há muito tempo.

Eu me sinto um pouquinho mal por mentir sobre nosso relacionamento, mas, quanto mais conversamos, mais me dou conta de que não estou mentindo tanto assim. Rio sobre como ele me aporrinhou o ano todo. Como parte de mim ainda não acredita que o deixei me convencer a ser sua namorada. E nada disso é mentira — se trocar *namorada* por *amiga colorida*, foi exatamente o que aconteceu.

Deus me ajude, mas somos amigos agora. Temos uma série de TV a que assistimos juntos toda noite. Somos até parceiros de dança. Um fato que a mãe de Shane acha engraçadíssimo quando comentamos sobre isso durante o jantar.

"Não quero nem saber como você fez aquele menino aceitar uma coisa dessas", April diz, rindo por trás do copo d'água.

"Você deve ser especial mesmo", o pai concorda, sorrindo para mim.

Os Lindley formam um casal improvável. April é elegante. Extremamente arrumada. Está vestindo uma calça bege e uma blusa de seda para um jantar na própria casa. Ryan, por outro lado, passa um ar mais desleixado com sua calça de moletom e seu cabelo loiro-escuro até o queixo. Ele parece mais alguém que deveria estar surfando em vez de administrando um negócio bem-sucedido multimilionário.

E Maryanne, bom, é Maryanne. Ela me mostra seu quarto, os troféus de ciências, os livros favoritos. Minha cabeça está zonza quando me leva ao quarto de hóspedes, onde vou ficar. Fico um pouco aliviada pela regra da casa Lindley: é proibido dormir no mesmo quarto. Se eu dividisse a cama com Shane, seria impossível que seu pênis considerável não aparecesse e ainda mais impossível que eu não fizesse barulho quando ele o usasse em mim. Melhor resistir à tentação.

"Oi." Shane aparece no batente da porta. "Minha mãe disse que, se precisar de mais travesseiros ou lençóis, eles estão no armário de roupas de cama ao lado do banheiro de hóspedes."

"Obrigada. Fecha a porta? Quero me trocar."

Ele entra e fecha a porta atrás de si. Enquanto tiro minha regata justa e a substituo pela camiseta larga, Shane inclina a cabeça, os olhos brilhando de sedução.

"Você quer que eu entre de fininho depois que todos estiverem dormindo?" Eu estava pensando *agorinha* que não deveríamos transar. O que significa que a resposta para essa pergunta deveria ser não.

Mas, quando abro a boca, o que escapa é o monossílabo errado.

"Sim."

A festa de aniversário de casamento dos Lindley está acontecendo no grande cômodo privativo de um restaurante que também funciona como salão de festas. Quando entramos, somos recebidos pelo burburinho animado de conversas e pelo aroma convidativo de comida italiana. O grande espaço, de iluminação suave, tons terrosos e móveis rústicos de madeira, proporciona uma atmosfera acolhedora que traz um sorriso aos meus lábios. No fundo da sala, uma bandinha toca música bluegrass acústica.

Acho que estou apaixonada por Heartsong, e por Vermont.

Deve haver umas sessenta pessoas presentes, mas Shane só tem tempo de me apresentar a algumas antes de sermos conduzidos até nossa mesa de jantar. Todas as mesas são decoradas com centros de mesa simples, e fomos colocados junto com os pais e a irmã dele, a irmã gêmea da mãe, Ashley, e os avós maternos de Shane.

Como disse a Shane ontem, não fico nervosa nesses eventos. Hoje não é exceção, embora isso possa ter algo a ver com o fato de todos serem muito simpáticos e acolhedores.

Enquanto os funcionários do restaurante se movem graciosamente entre as mesas, a família de Shane nos entretêm com histórias que me fazem chorar de rir. Pelo visto, os pais de Shane eram namoradinhos de escola. A avó dele me conta sobre a primeira vez que April levou o pai de Shane para conhecer os pais dela e que o jovem Ryan de dezessete anos estava tão desesperado para causar uma boa impressão que não quis admitir que seu estômago não aguentava comida apimentada. Então, quando a mãe de April serviu um chili mega picante no jantar, ele comeu até a última garfada — e acabou todo vermelho, com o nariz escorrendo e vomitando no banheiro de cima.

O avô de Shane intervém, dizendo que foi aí que ele soube que "o branquinho era para casar". Segundo o pai de April, você sabe que um homem realmente ama uma mulher quando está disposto a se humilhar na frente da família dela.

Não sei se estou imaginando, mas juro ver certa tristeza no rosto do sr. Lindley enquanto seus sogros contam a história. Ele pega a mão de April e sei que não estou imaginando quando ela aperta a mão dele, quase como um aviso. Mas, quando seus olhares se encontram durante o brinde da irmã dela, não há como disfarçar o amor que sentem um pelo outro.

"Você tem sorte", sussurro para Shane enquanto os funcionários começam a tirar nossos pratos. "Amo minha madrasta, mas às vezes a criancinha dentro de mim ainda queria que meus pais tivessem ficado juntos."

"Sinceramente, não consigo nem imaginar o que eu faria se meus pais se divorciassem. Eles foram meu exemplo a vida toda, sabe? Mostraram como o amor realmente deve ser." Em um momento raro de vulnerabilidade, a voz de Shane embarga.

Meu coração amolece com isso. É bonito ver o amor profundo pelos pais refletido nos olhos de Shane. Tenho a impressão que ele é muito mais complexo do que aparenta. Que é mais do que o jogador de hóquei convencido e irritante que só quer transar comigo.

Então, é claro que ele estraga o momento olhando para os meus peitos.

"Para de olhar para o meu decote", repreendo.

"Não consigo evitar. Como pode ser tão bonito? Seus peitos nem são tão grandes."

"Não se deve comentar sobre o tamanho dos seios de uma mulher. É indelicado."

"Não disse que não gosto deles." Ele passa a língua nos lábios. "Não discrimino ninguém. Todos os tamanhos e formatos são bem-vindos na Lindleylândia."

"Credo, Shane."

Ele apenas ri, incorrigível.

Depois do jantar, começa a dança. O salão se transforma de um ambiente tranquilo com música acústica para uma festa animada, com a banda tocando um misto de blues, country e soul.

A pista de dança, sempre um espetáculo à parte, chama por mim. Acho que é por isso que nunca me sinto deslocada em festas. Mesmo em festas como esta, em que não conheço quase ninguém. Enquanto houver música no ar e chão sob meus pés, sempre vou me sentir à vontade.

Estou prestes a arrastar Shane para dançar comigo quando seu pai me surpreende me convidando primeiro.

"O que me diz, Diana?" Ryan me estende a mão e um sorriso.

"Com certeza."

Entramos no grupo crescente de pessoas na pista de dança. O pai de Shane apoia uma das mãos na minha cintura e segura a minha mão com a outra, e começamos a nos mover ao ritmo animado da música. A música alta, combinada com o burburinho das conversas e o tilintar de copos, torna difícil ouvirmos um ao outro, então ele aproxima o rosto do meu ouvido.

"Você é uma mudança interessante", ele brinca. "Diferente."

"Em que sentido?"

Ele dá de ombros e me gira, exibindo passos muito bons.

"Ei, você dança bem", elogio, com uma surpresa agradável. "Melhor do que Shane." Sorrindo, inclino a cabeça. "Quer participar da competição no lugar dele?"

"De jeito nenhum", ele diz, bem-humorado.

Rio.

"Justo. Não é para todo mundo."

"Ainda não consigo acreditar que você convenceu meu filho a participar."

"Pois é, mas ele está indo bem", digo, relutante. A curiosidade continua me incomodando. "Por que você disse que sou diferente?"

Basta dizer essa palavra, *diferente*, para causar um leve aperto de insegurança no meu peito. Porque sei que ele está certo. Sou mesmo diferente. Sempre senti isso, e não só por ter um temperamento forte.

Sou diferente da minha família em Savannah, que me vê como uma garota desbocada e agressiva, corrompida pelo norte, que não sabe quando se calar e manter as aparências.

Sou diferente do meu irmão mais novo, que é tão incrivelmente inteligente e determinado a salvar o mundo.

E com certeza sou diferente da minha mãe, que não me acha inteligente o bastante para estar no mesmo ambiente que ela.

Talvez seja por isso que eu ame a forma como meu pai me vê — imbatível, invencível. Sei que só existe uma opinião que *deveria* importar, a minha. Mas, para mim, a lente através da qual eu gostaria de me enxergar é a do meu pai. Porque a visão que ele tem de mim é a melhor.

"Você o faz rir muito", o pai de Shane diz, sua voz grossa me tirando dos meus pensamentos deprimentes.

Abro um sorriso.

"Acho que só encho muito a paciência dele."

"Isso também."

"Obrigada", digo, fingindo estar magoada.

Ryan sorri.

"Mas ele precisa disso. Meu filho precisa do desafio." Seu olhar se volta para o outro lado do salão. "Todos os homens da família Lindley precisam."

Ele está olhando para a mãe de Shane, que conversa com a irmã gêmea e algumas outras mulheres às quais não fui apresentada. Um sentimento incômodo me invade quando noto a nostalgia nos olhos dele. O leve toque de tristeza. Tenho certeza agora, e me pego torcendo para que os pais de Shane não estejam tendo problemas. Eles parecem um casal muito incrível.

Ryan me gira de novo.

"Também notei que ele está muito mais relaxado. Com você, digo."

Comparado à Lynsey? Quero perguntar.

Mas resisto ao impulso. Já sei a resposta, afinal vi com meus próprios olhos como Shane agia quando Lynsey estava por perto. Naquela noite, ele estava mais sério. Contido, escolhendo as palavras. Não sei se era para impressionar Lynsey ou não irritá-la, mas com certeza notei a diferença. É um alívio saber que os pais dele também notaram a mudança de comportamento dele com a ex. Pelo menos desconfio que tenham notado.

"Gosto de vocês dois juntos", Ryan diz. "Acho que..."

"Posso interromper?"

Shane, é claro.

Seu pai me entrega sem reclamar, batendo no ombro do filho antes de sair. Shane assume seu lugar, colocando um braço ao redor da minha cintura para me puxar para perto.

"Vamos apresentar nosso tango para os convidados?", brinco.

"Prefiro morrer."

Encosto o rosto em seu peito para segurar o riso.

"E depois a dramática sou *eu*."

Quando levanto a cabeça, ele está de novo concentrado em meu decote. Calor se espalha pelo meu corpo, e não só porque seus olhos estão revelando o quanto ele quer me ver nua. Dançar com Shane é muito gostoso. Como ele é muito alto e eu sou muito baixa, não era para funcionar, mas de alguma forma funciona. Nós nos encaixamos.

"O que meu pai estava dizendo?", ele pergunta, curioso.

"Ah, sabe. Que sou maravilhosa e que ele adora nos ver juntos e que sou a melhor namorada que você já teve."

"Sim. Tenho certeza que ele disse isso tudo. Exatamente com essas palavras."

"Bom, ele disse que gostava de nos ver juntos. Essa parte é verdade."

"Sabe quem mais gostaria de nos ver juntos?" Shane pisca para mim.

"Seu pau."

"Exatamente."

Para: diana@rideordance.com
De: admin@cndsaa.com

Prezada sra. Dixon,

Temos o prazer de informar que sua inscrição para o Campeonato Nacional de Dança de Salão Amadora Avançada deste ano foi aprovada. Você está inscrita nas seguintes categorias:

American Smooth Duo

American Rhythm Solo

Por favor, consulte o pacote de boas-vindas em anexo para mais informações.

Atenciosamente,
Susan Hiram
Diretora de Operações

31

DIANA

Pau movediço

Uma semana depois da minha visita à família de Shane, fiz a prova final do vestido para o casamento de Gigi em Boston. Quando acabamos, saio para jantar com ela e sua prima Blake, outra madrinha. Blake vai estudar na Briar a partir do mês que vem, entrando no primeiro ano, e estou animada em tê-la por perto. Poucas pessoas nesse planeta chegam aos pés do sarcasmo de Blake Logan.

Como estou nadando em dinheiro graças aos anúncios do Ride or Dance, decido me dar ao luxo de pegar um Uber de volta a Hastings em vez do ônibus. Mando mensagem para Shane enquanto entro no Sicômoro. Fizemos planos de celebrar esta noite a notícia mais importante que alguém já recebeu na história de toda a civilização humana.

CNDSAA, pessoal! Aqui vamos nós.

Quase chegando.

SHANE

Está de vestido?

É uma pergunta estranha e, ao mesmo tempo, não se vinda de Shane.

Sim. Por quê?

SHANE

Fica de vestido. Tira a calcinha.
Deixa a porta destrancada.

Essas três frases concisas me dão um frio na barriga. Nossa. Não imaginava o quanto curtiria isso. Todos sabem que quem manda no relacionamento sou eu.

Mas adoro não mandar na cama.

Nem na minha própria calcinha, pelo jeito.

Como ele pediu, deixo a porta destrancada. Shane entra não muito depois de mim. Está sem camisa e descalço, com uma calça jeans velha de cintura baixa ao redor do quadril. Ele é tão absurdamente lindo que não consigo desviar os olhos.

"Seguiu minhas instruções?", ele pergunta, erguendo o queixo.

"Sim."

"Me deixa ver."

Curvando os lábios, ergo a barra do vestido para revelar que estou sem nada por baixo.

"Muito bem", ele elogia.

Ele se aproxima, colocando uma mão ao redor da minha cintura, a outra em volta da minha nuca enquanto se abaixa para me beijar. Nossas línguas se encontram e, como sempre, isso provoca um choque elétrico lá embaixo. Ele aperta minha bunda e me levanta, e minhas pernas se enroscam ao redor dele instintivamente enquanto nos beijamos.

Devagar, vai para a frente até minhas costas estarem encostadas na parede ao lado da porta da sacada. Seu quadril está se movendo, o zíper e o botão da calça jeans roçando sobre o tecido fino do meu vestido, criando uma fricção deliciosa em minha buceta.

"Quero te comer aqui nessa parede", ele murmura no meu ouvido.

"Me come", imploro.

Estou sem ar. Não preciso nem de preliminares. Estou muito molhada e, quando ele tira a mão da minha bunda e a coloca entre minhas pernas, geme alto. Ele sente como estou pronta.

"Estava esquecendo, tenho uma coisa para te mostrar", ele diz de repente.

Para minha decepção, ele me coloca no chão. E pega o celular no bolso de trás da calça.

"Isso lá é hora?", questiono.

"Confia em mim, é sim."

Ele abre uma foto e me dá o celular. Meu coração dá uma cambalhota ansiosa. É um relatório médico de dois dias atrás. Exames de saúde negativos.

"Olha só você, sem clamídia", brinco. Nós dois cumprimos meus requisitos agora. Mandei meus resultados para ele na semana passada. Fui testada no posto de saúde quando fui pegar meu anticoncepcional.

"Mas", ele diz, levando a mão ao outro bolso "trouxe uma camisinha por via das dúvidas."

Ele ergue o quadradinho de plástico. Eu o pego da mão dele, virando-o entre os dedos algumas vezes. Shane me observa. Depois o lanço para longe. Faz um barulhinho ao bater em um porta-retrato ao lado da TV e cai no chão.

Os olhos de Shane ardem.

"Tem certeza?"

"Tenho."

E nos beijamos de novo. Agora suas mãos estão frenéticas, apalpando meus seios por cima do vestido, deslizando entre minhas coxas novamente, um dedo longo dentro de mim.

Eu o aperto, gritando de prazer antes de me dar conta que a porta da sacada está aberta.

"Espera, vamos fechar", digo, tirando minha boca da sua. "Daí você pode me comer na parede à vontade."

"Ou", ele responde. Seu olhar malicioso se volta para o vão. "Vai para a sacada."

"Como assim? Não. Não podemos."

"Podemos sim. Na verdade, acho que precisamos estar lá fora."

Meus pés se movem por vontade própria até eu estar do lado de fora. Minha sacada dá para a piscina, mas é de noite, e não tem ninguém lá. As áreas externas de Meadow Hill estão sossegadas. Além das luzes difusas na trilha e do brilho azul da piscina, o pátio está envolto em sombras.

"Fica aqui", Shane diz com a voz baixa.

Meu coração acelera enquanto ele volta para dentro do apartamento. Uma a uma, eu o vejo apagar todas as luzes. Quando volta, já está desabotoando a calça jeans.

"Shane", aviso. "Qualquer pessoa pode ver a gente."

"Talvez antes. Aquelas luzes eram como um farol. Agora, se alguém olhar para cima, está escuro demais para ver o que vamos fazer agora."

Engulo a expectativa que se forma na minha garganta.

"E o que vamos fazer?"

Em vez de responder, ele ergue meu vestido por trás.

"Mãos na grade."

Meu corpo está pulsando com a mais pura necessidade quando dou um passo à frente e coloco as duas mãos sobre a beira da sacada. É só um andar acima, mas parece uma altura vertiginosa. Ou talvez eu esteja tonta de desejo.

Shane chega por trás. Viro a cabeça. Ele ainda está de calça, mas está desabotoada. Com uma mão, ele coloca o pau para fora.

"Olha para a frente", ele sussurra.

Engolindo em seco, viro a cabeça e olho para a piscina. De frente, estou completamente vestida. Atrás, minha bunda está exposta aos toques de Shane. Sinto a ponta do seu pau subindo e descendo na minha bunda.

Ele aproxima a boca do meu ouvido.

"Se der um pio, eu paro."

Ai, meu Deus.

Estamos ao ar livre. A brisa morna de fim de verão sopra sobre nós, acariciando minhas bochechas ardentes. Shane desce o pau pela minha bunda em direção ao lugar que está louco por ele. Mordo o lábio com força para não gritar quando a cabeça entra em mim. É ele quem faz barulho, para minha satisfação. Um gemido estrangulado.

"Quietinho ou vamos parar", tiro sarro.

Ele responde se inclinando para a frente para morder meu ombro.

"Você não faz ideia de como é incrível a sensação. Você está encharcando meu pau."

Ele tem razão, estou mesmo. É a primeira vez que transamos sem camisinha, e estou muito molhada. Tudo nessa transa está me excitando. O ar da noite. O fato de estarmos ao ar livre. Para um transeunte, parece que estou simplesmente na sacada com Shane atrás de mim. Admirando as estrelas, talvez.

Só eu sei que metade do pau dele está dentro de mim.

Ele recua, até a cabeça pairar na entrada. Depois, com um movimento igualmente lento, empurra de volta, centímetro por centímetro. Faz isso uma, duas, dez vezes. É torturante. O ritmo é puro tormento. Não há nada que eu queira mais do que empinar a bunda e dar para ele de maneira intensa e agressiva, mas quando tento empurrar para trás, ele crava os dedos na minha bunda esquerda em repreensão.

"Não se mexe. Fica paradinha e aceita."

Isso deveria me irritar, mas não irrita. *Quero* aceitar tudo. Quero ficar paradinha e deixar que ele me coma. Depressa, devagar, como ele quiser.

Seus lábios estão no meu ouvido de novo.

"Confia que te faço gozar."

Mordo o lábio. É difícil ceder porque conheço meu corpo melhor do que ele. Sei do que preciso.

Mas estou enganada. Shane também sabe do que preciso. Ele prova isso me empurrando um pouco para a frente, me posicionando diretamente em frente de uma das grades verticais do guarda-corpo.

"Dobra um pouco os joelhos." Suas mãos ainda estão na minha bunda. Seu pau ainda está dentro de mim.

Enquanto faço o que ele manda, ele me empurra para a frente e meu clitóris toca a grade.

Gemo.

"Diana", ele alerta.

"Desculpa." Engulo em seco, fora de mim.

Ai, meu Deus. Agora, a cada vez que ele mete, há uma leve pressão da grade em meu clitóris. Isso passou de tormento a pura tortura. Meu coração está batendo rápido demais. Só existe um pensamento em minha cabeça: *mais, mais, mais.*

Ele me dá mais, tirando, depois voltando a meter até o talo, girando o quadril a cada vez. Ouço sua respiração acelerar. Ele não está nem me tocando com as mãos. Está com as duas mãos na grade ao redor do meu corpo, os dedos ao lado dos meus punhos cerrados.

Meu clitóris está latejando. Na vez seguinte em que é pressionado contra a grade, começo a sentir um ardor impaciente de urgência. Esse é o sexo mais ousado que já fiz. Quero me mover mais rápido, mas ele me pediu para confiar, então confio. E não demora muito para ele estar me comendo com estocadas longas e profundas. Sinto o orgasmo tentando chegar à superfície. Se ele for um pouco mais rápido, só um pouquinho mais rápido...

"Boa noite."

Congelo. Shane fica completamente imóvel.

Lá embaixo, Dave e Marnie estão seguindo a trilha segurando raquetes de tênis.

Agora? *Agora* é a hora que eles decidem jogar tênis?

Tudo bem, as quadras ficam iluminadas até a meia-noite, e eles são uma família de tenistas, então acho não é algo tão incomum assim. Mas mesmo assim.

"Noite agradável, hein?" A voz de Shane sai um pouco rouca.

"Linda", Dave confirma.

"O que vocês estão aprontando?" Marnie pergunta.

Estou dando neste exato momento, quase deixo escapar.

Não consigo decidir se essa é a situação mais constrangedora ou a mais sexy que eu já vivi. Minha respiração acelera. O pau de Shane está dentro de mim. E esse casal está lá embaixo, conversando como se eu não estivesse prestes a ter um orgasmo na frente deles.

"Eu e Diana estávamos discutindo se aquele é o cinturão de Órion ou um conjunto de estrelas aleatório. Ela tem certeza que é Órion."

Dave e Marnie esticam o pescoço para o céu escuro.

Pensei que isso fosse um truque de Shane para ter a oportunidade de tirar, mas ele não sai. Continua dentro de mim. Sua mão roça meu quadril imperceptivelmente. Sinto um calafrio. Rebolo nele muito devagar e ouço um palavrão abafado.

"Não. Desculpa, Diana, aquele não é o cinturão de Órion", Dave confirma. "Você perdeu."

Não, acho que ganhei. Porque, puta que pariu, *que delícia*.

"Enfim, quem sabe um dia não podemos jogar em duplas", Marnie diz com um sorriso radiante. Ela ergue a raquete de tênis.

"Sim, com certeza", Shane diz sem hesitar.

"Maravilha. Enfim, bom fim de noite", ela diz, e eles seguem caminho, andando devagar demais para o meu gosto.

Depois que eles vão embora, Shane envolve os braços ao redor do meu peito e me guia de volta ao apartamento. Dessa vez, ele fecha a porta da sacada.

"Você é perverso", acuso. "Acha que eles perceberam?"

"Ah, eles não fazem ideia. Eles são o casal mais ingênuo que já conheci na vida. Sem falar que nem devem lembrar o que é sexo. Ouvi Dave contar para Ralph na academia outro dia que eles não transam."

"Ah, que triste."

Ele parece estar tentando não rir.

"Podemos parar de falar sobre a falta de vida sexual de Dave e Marnie e focar no fato de que ainda estou dentro de você?"

"Ah, sim. Esqueci." Abro um sorriso inocente para ele.

Ele me responde com um tapa na bunda. Depois me empurra na direção do sofá e me inclina de modo que fico dobrada sobre o braço.

"Desculpa, gatinha. Já aviso que vai ser rápido."

"Tudo bem", digo, e aperto uma das almofadas do sofá enquanto ele volta a me comer.

É um ritmo implacável, seu quadril se movendo com força, me preenchendo com estocadas longas e profundas que fazem pontos pretos surgirem na minha visão. Minha pelve roça no sofá. Eu não conseguiria segurar o orgasmo nem se tentasse. É quase avassalador, ondas de clímax me atingindo até eu não passar de uma massa de prazer. Eu o ouço gemer enquanto jorra dentro de mim. Nós dois estamos ofegantes.

Continuamos nessa posição, recuperando o fôlego. Nossa. Só melhora com esse cara. Não é justo. Não era para ele ser tão bom de cama.

Finalmente, ele tira com toda a delicadeza.

"Fica aí", ele diz com a voz grossa. "Vou pegar alguma coisa para te limpar."

Isso me lembra que não usamos camisinha, e entendo por que meu cérebro está em curto-circuito. Sexo sem camisinha é diferente para mim. É alucinante.

Depois que nos limpamos, Shane pergunta se quero entrar embaixo da coberta e assistir a um filme, mas faço que não.

"Não", digo. "Podemos pegar no sono."

"E daí?"

"E daí que não vamos passar a noite juntos", eu o lembro. Aponto para minha sala. "Este é o meu espaço." Aponto para a parede que separa nossos apartamentos. "Aquele é o seu espaço." Aponto para nossos genitais. "E esse é nosso espaço."

Shane ri.

"Entendi. Amigos coloridos. Mas dormir juntos... não é uma vantagem."

"Exato."

"Tá. Nesse caso, vou deixar você em paz, Dixon. Amanhã, mesmo horário?"

Suspiro. Quero responder que não, mas nós dois sabemos que seria da boca para fora.

Estou envolvida demais com seu pau movediço.

32

DIANA

Quanto maior, melhor

"Minha maquiagem já era. Está mortinha da Silva. Pode enterrar e fazer o discurso fúnebre", suspiro olhando para meu reflexo no espelho.

Acho que meu rosto não tinha a menor chance, considerando que acabei de assistir à cerimônia de casamento mais emocionante de todos os tempos. E as emoções desenfreadas nem vieram dos noivos! Claro, Gigi estava com lágrimas nos olhos quando recitou seus votos, e juro ter ouvido a voz de Ryder embargar várias vezes, mas as verdadeiras comportas emocionais foram abertas pelos pais de Gigi, que choraram o tempo todo. Garrett Graham segurando o choro enquanto entregava a filha para Ryder deve ter sido a coisa mais linda que já vi na vida.

"Confia em mim, todas as maquiagens estão arruinadas", Mya Bell diz, irônica. Linda e escultural, a outra madrinha para ao meu lado na frente do espelho de corpo inteiro, passando delicadamente o dedo sobre o rímel borrado.

"Sério, preciso retocar para sair nas fotos da festa." Isso vem da mulher mais bonita do mundo: Alessandra Tucker.

Com seu cabelo escuro brilhante, olhos castanhos, e traços impecáveis e simétricos, ela é perfeita. É uma loucura que eu esteja ao lado de uma *supermodelo*. Sempre que vejo aquelas modelos influenciadoras na internet, suponho que todas as partes da aparência delas foram photoshopadas ao extremo. Com Alex, eu sabia que ela não devia ser *tão* diferente pessoalmente, já que a vi em desfiles, onde não é tão fácil aplicar filtros, mas juro que ela é ainda melhor ao vivo. Estando aqui do lado dela, não consigo encontrar nenhum defeito.

E, quando dizem que um raio não cai duas vezes no mesmo lugar, mal sabem eles. Cai sim. Porque a irmã mais velha de Alex, Jamie, também é deslumbrante. Jamie herdou o cabelo ruivo do pai, e seus traços são um pouco mais suaves do que os de Alex, mas, para ser sincera, eu não gostaria de estar na posição de escolher quem é mais bonita. É impossível.

Jamie está do outro lado do ambiente conversando com a mãe, Sabrina. As duas são advogadas. A genética Tucker é impressionante. Beleza *e* inteligência.

Molly Fitzgerald quase derruba as duas. Ela está saltitante de entusiasmo depois de arrasar na sua primeira vez como dama de honra. A mãe de Molly, Summer, finalmente a segura e diz:

"Gosto da energia. Mas será que podemos dar uma acalmada?"

"Sim, porque *você* é perfeitamente capaz de controlar sua energia", Brenna Jense diz com sarcasmo para a loira vestida de maneira impecável. Nenhuma dessas mulheres estava no grupo de madrinhas, mas, como amigas próximas da família, têm a vantagem de usar a sala de madrinhas.

São *muitas* mulheres bonitas nessa sala. Chega a me deixar insegura. Acho que Mya sente o mesmo porque me puxa de lado e sussurra:

"Sou a única intimidada aqui?"

"Não."

Ela ainda está olhando para Alex Tucker.

"Que bom. Porque isso é meio surreal."

É mesmo. E fica ainda mais surreal quando chegamos à festa, que está sendo dada ao ar livre nos jardins bem cuidados do clube de campo. A área toda está decorada com luzinhas delicadas que piscam como estrelas no céu do crepúsculo. Até o clima parece encantado pelos Graham, dando a eles um anoitecer perfeito. Uma noite quente, sem nuvens e sem um pingo de umidade no ar.

A mesa principal fica sob uma pérgula de madeira decorada com flores brancas e trepadeiras verdes. As outras mesas, cobertas com toalhas de seda marfim e centros de mesa florais em tons de sálvia e branco, rodeiam uma pista de dança resplandecente.

Entro de braços dados com Beckett. Ele voltou da Austrália bronzeado, gato e absolutamente pegável em seu terno preto. Nós nos sentamos à mesa dos padrinhos, todos com os olhares voltados para a mesa principal, onde Gigi e Ryder estão sentados como membros da realeza junto com seus pais. Como Ryder não tem pais, Hannah está sentada ao lado dele enquanto Garrett está sentado ao lado de Gigi.

Estou grata por não ter que fazer um discurso; Mya assume o ônus de encantar os quinhentos convidados presentes. Não costumo ter medo de falar em público, mas isso é intimidante demais. Realeza do hóquei. Supermodelos. Personalidades da mídia com quem Garrett trabalhou e fez amizade ao longo dos anos. Vamos ser sinceros: este casamento é para os pais. Mas Gigi os ama o bastante para dar a eles esse presente depois de se casar às escondidas, e Ryder a ama o suficiente para dar a ela tudo que ela quiser.

Eu me sento ao lado de Shane, cujos olhos admirados me percorrem.

"Você está tão linda", ele murmura no meu ouvido.

"Você também."

Sério, ele veste aquele terno como ninguém. Eu o vi malhar o verão inteiro, e os resultados são visíveis. Ele está mais largo do que no ano passado. Seu peitoral está mais definido. Os bíceps estão enormes. A bunda está mais musculosa quando cravo os dedos nela enquanto ele me faz gozar...

"Para de pensar safadeza." Sua bochecha barbeada acaricia meu queixo enquanto ele fala de novo em meu ouvido. Ele me conhece bem demais.

Os discursos depois do jantar se arrastam interminavelmente. Todos os seis padrinhos de Gigi insistem em subir ao palco para dizer algo. O meio-irmão e padrinho de Ryder, Owen McKay, faz um discurso emocionante que leva todos às lágrimas. Não tem mais como arrumar minha maquiagem. Esta é a minha vida agora.

Durante o jantar, converso com Mya, falo com Blake Logan sobre sua grade no primeiro ano em Briar e fico discutindo com Shane.

"Não acredito que isso vingou." Mya aponta os dedos de francesinha entre nós.

"Pois é!" Shane ironiza. "Ela se deu bem."

"Ah, vai se foder. É você quem está se dando bem. Sou areia demais para o seu caminhãozinho."

"Verdade", Beckett diz, erguendo sua taça de champanhe.

As mesas vizinhas são ainda mais animadas que a nossa. O programa todo de hóquei de Briar está aqui, os times masculino *e* feminino. Champanhe corre solto, o tilintar de taças de cristal e gargalhadas ecoando ao nosso redor.

Havia um quarteto de cordas tocando durante o jantar, mas agora uma banda ao vivo sobe ao palco. Gigi e Ryder se levantam, e consigo ver a resignação nos olhos azuis de Ryder enquanto o noivo de um metro e noventa e pau de vinte e cinco centímetros é obrigado a ser o centro das atenções de novo.

Um coreto coberto por tecidos ondulantes serve como pano de fundo para a primeira dança dos recém-casados. É espetacular. A tia de Gigi arrasou na organização desse casamento, fez um trabalho de outro mundo.

Enquanto eles dançam sob o céu enluarado, cercados pelo brilho suave das luzinhas, Gigi e Ryder só tem olhos um para o outro.

E, justo quando penso que não tenho como chorar mais, a dança deles termina e Hannah Graham sobe ao palco. Ela está absolutamente deslumbrante em um vestido cinza ardósia que se ajusta ao seu corpo, o tecido tremeluzindo a cada passo. Ela exala a mais pura elegância, e o silêncio que se instala no ambiente me dá calafrios.

Assim que as primeiras notas do piano enchem o ar, Hannah começa a cantar. Até hoje, nunca vou entender por que ela escolheu se concentrar em compor em vez de se apresentar. Sua voz é muito linda. Intensa e emocionante, cada nota atravessando sua alma. Mal presto atenção na letra, embora Blake sussurre para mim que é uma antiga canção de ninar que Hannah cantava para os gêmeos quando eles eram pequenos. Gigi está aos prantos, e seu irmão, Wyatt, está com lágrimas nos olhos.

Esse casamento está espetacular.

As últimas notas de Hannah pairam no ar. Há um momento de silêncio mortal antes de os convidados irromperem em aplausos.

E então a festa começa.

A pista de dança tem os mesmos cordões de luzinhas pendurados, criando uma cobertura estrelada. Rio de encanto quando Shane me puxa antes mesmo de eu pedir para dançar com ele.

"Converti você!" Acuso.

Ele entrelaça nossos dedos e me puxa para a pista.

"Tenho uma confissão a fazer", ele diz com remorso. "Sempre gostei de dançar."

"Sério? E mesmo assim resistiu tanto?"

"Eu disse *dançar*, não essa tortura a que você está me submetendo. Só estou dizendo que gosto de dançar em geral. Beber champanhe, me soltar em uma festa de casamento. É bom pra caralho."

Ele tem razão. Não tem nada que eu ame mais do que uma boa festa de casamento. E uma batida envolvente. E a sensação das mãos grandes de Shane percorrendo meu corpo. Mas não há nada de sexual no seu toque. É uma delícia.

"Mal posso esperar para ter um desses", ele confessa.

Encaro Shane.

"Um casamento?"

"Sim."

"Ah, tá. Até parece."

"É sério." Seus olhos têm um brilho sincero.

"Você quer uma festa de casamento", digo, cética.

"Bem grande", Shane confirma. "Quanto maior, melhor." Ele dá uma piscadinha. "Foi o que me disseram pelo menos."

Dou um empurrãozinho nele, mas ele só me puxa para mais perto de novo. Não me incomodo em dançar uma música lenta. Não me incomodo nem um pouco em ter seu corpo musculoso colado ao meu.

"E quando pretende fazer esse casamento?" Pergunto.

"Sei lá", ele responde com um dar de ombros. "Sinceramente, quanto antes, melhor. Sempre quis me casar jovem. Também não me importaria em ser pai jovem."

Minhas sobrancelhas se erguem.

"Sério?"

"Claro. Desde que não interfira no hóquei, por que não?"

Sorrio.

"Você é ingênuo se acha que não vai interferir no hóquei. Essas coisas que você diz querer... esposa, filhos, precisam ser prioridade, você entende isso, né? Como pretende equilibrar isso com sua carreira na NHL?"

Ele franze a testa.

"Muitos jogadores da NHL têm esposas e família e ainda jogam."

"Eles sairiam de um jogo se a esposa precisasse deles?", questiono.

"Essa é uma pergunta complexa. Depende do que ela precisa."

"Ela vai dar à luz."

Shane dá de ombros.

"Russell Doolie perdeu o parto do primeiro filho por causa de um jogo das eliminatórias. A esposa ficou de boa com isso; foi ela quem disse para ele terminar a série."

"Justo. Então acho que você precisa tomar o cuidado de se casar com alguém que tope fazer esses sacrifícios. Não são muitas as mulheres que topariam."

Ele me lança um olhar curioso.

"Você toparia?"

"Não sei", respondo com sinceridade. Dou de ombros. "Mas não importa porque não pretendo ter filhos antes dos trinta. Você sabe o trabalho que aqueles pestinhas dão?"

Shane ri. Somos interrompidos um momento depois por Beckett, que pega Shane e o arrasta para tomar shots comemorativos com todo o time masculino de hóquei.

Eu me lembro de repente do casamento a que fui com Percy no ano passado. Por mais que eu deteste ter seu nome dentro do meu cérebro, por ser um gatilho para minha ansiedade, a lembrança continua. Uma amiga do ensino médio se casou, e levei Percy como acompanhante. Ele mal falou com ninguém o tempo todo e ficou apertando minha mão ou manteve um braço possessivo ao redor dos meus ombros sempre que alguém com pênis tentava conversar comigo. Terminei com ele não muito depois disso. Eu estava começando a notar que esse comportamento acontecia com frequência demais para o meu gosto.

Ao contrário de Percy, Shane não está nem aí se converso ou danço com alguém. Durante a hora seguinte, a pista de dança pega fogo. Os meninos do hóquei estão só um pouco alegres, mas imagino que vão ficar bêbados de verdade assim que o pessoal mais velho começar a sair e só restarem os mais jovens fechando o clube de campo.

Mas já é quase meia-noite, e a multidão ainda não se dissipou. Na verdade, os convidados mais velhos estão tão bêbados quanto os jovens. Já perdi a conta de quanto champanhe tomei, e uma parte de mim se pergunta se estou ouvindo direito quando me deparo com Shane e Garrett perto do bar discutindo *Casinho ou casório*. Porém não é nenhum segredo que o pai da Gigi é fã do programa.

"Ele é muito ardiloso", Garrett está dizendo.

"Sim, mas não merecia ser passado para trás."

Faço um barulho exasperado enquanto encaro os dois.

"Não é porque Donovan é britânico que vocês também são! Parem de falar com esse sotaque. Está ridículo."

Shane rebate:

"Então você acha tranquilo Donovan dar em cima de Ky?"

"Ai, meu Deus, não estou defendendo Donovan! Leni é um tesouro nacional. Só estou dizendo para pararem de agir estranho!"

Shane ergue uma sobrancelha para Garrett.

"E ela se considera uma superfã."

"Vou sair daqui." Reviro os olhos e saio para encontrar alguém normal com quem conversar. Dou uma olhada nos convidados socializando no gramado bem cuidado e vejo Ryder na beira da pista de dança.

Chego perto dele, seguindo seu olhar até Gigi, que dança com as amigas. Ela está absolutamente radiante. Resplandecente. Seu vestido de festa, um modelo longo de cetim, se ajusta ao corpo como se fosse uma segunda pele. O cabelo está solto, caindo em ondas escuras pelos ombros.

Dou um tapinha no braço de Ryder.

"Preciso dar um sermão ou já está subentendido?"

Ele olha para mim com ironia.

"O quê, se eu a machucar, você me mata?"

"Tá, então você já sabe."

"Confia em mim, já ouvi isso de todos os tios, tias, primos. Do pai dela, óbvio..."

"Óbvio."

"Até Hannah me deu esse sermão, embora o dela tenha sido acompanhado por um abraço, então não sei se levo a sério."

"Ah, melhor levar. Ela acabaria com sua raça."

Ryder ri.

Antes da minha incursão seguinte à pista de dança, tomo um pouco de água, uso o banheiro e depois volto ao meio da multidão. Enquanto Shane dança com Mya, danço com Beckett, depois com Will e, depois, com o irmão gêmeo de Gigi, que me dá um sorriso conquistador.

"Oi, gatinha", ele diz, descontraído, colocando o braço em volta da minha cintura. Seus olhos verde-escuros se estreitam com admiração enquanto percorrem meu corpo.

Wyatt tem olhos sensuais. Ele sempre parece sedutor, mesmo quando não está flertando.

"Oi, gatão", respondo enquanto pouso as duas mãos em seus ombros largos.

É uma pena que Gigi imponha uma regra rígida sobre não tocar no irmão dela. Quando o conheci no primeiro ano, ela deixou isso bem claro. Suas palavras exatas foram: "A menos que você se veja casando com ele, você *não* vai para a cama com ele".

Eu poderia ter testado essa regra ao longo dos anos, mas, apesar da química óbvia entre nós, eu e Wyatt nunca fomos além disso. Porque, embora eu pudesse me divertir com ele por uma noite, definitivamente não me imagino me casando com ele. Ele é sossegado demais. Não só eu o comeria vivo como imagino que sua atitude de "deixar a vida me levar" acabaria me enlouquecendo.

Wyatt e eu conseguimos dançar por um minuto antes de Shane interromper.

"Vai mijar em mim agora para marcar território?", zombo enquanto coloco os braços ao redor de seu pescoço.

Shane aperta minha bunda para me deixar rente ao seu corpo. Estamos mais parados, com os corpos colados um ao outro, do que dançando propriamente.

"Então, você e Wyatt Graham", ele começa.

"O que é que tem?", eu me faço de boba.

"Você já transou com ele?"

Ergo uma sobrancelha para ele.

"O que você faria se eu dissesse que sim?"

Shane esfrega a parte inferior do corpo contra a minha, baixando o queixo sobre meu ombro para sussurrar no meu ouvido.

"Eu te levaria para casa e te comeria com tanta força que você não se lembraria de um momento sequer em que meu pau não estivesse dentro de você."

Meu Deus.

Engulo em seco a água súbita que enche minha boca.

"Dormiu ou não?" Ele examina meu rosto.

"Não", admito. Depois, só para irritá-lo, acrescento: "Mas talvez eu devesse. Talvez eu vá para casa com ele hoje."

Um rosnado soa em meu ouvido.

"Que foi?", pergunto com inocência.

Shane passa a mão pelo meu braço, roçando de leve a lateral do meu seio, e envolve minha bochecha com a palma da mão. As pontas dos seus dedos brincam na lateral da minha mandíbula.

"Nenhum homem além de mim pode encostar em você, Dixon." Sua voz é baixa. Carregada de desejo. "E, se algum tentar, arranco as mãos do filho da puta."

Um calafrio excitante me atravessa. É estranho porque agora há pouco eu estava pensando em como a possessividade de Percy era desagradável, como esse comportamento levou ao nosso término. E, no entanto, a ameaça rosnada de Shane não me faz nem pestanejar. Lindley não me dá medo.

Mas o que estou começando a sentir por ele sim.

Para: brenda@condominiomeadowhill.com
Assunto: Barulhos indecentes

Brenda,

Gostaria de registrar uma reclamação formal contra meus vizinhos de cima, moradores dos apartamentos 2A e 2B do Bétula-Vermelha. Estou citando os regulamentos de ruído descritos na Seção 3, Parágrafo 2 do Manual dos Proprietários de Meadow Hill.

Nas últimas duas semanas, ouvi barulhos na forma de expressões vocais (gemidos, grunhidos), linguagem indecente (palavrões como "porra" e "caralho") e perturbações estruturais (batidas fortes contra as paredes, rangidos excessivos de molas de cama).

De acordo com a Seção 3, Parágrafo 2, a medida para tal conduta deve resultar em multa, como você deve saber. Por favor, trate desse assunto na próxima reunião da associação de moradores. Estou disponível na maioria das noites e nos fins de semana se quiser discutir mais a respeito.

Atenciosamente,
Niall Gentry
Bétula-Vermelha, 1B

33

SHANE

Shane é o rei da linguiça

SETEMBRO

"Esse é o maior sonho da minha vida."

"Qual?" Diana pergunta, desconfiada, do banco do motorista. Fiz a gentileza de deixar que ela dirigisse para Oak Ridges, mas só porque preciso ler um monte de e-mails que o treinador Jensen mandou sobre a próxima temporada. Os treinos começam na semana que vem.

"Conhecer a família de verdade da minha namorada de mentira", explico com um sorrisão.

O irônico é que ela nem precisou me pedir para vir a esse churrasco de fim de verão na casa do pai. Eu *me* convidei. Mas o que mais eu faria depois de saber que não é uma festinha qualquer, mas um evento em que cada um traz sua própria carne. E, sim, há um milhão de piadas que eu poderia fazer sobre o tipo de linguiça que posso levar para Diana, mas quem tem tempo para piadas quando se pode pensar em todas as linguiças que comprei de Gustav.

"Já passei o fim de semana com a sua", ela diz. "A essa altura, era para a gente estar anunciando o noivado."

"Eu é que não vou anunciar nosso noivado de mentira para o seu pai líder da SWAT. Ele vai acabar com a minha raça quando eu largar você no altar."

Diana bufa.

"Nós dois sabemos que sou eu que não vou aparecer no nosso casamento."

"Ei, sua mãe vai estar lá hoje?"

Ela começa a rir.

"Nem pensar. Mesmo se ela e meu pai tivessem um relacionamento excelente, e olha que é no máximo cordial, ela não vai muito com a cara da minha madrasta. Larissa é comum demais para ela."

"O que isso quer dizer?"

"Ah, minha mãe é uma acadêmica esnobe e pretensiosa, e Larissa é cabelereira, então imagina."

"Sei lá, se eu tivesse que escolher, acho que prefiro um corte de cabelo a uma aula de filosofia ou algo do tipo. Mais prático."

"Fala isso para minha mãe se um dia a conhecer. Aliás, tomara que isso nunca aconteça porque acho que ela te odiaria."

Fico um pouco tenso.

"Por quê? Porque sou negro?"

"Não, porque você joga hóquei, e ela acha jogadores de hóquei burros. Minha mãe não é racista. É esnobe."

Agora rio.

"Menos mal."

O tom de Diana fica mais preocupado.

"Deve ser muito difícil entrar em certas situações sem saber se alguém vai ser racista ou não."

"Divertido não é", admito. "E é estranho, porque parte de mim tem uma puta sorte de ter crescido com o privilégio e os pais que tive. Mas é como se nada disso importasse quando entro na seção de eletrônicos de uma loja e os seguranças começam a me seguir."

"Cuzões do caralho." Diana rosna por mim, o que é fofo.

"Pois é. É foda. Mas tento lembrar que sou mais privilegiado do que a maioria, e manter isso em mente, acho." Olho com curiosidade. "Sua mãe vai me achar mesmo burro?"

"Provavelmente. Ela não leva atletas a sério. Namorei um jogador de futebol americano no ensino médio e, toda vez que ele vinha em casa, ela reclamava que estava perdendo neurônios só de estar perto dele. E olha que ele é uma das pessoas mais inteligentes que conheço. Está se formando em matemática na Notre Dame."

"Ela parece meio insuportável."

"Às vezes, sim."

Diana passa por um buraco, fazendo a Mercedes sacudir.

"Ei", resmungo. "Cuidado."

"Desculpa..."

"Estamos com um cooler cheio de linguiça no porta-malas."

"Ah. Você está preocupado com a linguiça. Pensei que fosse com os pneus." Ela balança a cabeça para mim. "Não acredito que você gastou todo aquele dinheiro em linguiça."

"Você disse que seu pai gosta."

"Você é *muito* puxa-saco."

"Ele é seu pai *e* é policial. Não sou idiota. Não estou muito a fim de criar problemas com ele. E confia em mim: quando provar aquelas *bratwursts*, você vai entender por que custam tão caro."

Ela dá de ombros e diminui a velocidade quando nota outro buraco.

"Tanto faz. Você sabe que não ligo muito para comida."

Sim, notei. Diana come o que tiver.

"Não entendo. Comida é demais."

"Comida é combustível. Não ligo para o gosto. E consigo comer qualquer coisa porque meu reflexo de vômito é inexistente."

"E eu não sei?" Dou uma piscadinha.

Ela revira os olhos.

Mas é verdade, Diana é muito boa no boquete. Porra. Tremo só de pensar.

"Não fica excitado", ela avisa. "Não vamos parar para transar no carro."

"Ou podemos parar sim para transar no carro."

"Não." Ela está rindo de novo.

"Deveríamos ter vindo ontem à noite em vez de hoje cedo", resmungo. "Assim estaríamos fazendo sexo matinal."

"Eu precisava trabalhar", ela me lembra.

"Você poderia ter dito que estava doente."

"Shane. Nem todo mundo é desocupado que nem você."

Rio.

"Sério." Ela me olha de esguelha. "Você precisa parar de fazer isso."

"Fazer o quê?"

"Mandar todo mundo faltar ao trabalho. Você vive fazendo isso. Comigo, com seus amigos. Algumas pessoas não podem."

"É brincadeira. Sei que ninguém vai fazer isso de verdade."

"Sim, mas o problema é o seu desdém em relação a essas coisas. Tipo, sim. Todos sabemos que *você* poderia faltar ao trabalho. É um pouco ofensivo às vezes a maneira como você age como se ter um emprego fosse desprezível para você."

Caramba. Levei um fecho.

E, de repente, minha mente está repassando todas as conversas que tive com todas as pessoas que conheço.

Será que faço isso mesmo?

"Acho que ando tirando sarro do Will nos últimos tempos", digo, pensativo, com um mal-estar se revirando dentro mim. "Sobre como ele está economizando para o mochilão. Mas ele também é rico! Por que viajar com um orçamento tão apertado se o pai dele é deputado?"

"Talvez ele queira se virar sozinho." Ela ergue a sobrancelha para mim. "Ao contrário de certas pessoas."

Eu a encaro. Mas sei que ela não está errada, e agora estou me sentindo um cuzão.

"Para de me fazer refletir", resmungo.

Ela só dá risada.

Oak Ridges é parecida até demais com minha cidade natal. Eu não esperava ter tanto em comum com Diana Dixon, mas parece que temos. Nós dois crescemos em cidades pequenas. Nós dois temos irmãos mais novos. E somos tão compatíveis sexualmente que chega a ser ridículo.

Diana estaciona o carro na garagem de uma casa modesta com revestimento branco e um gramado aparado. Somos recebidos na entrada pelo pai de Diana, que não é nem de longe o que eu esperava. O queixo quadrado e o cabelo loiro curto fazem sentido, mas eu estava imaginando um grandalhão imponente usando roupas de camuflagem com pelo menos dois metros de altura. Tom Dixon é mais baixo do que eu, talvez tenha um e setenta e cinco. Mas o que não tem de altura, ele compensa em músculo. Ele tem ombros largos, um peito volumoso e bíceps do tamanho das minhas coxas.

"É esse o namorado novo?", ele diz depois que Diana nos apresenta.

"Sim."

"Bem-vindo." Ele observa o cooler nas minhas mãos. "O que você trouxe hoje, rapaz, vai determinar se gosto ou não de você."

Rio.

"Confia em mim, você vai amar."

"Shane é o rei da linguiça", Diana diz.

"Conheço um cara em Boston", revelo ao sr. Dixon. "Ninguém sabe sobre ele. Ele tem um pequeno açougue em Back Bay entre uma lavanderia e..."

"Um karaokê coreano", ele completa.

Meu queixo cai.

"O senhor conhece Gustav?"

"Garoto, compro de Gustav desde antes de você nascer. Conheço o Gustav pai!"

"Não brinca!"

Ele praticamente arranca o cooler da minha mão.

"Ah, preciso ver o que Gustav te deu."

Entramos correndo na cozinha como dois moleques. Tom abre o cooler, o rosto inteiro franzido de concentração enquanto examina a seleção de linguiças que comprei.

"E aí?", digo, prendendo a respiração.

Ele levanta a cabeça.

"Somos melhores amigos agora. Diana, se nos der licença."

Ela revira os olhos.

"Vou atrás de Thomas. Vocês, malucos, que se entendam."

Depois que ela sai, o pai de Diana me olha de cima a baixo. Depois de um silêncio perturbadoramente longo, pergunta:

"Você trata minha filha com respeito?"

A pergunta me surpreende.

"Claro", digo com sinceridade.

Ele acena.

"Você parece gente boa."

E esse é o único momento em que a chapa esquenta, tirando a hora em que acendemos a churrasqueira.

Passamos pelas portas corrediças e saímos para um quintal dos fundos amplo onde o aroma tentador de carne crepitante paira no ar. Uma churrasqueira enorme, envelhecida pelo uso, está no pátio de pedra, ao pé do deck de madeira, soltando colunas volumosas de fumaça para o céu azul-claro.

"Nossa, que evento gigante", comento.

Mesas coloridas de piquenique estão espalhadas pelo gramado, cobertas por toalhas xadrez. Crianças brincam na grama, seus risos se misturando ao burburinho de dezenas de conversas acontecendo ao mesmo tempo e ao tilintar ocasional de talheres em pratos.

A churrasqueira está sendo pilotada por dois homens que descubro serem os *snipers* da equipe da SWAT do sr. Dixon, mas, em vez de rifles, estão armados com espátulas longas e pincéis de churrasco. Dou uma espiada na churrasqueira. Chamas dançam sob uma grelha cheia de diversos cortes de carne. Costelinhas, espetinhos de frango marinado e hambúrgueres grossos e suculentos chiam e crepitam enquanto cozinham à perfeição. O cheiro tentador de molho barbecue e temperos paira no ar, fazendo minha boca salivar de expectativa.

"Estou no paraíso", digo a Diana quando ela se junta a nós. "Você se redimiu mesmo aos meus olhos."

Isso me rende um soco no braço.

Desviamos de um grupo de crianças brincando de pega-pega pelo quintal e nos aproximamos de uma série de mesas com um banquete impressionante de acompanhamentos, desde purê de batata cremoso a tigelas de saladas frescas.

Diana me apresenta sua madrasta, Larissa, uma morena de olhar descontraído. Ela está do lado de um jovem de cabelo loiro penteado para o lado e rosto liso de bebê. É o irmão mais novo de Diana, Thomas, que voltou da América do Sul para participar dessa festa e vai pegar o avião de volta amanhã cedo.

Eu o encaro com espanto.

"Não é muita viagem para poucas horas de churrasco?"

Ele sorri, meio sem graça.

"Sem exagero, eu seria deserdado se não voltasse para casa para o churrasco. Você tem que estar morto ou à beira da morte para não vir."

"É verdade", Larissa confirma.

Apesar da aparência juvenil, Thomas é muito maduro e mais sarcástico do que eu imaginava. Ele estuda medicina, mas tirou um ano sabático para trabalhar como voluntário em uma organização de direitos humanos.

Enquanto conversamos, coloco o braço ao redor do ombro nu de Diana, acariciando distraidamente sua pele quente. Apesar do fato de haver um número perturbador de policiais aqui, estou me divertindo. A comida é incrível, e nos empanturramos tanto que me forço a parar de comer antes que fique com dor de barriga. Jogamos um jogo de arremesso de saquinhos, chamado *cornhole*, com dois policiais de Boston. Um deles me puxa de lado depois para falar sobre hóquei, e, quando percebo, já está chamando os amigos.

"Ei, Johnny! Esse menino vai jogar pela NHL na próxima temporada."

"Sério?"

Vários homens se aproximam, todos grandes fãs de hóquei. O bar de policiais favorito deles em Boston também é um bar do Bruins, e eles começam a me zoar por ir para Chicago.

"Não é como se eu pudesse escolher quem me contrata", argumento.

"Vou deixar essa passar", um deles diz, bebendo o resto da sua cerveja.

Descubro que um deles quase virou profissional. E estudou na Universidade de Connecticut mais ou menos na mesma época que meu pai.

"Conhece Ryan Lindley?" Pergunto.

"Claro que sim. Por quê?"

"Ele é meu pai."

"Não brinca? Você é filho dele?"

Eu me preparo para a próxima pergunta: *então por que você não é branquelo que nem ele?* Eu e meu pai ouvimos essa pergunta algumas vezes quando encontramos velhos conhecidos dele que não sabiam que ele estava em um casamento interracial. Embora meus pais tenham sido recebidos com tolerância quase universal em Heartsong, sei que nem todos têm a mente tão aberta.

Mas esse cara parece indiferente ao meu tom de pele.

"Como Ry está?", ele me pergunta.

"Está ótimo. Comprou alguns imóveis em Vermont e administra uma imobiliária."

"Bom para ele. Foi uma pena o que aconteceu naquele jogo."

"Você assistiu?"

"Sim, claro. Eu era alguns anos mais novo do que ele, mas jogávamos na mesma equipe. Eu e o resto do time ficamos felizes pra caralho quando ele virou profissional. Foi muito impactante, sabe? Quando ele caiu daquele jeito. Fico feliz que tenha dado a volta por cima."

"É o que jogadores de hóquei fazem."

Ele me dá um tapa no ombro.

"É o que fazemos, rapaz."

Volto à churrasqueira para ver se o pai de Diana precisa de ajuda. O sol está se pondo, projetando longas sombras sobre o gramado. As pessoas começam a ir embora, aproximando-se para abraçar Tom e Larissa. Elas apertam a mão de Tom e dizem que ele se superou esse ano.

Vasculho o quintal atrás de Diana, querendo saber onde ela foi parar e, finalmente, a vejo conversando com um jovem corpulento de short e uma regata da polícia de Boston.

Thomas se junta a nós na churrasqueira.

"Quer dizer que minha irmã enfiou você naquela história de dança, hein?"

"Pois é", digo, meio cabisbaixo.

O garoto sorri.

"Ela me mandou o vídeo de audição. Nada mau aquele tango, cara."

"Desculpa, como é que é?" Tom pergunta, com um sorriso.

Thomas atualiza o pai.

"Shane está fazendo par com Di naquela competição dela de dança de salão. Kenji deixou a coitada na mão."

Larissa me dá um aceno de aprovação.

"Bom para você. É preciso muita autoconfiança."

"Sou um exemplo de autoconfiança", respondo distraído enquanto desvio o olhar de novo para Diana e o Sr. Polícia de Boston.

Uma pequena tempestade interna se forma em meu peito. Não sei por que vê-la rindo com esse cara me deixa ardendo de raiva, mas deixa.

Thomas nota minha distração.

"Eles só estão conversando", ele diz com outro sorriso.

Eu o encaro.

"Não me incomoda."

"Claro que não. Por isso que você fica olhando para ela. Encarando os dois tanto quanto meu pai."

Viro a cabeça para o Tom pai.

"Você também não gosta dele, então?"

"Ahá", Thomas diz com satisfação. "Sabia que você não gostava dele."

"Ele é filho do meu sargento. Acabou de passar na academia. Um mero policialzinho de rua e acha que merece uma vaga na SWAT. Esse tipo dc arrogância me incomoda." Tom dá de ombros. "Mas Di sabe se defender. Ela é durona."

"Ela é", concordo.

Thomas sorri.

"Ela te contou da vez que deu uma surra num moleque duas vezes maior que ela no parquinho porque ele tentou fazer com que ela comesse formigas?"

O pai de Diana solta uma gargalhada.

"Ai, caramba, tinha esquecido disso. Acho que ela tinha uns onze anos. Doze, talvez. A escola me ligou no trabalho, e precisei sair de um seminário de treinamento com armas para buscar Di porque a mãe dela estava viajando. Cheguei à escola e ela estava sentada na sala do diretor, sem um arranhão. Enquanto isso, o nariz do moleque sangrava e um monte de formigas grudaram no sangue porque ela enfiou a cara dele na terra depois de bater nele. Disse que só um deles comeria insetos naquele dia, e que não seria ela."

Diana chega a tempo do fim da história, suspirando quando vê minha cara.

"Não é tão psicótico quanto parece."

"Meu Deus. Sabia que você era selvagem", acuso.

"Para de assustar o menino com histórias sobre eu bater nas pessoas, pai." Ela parece envergonhada, mas algo mais atravessa sua expressão. Ansiedade, talvez? "Não queremos dar a ideia errada a ele. Sou uma grande fracote, na verdade."

Tom pai coloca o braço ao redor dos ombros da filha e dá um beijo na testa dela.

"Não tem nem um pingo de fraqueza em você." Ele olha para mim com um sorriso. "Essa é a mulher mais forte que você vai conhecer na vida."

Diana também abre um sorriso, mas noto que não se reflete em seus olhos.

34

SHANE

Último ano, galera

O hóquei voltou, rapaziada!

Passei o verão todo ansioso para esse dia. É por isso que treinei tanto, e minha força e meu condicionamento definitivamente deram resultado. Ganhei massa e muitos músculos. Pô, até mais ágil devo estar, graças àquelas aulas de dança. Não que eu esteja disposto a admitir isso para Dixon.

É muito bom voltar ao Graham Center, o centro de hóquei ultramoderno de Briar. O time feminino também usa esse rinque, mas elas só começam a praticar oficialmente na semana que vem.

Entro no prédio, inspirando o cheiro familiar do saguão enquanto inclino a cabeça e deixo meu olhar percorrer as flâmulas e os uniformes pendurados nas vigas do teto. Nosso último troféu do Frozen Four está na vitrine da parede dos fundos, além de todos os anteriores que o treinador Jensen e os treinadores antes dele conquistaram para a Briar. Jensen ganhou mais campeonatos do que qualquer outro treinador na história da universidade. É incrível de ver e uma herança impressionante para deixar se um dia ele se aposentar.

Sigo pelo corredor, me sentindo nas nuvens.

Entro no vestiário e vejo que alguns dos meus companheiros de equipe também chegaram cedo, incluindo Ryder. É estranho não vir com ele, agora que não moramos mais juntos. É ainda mais estranho que, na semana passada, eu estivesse dançando no seu casamento absurdamente extravagante.

"Olá, sr. Graham", digo com um tom formal.

Ele revira os olhos enquanto tira a camisa, revelando um peito largo e um tanquinho comparável ao meu. Não sou o único que manteve a forma durante o verão.

Outros vão entrando. Case Colson, ex de Gigi e nosso co-capitão. Nazzy e seu amigo, Patrick. Austin e Tristan, que agora são do segundo ano. Beckett entra bronzeado e em ótima forma. Não demora para ele e Will estarem rindo de algo na frente do armário do Will. Todos os alunos do terceiro ano são veteranos agora, e é uma pena não ver nossos antigos veteranos na sala, como Micah, Rand e nosso goleiro Joe.

"Estou prontíssimo para essa temporada", digo aos meus amigos. "Último ano, galera. A gente só precisa trazer aquele troféu para casa, depois é partir para ser profissa."

"Você, né", Beckett diz enquanto desabotoa a calça jeans.

Olho para ele.

"Já decidiu o que vai fazer depois de se formar?"

"Nem ideia, cara."

Beckett estuda ciências ambientais, mas nunca foi muito de falar sobre que tipo de emprego vai procurar quando terminar a faculdade. Sei que Will quer viajar. Ryder vai estar em Dallas. Eu, em Chicago. Colson, em Tampa. Ano que vem vai ser interessante.

Tiro minhas roupas e as enfio no armário. Nossos uniformes de treino preto e prateado estão recém-lavados. Os patins, recém-afiados. Mal posso esperar para ir para o gelo.

O ar no rinque é fresco, com aroma de gelo recém-lustrado. As luzes fluorescentes se refletem na superfície polida enquanto nos reunimos ao redor do treinador Jensen no centro do rinque. Ele é um homem alto e imponente, com o cabelo raspado, os olhos astutos e uma aversão a palavras. Nos cumprimenta com um simples "Bem-vindos de volta". E só.

Durante o aquecimento, noto que alguns dos jogadores estão meio fora de forma. E isso fica mais evidente quando Jensen nos manda fazer alguns exercícios de patinação. Entendo que os novatos demoram um pouco para pegar o jeito, afinal, é a primeira temporada deles em Briar e os nervos estão à flor da pele. São os alunos do segundo e do terceiro ano que deveriam estar mais preparados. Eles sabem exatamente o que esperar.

Vendo o que estou vendo, o treinador sopra o apito e patina das laterais na nossa direção. Aponta para o garoto que está ao lado de Austin Pope. Phillip Donaldson, que não era titular no ano passado.

"O que é que você está fazendo?" Jensen questiona. "Fez alguma flexão durante a pré-temporada?"

Donald murmura alguma coisa.

"Como é?"

"Eu disse 'desculpa, treinador'."

"E você?" Jensen aponta um dedo assustador para Nazem. "Parecendo um pouco sem fôlego aí, Talis."

Ao lado de Nazzy, Patrick não consegue segurar o riso.

"É o que acontece quando você passa o verão todo festejando no lago Milford."

"Passei o verão com *você* e sua família idiota", Nazzy rosna para ele. "Você bebeu tanto quanto eu."

Jensen vocifera para os dois:

"É, dá para ver. Donaldson, Kansas Kid, Nazem. Voltas no rinque pelo resto do treino."

Levanto uma sobrancelha. Nossa. Se Jensen acha que eles não estão prontos para os treinos de hoje, quer dizer que estão mesmo fora de forma.

"Ok", o treinador dispara. "Vamos fazer um treino de contra-ataque rápido. Preciso ver quem mais decidiu ser preguiçoso no verão."

Ryder e eu trocamos um olhar rápido. Treinos de contra-ataque rápido são de alta intensidade e não costumam ser feitos no primeiro dia. Servem para ensinar os jogadores a trabalharem juntos sob pressão extrema e exigem passes precisos, transições ágeis e decisões imediatas.

Jensen organiza o treino com movimentos bruscos enquanto ouvimos com atenção, nossa respiração se condensando no ar gelado.

"O segredo é a velocidade", ele conclui, seu olhar cortante passando pelos jogadores. Como se estivesse tentando julgar quem pode estar um pouco fora de forma sob o uniforme de treino. "Quero o disco na zona ofensiva antes que a defesa entenda o que os atingiu. Vamos!"

A expectativa é palpável enquanto nos espalhamos pelo gelo. Aceno para Colson e Pope, meus companheiros de formação para esse treino. A descarga de adrenalina que sempre vem antes de um desafio me percorre. Quando o disco cai, o rinque ganha vida com o som dos patins deslizando no gelo.

Deslizo em disparada na direção do disco. Case o pega primeiro, mostrando suas habilidades com o bastão. Quando os defensores avançam para interromper o contra-ataque, Colson passa o disco para Pope, que o repassa para mim.

Mandamos muito bem nesse exercício. Nossos passes ultrarrápidos mantêm os defensores longe, com o disco deslizando entre nós como um borrão preto sobre o gelo branco. Estou arrasando quando passo pelos defensores com uma combinação de técnica e força bruta, deixando-os completamente atrapalhados para me acompanhar.

Quando passamos da linha azul, Colson faz um movimento cruzado no momento perfeito, desorientando Beckett e os demais defensores, enquanto nosso novo goleiro titular, Todd Nelson, se prepara para o ataque iminente. Desfiro um *slapshot* que escapa de Nelson e acerto a rede com um estalo gratificante.

Os jogadores do banco vão à loucura com gritos e aplausos.

"Porra, Lindley", Jordan Trager grita enquanto patina para assumir meu lugar. "O que foi isso?"

Sorrio para ele, curtindo a sensação de total domínio. Nunca estive tão afiado, e isso não passa despercebido.

Depois do treino, Jensen apita para me chamar.

"Lindley! Que suco foi esse que você tomou no verão?"

Encolho os ombros com modéstia.

"Nada. Só segui um regime de exercícios de alta intensidade. Incluí natação nos meus treinos também. Faz muita diferença."

Ele ergue uma sobrancelha escura.

“Só isso?”

Uma ruga se forma na minha testa.

“Por quê? Acha que estou tomando bomba ou alguma coisa assim? Não sou idiota.”

“Não acho que seja, mas, porra, você está em excelente forma. E, se *eu* percebo, as autoridades também vão perceber. Então, não saia da linha esse ano. Podemos ter muitos testes de doping aleatórios por sua causa.”

Caramba. Mandei tão bem que ele está com medo de as pessoas desconfiarem que estou usando anabolizantes? Acho que isso é ao mesmo tempo um elogio e uma ofensa.

No vestiário, alguns dos jogadores estão marcando de beber no Malone’s. Nazzy é um deles, mostrando que não aprendeu porra nenhuma com o sermão de Jensen durante o treino.

“Você topa?”, ele me pergunta.

“Não posso. Tenho um lance hoje.”

Em frente ao seu armário, Will sorri.

“Por que não conta para eles sobre seu lance?”

“Por que você não faz o favor de ir à merda?”

“Espera, o que tá rolando?” Patrick se aproxima com entusiasmo. Ele e Nazzy adoram encontrar novos motivos para zoar os outros. São os dois caras mais competitivos do time e os maiores palhaços. Competitivos entre si e palhaços com os outros.

“Lindley entrou numa competição de dança”, Will revela a todos.

Olho para ele, furioso.

“Traíra.”

“Que foi? Eles descobririam mais cedo ou mais tarde.”

“Você está em uma competição de dança?” Patrick cai na gargalhada.

Nazzy, porém, parece estranhamente impressionado.

“Sério?”

“Sim, vou participar com...” Paro abruptamente.

“Vai, termina essa frase”, Ryder diz, seco.

“Minha namorada”, murmuro.

Nazzy me encara, boquiaberto, como se eu fosse um animal raro de zoológico.

“Você está namorando agora? Que porra é essa? A gente não se vê por um verão e você vai de cafajeste a dançarino de salsa monogâmico?”

“Em primeiro lugar, não entramos na categoria de salsa”, digo com frieza.

Patrick ri alto.

“Vamos dançar tango e valsa.”

Ele ri mais alto ainda.

"Acho que você está esquecendo uma", Ryder comenta com deboche. "Não tem uma terceira dança?"

"Sabe, preferia quando você não falava nada. Volta a ser aquele carrancudo emburrado, faz favor."

"Qual é a terceira dança?" Beckett ri enquanto amarra os cadarços dos tênis. Mechas loiras caem na sua testa.

"Chá-chá-chá", solto entre dentes. Em seguida, mostro os dois dedos do meio. "E vão à merda. Todos vocês."

Suas risadas ainda me incomodam enquanto saio batendo o pé do vestiário. Além de ser nosso primeiro treino, também é o primeiro dia de aula. Tenho a aula de Ética da Comunicação em trinta minutos na ponta oeste do campus, então preciso atravessar o grupo de prédios que abriga a maioria das salas de aula de ciências sociais.

Cinco minutos depois de começar a andar rápido, cruzo com Lynsey.

Sinto um rompante de choque genuíno. Embora ela tivesse confirmado que estudaria em Briar, juro que não pensei que a veria no campus. Além disso, ela não entrou em contato comigo desde a última vez que ligou no final de julho.

Nós dois paramos de repente.

Seus olhos escuros se apertam ao me ver, os lábios se curvando.

"Oi."

"Oi." Aquele sorriso que conheço tão bem amolece algo em meu peito.

Nenhum de nós parece saber se deveríamos nos abraçar, então ficamos parados por um momento até que ela finalmente dá um passo à frente para me dar um abraço constrangido.

"Como você está?", ela pergunta depois que nos soltamos.

"Estou bem. E você? Está sc adaptando bem? Já se mudou para o alojamento?"

"Sim", Lynsey responde. "Tenho um quarto individual na Casa Halston, perto do centro de artes cênicas. Tyreek me ajudou com a mudança no fim de semana."

"Legal", respondo. "Como ele está?"

"Está ótimo. Animado para a temporada de basquete." Ela hesita. "E Diana, como está?"

"Ótima também."

"Então vocês ainda estão juntos." Sua expressão é difícil de decifrar.

"Sim", confirmo.

Há mais um silêncio constrangedor. Alguns meses atrás, eu estava desesperado para ouvir sua voz. Agora, não sei o que dizer para ela. Não posso flertar, afinal, ela namora. E, mesmo se quisesse flertar, seria um desrespeito com Diana. Eu e ela podemos não estar juntos, mas ainda transamos quase toda noite.

Lynsey finalmente acaba com a tensão.

"Vamos nos encontrar agora que estamos no mesmo campus? Talvez tomar um café na semana que vem?", ela sugere.

Por mais que eu não queira, meu coração dá uma cambalhota, e me irrita que ela ainda tenha esse efeito sobre mim. Não queria que tivesse.

"Claro", digo, acenando devagar. "Boa ideia."

35

DIANA

Socorro

"O segredo são os passos rápidos. Finge que estamos em um conto de fadas. Como no baile da Cinderela."

"Como é que isso me ajudaria com os passos? Não estamos em um desenho animado. Estamos fazendo isso de verdade."

Shane tenta imitar meus passos, soltando um palavrão quando erra pela terceira vez. É quinta-feira, e nós dois fomos liberados antes das quatro de nossas aulas, então arrumamos um tempinho para um ensaio de valsa.

"Por que você não pode conduzir?", ele resmunga.

"Porque o homem conduz."

"Não estamos tentando acabar com o patriarcado?"

"Sim, mas o mundo competitivo da dança de salão ainda não sabe disso. Portanto, o homem conduz."

Recomeçamos, dançando pela academia do Meadow Hill enquanto o ritmo acelera.

"Que diabos!" Shane dá um berro. "Por que está acelerando?"

"É a valsa vienense."

"E daí?"

"E daí que é uma dança de elegância e velocidade."

A música atinge seu clímax e terminamos com uma escorregada desanimadora.

"É", comento. "Tem muito o que melhorar."

"Você acha?"

Shane sai, decepcionado, para usar o banheiro do corredor. Já bebemos duas garrafas d'água cada um durante o ensaio. Estamos numa situação difícil agora. Praticamente arrebentamos nossa coreografia de tango. Estamos razoavelmente bem no chá-chá-chá.

Mas a valsa está horrorosa.

"Ei, dá uma olhada nisso", digo quando Shane retorna.

Estou deitada no colchonete, uma perna cruzada sobre o joelho e meu celular apoiado em cima dela. Shane se senta ao meu lado, estendendo o braço grande para pegar o celular.

Não consigo tirar os olhos dos seus bíceps, que como sempre se contraem quando ele move os braços. Ele é tão definido e isso é sexy pra caralho. Fica difícil me concentrar.

Paro de olhar e aperto o play no vídeo.

"Assiste", digo, séria.

Uma voz feminina fala pelo fone de ouvido.

"Somos Martinique e Viktor, e isso é o que temos a dizer a Ride or Dance!"

Shane sussurra.

"Somos nós. Ride or Dance somos nós!"

"Sei bem", respondo, tentando não rir.

O vídeo corta para um casal dançando tango. Martinique é uma mulher de etnia ambígua, de pele marrom impecável e olhos amendoados, e beleza deslumbrante. E é *alta*. Tem aquelas pernas compridas que sempre cobicei, o que significa que ela e seu parceiro, o loiro Viktor, combinam perfeitamente para o tango. A naturalidade com que se movem juntos apenas realça meu maior medo: a discrepância de altura entre mim e Shane. Nosso tango é bom, mas poderia ser muito melhor.

"O tango é nosso Everest", murmuro.

"O que você quer dizer?"

"Kenji é baixo. Esse é um dos motivos por que gostávamos de tango. Mas nosso maior impedimento, Shane, é... sua altura."

"Talvez nosso maior impedimento seja a *sua* altura."

"Não, minha altura é perfeita. Permite que você faça todos os levantamentos legais."

"Não tem isso de ser alto demais para dançar tango", ele diz, convencido.

Suspiro.

Na tela, Martinique executa um giro gracioso, sua mão se estendendo em um gesto elegante. Viktor a segura, e os dois se voltam para a câmera.

"Vamos acabar com vocês, Ride or Dance", Viktor diz com um sorriso presunçoso.

Shane fica pasmo.

"Esses cuzões estão trolando a gente!"

"Viu? Falei." Abro o perfil deles e dou um gritinho de indignação. "Eles têm cem mil seguidores."

"Dane-se. Estamos com quatrocentos e oitenta e dois mil."

"Você sabe o número exato?" Brinco.

"Estou chutando. Mas era quatrocentos e oitenta e dois mil na última vez que olhei. Agora deve ser oito milhões."

Adoro o talento de Shane para hipérboles. Combina com o meu. No churrasco, meu irmão fez piada sobre eu estar apaixonada por Shane, e isso tem me assombrado desde então. No começo, fiquei repetindo para mim mesma que era bobagem. Claro que não estou apaixonada por ele.

Estamos apenas dançando. E fazendo um sexo incrível. E curtindo a companhia um do outro. Por que alguém acharia que há sentimentos envolvidos? Aff.

Mas...

Bom. Está ficando cada vez mais difícil fingir que não curto Shane. Ele é engraçado. Ótimo na cama. Bom de papo. Carinhoso quando quer ser.

Recentemente, comecei a me questionar se talvez eu queira mais do que apenas um esquema de amigos coloridos. Talvez eu queira...

"Puta que pariu", Shane diz, me afastando dos meus pensamentos. "E estão recrutando *haters* nos comentários."

"Como assim?"

"Estão dizendo para os seguidores deles irem para *nossa* página e comentarem que Viktor e Martinique são melhores do que nós." Shane solta um palavrão. "Quem esses imbecis pensam que são? E olha só esse cara. Consigo levantar o peso dele no supino. E daí que ele tem um metro e noventa e pouco? É um palito."

"Calma aí, grandão."

"Ok, baixinha."

Sorrio para ele.

"Esses não vão virar apelidos."

"Sei não. Gosto de grandão. Bastante." Ele me olha com malícia.

Eu me levanto de um salto.

"Tá, acabou o ensaio. Preciso repensar a coreografia para essa valsa antes de avançarmos mais. Talvez fazer uma ou duas aulas de dança."

"Não é isso que estamos fazendo? Aulas de dança?"

"Quero dizer com profissionais."

Shane me encara.

"O que foi?"

"É uma competição amadora, Dixon. Precisa mesmo se dedicar tanto a isso?"

"Você não me conhece? Não consigo fazer nada malfeito, nem se eu quisesse. Ou estou cem por cento dentro ou estou fora."

"É, entendo", ele concorda. "Sinto o mesmo em relação ao hóquei."

"Beleza. Vou pensar em uma coreografia mais fácil."

"É isso que você quer fazer no futuro? Coreografia?"

"Não sei", respondo. "Não tenho nenhuma formação para coreografar dançarinos de verdade, mas adoraria ser treinadora de cheerleading e criar coreografias para competições. Acho que eu seria muito boa nisso."

"Também acho." Ele me segue em direção à porta. "Vou tomar um banho antes de passar na sua casa para assistirmos à final. Se esse ainda for o plano para hoje."

"Óbvio." Os vencedores de *Casinho ou casório* vão ser anunciados hoje.

No andar de cima, tomo um banho rápido para lavar o suor da dança, depois coloco uma roupa confortável, percebendo que fazia meses que não me sentia tão leve. Sei que grande parte disso tem a ver com o fato de Percy não estar mais no Meadow Hill. Os Garrison retornaram de Atlanta e estão de volta à Bétula-Doce, e Percy está do outro lado da cidade em seu sobrado novo.

É um peso enorme tirado das minhas costas poder pegar a trilha sem me preocupar em cruzar com ele. Sem me preocupar em dar de cara com ele na piscina. Já consigo sentir minha ansiedade diminuindo. Agora, quando penso em seu rosto, minha garganta fecha só um pouco, e não completamente. Minhas mãos tremem, mas consigo controlá-las.

Tomara que, quanto mais o tempo passe e maior seja a distância física entre mim e Percy, eu sinta cada vez menos ansiedade. Até que um dia eu não sinta nada.

Eu e Shane nos reencontramos uma hora depois no meu apartamento. Sirvo uma taça de Coisa Rosa para mim, já que hoje é basicamente minha última chance de beber sem me preocupar com ressacas. Sábado é o primeiro jogo de futebol americano do ano, e a equipe precisa estar em ótima forma para a abertura da temporada. Mas sei que Shane tem treino de hóquei amanhã cedo, então ergo uma sobrancelha quando ele pega uma cerveja.

"Acha uma boa beber se você tem treino?"

"Só uma. Você vai ter que ficar bêbada por nós dois."

O episódio começa com Zoey e O Connor em seu último encontro a bordo de um iate luxuoso. Depois que votaram para Zoey voltar da Cabana dos Doces para a casa de campo, Connor parecia um novo homem. Percebendo como tinha chegado perto de perdê-la, ele fez de tudo para provar que ela era a única mulher para ele. A transformação dele foi incrível. Nós o vimos passar de um locutor de rádio babaca que avaliava os seios das mulheres em uma escala de "para lamber" a "para enfiar a cara" para um homem apaixonado, doce, atencioso e maduro.

Pelo menos, era o que eu pensava.

No meio do episódio final, Jamine diz para Zoey que Connor confessou para Ben que talvez não esteja pronto para um compromisso sério.

"Como assim?", grito para a tela. "O que é isso agora? Para de tentar sabotar o casal!"

Shane está boquiaberto.

"Acha que Connor disse mesmo isso? Não me lembro de mostrarem essa cena."

"Jas só está criando confusão", digo, firme. "Não é possível."

Mas então Ben confirma a versão de Jasmine, dizendo para Zoey que Connor falou isso mesmo.

"Ai, meu Deus", suspiro.

"Que merda ele tinha na cabeça?" Shane resmunga.

Zoey começa a chorar. Pelos próximos quinze minutos, ficamos colados à tela. O Connor faz um controle de danos, tentando tranquilizar Zoey ao garantir que ele e Ben tiveram essa conversa sobre compromisso quase um mês antes. Mas Ben e Jas insistem que foi "um dia desses".

"Eles estão mentindo", Shane diz. "Estão tentando tirar Zoey e Connor do páreo de Casal de Casório."

"Sabotadores de merda."

Ainda estamos reclamando de Jas e Ben quando Will me manda um pedido de socorro. É literalmente o que a mensagem diz. "Socorro" e nada mais.

Sorrindo, destravo o celular.

"Quem é?" Shane pergunta.

"Will", digo enquanto digito uma mensagem.

Que foi?

WILL

Beck acabou de convidar alguém para casa hoje.

E você quer ficar com eles.

WILL

Pra caralho.

Então fica.

WILL

Não posso. Preciso ser forte. Posso dormir na sua casa?

Você não pode vir pra cá sempre que quiser evitar ménages.

WILL

Ela é a menina mais gostosa que já vi na vida, Diana.

Pensei que *eu* fosse a menina mais gostosa que você já viu na vida.

WILL

Sim, claro. Perdão.

Shane espia por sobre meu ombro.

"Você está trocando mensagens de safadeza com meu colega de equipe?"

"Não."

"Vi sua última mensagem! Você está pedindo para ele te chamar de gostosa."

"Foi uma piada."

"Não. Nem pensar." Ele aponta o dedo em alerta. "Você não vai me chifrar, Dixon."

Bufo.

"Não vou te chifrar."

"Estou falando sério. Você não pode querer que eu seja seu namorado de mentira e depois flertar com meus amigos. Me faz parecer idiota."

"Beleza. Tem razão", cedo. "Quer saber? Desculpa. Não vou flertar com Will quando ele estiver aqui."

"Como assim, quando ele estiver aqui?"

"Ele vai passar a noite aqui."

"De novo?" Shane estreita os olhos. "Por que ele precisa dormir aqui? Ele mora num sobrado de três quartos. Mesmo se ele estiver bêbado no bar e precisar andar para casa, ele pode simplesmente andar para casa. *Dele*."

"Longa história", digo, vagamente.

"Elabora, por favor", Shane diz, exasperado.

Não quero trair a confiança de Will, mas... talvez isso seja algo com que Shane possa ajudá-lo. Porque o fato é que Will não pode continuar fugindo de seus problemas e se escondendo de Beckett no Meadow Hill toda vez que o cara levar uma mulher para casa.

Shane costuma ser bom em não julgar. Talvez ele consiga fazer Will entender o que eu não estou conseguindo.

"Tá, então..." Hesito. "Vou te contar uma coisa, mas você não pode dizer nada para ninguém."

Pelo jeito, sou a pior pessoa do mundo para guardar segredos. Mas confio que Shane não vai dizer nada. Afinal, ele não contou sobre nosso relacionamento de mentira, e já se passaram meses.

"Will não quer estar em casa quando Beckett estiver com uma mulher", digo.

Ele franze a testa.

"Por que não?"

"Você sabe que os dois gostam de...?" Deixo a pergunta no ar.

"Comer a mesma mulher ao mesmo tempo?" Shane completa, seco.

"Viu?", acuso. "É por isso que ele está com a cabeça toda confusa. Ele tem medo do julgamento. A sociedade julga demais."

"Ei, não estou julgando. Cada um com seu fetiche." Shane sorri. "Você gosta quando mando em você e eu gosto de mandar em você."

"Mas você não curte ménages?"

"Não, não dividiria você com ninguém." Ele encontra meu olhar curioso. "Mas eu deixaria alguém assistir."

Calor arde entre minhas pernas.

"Olhar mas não tocar?"

"Exato." Shane chega mais perto, apoiando a mão na minha perna. Um brilho pensativo aparece em seus olhos enquanto ele acaricia minha coxa de leve. "Você deixaria alguém me ver te comendo?"

Engulo em seco.

"Talvez. Acho que depende de quem." Engulo em seco de novo. "Mas estamos desviando do assunto. Estamos falando de Will. Os ménages estão fazendo com que ele sinta que tem algo de errado com ele. Ele está tentando dar um tempo."

"Então ele vem aqui hoje para não pensar com a cabeça de baixo?"

"Basicamente, sim." Suspiro. "Não sei se ele vai entrar no assunto com você, mas, se entrar, talvez você consiga fazer com que ele entenda que não tem nenhum problema em ele ter fetiche por ménage."

"Vou ver o que consigo fazer." Ele volta a olhar para a tela. "Eita porra. A apresentadora britânica voltou. É agora."

Eu e Shane assistimos ao resto da final. Dou um suspiro de alívio quando Zoey e O Connor fazem as pazes, depois grito de triunfo quando é revelado que Ben e Jasmine estavam mentindo em relação à quando o comentário sobre compromisso foi feito.

"Eu te amo", Connor diz para Zoey agora. "Com todo o coração. Um mês atrás, eu não estava pronto para me comprometer com você. Nem com ninguém, na verdade. Mas agora estou pronto, Zoey. Quero que você seja minha namorada. Não só na casa mas no mundo real."

"Também quero", Zoey diz baixinho.

A apresentadora britânica pede para os dois casais finais subirem ao coreto, onde a votação é revelada. Eu e Shane comemoramos quando Zoey e O Connor ganham a votação final para serem coroados o Casal de Casório. Bom, eu estou comemorando. Mas Shane parece contente, e tenho certeza que ele está pulando e gritando por dentro.

Lá pelas dez, Richard do Sicômoro interfona para avisar que Will chegou e, alguns minutos depois, abro a porta para ele entrar no apartamento. Ele me dá um abraço, depois vai cumprimentar Shane.

"O que estamos assistindo?" Will olha para a TV.

"Nada", Shane mente.

Noto que ele mudou de canal do TRN para o TSBN quando fui atender a porta. Os destaques da pré-temporada de futebol americano aparecem na tela agora. Aaah. Alguém não quer que Will nos veja assistindo ao episódio de reencontro de *CoC*.

"Já estou indo para casa, na verdade", Shane diz. "Queria dormir cedo hoje."

Will franze a testa.

"Você não vai dormir aqui?"

"Por que ele dormiria aqui se tem a cama dele?" Respondo por Shane. "Não preciso dele grudado em mim a noite inteira me sufocando com seu amor."

"Você adora meu amor", Shane resmunga. Ele volta um olhar firme para Will. "Ela adora meu amor."

Will ri.

"Precisa de uma carona para o treino amanhã cedo?" Shane pergunta.

"Sim, seria ótimo", responde Will.

"Legal. O alarme está para as sete e meia. Vou bater na porta às oito. Se não estiver pronto, vou sozinho."

"Vou estar acordado", Will promete.

"Vou te levar até a porta", digo, cruzando o braço com o de Shane.

À porta, ele me dá um beijo intenso e excessivo com mais língua do que o necessário.

"Não precisa exagerar tanto. Ele já acredita que estamos namorando", murmuro em seus lábios, mas longe de mim reclamar. Os beijos de Shane derretem meu cérebro.

"Não acredito que não vamos transar hoje", ele murmura em resposta.

Se dependesse da libido de Shane, transaríamos pelo menos duas vezes por dia. De novo, longe de mim reclamar. Nunca tive um sexo tão bom em toda minha vida.

Tranco a porta depois que ele sai e volto para seguir minha rotina noturna de cuidados com a pele. Dessa vez, não obrigo Will a fazer também, mas ele fica no vão da porta do banheiro, me observando pelo espelho.

"Sua relação com Lindley continua firme e forte, hein?"

"Quem imaginaria, né?"

"Sério, ninguém." Will ri. "Você pegava muito no pé dele no ano passado."

"Sim, porque ele é insuportável. Isso não mudou."

"Exato. Isso não mudou. O que está diferente agora?"

"O pau dele", confesso. "Caí no pau movediço."

Will dá um aceno solene.

"Sinto muito."

Depois que meu rosto está bem hidratado, instalo Will no sofá com lençóis limpos, dois travesseiros e uma coberta grossa. Apesar do que certas pessoas pensam, respeito Shane o bastante para não dividir a cama com seu companheiro de equipe. Relacionamento de mentira ou não, ainda somos amigos com benefícios exclusivos, e eu não ficaria feliz se *ele* estivesse dormindo com outra mulher na cama, mesmo que fosse platônico. Mas isso é porque sou possessiva. Até com meu homem temporário.

"Obrigado de novo", Will diz com sua voz grossa. "Desculpa por ficar incomodando."

"Não é incômodo nenhum, juro." Dou um beijo na bochecha dele e vou para o quarto deitar embaixo das cobertas.

Mas não consigo dormir. Porque... puta merda, quero transar. Me acostumei tanto a ter um orgasmo com Shane antes de dormir que agora meu corpo está vibrando embaixo do edredom.

Lá pelas onze e meia, ainda não consigo dormir e, agora, estou com sede, então saio do quarto e vou para a cozinha. Enquanto passo pelo sofá na ponta dos pés, dou uma olhada em Will, que está dormindo de costas, roncando baixo. Está completamente capotado.

Sirvo um copo d'água e, enquanto me apoio na bancada para bebê-lo, meu olhar se volta a Will. Talvez não haja mal nenhum em uma rapidinha. Posso dar uma passada no apartamento ao lado, gozar e voltar. Will não vai nem notar. Ele está dormindo como pedra.

De volta ao quarto, pego o celular e mando uma mensagem para Shane.

Mudei de ideia. Rapidinha?

SHANE

Graças a Deus. Não estava conseguindo dormir. Estava prestes a bater uma.

Estou indo.

Mas o Will está aqui.

SHANE

Sim, e a parede do meu quarto dá para sua sala, bem onde ele está dormindo.

Não precisamos usar sua cama, começo a digitar, mas ele já mandou: *Estou indo.*

36

DIANA

Vão mesmo fazer isso, então?

Atravesso a sala na ponta dos pés para deixar Shane entrar. Assim que abro a porta, aperto os dedos em seus lábios para indicar que ele precisa ficar quieto. Não acendi as luzes, estamos banhados em sombras enquanto passamos em silêncio pela cozinha. Tento deixar que a luz azulada do aquário de Skip me guie, mas mesmo assim é difícil enxergar, e solto um palavrão quando meu joelho bate na pequena ilha. Uma dor sobe pela minha perna.

"Está bem?", ele pergunta.

"Não", choramingo, me curvando para apertar a mão no joelho. "Puta que *pariu*."

"Não se preocupa. Vamos para o seu quarto e vou beijar até passar." Há uma pausa. "Ou..."

Ergo a cabeça para ver seus olhos brilhando no escuro.

"O quê?"

"Talvez eu te beije agora."

Olho para o sofá em direção a Will, que está dormindo. Quando viro a cabeça, lá está a boca de Shane. Ele me beija, sua língua deslizando por meus lábios entreabertos para tocar a minha. Ele a cerca, explorando enquanto suas mãos se movem para baixo, os dedos descendo sob a cintura do short.

"Shane." Um aviso sussurrado.

Ele interrompe o beijo. Sinto que está examinando meu rosto.

"É só dizer e vamos para o quarto."

É exatamente o que deveríamos fazer, levar isso para o quarto. Mas a excitação ardendo no meu clitóris me diz para ficar onde estou. A ideia de ser pega é mais eletrizante do que eu pensei que seria.

"Me diz o que você quer", ele insiste, baixo. "Ficar aqui ou ir para o seu quarto?"

É difícil falar com o nó de excitação na minha garganta. Finalmente encontro minha voz, conseguindo emitir uma única palavra rouca.

"Ficar."

Seus lábios se curvam. Ele me empurra para trás com delicadeza até minha bunda encostar na beira da bancada. Sua mão volta para dentro do meu short de pijama, brincando com o tecido da minha calcinha. Seus dedos chegam ao topo do meu púbis bem quando ouço um barulho rouco vindo do sofá.

Congelo. Mas Will está só mudando de posição, virando de lado.

Eu e Shane esperamos vários segundos agoniantes. Meu coração nunca bateu tão forte.

Enfim, ele retoma suas carícias, esfregando com toques lentos e sem pressa. Como se tivesse todo o tempo do mundo para brincar com a minha buceta. Como se seu colega de equipe não estivesse deitado a poucos metros e pudesse acordar a qualquer segundo.

Solto um gemido ao sentir Shane deslizar a mão para dentro da minha calcinha. Minhas pernas se abrem enquanto seus dedos buscam e encontram minha buceta encharcada.

Ele traça um dedo pela minha abertura, e minhas pernas parecem perder toda a força. Eu me inclino para frente. Shane me segura, rindo baixo.

"Sobe", ele diz e, quando vejo, está me colocando em cima da bancada.

Eu me apoio nos cotovelos e olho para ele. Lambendo os lábios, ele se ajoelha na minha frente, baixando meu short e minha calcinha. Apreensão me invade, pois não esperava estar nua da cintura para baixo. Achei que ficaríamos de roupa, que só nos provocaríamos através das camadas.

Mas não posso negar que me excita estar deitada aqui na bancada, totalmente exposta.

"Will está ali", sussurro com uma objeção pouco convincente. "E se ele estiver acordado?"

"Daí pode ver você gozar."

Prendo a respiração.

Shane observa meu rosto e curva os lábios em outro sorriso.

"Você gosta da ideia."

Engulo em seco outro nó de desejo implacável.

"Toda aquela conversa de ménage sobre ele e Beckett entrou na minha cabeça."

"Safadinha." Shane continua a me observar. "É o que você quer? Acordar Will para ele participar?"

Não deixo de notar a maneira como ele leva a mão à virilha para ajeitar embaixo da calça de moletom.

"É o que *você* quer?" Rebato.

"Falei que não gosto de dividir."

"Você não está dividindo. Está se gabando."

"Me gabando do quê?"

Abro as pernas.

"De como essa buceta é gostosa."

Minha ação provocante tira um gemido da sua garganta.

Olhamos no mesmo instante para o sofá. Will ainda está deitado de lado, o rosto virado em nossa direção mas com os olhos fechados. Seu peito sobe e desce em intervalos regulares.

"Meu Deus, Dixon", Shane diz entre dentes. "Para de falar essas coisas. Estou salivando."

Sinto uma contração entre as pernas.

"Me deixa provar."

Meu pedido o faz gemer de novo, mas, dessa vez, o som é abafado pelos seus dentes se cravando no lábio inferior. Sem dizer uma palavra, ele se levanta e posiciona o corpo na frente do meu rosto. De costas para o sofá, ele abaixa a frente da calça de moletom e bota o pau para fora, que salta, grosso e pronto. De fato, umidade se acumula na ponta.

Sua respiração é ofegante enquanto ele aperta o pau ereto e o leva lentamente até minha boca ansiosa. Passo a língua na ponta, e ele se contrai para mim enquanto minha língua o explora.

Shane solta um barulho baixo e abafado. Coloco os lábios ao redor dele e deixo que enfie alguns centímetros na minha boca. Nunca consigo engolir muito fundo por causa do tamanho imenso do seu pau. Mesmo com metade do comprimento, consigo senti-lo no fundo da minha garganta.

Seus dedos se entrelaçam no meu cabelo, guiando minha cabeça ao longo de seu membro. Estou cada vez mais molhada. É difícil não me excitar com o som de suas exalações instáveis e o gosto dele na minha língua.

"Chega", ele avisa quando intensifico a sucção dos meus lábios.

Quase choro quando ele tira o pau da minha boca. Mas ele se redime desse pecado voltando para o meio das minhas coxas e ficando de joelhos. Meu quadril se arqueia com as chupadas da sua boca voraz, recebendo todo o prazer que ele tem a oferecer.

Estou esparramada na bancada da cozinha, seminua, um banquete para a língua de Shane e os olhos de Will, caso ele os abra. Mas não ligo para Will. As sensações eletrizantes que Shane está causando em meu corpo são tudo em que consigo focar.

Consigo sentir o orgasmo prestes a vir à tona. Pontos pretos atravessam minha visão, e tudo ao redor ameaça desaparecer, mas pisco e me obrigo a ficar no presente. Não quero perder um segundo disso. Quando a língua de Shane passa pelo meu clitóris, todas as terminações nervosas no meu corpo ganham vida. Em potência máxima.

Ofego, muito perto de detonar. Tão perto...

Ele tira a boca, e quase gemo de decepção.

"Por favor, não para", sussurro, suplicante.

Mas ele já está em pé, segurando seu pau com as feições tensas e sedentas.

"Desculpa, gatinha, não aguento mais. Preciso de você."

Apesar da pulsação persistente em meu clitóris, um orgasmo que agora está me escapando, não consigo criticá-lo. Nunca o vi tão desesperado. Seus lábios estão tensos sobre os dentes, os olhos em chamas enquanto ele se posiciona entre minhas pernas.

"Me coloca dentro de você."

Estendo a mão entre nós para pegá-lo. Estou tão encharcada que ele entra deslizando sem dificuldade. Puxo o ar enquanto ele vai metendo, meu quadril se movendo junto com ele por reflexo. Nunca me senti tão preenchida como agora por homem nenhum. A fricção dele dentro de mim estimula nervos que eu nem sabia que existiam.

"Vão mesmo fazer isso, então?"

Eu me sobressalto com a voz resignada de Will.

Ai, Deus.

Minhas bochechas estão ardendo quando viro a cabeça na direção dele. Seu rosto está quase todo iluminado pelo brilho do aquário. Engulo em seco quando vejo a expressão evidente de excitação.

"Desculpa, te acordamos?" Shane pergunta com a voz arrastada.

"Óbvio", Will diz, seco.

Shane volta o olhar para o sofá.

"Eu mandaria Dixon cobrir você e cantar uma canção de ninar, mas estamos um pouco ocupados agora."

"É, estou vendo."

Shane pausa, pensativo.

"Você gosta do que está vendo?"

"O que você acha?"

"Gosta me ver comendo minha mina?"

Will não responde. Depois solta o ar.

"Não querem levar isso para o quarto ou coisa assim?"

Nenhum de nós se mexe. Shane ainda está dentro de mim. Isso é loucura. Quero pedir para ele parar, me cobrir, correr para o quarto. Mas continuo imóvel. Meu pulso lateja entre as pernas. Sei que Shane consegue me sentir palpitar ao redor dele.

"Estamos bem onde estamos", ele murmura, seu olhar sedento fixo em meu rosto. "Mas pode se esconder no quarto se isso ofende seus olhos delicados."

Vejo Will se mexer sob o cobertor enquanto mantém contato visual comigo. Há uma pergunta em sua expressão.

"Lembra que conversamos sobre fetiches?", digo com ironia. "Esse é o dele. Gosta de ser observado."

Will lambe o canto da boca.

"E você, Di? Quer que eu fique e te veja transando?"

Um calafrio sobe por minha espinha. Sua voz é baixa. Sedutora.

Aceno devagar.

Will acena em resposta.

"Diz em voz alta." É um comando, não uma sugestão. "Preciso ouvir seu consentimento."

Limpo o tesão da garganta.

"Sim. Fica."

Sorrindo, Shane tira e mete o pau dentro de mim com uma estocada rápida e profunda, arrancando um gemido involuntário dos meus lábios.

Will solta um som abafado.

"Meu Deus, Lindley."

"Você não faz ideia de como ela está molhada", Shane diz, seu pau acelerando enquanto tira e volta a meter. "Meu pau está encharcado."

Will não responde. Está completamente concentrado em mim. Eu deveria me sentir exposta, mas não me sinto. Estou em chamas, todas as terminações nervosas crepitando em expectativa. Shane tira de novo, subindo e descendo a ponta pela minha abertura enquanto continua a falar com Will.

"Aposto que você adoraria poder estar aqui agora, não é, Larsen?"

Aquele pau grosso me preenche de novo. Gemo.

Como Will não responde, Shane lança outro olhar para ele.

"Sei o que você está pensando. Quer seu pau na boca da minha mina enquanto como ela."

"Sim", é a resposta rouca.

Ai, meu Deus.

"Bom, que pena. Não divido", Shane zomba. "Mas pode continuar assistindo."

Ele acaricia meu clitóris e sinto uma onda de prazer. Tiro os olhos de Will para me concentrar em Shane. Nos seus traços esculpidos tensos de desejo. No pau enorme enfiado dentro de mim.

Ele se inclina para a frente, a calça de moletom abaixada expondo sua bunda. Mãos grandes sobem por minha barriga para envolver meus seios por cima da camiseta do pijama, apertando meu mamilo entre os dedos. O que desperta uma corrente elétrica através do meu corpo. Meus seios são absurdamente sensíveis.

"Está gostoso?", ele pergunta, brincando com meus mamilos enquanto me come bem devagar.

"Uhum."

Shane curva seu corpo musculoso sobre o meu trêmulo e baixa a cabeça para me beijar sem nenhuma inibição. Gemo em sua língua ávida, apertando seus ombros, arranhando suas costas com as unhas. Seu quadril não para de se mexer em nenhum momento.

Ele lambe os lábios enquanto se endireita, uma mão espalmada na barriga enquanto ele passa a ponta do dedo em meu clitóris.

"Você gosta que ele esteja vendo você ser preenchida pelo meu pau?"

Faço que sim em silêncio.

"Você me recebe tão bem, gatinha." Seus dedos me provocam, apertando aquele ponto sensível. "Olha só você, Dixon. No formato do meu pau. Você é tão apertadinha."

Meu quadril começa a rebolar também. Porra, ele nem está todo dentro. É grande demais. Mas meu corpo está insaciável. Solto um barulho baixo e desesperado, tentando me empurrar contra ele.

Shane ri.

"Will", ele diz sem olhar para trás.

"Oi?"

"Bate uma vendo a gente."

Ouço um gemido abafado.

Vejo movimentos pelo canto do olho. Com o pulso acelerado, viro a cabeça a tempo de ver Will colocando a mão embaixo da coberta. Essa é a coisa mais safada e excitante que já fiz na vida. Eu deveria me sentir suja e objetificada, mas não.

Will vira de barriga para cima. Baixa a boxer. Vejo de relance sua mão se movendo pelo seu membro, com o rosto voltado na minha direção. Ele está mordendo o lábio.

"Se gozar antes da Diana, vou deixar você decidir onde vou gozar."

Will geme.

Eu também.

Ai, meu Deus.

Shane apoia as mãos na bancada e me fode tão fundo que vejo estrelas de novo. Meu corpo se contrai ao redor do seu pau, arrepios de prazer se espalhando pela minha pele.

"Mas é melhor se apressar", Shane avisa. "Ela está quase. Está me apertando tanto que é só uma questão de segundos."

Como *não* estar quase lá se Shane está atingindo o ponto mais incrível e Will está se masturbando com movimentos longos e constantes enquanto nos observa?

Shane desliza as mãos sob minha bunda, erguendo-a um pouco para poder meter mais fundo. Ele vai cada vez mais rápido, e não consigo conter a enxurrada de sensações. O orgasmo está chegando. Sinto o formigamento familiar ficando mais intenso.

Tomo ar.

"Você vai me fazer gozar."

"Goza. Mostra para Larsen como você gosta de receber esse pau."

Apertando minha bunda com uma mão, Shane usa a outra para acariciar meu clitóris de novo, enquanto mantém aquele ritmo torturante de estocadas fundas.

Uma onda de êxtase me revira. Não tento conter; não conseguiria nem se tentasse. Meus dedos se abrem na bancada, arrepios consumindo meu corpo todo enquanto tenho um dos melhores orgasmos da minha vida.

Shane não para de meter depois que meu orgasmo passa. Ele ainda não teve o dele. Mas está quase... sei pelos gemidos primitivos que saem da sua boca.

"Desculpa, Will, você não foi rápido o bastante", Shane murmura, depois geme quando meus músculos internos o apertam, ainda se contraindo pelo orgasmo.

Will também está gemendo, batendo uma com o olhar fixo em mim e em Shane. No lugar onde estamos juntos. No polegar de Shane ainda roçando em meu clitóris.

"Vou gozar", Will murmura, e uma onda de desejo me atravessa em resposta.

Não sei para onde olhar. Para Will, que está se masturbando até gozar em cima do tanquinho, ou para Shane, que agora está tremendo enquanto goza dentro de mim?

Leva uma eternidade para meu coração se regular. Sinto os músculos na barriga de Shane relaxarem enquanto ele sai devagar de dentro do meu corpo. Ele está ofegante, seus olhos ainda me devorando.

"Está bem aí, Will?", ele pergunta tranquilamente.

"Pra caralho."

Rindo, Shane sobe a calça de moletom antes de me passar um papel-toalha com delicadeza para eu me limpar. Sem dizer uma palavra, pega meu short e minha calcinha do chão e os coloca em mim. Minhas pernas estão bambas enquanto ele me ajuda a sair da bancada. Meus pés descalços tocam o chão.

Shane baixa a cabeça para dar um beijo nos meus lábios.

"Fui", ele diz, dando uma piscadinha para mim. "Boa noite, Dixon."

Um riso abafado me escapa.

"Boa noite, Lindley."

Ele dá alguns passos na direção da entrada, depois olha por sobre o ombro.

"Boa noite, Larsen."

37

DIANA

Casa velha

Uma semana após o início do novo semestre, cruzo com a ex-namorada de Shane no pátio arborizado. Sei que Shane já a viu, mas esse é meu primeiro encontro com Lynsey no universo de Briar.

Como sempre, seu sorriso transmite certa frieza. Não sei se esse ar distante é simplesmente seu estado natural ou se é porque namoro seu ex.

Lynsey se aproxima, caminhando em minha direção com sua calça jeans skinny azul-escura e regata preta com detalhes em renda. Seu cabelo está preso num coque apertado. Juro, essa mulher é a elegância em pessoa. Em comparação, me sinto quase juvenil no meu uniforme de líder torcida preto e prateado de Briar.

"Oi, Diana."

"Oi." Estampo um sorriso simpático no rosto. "Como foi sua primeira semana?"

"Estressante", ela admite. "Esse campus é muito maior do que o da Liberty. Vivo tendo que consultar o mapa." Ela mostra a tela do celular, que está aberta em um mapa de Briar.

"Aonde você precisa chegar?" Dessa vez meu sorriso não é forçado. Eu entendo. Lembro como era ser caloura aqui. Eu me atrasei para todas as aulas por uma semana.

"No edifício Greenley. Diz que é por aqui."

"Vem comigo. Estou indo nessa direção."

"Obrigada. Você tem aula?", ela pergunta.

"Treino de líderes de torcida. O centro esportivo e as academias ficam no caminho para o Greenley."

Seguimos juntas, desviando de um grupo de garotos com camisetas de futebol americano da Briar. São torcedores, não jogadores, e todos assobiam para mim quando passo com minha saia plissada de líder de torcida. Eu os ignoro e continuo andando.

"Como estão as coisas com Shane? Ele disse que vocês ainda estão se vendo."

"Estamos sim. E está indo muito bem."

Mais do que bem, na verdade. Nosso esquema de amigos coloridos tem se revelado proveitoso e resultou em alguns dos sexos mais safados que já fiz na vida. Como Will nos observando enquanto Shane me comia na bancada da cozinha. Nunca pensei que faria algo assim.

"Como vai Tyreek?" Pergunto.

"Está bem." Seu tom é evasivo.

Levanto uma sobrancelha.

"Estou sentindo uma hesitação. Está tudo bem mesmo?"

"Sei lá." Ela dá de ombros. "A Universidade de Boston fica a só uma hora de distância, mas tenho a impressão que toda vez que o chamo para vir aqui, ele me convence a ir para Boston. Não é uma distância tão longa, mas ele vai ter que vir durante a semana porque ainda tenho ensaios."

"Não acredito que você entrou no American Nine", digo, sem conseguir conter certo tom de respeito e inveja. "Você deve ser fenomenal."

"Não acredito que você conseguiu convencer Shane a entrar em *uma* prova, que dirá três." Seu tom fica melancólico. "É bom ver que ele está amadurecendo. Virando o homem que eu sempre soube que ele poderia ser."

Eu me eriço por ele.

"Como ele era antes?"

"Egoísta", ela diz, curta e grossa. "Ele só tinha uma coisa na cabeça: o hóquei."

"Ainda é assim." Dou de ombros. "Mas talvez agora ele tenha aprendido a incorporar outras coisas na agenda."

"É, bom, comigo ele não fazia isso." Irritação transparece em seu rosto. "Sem ofensas, mas é frustrante, sabe? É como se você tivesse uma casa velha em que estivesse investindo todo seu tempo e energia e, quando está toda reformada, você nem chega a morar nela."

É difícil manter a boca fechada. Sério mesmo que ela está comparando Shane a uma casa capenga? Só passar uma camada de tinta e pronto? Megera.

Ele sempre foi ótimo, quero retrucar.

Mas, ao mesmo tempo, não tenho ideia de como ele era no ensino médio. Talvez fosse um completo idiota e um péssimo namorado.

"Outra pessoa está desfrutando dos benefícios", ela diz, acenando a mão para mim enquanto continua com sua analogia insensível. "E isso faz você querer torrar suas economias e comprar a casa de volta."

Não sei se ela está brincando ou não, mas rio mesmo assim porque é muito ridículo. Ela acha mesmo que pode estalar os dedos e tê-lo de volta?

"Não acho que vai ser tão fácil assim." Aponto para mim mesma. "Sabe, por causa da namorada dele."

"Foi uma piada."

"Não", digo, calma. "Não acho que tenha sido."

A leveza da conversa desaparece.

"Foi uma piada", ela repete. "De verdade." Nós nos encaramos por mais um minuto. Seu olhar firme não me incomoda. Aponto um dedo na direção do prédio coberto de hera a uns vinte metros dali.

"Aquele é o seu."

"Obrigada." Lynsey dá um passo à frente antes de parar e olhar por sobre o ombro. "Não quero Shane de volta, Diana." Ela faz uma pausa incisiva, um sorriso se formando em sua boca carnuda. "Mas, se quisesse, não seria difícil para mim."

Ela sai andando depois dessa.

Estou completamente furiosa quando entro na academia alguns minutos depois. Que *merda* foi essa? Essa garota acha mesmo que pode roubar meu homem?

Ele não é seu homem.

Beleza, mas *ela* não sabe disso.

E ela tem o próprio namorado! Que tipo de megera egoísta sai por aí ameaçando roubar o namorado das outras se tem um em casa?

Ele não é seu namorado de verdade.

Pois deveria ser, porra, retruco mentalmente para a voz na minha cabeça.

Minha resposta volátil à ameaça de Lynsey me faz parar para pensar. É isso que realmente quero? Que Shane seja meu namorado? Minha mente vira uma bagunça de repente.

Minha única certeza é que não suporto a ex de Shane.

Entro no vestiário e abro a porta do meu armário para enfiar minha mochila. Depois respiro fundo para me acalmar.

Não posso entrar no treino tão irritada. É preciso manter a calma executando acrobacias e saltos em que um passo em falso pode causar um osso quebrado ou uma concussão. Não só isso, mas tenho uma dose extra de pressão com relação a essa equipe. Não apenas sou a capitã, mas também uma das três flyers e a garota do topo da pirâmide. O que dá medo pra caralho. A pressão pode ser sufocante.

Como capitã, sempre chego cedo ao treino para conversar antes com a treinadora, Nayesha. Então fico surpresa quando escuto passos se aproximando da porta do vestiário. Vários. O que é ainda mais estranho. Uma ou outra menina pode chegar uns trinta minutos antes, mas não as três que entram um momento depois.

De repente, eu me vejo alvo de três expressões graves.

"Senta, capitã", Audrey diz.

É um trio meio aleatório. Crystal e Audrey se dão bem, mas não são próximas, e Madison não é muito de interagir com nenhuma delas. A única coisa que elas têm em comum é...

Shane.

Porra, Lindley.

Será que o fã-clube dele vai me dar uma surra no vestiário por ficar com ele? Contei para Crystal durante nosso primeiro treino de cheerleading essa semana que estava saindo com Shane. Foi uma conversa totalmente transparente que eu não queria ter, mas me forcei porque sabia que uma hora ou outra a notícia se espalharia.

"Senta", Crystal insiste, e é então que percebo que elas não parecem bravas.

Estão preocupadas.

"Vou continuar em pé, se não se importam."

Todas cruzam os braços em posturas idênticas. Crystal é a primeira a falar, com o tom firme:

"Essa é uma intervenção, Diana."

ARQUI-INIMIGOS

- [ ] *Madame Cotillard*
- [ ] *Shane Lindley*
- [ ] *Constantine Zayn*
- [ ] *Viktor e Martinique*
- [ ] *Lynsey Whitcomb*
- [ ]

38

SHANE

Espera, você está dando em cima de mim?

Nosso primeiro jogo é só no próximo fim de semana, então posso assistir ao primeiro jogo da temporada de futebol americano no nosso estádio com Ryder, Gigi e alguns outros companheiros de equipe. A caloura Blake Logan também vem. No caminho para buscá-la no alojamento, Gigi me conta que prometeu ao pai de Blake que cuidaria dela.

O pai de Blake é ninguém menos do que John Logan. É surreal para mim a ideia de ter John Logan, um dos melhores defensores das últimas décadas, como pai.

Fico pensando como seria minha vida se a jornada do meu pai na NHL tivesse terminado de outra forma. Talvez eu nem estivesse aqui. Talvez ele tivesse ficado tão envolvido pelo estilo de vida do hóquei profissional que decidisse esperar alguns anos para ter filhos. Ou nunca tivesse.

Nas arquibancadas perto da linha de cinquenta jardas, eu me sento entre Patrick Armstrong e Blake, que tem aquele ar de boa moça com sardas e usa o cabelo castanho numa trança lateral. Mas aquele corpo é um *perigo*, destacado por jeans justos e uma blusa de alcinha que exibe seu abdome. Entendo por que John Logan recrutou seguranças. Os moleques vão cair matando em cima dessa menina.

No campo, o time de futebol americano parece incrível. É só o primeiro jogo, mas estou impressionado com o entrosamento deles. Nosso *quarterback* faz passes perfeitos, e nosso *wide receiver*, que é o verdadeiro astro, está com tudo hoje. Ele está no terceiro ano agora, mas sua temporada no ano passado foi igualmente explosiva. Não consegui assistir a tantos jogos quanto gostaria, mas lembro que todos no campus não paravam de falar sobre Isaac Grant no ano passado.

Durante o intervalo, Diana lidera sua equipe em uma coreografia animada e cheia de acrobacias, dando um show, obviamente. Não consigo tirar os olhos dela. Aquele uniforme curto de cheerleader revela muito das suas pernas e da sua barriga enquanto ela é lançada no ar pelos homens da equipe. Mal posso esperar para transar com ela hoje à noite.

Depois do jogo, Diana nos encontra no estacionamento, saltitando em seus tênis brancos. Ela ainda está de uniforme, o cabelo preso em um rabo de cavalo alto, os olhos brilhando.

"Você arrasou", Gigi diz.

"Obrigada, amiga." Ela abraça as meninas. "Pronta para sua primeira festa de fraternidade, Blakey?"

"Sim, animada para a festa, Blakey?", tiro sarro.

Blake revira os olhos para mim.

"Primeiro, nunca mais me chame de Blakey. Di é a única que pode. E, segundo, estou sendo arrastada para esse evento contra a minha vontade. Me prometeram a experiência universitária completa e parece que isso envolve caras de fraternidade bêbados."

"Ela precisa ser iniciada na vida do campus", Diana diz com firmeza. "Não é a faculdade sem caras de fraternidade bêbados."

Diana, Blake, Patrik e Austin Pope entram na minha Mercedes. Não estou planejando beber hoje então sou o motorista da rodada, dirigindo para a rua das fraternidades e irmandades.

"Viu como Madison estava me encarando no estacionamento?", resmungo para Diana. Ainda consigo sentir o olhar severo da líder de torcida cravado em mim.

Ela estende o braço no banco de passageiro, apoiando a mão na minha coxa.

"Não dá para agradar todo mundo, baby."

"Ainda não acredito que as líderes de torcida fizeram uma intervenção para você. Sobre *mim*."

Patrick ri no banco de trás.

"Sério mesmo?"

Diana vira para sorrir para ele.

"Foi demais. Devia ter filmado."

"Elas te odeiam ou coisa parecida?" Blake pergunta, curiosa.

"Quando estavam gemendo meu nome, não me odiavam", ironizo.

Diana bate no meu braço.

"Grosso!"

"Saquei", Blake diz com um sorriso. "Então você partiu o coração delas."

"Não era nem para o coração delas estar envolvido na história", argumento. "Sério. É por isso que acho sexo casual uma piada doentia. Uma farsa em que a sociedade nos fez acreditar. Só serve para magoar as pessoas."

"Para ser sincera, eu merecia a intervenção", Diana suspira. "Foi a vingança por todas as vezes em que falei para elas que você era péssimo. Para elas, deve parecer que perdi a cabeça."

Estamos perto da fraternidade, e estaciono na rua a vinte metros da festa. Quero certa distância entre minha Mercedes e bêbados babacas, muito obrigado.

A música reverbera tão alto que consigo sentir a batida da calçada na frente da Kappa Nu. As pessoas entram e saem, algumas já tropeçando embora seja apenas oito horas. Luzes neon aparecem na porta da frente, e a música ensurdecedora combinada com a iluminação inadequada é uma desgraça anunciada. Meio que queria estar bebendo.

Diana dá o braço para Blake.

"Agora, como essa é sua primeira festa universitária oficial, não deixe que os meninos lá dentro te deem a ideia errada sobre os homens", ela avisa. "Eles não são homens; são moleques. Acham que piadas de peido são engraçadas e paquerar para eles é segurar suas pernas enquanto você bebe cerveja de cabeça para baixo e dizer 'belos peitos'."

"É verdade", Patrick confirma para Blake. "Aliás, belos peitos."

Ela sorri para ele.

Entramos na fraternidade, Diana vai na minha frente, balançando o quadril e rebolando naquela saia minúscula.

Pego sua cintura e a puxo para trás.

"Quer subir e sentar na minha cara?", sussurro no seu ouvido.

Ela estremece.

"Para de me tentar."

Enquanto os outros vão entrando, continuamos na entrada, meu corpo colado às costas dela. Deslizo as duas mãos sob sua saia e aperto sua bunda. Diana se contorce.

Apoio o queixo no seu ombro.

"Sabe, considerando todas as líderes de torcida com quem já fiquei..."

"Todas as cinco mil?"

"Todo o milhão. Nunca comi nenhuma de uniforme."

Sua resposta é provocante.

"Quem disse que eu vou deixar você me comer?"

"Sua mão está dentro da saia dela?" Beckett pergunta, chegando perto de nós junto com Will.

"Não", minto.

"Dá para ver."

"Você está tendo alucinações."

Diana ri. Dou um tapinha na bunda dela antes de tirar as mãos. Will olha de esguelha para mim. Ele não diz nada, mas tenho certeza de que está pensando sobre o que aconteceu no apartamento de Diana naquela noite. Penso nisso com frequência.

Também não foi constrangedor quando fomos juntos de carro para o treino na manhã seguinte. Pensei que seria, mas conversamos no carro como se nada tivesse acontecido. Acho que Will está acostumado a ficar de boa depois de uma noite de safadeza. Deus sabe que ele tem experiência com isso hoje em dia.

"Dixon!", alguém grita quando entramos na sala cheia.

Levo um susto porque sou eu que a chamo assim. Isaac Grant, o *wide receiver* que é a estrela do time, se aproxima de nós com um copo vermelho cheio de cerveja e um sorriso vitorioso. Ele tem todo o direito de se achar. Terminou o jogo com dez recepções para cento e oitenta e duas jardas e dois *touchdowns*. É imbatível.

Isaac coloca um braço ao redor de Diana e dá um beijo na bochecha dela.

Tento ignorar o ciúme escaldante que faz meu sangue ferver. A equipe de líderes de torcida participa de todos os jogos de futebol americano, então sei que os jogadores e as líderes de torcida passam muito tempo juntos. Diana deve ser próxima de alguns jogadores.

Mas ele desperta meu lado possessivo. É bonito. Pele bronzeada, maxilar esculpido, pelo menos um e noventa e pouco de altura, e musculoso. A única característica que faz com que ele não seja padrão é o cabelo ruivo. Mas admito que está mais para castanho-avermelhado com mechas loiras do que para um laranja fluorescente.

Cumprimento Isaac com um aceno.

"E aí, mano. Belo jogo."

"Valeu." Ele percebe como estendo a mão para pegar a de Diana. "Dixon, é o seu namorado?"

"Sim."

Ele continua me observando de cima a baixo.

"Basquete?"

"Hóquei."

"Legal. Vocês do hóquei são cabulosos."

"Pode crer."

O olhar interessado de Isaac desvia para Blake.

"Quem é sua amiga?", ele pergunta a Diana.

"Essa é Blake. Blake, Isaac."

Ele começa a jogar charme na hora.

"O que achou do jogo, gata?"

Blake parece achar graça.

"Por que acha que fui ao seu jogo?"

"Não foi?"

"Fui sim." Ela ergue uma sobrancelha. "Aquele segundo *touchdown* foi impressionante."

"Estou aqui para agradar." E vai daí para baixo, falando sobre o jogo e dizendo várias coisas com duplo sentido para sugerir que sua habilidade vai além do campo.

Ele está no meio da frase quando Blake o interrompe.

"Espera, você está dando em cima de mim?"

Isaac parece assustado.

Rio com a cara no copo.

"Ah, você estava. Entendi. Pensei que a gente só estava escutando você falar como é o bonzão, mas daí você comentou sobre mãos fortes e dedos ágeis e pensei: *porra. Ele está dando em cima de mim.*" Ela olha para Diana. "Desculpa. Isso foi chato. Ele é seu amigo próximo?"

Racho o bico porque esse cara pode conquistar a garota que quiser, e uma caloura acabou de destruir o ego dele em cinco segundos.

Isaac estreita os olhos.

"Como você chama mesmo?"

Diana não consegue conter o riso.

"Ah, agora ele está fingindo que não sabe seu nome", ela diz a Blake. Rindo, ela passa a mão reconfortante sobre o ombro largo de Isaac. "Está tudo bem, querido. Desiste. Vai para outro lugar lamber suas feridas."

Com os olhos estreitados, ele sai para manter a dignidade. Mesmo assim, durante a hora seguinte, noto seus olhares para Blake. Diana também nota.

"Acho que você intrigou nosso superastro", ela diz. "Mas cuidado, porque a reputação dele é merecida. Acho que ele já transou com todas as líderes de torcida do time, até com as que namoram."

"Incluindo você?", resmungo.

"Não." Ela diz, mas depois suspira. "A gente só deu uns beijos."

Blake ri com a cara na cerveja. Sei que ela não tem idade para beber, mas até agora ela só tomou uma, e estou de olho.

"Não precisam se preocupar", Blake nos garante. "Sou alérgica a homens arrogantes."

Como Diana avisou, os meninos das fraternidades vão ficando mais e mais infantis à medida que ficam bêbados, mas a festa não fica tão descontrolada quanto eu esperava. Tirando um novato da Kappa Nu correndo pelado pela rua e outro pulando do telhado para a piscina do quintal, está até que tranquilo para uma festa de fraternidade.

Danço com Diana e Blake. Troco ideia com Ryder e os outros caras. Chamo Will para jogar golfe comigo amanhã cedo e, quando ele diz que não pode, Diana puxa meu braço.

"Vou com você se quiser", ela oferece.

"Sério?"

"Claro. Você passou quase todos os dias do verão naquele clube. Quero entender qual é a graça."

Mais tarde, estamos assistindo a uma partida acirrada de *beer pong* na sala de jantar quando Isaac Grant volta a enfrentar a língua afiada de Blake e se junta a nós. Seu bíceps se flexiona sob a camiseta preta com o logo do time de futebol americano da Briar.

"O que você vai querer de café da manhã?", ele pergunta para Blake.

Uma ruga se forma na testa dela.

"Café da manhã?"

"Você vai passar a noite na minha casa... é justo que eu pague seu café da manhã."

"Sutil", digo.

Blake continua indiferente.

"Foi mal. Tenho outros planos." Ela aponta a cabeça para Diana. "Acho que cansei dessa festa. Está pronta para ir embora?"

39

SHANE

Livro aberto

Na manhã seguinte, paro o carro no estacionamento de membros do clube de campo e me viro para minhas duas companheiras. Blake dormiu no apartamento de Diana ontem à noite, então veio também. Nós três tomamos café da manhã — sem Isaac Grant, coitado — antes de virmos para o campo de golfe.

"Já jogou golfe?", pergunto a Blake.

"Sim." Ela aperta os lábios. "Detesto."

Não é um bom sinal. E sei que Diana nunca jogou. Nem vestida para golfe ela está. Ela está de *cropped* e uma calça de yoga que acaba perto das panturrilhas. Uma trança loira cai pelas costas e um par de óculos escuros grandes está apoiado em seu nariz perfeito.

Blake está aproveitando o tempo quente de setembro com uma regata branca fina e um shortinho jeans. Ela não está indecente nem nada, pelo menos não o bastante para provocar a ira dos puritanos do clube, mas com certeza vai atrair alguns olhares.

Como só tenho um conjunto de tacos masculinos, paramos antes no quiosque de aluguel para pegar alguns para as meninas.

"Posso pagar", Diana oferece.

"Não, é por minha conta. Sou membro."

Depois que o menino do quiosque passa o aluguel na minha conta, carrego as duas bolsas nos ombros enquanto seguimos a trilha florida na direção do campo de golfe. O cheiro de grama recém-cortada paira no ar. Encontramos um lugar mais afastado dos outros golfistas.

Diana me encara com expectativa.

"Que foi?", pergunto enquanto tiro meu *driver* da bolsa. Removo a capa e passo a mão sobre a superfície lustrosa.

"Você disse que me ensinaria a jogar golfe", ela me lembra.

"A gente acabou de chegar."

"É, mas pensei que já começaríamos." Ela faz beicinho. "Pensei que você faria alguma coisa muito sexy."

"Sim", Blake concorda. "Pensei que chegaria por trás e colocaria os braços ao meu redor de um jeito sedutor e sussurraria: *O segredo está na pegada.*"

Jogo a cabeça pra trás e rio.

"Tá... primeiro, vou usar essa cantada daqui para a frente. E, segundo, tenho quase certeza de que seu pai arrancaria minha língua se algum dia eu dissesse isso e amputaria minhas mãos se eu tocasse em você. Portanto, só vou te instruir a uma distância respeitosa."

Blake ergue uma sobrancelha.

"Covarde."

"Covarde", Diana repete, com ironia.

"Sério, Dixon? Quer que eu coloque as mãos em outra mulher e sussurre de forma sedutora para ela?"

"Em nome do golfe, eu aceitaria."

Rio.

"Tá, peguem o *driver*. Vamos treinar seu *swing*."

Diana coloca a mão dentro da bolsa feminina.

"Ouvi dizer que o segredo para um *swing* perfeito é a pegada." Dou uma piscadinha para ela. "E sei que você tem uma pegada fenomenal."

Blake suspira.

"Sei que você está falando de punheta e não estou curtindo."

Dou de ombros.

"Não me arrependo."

"Ele nunca se arrepende", Diana diz para ela.

Fico ao lado de Diana e mostro para ela como segurar corretamente o *driver*. Quando ela imita a pegada que demonstro, baixo a mão para ajustar seus dedos.

"Pronto. Perfeito. Agora afasta mais os pés. É para ficarem na largura dos ombros. Relaxa os ombros também."

Viro para dar o mesmo conselho para Blake, a tempo de vê-la lançar a bola a cento e quarenta jardas.

Meu queixo cai.

"Como assim, Logan?"

"Ah, não sou ruim no golfe", ela diz com um sorriso de canto. "Só disse que odeio."

"Nunca mais me engane."

Rindo, ela coloca outra bola no suporte. Vendo que não precisa da minha ajuda, deixo que ela se vire sozinha.

Coloco a bola de Diana para ela e dou um passo para trás.

"É tudo questão de *timing* e coordenação", explico. "Fica de olho na bola. Você consegue."

Ela não consegue.

Pelo menos não de cara. Diana erra sua primeira tacada, fazendo tufos de grama caírem em cima do meu sapato. Mas o erro só a estimula. De repente, ela está com aquela ruguinha fofa na testa que me diz que está prestes a superar um desafio ou morrer tentando.

Ela acerta sua segunda tacada, lançando a bola a umas sessenta jardas. "Você viu isso?" Diana se vira. "Foi lindo."

"Foi lindo *sim*", digo, tentando conter um sorriso. "Agora vamos tentar melhorar sua distância."

Ela ergue os braços em uma pose de vitória, e noto alguns caras de vinte e tantos anos olhando descaradamente para ela. Sim, minha namorada de mentira é uma gata.

Mas, para falar a verdade... essa relação não está mais com cara de fingimento. Claro, somos amigos com benefícios, mas esses benefícios não se limitam mais ao campo sexual. Trocamos mensagens o tempo todo. Ligamos um para o outro. Dançamos juntos. Pô, até a trouxe comigo na minha última manhã de tempo livre antes de a temporada de hóquei começar oficialmente. E não só ela *não* está reclamando de passar a manhã no campo de golfe, como está fazendo um esforço sincero para aprender.

A única outra mulher com quem já joguei golfe é Lynsey. Sim, minha ex me dava a honra de me acompanhar uma ou talvez duas vezes por ano se eu tivesse sorte. E uma dessas vezes foi em meu aniversário, quando implorei para ela jogar dezoito buracos comigo.

Lembro muito bem desse aniversário. Lynsey ficou sentada no carrinho de golfe na maior parte do tempo olhando o celular, sem nem ver quando acertei uma tacada de primeira no campo. Ela até esboçou algum entusiasmo com meu grito de orgulho, mas dava para ver que não estava nem aí.

Agora, imagina se eu acertasse uma tacada de primeira com Diana ao meu lado no campo. Meu Deus. É provável que Dixon fizesse toda uma coreografia de torcida para comemorar minha proeza. Só de pensar nisso, sinto uma onda de satisfação.

Ai, caramba. Meu peito está apertado de emoção agora. Sou sentimental pra caralho.

Enquanto troco por um taco de ferro nove para poder trabalhar em meu jogo mais curto, sorrio ao ver Diana torcendo por Blake.

"Você consegue, Blakey. Acho que consegue aumentar mais umas cinco jardas nessa sua próxima tacada."

"Nossa, você é uma cheerleader mesmo", Blake diz, seca.

"Não consigo evitar." Diana balança sobre os calcanhares. "Só quero que as pessoas se saiam bem." Quando ela vem até mim, uma empolgação sincera brilha em seus olhos verdes. "É muito divertido. Obrigada por nos trazer."

"Estou feliz que vieram", digo com a voz embargada.

O que quer que ela tenha visto em meu rosto faz um sorriso curvar seus lábios.

"É mesmo?"

"É sim. E estou feliz que esteja curtindo."

"Estou adorando. Acho que na próxima deveríamos jogar uma partida inteira."

Engulo em seco o nó repentino na garganta.

"Sim, deveríamos. É, hum, muito legal ter você aqui."

É difícil expressar como me sinto agora. Chega a ser quase ridículo sentir esse nível de alegria e ternura por algo tão bobo como ter uma mulher demonstrando entusiasmo por um dos meus hobbies.

Diana franze a testa, e sei que ela está lendo minha mente.

"Lynsey odiava golfe ou algo assim? A família dela morreu em um trágico acidente de golfe e ela não pode jogar nunca mais?"

"Não, está todo mundo vivo e bem na família dela." Dou de ombros. "Ela jogava golfe no meu aniversário se eu pedisse, mas era só isso. Ela não demonstrava muito interesse pelas coisas que eu curtia."

"E aposto que você assistia a todas as competições de dança dela e sentava na primeira fileira segurando um cartaz enorme que dizia *dança, gatinha, dança*."

"Não, não tinha cartaz nenhum." Rio. "Mas sim, claro que eu ia às apresentações dela."

"Não me entenda mal, mas..." Seu tom é cuidadoso. "Essa relação parece ter sido bem unilateral."

Olho para Blake, que está mexendo no celular a alguns metros. Depois abaixo a voz.

"O que você quer dizer?"

"Quero dizer que você fazia todo o trabalho emocional. Todo o trabalho de se adaptar."

"Não é verdade."

Diana fica quieta por um momento. Quando fala, é num tom de mágoa.

"Lembra no caminho para a casa dos seus pais, que você disse para eu dar uma segurada? Quando a gente estava conversando no carro?"

Sua acusação provoca uma faísca de culpa. Merda. Não lembro de dizer isso. Mas peço desculpa mesmo assim.

"Desculpa. Foi um comentário infeliz."

"Sim, foi. E Percy fazia a mesma coisa às vezes, me dizendo que eu precisava mudar algo em mim." Diana estremece com o som do nome dele, como se doesse a sair da sua boca. "Mas não é essa a questão. O que estou tentando dizer é que, pelo que vi e ouvi, quem estava dando uma segurada é você."

"O que você quer dizer?" Pergunto, cauteloso.

"Desculpa a expressão clichê, mas é como se Lynsey apagasse um pouco da sua luz."

Faço uma careta.

"Parece que você estava se esforçando muito para impressionar aquela menina ou coisa assim."

"Tá, desse jeito eu pareço ridículo."

"Não é. É natural querer deixar a pessoa com quem você está feliz. Você quer impressionar essa pessoa. Mas parece que você fazia todas as concessões. Tinha que ser seu *aniversário* para ela fazer uma atividade que você gostava. O que ela fazia para apoiar *você*? Ela assistia aos seus jogos de hóquei?"

Eu me ajeito, sem graça.

"Ela estava ocupada com os ensaios."

Diana não comenta, mas sua expressão diz: *Tudo explicado*.

Ela fica em silêncio de novo, depois solta o ar.

"Só tenho a impressão de que esse relacionamento talvez não tenha sido tão mágico quanto você se lembra. Porque, vendo de fora, não parece o mais saudável." Ela dá de ombros. "E desconfio que eu não seja a única pessoa que pensa isso."

Franzo a testa ainda mais.

"Por que você diz isso?"

"Só algumas coisas que seu pai disse. Ele me falou que você ri muito quando está comigo. Que age diferente. Ele não mencionou Lynsey especificamente, mas deu a entender que talvez você não fosse você mesmo quando estava com ela."

Contesto:

"Eu e Lynsey nos divertíamos juntos."

"Não estou dizendo que não. Mas não sei se você realmente era você mesmo com ela. Você se abria de verdade para ela? Mostrava todos os seus lados para ela?"

"Ai, meu Deus, Diana", Blake interrompe. "Vem ver isso."

"Desculpa. Já volto." Diana aperta o meu braço e vai olhar o celular que Blake está estendendo para ela.

Suas palavras deixam um gosto ruim na minha boca e uma confusão no meu cérebro.

Será que eu *nunca* me abria de verdade com Lynsey?

A questão é que... sim. Eu me abria. Eu era vulnerável com ela, compartilhando meus pensamentos mais íntimos. Confessei alguns fetiches; ela não quis satisfazer. Eu a convidava para tudo; ela não queria ir. E, quando ia, deixava claro que não estava se divertindo.

Porra. Me incomoda que meu pai pense que eu agia diferente perto de Lynsey. Como se eu fosse um trouxa que deixasse uma mulher me fazer de gato e sapato.

Mas nunca vi nossa relação dessa forma. Sim, tinha seus problemas e, talvez, pensando bem, fiz sim a maior parte das concessões, mas...

"Shane, dá uma olhada nisso."

Deixo esses pensamentos inquietantes de lado e me aproximo. Blake me mostra uma foto do casamento de Gigi e Ryder de um homem de cabelo escuro tentando abrir espacates na pista de dança.

"É um antigo companheiro de equipe do meu pai dos tempos de Briar. Mike Hollis." Blake não consegue parar de rir. "Essa foi logo antes de ele arrancar a calça e daí a esposa dele começou a gritar com ele e o obrigou a ir para casa."

Rio. Ah, sim. Lembro desse cara. Ele e a esposa dominaram a pista de dança a noite toda. Blake rola para ver as outras fotos da sequência, que mostram uma mulher baixinha de pele marrom e cabelo escuro dando bronca no homem de calça rasgada.

"São muito engraçadas", digo, antes de me dar conta de uma coisa. "Sabe que não vi nenhuma das fotos do casamento, além das que eu tirei?"

"Ah, estou com uma pasta inteira no celular", Diana me diz.

"Está? Cadê seu celular?"

"Está em cima da nossa bolsa de golfe."

"Beleza. Vou pegar." Estou prestes a ir quando Blake dá um grito de surpresa.

"Ai, caralho."

"Que foi?" Diana pergunta.

"Isaac acabou de me mandar mensagem."

Agora é Diana quem fica surpresa.

"Isaac Grant?"

Ergo uma sobrancelha, sorrindo.

"O famoso *wide receiver*? Olha só você, Logan. Chamando a atenção dos grandes nomes."

"Como ele conseguiu seu número?" Diana parece estar segurando o riso.

Com profunda resignação, Blake lê em voz alta.

"*Oi, aqui é Isaac. Não me pergunta como consegui seu número. Levei um tempão e precisei passar por uns canais bem obscuros.*"

Rio.

"Depois continua. Aqui ele diz: *Vamos ser diretos. Quero te ver de novo.*"

"Nossa." Estou impressionado de verdade. "Bom pra ele."

Blake me encara.

"Bom pra ele coisa nenhuma. Isso é quase assédio!"

"Nada. Ele só está tentando a sorte. Você deveria aceitar."

"Não acredito que vou apoiar isso", Diana intervém "já que ele é um grande mulherengo, mas concordo. Acho que no fundo ele tem coração."

"É? Se gostam tanto dele, vão lá ficar com ele, então." Blake revira os olhos. "Jogadores de futebol americano metidos não fazem meu tipo." Ela faz uma pausa. "Mas acho que prefiro isso a um jogador de hóquei metido."

"Qual é o problema com jogadores de hóquei?", questiono.

"Eu e minha mãe somos torcedoras de futebol americano."

Eu a encaro, boquiaberto.

"Que blasfêmia! Seu pai é John Logan."

"Sim, é. Torci em todos os jogos dele na infância, e garanto que sei mais sobre hóquei do que a maioria dos seus companheiros de equipe. Mas, se eu tiver que escolher um jogo para assistir, prefiro estar sentada atrás do banco dos Patriots do que no centro do gelo do TD Garden."

"Você está deserdada." Balanço a cabeça para ela.

Elas passam a me ignorar e Diana tenta convencer Blake a não responder Isaac com "Passo".

Não me importo mais com a conversa agora que sei que Blake é uma traidora, então vou pegar o celular de Diana. Quero me mandar aquelas fotos do casamento.

"Está nos seus álbuns?", pergunto sobre o ombro.

"Sim. Numa pasta chamada 'Casamento de G'."

"Legal."

Pego o celular e o destravo; sei a senha porque já usei o celular dela antes. Está aí outra diferença entre ela e Lynsey. Minha ex nunca me daria a senha do seu celular. Mas não acho que ela estivesse me traindo nem nada. É só a personalidade de Lynsey. Ela é uma pessoa fechada. Reservada. Diana, por outro lado, é um livro aberto.

Volto na direção das meninas, passando pelos álbuns de fotos de Diana.

E é assim que descubro que ela não é um livro aberto coisa nenhuma.

40

SHANE

Não sou essa pessoa

É difícil manter a compostura enquanto eu e Diana levamos Blake de volta ao campus. Sem dizer uma palavra, entro no estacionamento atrás da Casa Burton, o alojamento de Blake, e desligo o motor.

"Valeu pela carona", ela diz, levando a mão à maçaneta da porta. "Foi divertido."

"Não ignora o Isaac", Diana aconselha enquanto Blake desce do banco de trás. "Dá uma chance para ele."

"Acho que não, hein."

Diana baixa a janela, gritando para ela.

"Dá uma chance para ele."

"Nem pensar", é a resposta que fica no ar.

Diana vira para mim e sorri.

Sou incapaz de rir com ela. Não consigo desver o que vi no celular dela. É como uma marca de ferro quente no meu cérebro.

Seu sorriso se desfaz devagar.

"O que foi?"

Respiro fundo. Não consigo encontrar as palavras. Sinceramente não sei nem por onde começar de tão puto que estou.

"Shane, ei."

Ela tenta pegar minha mão.

Eu me desvencilho.

"Sério, qual é o problema?" Uma preocupação intensa enche sua voz. "Você está me assustando."

"Dixon." Respiro fundo de novo para aliviar a dor nos pulmões. "Estou me esforçando muito para não explodir e fazer algo de que vou me arrepender."

"Se arrepender?" Seus olhos se arregalam de preocupação. "Do que você está falando?"

"Preciso que você seja sincera comigo. Vou te fazer uma pergunta e tudo que quero de você é sinceridade. É sim ou não. E estou falando sério. Não mente para mim."

Ela engole em seco.

"O quê?"

"Seu ex-namorado bateu em você?"

Um silêncio mortal recai sob o carro. O rosto de Diana fica pálido, sua expressão em pânico. Já sei a resposta antes mesmo de ela abrir a boca.

"Por que você está me perguntando isso?"

"Não", corto. "Pedi um sim ou um não. Percy bateu em você?"

Depois de um longo silêncio cheio de tensão, ela diz:

"Sim."

A raiva dispara dentro de mim.

Seguro o volante com as duas mãos, apertando até os dedos ficarem brancos. Não consigo nem pensar em ligar o carro agora. Não posso correr o risco de sair desse estacionamento. Porque, se sair, vou caçar aquele bosta do Percy e passar com o carro em cima dele até não sobrar nada embaixo dos pneus. E foda-se se isso faz de mim um psicopata. Saber que ele colocou as mãos em Diana dissolveu minha visão em uma névoa vermelha. Sou capaz de matar nesse momento.

"Como você..." Ela perde a voz.

"A pasta de fotos no seu celular", disparo. "Você deveria ter colocado em uma das pastas ocultas."

"Não achei que alguém fosse mexer no meu celular", ela diz, tensa.

"Não mexi de propósito. Cliquei sem querer. E daí? Precisava fingir que não tinha visto seu *rosto espancado*?"

"Foi... foi só um olho roxo."

"Só um..." Paro, respirando para me acalmar. Aperto o volante mais uma vez antes de baixar as mãos devagar. "Me deixa ver de novo."

"Por quê?"

"Porque só passei os olhos nas mensagens. E acho que vai ser mais fácil ler do que você me contar porque estou explosivo pra caralho agora e..."

"Não, eu entendi", ela interrompe. Com as mãos tremendo, ela me passa o celular.

Meu coração bate forte enquanto leio tudo. Diana guardou tudo. Pelo que entendi, aconteceu depois do trabalho. Percy apareceu no final do turno dela. Depois a levou para casa.

E bateu nela, *porra*.

Ele colocou aquelas mãos imundas e patéticas nela e...

Solto o ar de novo. *Calma*.

Nas mensagens, Percy insiste que foi um reflexo. Instintivo. Mas vi a foto do rosto dela. Vi o olho roxo com meus próprios olhos. Aquilo não foi instintivo. Foi um filho da puta doente que machucou uma mulher indefesa.

Diana documentou todas as mensagens em que ele admite a agressão. Mas ele continua colocando a culpa *nela*, dizendo que ela o empurrou.

"Você encostou nele?", pergunto, brusco.

O rosto dela fica desolado.

"Não fiz nada. Percy segurou meu braço e aí tentei empurrar ele."

"Mostra para mim", ordeno. Não porque não acredite nela, mas porque preciso de uma imagem na minha cabeça. Para ter algo para contar à polícia depois que matar aquele cara. "Foi assim que ele fez?"

Estendo a mão sobre o painel central e a seguro pelo antebraço. Delicado mas firme.

"Ele segurou você assim?"

Ela acena, timidamente.

"E o que você fez?"

Com a mão livre, Diana empurra meu ombro.

"E ele deu um soco na sua cara." A raiva volta a ferver. "*Essa* foi a reação dele quando você empurrou o ombro dele?"

"Sim."

Cai um silêncio.

"*Por que você não foi até a polícia, porra?*"

Ela se assusta.

Recupero a calma imediatamente.

"Desculpa. Não, Dixon, desculpa. Isso não é com você. É com ele. Eu..." Ouço meu sangue pulsando em meus ouvidos. "Não entendo por que você não denunciou isso. Por que você mentiu e disse que se machucou no programa de cheerleading?" Ela me falou que levou uma cotovelada no rosto, pelo amor de Deus.

"Porque me dá vergonha!"

Sua voz embarga. E meu coração se parte. Nunca vi Diana tão destruída. Ela está sentada no banco de passageiro, sem nenhum pingo da confiança que aprendi a adorar, com lágrimas escorrendo pelo rosto.

"Não sou essa pessoa, tá?"

"Como assim?"

"Eu sei me virar." Sua voz treme descontroladamente. "Você ouviu as histórias que meu pai conta. Sou aquela que acaba com a raça das pessoas. *Não* sou a mulher que apanha de um homem, beleza? Não denunciei porque *não* posso ser aquela mulher."

"Baby." Desafivelo o cinto de segurança, depois me inclino para desafivelar o dela. "Vem cá."

"Não." Ela tenta se desvencilhar de mim.

"Vem cá", repito, levando a mão até ela.

Dessa vez, não há resistência. Ela sobe no meu colo e afunda o rosto no meu pescoço. Ficamos sentados no estacionamento do alojamento, e a abraço com força enquanto a raiva mal contida ferve em meu sangue.

Diana se endireita, seu rosto cheio de lágrimas partindo meu coração.

"Sou forte", ela murmura. "Sou imbatível, e um filho da puta me deu um soco na calçada. Não posso ir até a polícia."

"Pode sim. E deve", digo com firmeza.

Ela morde o lábio inferior, que ainda está tremendo.

"Você precisa, Dixon. Não pode deixar que ele saia impune dessa, e acho que no fundo você quer denunciar."

Lágrimas surgem em seus cílios de novo.

"Quer sim. É por isso que você guardou essa pasta no celular. Você documentou o que ele fez e guardou porque sabia que poderia precisar usar. Na verdade, não, não *poderia*... você sabia que *deveria* usar."

Diana começa a chorar de novo, tremendo em meus braços.

"Não posso ir até a polícia. Meu pai vai descobrir..."

"Tem razão. Ele vai descobrir e, quando souber o que aconteceu, vai ficar tão furioso quanto eu. Mas ele te ama. E vai saber, assim como eu sei, que você não fez nada de errado."

Ela volta a morder o lábio.

"Eu o provoquei."

"Você não provocou nada. Você terminou com ele e falou para ele deixar você em paz. Ele seguiu você no seu trabalho e depois agrediu você. É só isso que você precisa dizer para a polícia. Confia em mim, ninguém vai culpabilizar a vítima ou pensar que você fez alguma coisa para causar o que aconteceu."

"O advogado dele vai me culpar sim se formos ao tribunal. Ai, merda." Pânico se acende em seus olhos. "Não vou ao tribunal, Shane. Não vou dar depoimento."

"Duvido que chegue a esse ponto", garanto. "Não se preocupa; ele vai pedir um acordo." Aponto para o celular que deixei no porta-copo. "Você tem fotos. Tem mensagens. As palavras dele admitindo. É caso ganho."

"Você diz isso agora e, depois, daqui a um ano ou sabe-se lá quanto tempo, ainda vou estar lidando com isso." Ela faz um barulho desesperado no fundo da garganta. "Não quero mais esse cara na minha vida."

"Eu também não." Toco seu queixo com delicadeza, forçando-a a encontrar meu olhar. "Mas me deixa perguntar uma coisa: você quer que ele encontre uma nova namorada? E se ele ficar puto com a namorada nova e der um soco *nela*?"

Algo brilha nos olhos de Diana. Acho que é raiva.

"Isso", estimulo. "Boa. Sente essa raiva, gatinha." Ela *precisa* sentir raiva. "Você não fez nada de errado. Não pediu isso. Não mereceu isso. E precisa denunciar. Se denunciar, prometo que vou com você. Levo você até a delegacia de Hastings agora e não vou sair do seu lado." Acaricio sua bochecha. "E, se quiser, vou estar lá quando você conversar com seu pai. Mas isso é algo que você não pode varrer para debaixo do tapete e..."

Paro de repente.

"O que foi?", ela diz.

"É por isso que você queria que eu fingisse ser seu namorado quando ele apareceu no Meadow Hill", me dou conta, soltando um palavrão baixo. "Você estava com medo dele."

Inspiro pelo nariz e tento me acalmar porque, de novo, se Percy estivesse na minha frente, eu estaria quebrando seu pescoço com minhas próprias mãos.

"Você deveria ter me contado", digo com a voz pesada.

Ela evita meu olhar.

"Estava com vergonha."

"Você não tem nada do que se envergonhar."

"Sou a menina que apanhou do namorado. É ridículo."

"Diana, para. Sei que é a emoção falando, mas, quando você conseguir dar um passo para trás e olhar para isso racionalmente, vai entender que essa não é você. Você não tem nem nunca vai ter nada de ridícula."

"Jura?"

"Juro. E juro que vou te apoiar no que você decidir fazer, mesmo se eu discordar. Dito isso..." Seguro seu queixo para forçar contato visual. "Posso te levar para a delegacia?"

Sua boca começa a tremer de novo.

Ela faz que sim.

41

DIANA

Você é humana

Delegacias de polícia são um saco. E não só por causa do cheiro de café velho e das luzes fluorescentes que dão enxaqueca. Elas fazem você sentir como se estivesse em apuros, mesmo que não tenha feito nada de errado. Sei que é uma reação irracional, mas não consigo evitar sentir que estão todos me julgando enquanto passo o domingo na delegacia de Hastings.

Sou obrigada a dar meu depoimento várias vezes. A detetive responsável imprime todas as fotos e mensagens do meu celular, depois me informa de que vão precisar entrar em contato com minha operadora de telefonia e verificar as coisas do lado deles também. Horários e tal. Diz que vão fazer o mesmo com o celular de Percy depois que conseguirem um mandado e que vão levá-lo à delegacia ainda hoje.

Pretendo estar bem longe antes que isso aconteça. A ideia de dar de cara com ele me dá vontade de vomitar. Sim, topei com ele o verão inteiro. Mas é diferente. Era como se tivéssemos um armário cheio de esqueletos e os dois concordassem em trancar a porta. E, então, sem a permissão dele, eu a destranquei e joguei luz sobre o que ele fez.

Percy não vai ficar nada feliz, e acho que a detetive Wendt prevê isso porque também me aconselha a pedir uma medida protetiva contra ele. O que significa que preciso repetir a história *de novo* para outro policial e dar mais um depoimento. Enquanto isso acontece, meu pai finalmente chega.

Não sei como Shane conseguiu o número dele, mas, quando meu pai se junta a nós na delegacia, diz que foi Shane quem ligou para ele. Fiel a sua palavra, Shane não saiu do meu lado o dia todo.

Os policiais disseram que eu poderia arranjar um advogado, mas não quero ficar horas esperando até o advogado do meu pai aparecer. Além disso, meu depoimento é cem por cento verídico. Se o advogado de Percy quiser distorcer minhas palavras depois, ele que tente. Vou contratar um na próxima etapa. Segundo a detetive Wendt, é tudo muito preliminar ainda. Ela é muito simpática, e não havia nada além de empatia em seu rosto quando expliquei por que esperei meses para denunciar a agressão. Ela entendia.

Cercada por dois policiais uniformizados, Wendt se aproxima enquanto estamos saindo da delegacia. Diz que estão indo buscar Percy agora para ser interrogado.

Mas é só quando estamos só eu, ele e Shane nos degraus à frente da delegacia que meu pai solta a bomba.

Ao que parece, Percy tem outra acusação de agressão nos antecedentes dele.

Shane solta um palavrão.

"É sério isso? Por que a detetive Wendt não mencionou isso quando Diana estava dando o depoimento dela?"

"Eles não podem revelar isso a essa altura da investigação", meu pai diz com um tom neutro. "Mas pedi para o meu chefe pesquisar o nome de Percival no sistema da delegacia enquanto estava vindo para cá. Apareceu na busca."

"Quem ele agrediu?", pergunto baixo.

"Uma ex-namorada. O chefe Stanton não tinha acesso à queixa toda, então só sabemos o básico."

De repente, fica difícil respirar.

"Não acredito que ele já fez isso antes."

Meu pai baixa a cabeça.

"A culpa é minha. Eu deveria ter buscado os antecedentes dele quando vocês começaram a namorar."

"Ai, pai, fala sério." Não consigo segurar o riso apesar da gravidade da situação. "É claro que você não vai verificar os antecedentes de todos os meus namorados."

"É o que qualquer bom policial faria."

"Pai, para."

"O que sabemos exatamente sobre o caso?" Shane pergunta.

Meu pai conta, mas ele estava certo: não há muito a saber. Parece que Percy agrediu uma mulher com quem saía quando estava cursando a graduação em Nova York. E, embora o advogado de Percy tenha tentado fazer com que as acusações fossem retiradas por ele ser réu primário, o caso seguiu em frente porque a mãe da vítima era alguém importante que lutou por isso. Mas Percy ficou em liberdade condicional.

Não me surpreende que ele tenha decidido não revelar esse detalhe curioso. Por que contaria? *Ah, aliás, também bati na minha última namorada.*

Mas isso demonstra um histórico de violência e, por mais horrível que seja pensar que outra mulher possa ter sofrido a mesma coisa, isso faz com que eu me sinta um pouco melhor sobre minha situação. Me faz pensar que talvez o que aconteceu comigo tenha sido inevitável.

Embora eu tenha vindo para a delegacia com Shane, meu pai insiste em me levar para casa. Enquanto ele vai buscar o carro, fico no meio-fio com Shane, franzindo a testa para ele.

"Como conseguiu o número do meu pai?"

Ele hesita.

"Shane."

"Pedi para Gigi", ele finalmente revela.

Uma onda de ansiedade me invade.

"Você contou para ela o que Percy fez?"

"Não de primeira. Só falei que estava na delegacia com você e que precisava ligar para o seu pai. Disse que você estava bem, mas ela ficou insistindo em vir de Boston para cá a menos que eu desse alguma resposta. No fim, acabei tendo que contar a verdade."

Pego o celular dentro da bolsa. Estava desligado durante o depoimento e, ao ligá-lo, encontro uma enxurrada de mensagens de Gigi.

GIGI

Você está bem?

Tomara que esteja bem.

Vou ficar com o celular na mão o tempo todo, esperando você me responder. Te amo.

"Tá brava?" Shane pergunta, nervoso.

"Não, tudo bem. Eu teria que contar para ela de qualquer forma agora que prestei queixa."

A picape do meu pai para na nossa frente.

"Te vejo em casa?" Shane pergunta. "Posso ir para a sua."

"Talvez mais tarde?"

"Tá bem", ele diz. "Manda mensagem se precisar de mim."

Depois de um momento de hesitação, dou um passo à frente e o abraço. Ele retribui o abraço, e há algo quase desesperado em como me aperta.

"Obrigada por me trazer aqui", digo baixo.

Shane ajeita meu cabelo atrás da orelha, a voz embargada.

"Espero que você não tenha se sentido pressionada por mim a fazer isso."

"Não, você estava certo. No fundo, sempre soube que era a coisa certa a fazer. Precisava ser feito."

Não é à toa que guardei todas as evidências. Acho que eu sabia que um dia estaria aqui, nessa delegacia. Meu único arrependimento é não ter feito isso antes. Torço para que o advogado de Percy não tente me retratar como uma namorada vingativa que quer revanche depois de tudo acabado.

"E mais uma coisa", Shane diz, puxando minha mão antes que eu possa sair. "Você é *sim* imbatível. Não deixa o que aquele imbecil fez te convencer que você é qualquer coisa além de imbatível. Você é Diana Dixon, pelo amor de Deus."

Esboço um sorriso.

"Sim, eu sou, porra."

Mas, na caminhonete, não me sinto forte. Meu pai não diz muito no caminho para Meadow Hill além de perguntar como estou pelo menos quatro vezes. Na quinta vez que pergunta, estamos seguindo a trilha na direção do Bétula-Vermelha, e paro para suspirar, exasperada.

"Pai, não é como se tivesse acontecido ontem. Aconteceu meses atrás."

Seu maxilar se contrai.

"Tá. E ainda não entendo por que você não denunciou."

"Já expliquei por quê." Volto a andar.

Ele vem atrás de mim.

"Diana, você sabe o que faço da vida. Protejo pessoas. Se tivesse me contado, eu poderia ter te protegido."

"Já tinha passado. O roxo sumiu."

"*Não* tinha passado. O filho da puta se mudou para o seu condomínio!"

"Eu sei, mas eu tinha Shane."

"Graças a Deus que você tinha Shane!" O rosto do meu pai fica vermelho, mas sei que ele não está bravo comigo. Está angustiado. "E se Percy tivesse te encurralado no seu apartamento? Você *viu* o caminho que a gente acabou de percorrer? Aquela merda de bloco Sicômoro e agora essa trilha sinuosa como se a gente estivesse na porra do Caribe? O que sua tia tinha na cabeça quando comprou um apartamento aqui? Que tipo de pesadelo de segurança é esse?"

"Tem câmeras por toda a parte", eu o lembro. "E não dá para pisar no condomínio sem passar pelo bloco Sicômoro antes."

"Ele *estava* no condomínio, Diana. Você não entende isso?"

Desespero embarga minha garganta.

"Não, eu entendo. Desculpa. Você tem razão."

"Não. Não precisa pedir desculpa. Não estou culpando você por nada", ele diz enquanto entramos no Bétula-Vermelha e subimos para o segundo andar. "Só estou preocupado. Você é minha filha. Não quero que nada parecido aconteça com você de novo."

"Não vai acontecer."

"Tem razão. Não vai. E agora vamos garantir que não aconteça com mais ninguém."

"Desculpa ter esperado tanto tempo para contar para a polícia."

"Não entendo por que não *me* contou."

É difícil falar com o nó na minha garganta.

"Porque você me acha forte."

Meu pai observa enquanto destranco a porta, uma expressão incrédula no rosto.

"Você *é* forte, filhota. Mesmo depois do que aquele filho da puta fez com você, você ainda é a pessoa mais forte que conheço." Ele entra atrás de mim, pegando minha mão para me impedir de ficar de costas para ele. "Admitir fraqueza às vezes não quer dizer que você não é forte. Quer dizer que é humana."

"Eu não queria que me visse com os outros olhos."

"Eu nunca veria você com outros olhos. Você não fez nada de errado. Não pediu por isso. Apesar do que tentou dizer no seu depoimento, você não provocou aquele desgraçado. Você estava se defendendo, e a reação dele foi desproporcional e perigosa. Ele deixou *marcas* em você". Meu pai rosna um xingamento baixo.

Suspiro.

"Vamos precisar pedir uma medida cautelar contra *você* para te manter longe dele?"

"É provável", ele diz, extremamente sério. "Estou precisando de toda minha força de vontade para não juntar o pelotão. Ir até a casa dele e dar um sumiço no cara."

"Dar sumiço nas pessoas não é uma tática da SWAT. Para de exagerar."

"Quando mexem com sua filha, é sim." Ele ri baixo. "E, se você acha que estou exagerando, espera só para ver quando sua madrasta ouvir o que aquele psicopata fez. Ela vai fazer picadinho dele como uma mãe urso."

"Argh, não", resmungo de repente. "Vou ter que contar para minha mãe também, né?" Sinto um frio de pânico na barriga. "Pode contar por mim?"

Ele franze a testa, relutante.

"Di. Acho que precisa ser você a..."

"Por favor?" Imploro. "Não posso ter essa conversa com ela. Não agora. Não consigo lidar com isso. Você pode só resumir e dizer que converso com ela quando estiver pronta."

"Se quer mesmo que eu faça isso, eu faço." Ele solta um suspiro. "Mas preciso que entenda uma coisa. Você consegue lidar com qualquer coisa que a vida coloque no seu caminho. Você sempre vai ser a pessoa mais forte que eu conheço. Mais forte até do que eu, pô."

"Não é verdade."

"Olha, eu me divorciei da sua mãe. *Você* ainda tem que lidar com ela."

Consigo rir.

"Ela não é tão ruim assim".

"Não", ele concorda. "Mas sei que você coloca uma máscara quando está com ela porque sua mãe desperta suas inseguranças. E coloca essa máscara comigo e com seu irmão, de que não se deixa abalar por nada. Mas coisas vão *sim* abalar você, e coisas ruins vão acontecer. Acontecem o tempo todo, infelizmente. E me dói saber que não posso impedir que aconteçam com você. Você e Tommy são tudo pra mim."

Um nó de emoção aperta meu peito.

"Mas aí é que está. Mesmo você sendo forte e capaz de se virar, e olha que eu acredito muito nisso, você também precisa ser forte o suficiente para saber quando pedir ajuda." Sua expressão fica mais séria. "E quando algo assim acontecer? Peça ajuda, Diana."

Mordo o lábio com tanta força que sinto dor.

"Tá bom."

Nós nos sentamos no sofá, e meu pai me explica o que provavelmente vai acontecer com Percy. Meu papel nessa história está encerrado por enquanto. Agora, cabe aos detetives investigarem e depois ao tribunal decidir, caso o promotor leve o caso adiante.

Depois que meu pai sai, tomo um banho e reflito sobre esse dia infernal. Começou tão promissor. Jogando golfe com Shane e Blake, me divertindo. E sei lá como acabou comigo sentada numa sala de interrogatório estéril, expondo minha humilhação para estranhos.

Esfrego o rosto, deixando a água do chuveiro bater na minha testa. Merda. Sei que preciso começar a mudar a forma como vejo isso, mas é difícil não enxergar como algo constrangedor.

Só preciso me lembrar que o que aconteceu comigo não me torna fraca nem ridícula. Eu nunca nem sonharia em olhar para vítimas de violência doméstica e pensar: *nossa, que ridícula!* Eu as defenderia até a morte. Então, por que não consigo fazer o mesmo por mim?

Embora esse pensamento não seja novo para mim, por algum motivo ele realmente cria raízes dessa vez. Um companheiro íntimo não deve fazer isso com você, muito menos um ex. Não é certo.

O que Percy fez *não foi certo.*

Saio do banho e me seco, depois dou comida para Skip. Ele me olha com cara de peixe morto, e olho para ele com cara de peixe morto de volta. Depois que sua barriga gorda está cheia de comida light, ligo para Gigi e passamos a hora seguinte falando sobre tudo o que aconteceu. Ela fica chateada por eu não ter contado para ela sobre Percy e ainda mais chateada quando fico choramingando sobre a vergonha e a humilhação que senti. Mas, assim como meu pai e Shane, ela me tranquiliza dizendo que não fiz porra nenhuma para provocar isso.

Quando desligamos, vejo uma mensagem do meu pai.

PAI

Contei para sua mãe. Falei que você vai entrar em contato com ela quando estiver pronta para conversar. Ela disse que tudo bem.

Sinto uma pontada de mágoa com a ausência evidente do nome da minha mãe na minha lista de notificações. Ela sabe o que aconteceu com Percy e nem entrou em contato comigo? Sim, eu disse que falaria com ela quando estivesse pronta, mas ela poderia pelo menos ter perguntado como estou. Uma simples mensagem teria bastado. *Olha, sei que você não quer conversar, mas estou aqui para o que precisar.*

Mas isso não faz o estilo da minha mãe. Ela não é emotiva. Toda essa situação deve deixar minha mãe extremamente incomodada.

Também há uma mensagem de Shane, perguntando se estou bem. Digito uma resposta de duas palavras.

Pode vir.

Nem um minuto depois, ele está no meu apartamento. Também tomou banho e trocou de roupa, agora está de camiseta e uma calça de moletom, os pés descalços.

Seus olhos castanho-escuros vasculham meu rosto.

"Dia difícil, hein?"

"Nem me diga."

"É, sei bem." Ele me puxa para o sofá e coloca o braço ao meu redor. "Quer assistir alguma coisa?"

"Pode ser."

Enquanto Shane passa pelos títulos no canal de filmes, ele olha para mim, tristonho.

"Nem acredito que vou dizer isso, mas estou com saudade de *Casinho ou casório*."

"Eu também", resmungo.

"Precisa mesmo esperar até maio?"

"Maio? De que planeta de esperança você vem? A próxima temporada só começa em julho."

"*Julho*? Nem para ser em junho?"

"É trágico. Os fãs vivem pedindo duas temporadas. Alguns reality shows têm uma temporada de verão e uma de inverno, mas, até agora, a TRN não cedeu. Não sei se tem orçamento."

"Que orçamento? Eles não fazem nada de muito extravagante."

"A casa de campo é bem extravagante. E aquele iate em que Zoey deu para O Connor pela primeira vez deve ter custado uma fortuna para alugar."

"Pode ser." Ele desliza os dedos distraidamente pelo meu ombro, passando pelas opções de filme. "Argh. Não tem nada de bom aqui."

Tiro o controle dele e desligo a TV.

"Vamos para a cama."

"Ainda são só nove horas. Está cansada?"

"Não disse que a gente vai dormir."

Seus lábios se curvam.

"Ah. Entendi."

"Só preciso..." Volto um olhar sincero para ele. "Preciso de um carinho. Pode ser uma noite minha?"

"Gata, toda noite é sua. Mesmo quando sou eu que estou dominando, é por você. Você é a única que importa para mim lá dentro."

Ai, meu Deus. Quando ele fala essas coisas, é impossível negar meus sentimentos.

Shane me surpreende me pegando no colo. Rindo, coloco as pernas ao redor da sua cintura e me seguro em seu pescoço. Ele me carrega como se eu não pesasse nada e me deita na cama com toda a delicadeza do mundo.

"Não vou quebrar", provoco. "Levei até um soco na cara e sobrevivi."

"Meio cedo para esse tipo de piada", ele murmura. "Ainda me deixa puto."

"Desculpa."

"Você teve meses para lidar com isso, mas eu descobri hoje cedo. Ainda é recente para mim."

"Entendo. Não vou mais fazer piadas sobre isso. Prometo."

"Obrigado."

Seu corpo grande e musculoso paira sobre o meu, apoiado nos cotovelos. Ele começa a me beijar e um arrepio me percorre.

"Shane?"

"Hummm?" Seus lábios exploram os pontos sensíveis do meu pescoço.

"Obrigada por me acompanhar hoje."

Seu hálito é quente na minha pele.

"Você é minha namorada. Onde mais eu estaria?"

Ele não disse *de mentira*. Normalmente quando estamos sozinhos, nós nos referimos um ao outro como namorados de mentira.

Em vez de chamar a atenção para isso, fecho os olhos e me perco nas suas carícias. Seus lábios traçam minha clavícula. Suas mãos levantam minha blusa e sua boca desce para beijar minha barriga. Ele beija meu abdome e minhas costelas. E o vale entre meus seios quando tira minha blusa. Quando estou deitada só de calcinha de algodão, ele passa a mão pelas minhas pernas nuas, apoiado em um cotovelo enquanto admira meu corpo.

"Você é linda."

"Obrigada."

As sobrancelhas de Shane se erguem.

"Nossa. Você agradeceu."

"O que digo normalmente?"

"*Eu sei.*" Ele bufa.

Dou uma risada.

"Você sabe que estou brincando quando faço isso."

"Sim. E você sabe que estou falando sério quando digo que você é linda. Porque você é."

Sua mão sobe de novo, passando por minha barriga enquanto sobe mais e mais até envolver meu seio. Ele aperta de leve, os dedos brincando com o mamilo. Depois abaixa a cabeça e começa a beijar meus seios.

Shane desencadeia uma enxurrada de sensações no meu corpo. Não deixa nenhum centímetro de pele sem ser beijado. É doce, lento e exatamente o que eu preciso. Estou ofegante quando sua boca enfim chega entre minhas pernas. Ele me dá um beijo por cima da calcinha, sorrindo enquanto ergue a cabeça, depois coloca os dedos sob o elástico e a desliza por minha bunda e minhas pernas, jogando-a longe. Ele me abre e lambe delicadamente ao redor do meu clitóris antes de passar a língua pela minha abertura.

"Adoro fazer isso", ele diz, rouco. "Adoro como você reage. Os barulhos que faz."

Mordo o lábio enquanto o observo. Ele está sendo tão gentil. Sei que deve achar que estou um caco hoje, mas não estou. Toparia se ele quisesse ser bruto. Mas essa versão doce de Shane não me incomoda. Esses beijos suaves não me incomodam. A ternura da ponta dos seus dedos dançando sobre meu quadril enquanto sobem até meus seios não me incomoda nem um pouco. Com a boca no meu clitóris, ele usa sua outra mão para introduzir um dedo em mim. É a mais sublime tortura.

"Não para", imploro enquanto meu quadril começa a se mexer.

"Nunca", ele promete.

Quando sinto o formigamento característico, o prazer ondulando e se intensificando dentro de mim, começo a me contorcer de agitação. Minhas coxas tremem, abrindo e fechando por conta própria. Shane dá uma risadinha. Ele sabe que estou quase lá. E sabe o que está acontecendo comigo agora. O desespero que sinto quando preciso gozar, mas, por algum motivo, meu corpo não me permite.

Ele também sabe exatamente do que preciso para chegar lá. Aperta meu mamilo e pronto. Já era. O orgasmo inunda meu corpo. Não é uma explosão, mas ondas deliciosas de prazer que se espalham por mim de maneira lânguida. Eu me sinto aquecida e aconchegada enquanto Shane sobe pelo meu corpo para me beijar. Sinto meu gosto em seus lábios quando nossas línguas se encontram.

Ele segura meu rosto, e encaixo a perna sobre seu quadril. Estou completamente nua, colada ao seu corpo vestido.

Suspiro, contente.

"Que delícia."

Fico esperando que ele tire a calça, mas ele continua vestido, voltando a beijar meu pescoço devagar.

"Não vai me comer?", reclamo.

"Ainda não." Sua respiração faz cócegas no meu queixo. "Só quero curtir esse momento."

Ficamos deitados nos beijando pelo que parecem séculos, até que ele enfim tira a roupa e enfia o pau grosso dentro de mim. A sensação dele entrando sem camisinha é maravilhosa. Não gozo de novo, mas ele sim, gemendo no meu cabelo enquanto estremece pelo orgasmo. Depois, saio para me limpar e fazer xixi antes de voltar para deitar na cama ao seu lado. Shane coloca a coberta sobre nós, e olho para ele, sorrindo.

"Vai dormir aqui?"

"Uhum. Tudo bem?"

"Sim."

Nos três meses desde que começamos com isso, nunca passamos a noite juntos. Era nossa forma de não deixar que a relação ultrapassasse o "amigos com benefícios". Ou, melhor, amigos com a maioria dos benefícios menos dormir juntos, porque parece um pouco íntimo demais.

Deito a cabeça em seu peito, e é tão bom deixar que ele me abrace. Por um segundo, quase pergunto o que somos. Não vou mais resistir aos meus sentimentos por esse homem. Quero um relacionamento de verdade com ele, mas ainda não sei se ele quer algo sério comigo. Mas não quero estragar o momento. Podemos mergulhar nisso outra hora.

Agora, minha única preocupação é me dissolver em seus braços. Não quero que ele saia hoje. E está na cara que ele também não quer sair porque me aconchega ainda mais e não me solta a noite toda.

42

SHANE

Uma atividade de fim de semana que gente estranha faz

OUTUBRO

Nem passou pela minha cabeça que talvez eu precise faltar à competição de dança.

Pois é.

A CNDSAA está marcada para o meio da temporada de hóquei.

Por sorte — e sorte mesmo, porque Dixon teria me matado — *acho* que dá tempo. A competição é em Boston e termina no fim da tarde e, por coincidência, o time vai enfrentar o Boston College à noite, então os horários se encaixam. O único problema é que não vou poder pegar o ônibus da equipe e também vou ter que jogar uma partida extremamente intensa logo depois de uma tarde inteira de dança de salão. Não sei se o treinador Jensen vai ficar de boa com isso.

Mas estamos prestes a descobrir.

Tamborilo os dedos na porta aberta do seu escritório.

"Ei, professor. Preciso conversar com o senhor sobre uma coisa."

Seus olhos se enchem de desconfiança.

"Por que está me olhando assim?"

"Porque toda vez que um de vocês vem falar comigo sobre alguma coisa, já sei que vou perder a paciência." Ele acena para eu entrar. "O que é?"

Paro na frente da sua escrivaninha, colocando as mãos nos bolsos, sem jeito.

"Hum."

"Desembucha, Lindley."

"Então, tem essa competição de dança", começo.

"Puta que pariu." Ele solta a caneta. "Viu? O que eu falei?"

"Tá, sei que parece..."

"Idiota?", ele completa.

Escolho ignorar sua crítica preconceituosa em relação às minhas ambições na dança.

"Eu e minha namorada passamos o verão todo ensaiando para isso, mas só me liguei ontem, quando estávamos finalizando alguns detalhes, que nunca perguntei quando seria."

Ele me encara.

"Você nunca perguntou quando seria", ele repete.

"Sabia que era em outubro, mas nunca perguntei a data." Baixo a cabeça, envergonhado.

O treinador Jensen suspira.

"Não sei por que, mas por algum motivo imaginei que fosse numa noite no meio da semana."

"Por que uma competição de dança seria feita numa noite no meio da semana? Parece uma atividade de fim de semana que gente estranha faz."

"Ei, eu vou fazer e não sou estranho."

Ele me encara de novo.

"Enfim." Engulo em seco. "É no sábado. E, como eu disse, ensaiamos muito para isso. Mandamos nossa fita de pré-seleção no fim de agosto. Estamos mais do que prontos."

"Lindley. Você é um jogador de hóquei. Não estou nem aí para o tipo de dança que você quer fazer no seu tempo livre. Mas você joga pelo time masculino de hóquei no gelo da Universidade Briar", ele pronuncia devagar, como se estivesse tentando ensinar o abecê para uma criança pequena "e, portanto, você vai estar no jogo."

"Ah, não", garanto. "Acho que consigo chegar para o jogo."

"Acha?"

"Não, *sei* que consigo chegar para o jogo." Nossa, tomara mesmo que eu consiga chegar para o jogo. "Só não vou estar no ônibus. Nossa primeira prova é ao meio-dia, depois tem o American Smooth Duo às quatro, então duvido que eu consiga voltar para o campus às seis para embarcar no ônibus. Mas!" Abro um sorriso radiante para ele. "Já vou estar em Boston, então só vou precisar..."

"Dançar até o rinque?", ele faz o favor de completar.

Eu o encaro.

"Sabe, o senhor poderia me apoiar mais. Já não basta todo mundo tirar sarro de mim. Mas os caras do time veem o senhor como uma figura paterna. O senhor deveria tratar nossas carreiras de dança com respeito, não com desprezo."

"Por mais que eu adore o sarcasmo..." Um músculo se contrai no seu maxilar. "Com meu calendário de hóquei não se brinca. E o que acontece se você se machucar enquanto estiver dançando mambo?"

"Não vamos dançar mambo. Vamos dançar tango, valsa e... quer saber? Deixa quieto. Não importa. Mas juro que mandamos muito bem nas nossas coreografias. Estamos bem. Sem risco de lesão."

Ele arqueia uma sobrancelha.

"*Por que* está fazendo isso?"

É uma pergunta muito boa.

Originalmente, aceitei ser par de Diana para deixar Lynsey com ciúme, mas não lembro a última vez em que pensei na minha ex. Fiquei absorto com o hóquei, Diana e a faculdade. Hoje em dia, quando eu e Diana marcamos um ensaio de dança, a única coisa que passa na minha cabeça é como vamos nos divertir.

"Estou fazendo isso porque curto." Mordo o lábio inferior. "E porque sei que ela adora."

O treinador se recosta na cadeira, examinando-me com aqueles olhos astutos.

"Olha", ele diz finalmente. "Posso parecer durão às vezes."

"*Às vezes?*"

Ele ignora.

"Mas não tem nada nada que eu respeite mais do que um homem que valoriza sua mulher."

"Ahh. Professor. Que fofo."

"Cala a boca." Ele aponta o dedo no ar. "Enfim, foi o que aprendi depois de duas décadas de casamento. Valorize sua mulher. Tenha respeito por ela. Mostre interesse pelos interesses dela. E torça para ela fazer o mesmo por você."

"Ela faz."

Ele acena, apertando os lábios por um momento.

"Precisamos estar no rinque às seis e meia. A patinação de aquecimento é às sete. Você consegue chegar?"

"Com certeza. Os vencedores vão ser anunciados às cinco e meia. E procurei como ir do hotel à arena. Dá para chegar ao rinque com tempo de sobra."

"Tempo de sobra, é?"

"Sim." Fico com um pé atrás. "Por quê?"

Ele inclina a cabeça, pensativo.

"Só estou me lembrando de uma conversa que tive com a minha netinha. Morgan. Ela me perguntou se levo vocês em excursões."

"Não", digo com medo.

"E eu respondi: por que eu faria uma excursão com eles? Eles são adultos e jogadores de hóquei. Não precisam ir para a porra do zoológico. Quer dizer, não falei *porra*. Mas pensei", ele resmunga. Sua expressão ganha um brilho de que eu não gosto nem um pouco. "Mas conversar com você, Lindley, abriu meus olhos. Me fez reconsiderar todo meu posicionamento sobre excursões."

"Não", repito, o medo se transformando em pavor.

Numa ocorrência tão rara quanto um eclipse solar, o treinador Jensen sorri para mim.

43

SHANE

Confi-Dança

“Que intenso!”

Olho ao redor pelo salão do Silverwood Hotel e me pergunto se ainda dá tempo de sair correndo. O salão cavernoso está banhado pela luz cristalina dos lustres, projetando sombras sobre as fileiras de cadeiras brancas dispostas num quadrado com um palco elevado no meio. Espelhos dourados e molduras de gesso ornamentadas decoram as paredes, e a pista de dança na qual vamos dançar tango e chá-chá-chá é de madeira polida e brilhante.

Alguns pares são corajosos o bastante para fazer o aquecimento na frente dos concorrentes. As notas suaves de música clássica flutuam pelo salão enquanto um casal de meia-idade desliza pelo piso numa valsa. Seus pés mal tocam o chão. Meu Deus. Eles são incríveis. Mas a contagem deles está toda errada.

Ou será que...

“Dixon.” Franzo a testa, cutucando suas costelas. “Cometemos um erro.”

“Como assim?”

“Nossa valsa é rápida demais!” Acuso. “A gente vai fazer papel de palhaço. Você não pesquisou a contagem certa de...”

“Relaxa”, ela interrompe, rindo. Então dá um tapinha no meu braço. “Eles estão fazendo uma valsa tradicional. Nós vamos fazer a vienense. A nossa é para ser mais rápida.”

Relaxo. Depois fico tenso de novo quando tento respirar e não consigo puxar ar o suficiente. Puxo a gravata-borboleta apertada demais. Por que estou usando isso? Por que é que estou aqui?

O pânico e as incertezas correm soltos até eu notar o rosto de Diana, corado de entusiasmo, e é então que lembro por que estou aqui. Porque ela se esforçou muito por isso. E porque me comprometi.

“Não se preocupa. Vamos mandar bem.” Diana vira de costas para a pista de dança e leva as mãos aos meus ombros, fazendo uma massagem firme neles, como se estivesse me preparando para entrar num ringue de boxe. “E se for um fracasso total, quem liga? Não me inscrevi pensando que ganharíamos. Nunca me diverti tanto na minha vida.”

“Também não”, admito. E não estou mentindo.

Um cabelo loiro-branco chama minha atenção.

"Gata", digo baixo. "Não olha agora, mas nossos inimigos chegaram."

"Quem..." Ela para e estreita os olhos. "Confi-Dança."

Filhos da puta.

Viktor e Martinique, do Confi-Dança, o nome nada criativo do canal deles nas redes sociais, se aproximam de nós com uma confi-dança injustificada. Martinique está realmente deslumbrante, ainda que um pouco exagerada. Seu conjunto é composto por um collant justo enfeitado com lantejoulas e *strass*, o que parece um tanto excessivo, mas se ajusta ao seu corpo e realça seus seios fartos. A saia é transparente e tem mais lantejoulas em lugares estratégicos. Imagino que o brilho seja para chamar a atenção. Diana disse que nossas roupas precisavam "deslumbrar".

Particularmente, prefiro a roupa de Diana. A dela é puro drama e estilo, enquanto Martinique só apostou no brilho.

O collant vermelho de Diana, um tecido elástico com apenas alguns enfeites, tem mangas rendadas com uma padronagem delicada que passam pelos dedos médios até se prenderem aos pulsos. Tem um decotão na frente e as costas abertas e, ao contrário de Martinique, ela não precisa ter medo de ficar com os peitos balançando. Os de Dixon são pequenos e firmes e estão bem sustentados. Ela está usando uma saia fluida com uma fenda alta e, quando praticamos nossos giros hoje cedo, o tecido esvoaçava ao seu redor, a fenda destacando seus passos. Ela diz que é para acentuar seus movimentos. Tudo que sei é que consigo ver muita coxa, e isso deixa meu pau feliz.

"E não é que você está uma graça?" Martinique cantarola para Diana. Ela ergue uma sobrancelha grossa e escura para mim. "Essa calça não é um pouco justa?"

É. Diana me vestiu hoje e reclamei o tempo todo. Mas é imperativo mostrar uma frente unida diante dos nossos inimigos.

"A minha?", rebato, voltando o olhar para Viktor. "Estou vendo o contorno das suas bolas, amigo. Tem certeza que usar branco foi uma boa ideia?"

Viktor aperta os lábios.

"Não tenta me desestabilizar. Não vai dar certo."

"Jura? Porque você parece bem abalado."

"Não me abalo."

"Se você diz."

"*Não me abalo.*"

Sorrio para ele.

"Claro, amigo."

"Atacando todo mundo ao redor como sempre, hein, Ride or Dance?" Martinique ironiza.

"Como sempre?" Diana repete, achando graça. "Nunca nem falamos com nenhum outro competidor da CNDSAA em toda nossa vida."

"Exato." A voz de Martinique é maldosa. "Esnobes não são bem-vindos aqui, Ride or Dance."

"Dá para parar de chamar a gente pelo nome do nosso canal?" Pergunto educadamente. "É muito desumanizante."

Os dois me encaram.

"Beleza, então. Até mais, Confi-Dança." Olho para minha parceira. "Podemos nos retirar desse confronto esquisito?"

"Nossa, sim."

Deixamos os dois na pista de dança lançando olhares fulminantes para nós.

"Acho que eles devem ser meio birutas mesmo", digo a Diana.

"Totalmente." Ela ainda está balançando a cabeça. "Vamos para os bastidores. Quero conferir a maquiagem."

O hotel está permitindo que os competidores usem o salão de festas adjacente como uma área de bastidores. O espaço enorme está cheio de dançarinos em vários estados de nudez. O que não faltam é lantejoulas e volumes masculinos no ambiente.

Os sapatos de Diana estalam no piso de azulejos a caminho da área onde deixamos nossas coisas. Para mim, parecem sandálias de salto baixo, mas Diana me jurou que são sapatos de dança de verdade.

Ela se aproxima de um dos espelhos na área de maquiagem e passa uma unha de francesinha embaixo do olho para uniformizar a linha de maquiagem.

Nossa, como ela está gata. Queria que ela tivesse deixado o cabelo solto, mas ela disse que seria distração demais. Está com um rabo de cavalo preso na altura da nuca. Uma flor vermelha está presa sobre sua orelha esquerda. Com seus lábios vermelho-sangue e a sombra esfumada, tudo que quero é curvar seu corpo sobre a mesa de maquiagem e meter bem aqui, na frente de todo mundo.

Quando está satisfeita com a maquiagem, ela se vira para mim.

"Repete comigo", ela diz, firme. "Vamos cativar a plateia."

"Não vou repetir isso. E não vou cativar os babacas do meu time."

Diana não consegue segurar o riso.

"Ainda não acredito que o treinador Jensen vai trazer o time todo para nos assistir. Por que ele faria isso?"

"Porque ele é o diabo", resmungo. "Falei para você entrar em contato com o pessoal da CNDSAA e garantir que eles não dessem ingressos para ele."

"Eles não teriam topado. Vem sempre menos gente à tarde. Eles querem encher aqueles assentos."

"Meus companheiros de equipe vão ficar importunando a gente o tempo inteiro. Espero que você saiba disso."

Ela fica pálida.

"Tomara que não. Isso pode afetar nossas pontuações!"

Está um caos aqui atrás. Continuo observando nossos concorrentes, mas é difícil saber quem está inscrito em qual categoria. Mas sei que as categorias Solo e Duo são as primeiras, enquanto os pares competindo nos eventos de cinco ou nove danças só começa a se apresentar à tardinha e à noite. Isso inclui Lynsey e seu parceiro, Sergei, então fico surpreso quando a vejo na multidão.

Lynsey está vindo na nossa direção quando encontra meu olhar. Ela está de moletom, mas sua maquiagem está perfeita e seu cabelo, preso no coque que a vi usar umas mil vezes durante apresentações de balé. Meticulosamente penteado com presilhas brilhantes sobre as têmporas porque essa é Lynsey. Meticulosa.

Vendo as duas juntas, percebo que Diana é cheia de glamour enquanto Lynsey é pura elegância. Elas são completamente diferentes.

"Só queria vir aqui e desejar boa sorte", minha ex-namorada diz. Ela cumprimenta Diana com a cabeça, mas seus olhos escuros estão fixados apenas em mim.

"Obrigado", respondo. "Para você também."

O momento constrangedor é interrompido quando um oficial da CNDSAA anuncia que os competidores das categorias Duo e Solo devem assumir seus lugares na seção dos participantes. Eu e Diana voltamos ao salão e encontramos nosso lugar ao lado da dupla Confi-Dança, que nos olha com raiva. Essas pessoas precisam transar mais.

No meio da seção de cadeiras está a mesa de jurados. São seis, todos com a expressão impassível e uma prancheta diante de si. Música clássica reverbera no salão enquanto um casal após o outro assume o palco. Alguns pares são muito bons, enquanto outros dançam de maneira mais desajeitada, como atletas profissionais se movendo com dificuldade naqueles programas de dança com famosos.

"Acho que somos melhores do que a maioria desses casais", Diana sussurra para mim. "O nível de talento desse ano não está tão alto quanto o do ano passado. É um bom sinal."

"Gata", sussurro em resposta. "Não vamos ganhar nem ficar entre os primeiros. Você sabe disso, né?"

Minha previsão se confirma quando Viktor e Martinique executam um foxtrote impecável que deixa todos os jurados acenando positivamente com a cabeça. Filhos da mãe. E, como todos os vinte pares da nossa categoria precisam apresentar sua primeira dança antes de alguém apresentar a segunda, eu e Diana somos obrigados a dançar logo após Confi-Dança, o que eu odeio. Não quero que a última lembrança na cabeça dos jurados seja aquele maldito foxtrote perfeito.

Nossa primeira dança é o tango porque Diana quer dar um show logo de cara. Ainda não consegui dominar aquela merda de valsa vienense.

Estou completamente nervoso quando a gente se levanta. Nunca fiquei assim em um jogo de hóquei, nem mesmo durante os campeonatos, mas estou suando de ansiedade agora.

Gritos altos de torcida enchem o salão quando subimos à pista.

"Vamos lá, Lindley!"

"O QUE É SEU NINGUÉM TIRA, LINDLEY!"

Diana olha para mim com tristeza.

"Por que os *meus* amigos não podem estar aqui?", ela murmura. Suas líderes de torcida estão em um jogo fora de casa com o time de futebol americano, do qual Diana precisou pedir permissão especial da treinadora para se ausentar. E Gigi e o time de hóquei feminino estão jogando em Providence.

"Pelo menos temos um setor de fãs", murmuro em resposta, mas saber que meus colegas de equipe estão lá só agrava meu estado ansioso.

Meu coração está acelerado. Meu estômago, embrulhado. Que merda estou fazendo aqui? Sou o homem mais confiante que você vai conhecer. Totalmente seguro na minha masculinidade. Mas essa calça é apertada demais, e a camisa também, e a gravata-borboleta é simplesmente ridícula...

"Você está bem?"

Ver o rosto de Diana me faz esquecer o pânico. Ela está corada de empolgação, e preciso me lembrar de não vomitar. Não posso decepcionar essa mulher.

"Estou sim", digo, rouco.

Uma voz ecoa pelo sistema de som.

"Próximo par, por favor, assuma sua posição."

Por favor, alguém me mata.

Eu e Diana andamos para lados opostos da pista polida. Engulo em seco, esfregando a palma das mãos na parte da frente da minha calça, que é tão justa que chega a ser indecente. Sussurros e o farfalhar de roupas ecoam ao nosso redor enquanto todos esperam para começarmos.

"ESTOU VENDO SUA MALA, LINDLEY!"

A voz de Jordan Trager quebra o silêncio, e queria que homicídio fosse legal em Massachusetts porque eu o mataria se pudesse.

Enquanto esperamos a música começar, o ar está carregado de expectativa. Finalmente, a melodia enche o salão.

Rezem por mim.

Eu e Diana nos olhamos. Ela está um espetáculo de vermelho e preto, seda e renda. Seus lábios se curvam em um sorriso. Sorrio em resposta.

Nós dois deslizamos para a frente, andando na direção um do outro no que Diana gosta de chamar de "nossa jornada pelo palco".

Estendo a mão.

Diana pousa a dela na minha.

Ela apoia sua outra mão no meu ombro e, de repente, somos cercados pela música mais melodramática, graças à minha mulher melodramática.

Comando a pista de dança com uma confiança que não sinto nem um pouco. Não tenho tempo para pensar se estou ridículo. Para me importar se estou fazendo papel de bobo na frente do meu time de hóquei. Vou mandar bem nessa porra dessa coreografia ou morrer tentando. Diana segue minha liderança, entregando-se da mesma forma como se submete na cama. Ela é a melhor dançarina, mas quem conduz sou eu.

Seus passos são precisos. Os meus nem tanto, mas não chegam a ser ruins a ponto de dar vergonha. Nos comunicamos com o olhar, sabendo exatamente o que precisa ser feito. Ensaiamos essa coreografia tantas vezes que eu a sei de cor, mas hoje ela parece mais sedutora.

Minha mão encontra a lombar dela. Eu a acaricio e sua respiração acelera. Nossos peitos se encontram e se afastam.

Ouço gritos de aprovação na plateia e a torcida barulhenta dos meus companheiros de equipe, mas ignoro tudo. Eu me concentro apenas em Diana, nos meus passos e na porra do tango. Com as pernas entrelaçadas, conduzo com uma confiança crescente, seguindo os passos sedutores que ela coreografou para nós. O ritmo sensual entra na minha veia. É inebriante. Me faz querer transar.

Meus dedos roçam de novo nas suas costas, acariciando de maneira sedutora. Meu Deus, a tensão sexual é incrível. Uma descarga elétrica prestes a incendiar o salão. Nem me importo que o treinador Jensen deva estar tendo um ataque de pânico.

Os saltos de Diana estalam no chão e meus pés se esforçam para acompanhar cada passo dela. Cada inclinação e giro nos aproxima do fim, e percebo que a plateia está em silêncio agora. Só assistindo. Diana é o drama em pessoa, então nosso tango tem muitas pausas dramáticas, tanto que escuto uma mulher conter um grito de admiração em determinado ponto da música.

Todos prendem a respiração quando levanto Diana. Ela desliza pelo meu corpo e prendo a perna dela imediatamente, e então voltamos a andar. O corpo dela é como líquido nos meus braços, entusiasmo e sensualidade irradiando em seus movimentos. Ela é muito sexy.

Nossos corpos se arqueiam e nossas pernas se entrelaçam quando a música chega ao clímax. Se estivéssemos sem roupa, eu estaria gozando dentro dela agora.

Executamos uma inclinação final sob os aplausos da plateia. A ponta do rabo de cavalo de Diana roça o chão enquanto a seguro lá embaixo. Ela está suspensa como um anjo sexy. Com nossos olhares fixos, a pose final é íntima e sensual pra caralho. Nós a seguramos até a música acabar.

Meu coração está acelerado. Estou ofegante, sentindo como se tivesse jogado um tempo inteiro de hóquei sem descanso.

Há um breve silêncio antes de o salão de baile se encher de aplausos.

É isso aí. Mandamos muito bem.

Diana sorri para mim. Ela também está sem fôlego.

"Conseguimos!" Ela me abraça.

Eu a levanto do chão, olhando de canto de olho para os jurados que estão anotando sem parar nas pranchetas.

"Merda", digo enquanto saímos do palco. "Queria que essa pontuação não fosse combinada com a valsa. Acho que só com o tango poderíamos ficar entre os primeiros."

"Ah, olha só quem está envolvido agora", ela brinca.

Sorrio.

"Dixon. Nós mandamos muito bem naquele tango. Você sabe disso, né?"

Prova disso são as caras emburradas de Viktor e Martinique quando passamos por eles. Ah, alguém está confi-triste.

"Bom trabalho", Martinique solta, como se as palavras tivessem um gosto ruim.

"Obrigada", Diana diz, magnânima.

Contornamos a área dos assentos porque Diana precisa de uma troca rápida de figurino. A área dos bastidores ainda está movimentada. Alguns monitores na parede mostram imagens ao vivo das coreografias sendo apresentadas no salão, e vejo Lynsey perto de um deles com seu parceiro, Sergei. Quando seu olhar encontra o meu e ela me dá um sorriso e um joinha, não consigo decifrar sua expressão.

"Você foi incrível", Diana me diz, com admiração na voz. "Sem brincadeira, Lindley. Foi fenomenal."

Não posso negar que meu ego dá uma boa elevada ao ouvir isso.

Diana abre sua bolsa de roupas e tira outra saia. Ela troca a vermelha fina por uma plissada que vai até os tornozelos. É branca e cintilante, e o collant preto combinado com a saia parece transformá-la.

Eu estava enganado. Diana é glamour *e* elegância. Ela é as duas coisas.

"A valsa é mais fluida", ela explica, notando meu olhar. "Todos aqueles movimentos longos. Os plissês vão destacar."

"Claro", concordo. "E vai exibir esses tornozelos indecentes. Deixar todo mundo de pau duro."

"Exato."

Faltam a valsa vienense e o chá-chá-chá, mas agora que uma dança já foi, meu nervosismo está passando.

"Desculpa se a gente não ganhar nem ficar entre os primeiros", digo, relutante.

"Sinceramente, não estou nem aí. Só estou feliz de estarmos fazendo isso." Seu olhar se abranda e seu tom perde a ironia típica de Diana. "Obrigada."

"Pelo quê?", digo, com a voz embargada.

Ela fica na ponta dos saltos e me dá um beijo nos lábios.

"Por tudo. Por me convencer sobre Percy. Por me acompanhar nessas coisas bobas." Ela aponta para os bastidores. "Eu estava errada sobre você, Lindley. A verdade é que você é sim um cara do bem."

44

SHANE

Passado

Entro no vestiário sob aplausos ensurdecedores. Nazzy e Patrick saltam do banco e giram toalhas no ar. Trager enrolou sua camisa e está batendo com ela nas bundas dos outros. Até parece que eles acabaram de ganhar a final da Copa Stanley, em vez de terem me assistindo dançar numa roupa muito justa.

Meus companheiros de equipe estão todos comemorando e gritando e dizendo que mandei bem pra caralho. Eu me sinto mal por ter deixado Diana lá para o anúncio dos vencedores. Os resultados de todas as provas da tarde estão sendo anunciados agora, enquanto os vencedores da noite vão ser revelados mais tarde na festa de encerramento. Não sei se uma festa cheia de dançarinos de salão amadores seria o melhor evento do mundo ou o mais vergonhoso. Seja como for, não vou descobrir, porque tenho uma partida de hóquei para jogar.

"Cara, foi surpreendentemente bom." Nosso vice-capitão, Case Colson, aperta meu ombro. "E surpreendentemente sexy."

"Sim. Meu pau deu um pulo", Trager confirma.

Bufo.

"Sem brincadeira", ele insiste. "Nossa, *sério*. Você e Dixon estavam pegando fogo."

Estávamos mesmo.

"Obrigado por irem", digo, colocando a mochila no armário. Ainda estou com o figurino de dança. Nem me preocupei em colocar roupas normais no hotel porque eu teria que me trocar de novo quando chegasse ao rinque. Desabotoo a camisa e arranco a gravata-borboleta.

"Quando vocês vão saber quem são os vencedores?" Will pergunta curioso, enquanto coloca o protetor peitoral.

"A Diana vai me mandar mensagem. Deve ser a qualquer momento."

Coloco o celular na prateleira de cima do armário e começo a me vestir. Estou com todos os equipamentos menos os patins quando escuto a notificação.

Um momento depois, solto um grito alto que chama a atenção de todos.

Beckett levanta uma sobrancelha.

"E aí?"

"Quinto lugar, porra!"

Todos vão à loucura de novo.

Trager, que não me suportava no último semestre, me ergue com um abraço. Depois me coloca de novo no chão e franze a testa.

"Espera, quinto lugar é bom? Parece meio ruim."

"Nada, cara, é foda! A Diana achou que a gente não chegaria nem no top dez."

Por falar nela, outra mensagem aparece. Meus olhos se esbugalham ao ler.

DIXON

O prêmio do quinto lugar é DEZ MIL!

Caralho. Que tipo de competição de dança amadora barra-pesada é essa? Vi no site que o primeiro lugar ganha cinquenta mil e lembro de ver que o top cinco também ganhava alguma coisa, mas imaginei que fosse, sei lá, uns seiscentos dólares. Quem está financiando essa porra? A máfia?

DIXON

Dá CINCO MIL DÓLARES para cada!

Sorrio. É óbvio que pretendo deixar o valor total com ela. Tenho certeza de que ela vai insistir para dividirmos, mas vou insistir de volta, daí eu deixo ela pagar um jantar chique para mim ou algo assim.

Confi-Dança ficou em qual posição?

DIXON

Não fica bravo.

Terceiro lugar.

Filhos da puta.

Mas não dá para negar que Viktor e Martinique mandaram muito bem. E, embora nosso tango tenha sido explosivo, nossa valsa foi mediana, e o chá-chá-chá foi quase um desastre. Ainda estou surpreso que eu e Diana tenhamos conseguido ficar entre os cinco primeiros. É o resultado gratificante de um verão inteiro de ensaios. Quinto lugar é uma bela de uma conquista, e estou orgulhoso de nós. Estou orgulhoso de Diana, que se dedica de corpo e alma aos seus projetos. Ela comentou comigo ontem à noite que seu próximo objetivo é aprender espanhol, e não tenho dúvida de que ela vai estar fluente até o final do ano. Ela é esse tipo de pessoa. Pura dedicação.

Não acredito que cheguei a pensar que ela não passasse de uma líder de torcida superficial. Eu estava redondamente enganado sobre essa mulher.

O treinador entra para repassar algumas estratégias de última hora, seu olhar afiado buscando por Beckett.

"Dunne, vou colocar você na escalação de Lindley hoje."

Boa. Adoro quando Beck está no gelo comigo. Ele é gigante pra caralho. Sempre sei que vou conseguir o disco porque Beckett vai manter todos os atacantes adversários enroscados nas laterais. Ele deve ser o melhor defensor do time.

Eu e ele batemos o punho, sorrindo um para o outro. Não jogamos na mesma formação desde o Eastwood College. Quando nos transferimos para Briar, ele foi colocado na primeira formação com Ryder, Case, Will e David Demaine. Mas agora que Demaine e vários veteranos se formaram, o treinador e sua equipe reorganizaram as escalações, tentando encontrar uma configuração que funcione. Hoje, vou jogar com Austin Pope, que foi a estrela entre os novatos do ano passado e agora está no segundo ano, e alguns outros alunos do segundo ano que estão um pouco verdes. O Beck será uma adição bem-vinda.

"Ei, professor", Nazem chama. "Lindley ficou em quinto naquela parada de dança."

Jensen me lança um olhar fulminante.

"Se não ficou em primeiro, ficou em último."

"Cara. Quinto lugar é ótimo para minha primeira competição de dança. Diz que eu fiz um bom trabalho, vai. O senhor consegue, professor... só um parabéns."

Ele apenas me encara. Mas, enquanto está virando as costas, eu o escuto murmurar "Parabéns".

Morro de rir. Sempre soube que ele tinha um coração mole.

Ele me surpreende ainda mais quando me para na porta do vestiário, colocando a mão pesada no meu ombro. Ele espera todos os outros saírem antes de dizer:

"É bom ver que você se esforça no mesmo nível de dedicação a todas as suas atividades, Lindley. Mas preciso dizer: seu chá-chá-chá estava uma merda."

Meu queixo cai.

"O que o senhor sabe sobre chá-chá-chá?"

"Eu e minha esposa fizemos aulas de dança antes do casamento", ele revela. "Tivemos que aprender cinco danças latinas."

"Americanas ou internacionais?"

"Internacionais. Foi o pior ano da minha vida", ele resmunga.

Não consigo segurar o riso.

"Mas o resultado foi que me casei com minha esposa e dancei um chá-chá-chá de respeito, então..." Ele encolhe os ombros. "Você consegue mais, Lindley. Vai ensaiando."

Ele sai andando, e não tiro os olhos dele. Chad Jensen é uma caixinha de surpresas e, sinceramente, uma fonte que nunca seca. Mal posso esperar para contar para os meninos que...

No meio do corredor, o técnico se vira e abre um sorriso cheio de sarcasmo.

"Se contar para alguém, vou negar. Você vai fazer papel de idiota."

Puxa vida.

Como ele *sabia*?

O jogo é acelerado desde o início. Ainda sinto a adrenalina da competição de dança, e nada mais do que justo que eu faça o gol da vitória. Essa é minha noite. Quem manda aqui sou eu, porra!

"*Isso*", Ryder rosna, batendo no meu capacete enquanto passo por cima da barreira. Sua formação já acabou por hoje, então ele está no banco curtindo a ação sem precisar se sentir pressionado.

Restam apenas quarenta segundos no terceiro tempo. Claro, o Boston College é capaz de marcar dois gols nesse tempo, afinal, milagres acontecem. Mas é improvável. O técnico sabe disso e ordena que nossa terceira escalação trate o resto do jogo como um *penalty kill*, enquanto o restante de nós fica sentado no banco torcendo para eles manterem a formação de defesa.

Quando o apito toca, marcando o fim do terceiro tempo, todos no banco da Briar se levantam de um salto, saboreando o gostinho da vitória. Estávamos a todo vapor hoje. Invencíveis. O clima no vestiário é de puro triunfo.

"Gigi e Mya estão lá fora com Diana", Ryder me avisa, colocando a bolsa de hóquei no ombro. Mya veio para o jogo de Gigi contra o Providence. A gente vai voltar para Hastings e se encontrar no Malone's.

Perfeito. Nem sabia que ela estaria aqui, mas uma olhada rápida no celular confirma que Diana pegou um Uber para cá depois do anúncio dos vencedores. Está esperando por mim no saguão.

Mas, quando entro no corredor, não é Diana que encontro esperando por mim.

É Lynsey.

"Oi." Estou surpreso em dar de cara com ela, ainda mais de calça jeans e suéter preto em vez do figurino de dança que estava usando no hotel. "Não vai à festa de encerramento da CNDSAA?"

"Achei melhor não ir."

"Mas não vão anunciar os vencedores da American Nine?"

"Sergei vai me avisar por mensagem se ficarmos entre os melhores."

Ela dá de ombros, o que é estranho para Lynsey. Ela costuma ser muito direta. Em todos os anos desde que a conheço, ela nunca deixou de comparecer a um evento importante. Pelo menos, não um evento que fosse importante para *ela*.

Estou completamente perplexo.

"Cadê Tyreek?", pergunto. "Ele não estava na plateia torcendo por você?"

"Não. Na verdade, a gente terminou."

"Sério?"

"Sim", ela responde. "Mês passado."

"Ah." Que estranho. Eu e ela nos cruzamos algumas vezes no campus de lá para cá, e ela não disse nada.

"E não fui à festa de encerramento porque queria assistir ao seu jogo. Consegui ver o último tempo."

Escondo o choque.

"Você veio para me ver jogar?" E então não consigo me conter. "Nunca demonstrou muito interesse antes..."

"Eu sei. Foi péssimo da minha parte." Ela parece sem graça. "Podemos ir para algum lugar conversar?"

Hesito.

"Tem um barzinho não muito longe daqui. Vamos tomar alguma coisa rápida?" Ela hesita. "Ah. A menos que você tenha que pegar o ônibus do time."

"Hoje não. Vim de carro por causa da competição."

"Beleza. Ótimo." Seu alívio é claro. "Então você pode tomar algo."

"Tenho planos. Vou encontrar todo mundo em Hastings para comemorar a vitória."

"Não vou tomar muito do seu tempo, Lindy. Você ainda pode encontrar todo mundo lá. Você só vai atrasar... o quê? Quinze? Vinte minutos?"

Seu olhar é tão sincero e, por um momento, ela parece insegura. Eu me lembro de repente do nosso primeiro beijo. Apesar de toda a sua pose — desde a adolescência, ela agia como se fosse tão segura de si —, quando a beijei pela primeira vez, segurando sua bochecha, ela estava com o mesmo olhar. Insegurança e esperança. Desejo misturado com medo.

"Refleti muito desde que eu e Ty terminamos, e preciso desabafar algumas coisas. Por favor." Quando hesito de novo, ela solta um suspiro frustrado. "Não quero apelar para o nosso passado, mas, por favor, Shane. A gente se conhece desde a oitava série. Você pode me dar vinte minutinhos."

Ela tem razão, posso sim.

Antes que eu possa responder, reconheço um rabo de cavalo platinado no fim do corredor. Quando vejo Diana abrir caminho pela multidão, olho para Lynsey e digo:

"Te encontro lá na frente. Vou tirar o carro."

"Tudo bem", ela responde, agradecida.

Quando Lynsey passa por Diana, ela a cumprimenta com um aceno. Não deixo de notar a desconfiança que surge nos olhos de Diana enquanto ela se aproxima. Abro os braços e, por mais que ela se jogue neles para me abraçar, sinto a tensão crescente.

"Quinto lugar, porra!", exclamo. "Falei que nosso tango era sensacional."

Ela sorri.

"Não acredito no tanto de dinheiro que a gente ganhou! Vai me ajudar muito."

"Pois é. Que loucura! Quanto o quarto lugar ganhou?"

"Vinte mil."

Aceno com determinação.

"Já sei qual é nosso objetivo para o ano que vem."

Diana sorri e pega na minha mão. Então, como se lembrasse o que acabou de ver, seu sorriso se fecha de repente.

"Por que Lynsey estava aqui?"

"Ela quer conversar." Pauso por um segundo. "Gigi está aqui, né? Ryder disse que ela está de carro?"

"Sim", Diana responde, apreensiva. "Por quê?"

"Você se importa de voltar para Hastings com ela e Mya? Vou beber alguma coisa rápida com Lynsey, mas encontro vocês no Malone's logo em seguida. Vou estar trinta minutos atrás de vocês, juro."

Diana me encara.

"Que foi?" Passo a mão no cabelo curto.

"Você vai beber alguma coisa com Lynsey." Seu tom é seco.

"Eu disse: ela quer conversar."

"Sei, aposto que quer."

"Não é nada disso que você está pensando", garanto.

A tensão entre nós continua a aumentar. Consigo ver a mente de Diana girando, seu maxilar se movendo enquanto ela range os dentes. Ela quer dizer alguma coisa. Não, ela quer dizer *muitas* coisas, e conheço seu gênio bem o suficiente para saber que está sendo difícil para ela se controlar e não explodir comigo.

Ela solta o ar devagar.

"Não quero que você vá com ela."

Minhas sobrancelhas se erguem.

"Quê?"

Seu rosto se franze de aflição.

"Não estava planejando dizer isso agora, nesse corredor, mas... não é mais de mentira para mim, Shane."

"Eu sei." Minha voz é um pouco áspera.

"Estou apaixonada por você. Apaixonada de verdade. E não acredito que estou dizendo isso para Shane Lindley se no ano passado você era a última pessoa com quem eu queria conversar. Mas é isso. Essa é a verdade. E eu entendo, tá? Sei que essa história toda começou porque você queria fazer ciúme nela e tenho certeza que, no fundo, você estava torcendo para ela terminar com Tyreek e voltar para você..."

"Ela e Tyreek terminaram."

Diana balança a cabeça com desdém.

"Tá vendo? É por isso que você não pode ir! Ela está tentando voltar com você."

Infelicidade toma conta de mim.

"Talvez sim. Talvez não. Seja como for, não tenho a menor intenção de voltar com ela. Independente do que ela queira conversar, ela parecia bem chateada e tenho que ouvir o que ela tem a dizer. Devo isso ao nosso passado."

"Você não deve nada a ela. Ela te deu um fora."

Estendo a mão para Diana, mas ela dá um passo para trás, as bochechas corando de raiva.

"Não quero que você vá. Por favor. Estou te pedindo para não ir."

"É uma conversa. Só isso."

Silêncio cai entre nós. Vozes do saguão chegam ao corredor, conversas animadas e risos abafados, mas eu e Diana estamos num impasse, os dois em silêncio.

Finalmente, ela abre a boca. Sua voz é mais fria do que o Atlântico.

"Tá bom, Shane. Já entendi."

Frustração aperta minha garganta.

"O que você quer dizer?"

Ela ri com amargura.

"Eu acabei de dizer que estava apaixonada, e você não respondeu nada. Então, já sei a resposta. Estou vendo que não estamos na mesma página. Estou vendo o que isso é para mim e o que é para você. E quer saber? Vai com a Lynsey. Espero que vocês se divirtam."

Diana dá meia-volta e sai andando sem olhar para trás.

45

DIANA

Não é um relacionamento

"Você não vai com Shane?", Gigi diz quando praticamente a arrasto para fora da arena e digo que estou pronta para ir.

Mya corre atrás de nós, vestida como se estivesse em uma galeria de arte em vez de um jogo de hóquei. Ela usa botas de couro salto agulha, uma calça preta justa e um suéter de caxemira cinza sob o casaco. O cachecol é de grife, claro. Mya Bell é deslumbrante. Ela quer ser cirurgiã, e não tenho a menor dúvida de que seus pacientes vão adorar a vista dessa criatura maravilhosa fazendo uma incisão neles.

"Di?" Gigi insiste.

"Shane tem outro lugar para ir", digo com frieza.

Ela me olha em dúvida.

"Tá...?"

É uma pergunta. Não respondo.

Chegamos à SUV de Gigi, e entro no banco de trás sem disputar com Mya quem vai ficar na frente, como normalmente faria.

Gigi liga o motor e arranca. Fico olhando para a nuca dela e tento não chorar. Mal percebo que ela e Mya não estão conversando, tanto que, quando Gigi para num sinal vermelho alguns minutos depois e as duas se viram para me observar, fico confusa.

"Que foi?" Pergunto.

"Exatamente, o que foi! Que houve com *você*?" Gigi questiona.

"Sério", Mya concorda.

Dou de ombros.

"Nada."

"Você não disse uma palavra em cinco minutos", Gigi diz, incrédula. "Acabou de ficar em quinto lugar na sua competição de dança favorita! Passou um ano obcecada por isso. Sei que você e Kenji só começaram a ensaiar no verão, mas você estava trabalhando nessa coreografia praticamente desde a competição do ano passado."

"E daí?"

"E daí que era para você estar nas nuvens."

"Era para você estar falando sem parar sobre como vai dominar o mundo", Mya diz com sua voz sarcástica. Ela sempre gosta de me encher o saco, mas tudo bem, porque também encho o dela.

"Mas você está sentada aí olhando para o nada. Nem no celular você está. O que houve?"

Shane não me quer.

A confissão está desesperada para vir à tona, mas a seguro. Não. Não vou dar a Lindley a satisfação de chorar sobre ele na frente das minhas amigas. Tornaria isso real.

É real.

Para ele, não.

Para meu mais completo horror, lágrimas ardem em minhas pálpebras. Começo a piscar rapidamente numa tentativa desesperada de contê-las.

"O que aconteceu com seu rosto?" Mya questiona, e percebo que ela está me observando pelo retrovisor.

Engolindo o nó na garganta, passo a manga do casaco nos olhos, que começaram a arder de repente.

"Ei, Diana, sério. O que está rolando?" Gigi parece preocupada. "Você brigou com Shane?"

"Não exatamente." Minha voz treme um pouco. "Quer dizer, ele foi encontrar a ex-namorada depois que pedi para ele não ir."

"Eita." Mya assobia baixo.

"E ela acabou de terminar com o namorado e está na cara que quer voltar com ele. Mas, sabe..." Meu tom é carregado de sarcasmo. "Ele tem que ouvir o que ela tem a dizer porque '*deve isso ao passado deles*'."

O queixo de Mya cai.

Gigi solta um palavrão.

"Sério isso? Como assim, ouvir o que ela tem a dizer? É *óbvio* que ela quer voltar com ele."

"Sim, foi o que eu disse." Cerro os dentes para impedir meus lábios de tremerem. "Mas tanto faz. Não importa. Ele pode fazer o que quiser."

"Ele é seu namorado."

"Na verdade, não." Um riso cansado me escapa. "Nunca foi."

A confissão paira no carro. Uma buzina alta nos assusta. O homem no carro atrás de nós está puto porque Gigi não está entrando no cruzamento. Ela levanta a mão num gesto de desculpas e segue em frente, indo na direção da rodovia. A viagem de volta a Hastings leva cerca de uma hora e, depois da bomba que acabei de soltar, sei que não vai ser uma viagem confortável.

"Começou com ele querendo não perder a pose quando Lynsey apareceu no apartamento dele com o namorado novo. Aí eu fui lá e, sabe, fiz de conta que estávamos namorando. E depois ele me retribuiu o favor quando Percy começou a me importunar."

"Gigi me contou disso", Mya diz, chateada. "Como é que Percy foi virar um *stalker*?"

"Pois é." Escondo o rosto entre as mãos e gemo contra as palmas.

Quando levanto a cabeça, sinto uma mistura de ansiedade, tristeza e raiva. Eu estava tão animada antes. Ainda mais depois do tango. Claro, o chá-chá-chá foi mediano, e a valsa vienense poderia ter sido melhor, mas, meu Deus, *aquele tango*.

Nunca senti nada parecido. A emoção que me atravessou enquanto Shane comandava o palco com sua presença, praticamente me comendo na frente de todo o público sem tirar nenhuma peça de roupa. Depois disso, tudo mais perdeu a graça. Aquele tango ficou gravado em mim. Não me surpreende termos ficado em quinto.

O que me surpreende é ele ter escolhido Lynsey em vez de mim. Pode ser ingenuidade minha, mas acreditei de verdade que ele não queria mais nada com ela.

Digo isso em voz alta agora, com um suspiro triste.

"Vi a mudança dele desde o verão até agora. Até cruzamos com ela uma vez no campus e ele não parecia mais a fim dela. Estava me dando sinais de que estava gostando de mim."

Gigi morde o lábio.

"Acho que ele está *sim* curtindo você."

"Então por que ele foi atrás da ex-namorada?", Mya argumenta.

"Você não está ajudando", repreende Gigi.

"Estou ajudando *sim* porque não vamos iludir a menina a pensar que o cara está a fim dela. Tudo começou porque ele usou Diana para deixar a ex com ciúme." Mya vira no banco. "Ele disse que ainda era apaixonado por ela, não disse?"

"Não com essas palavras, mas sim."

"Sentimentos não passam de uma hora para outra."

"Passam sim", Gigi insiste. "Sentimentos *passam*, e aí você conhece uma pessoa nova e surgem novos sentimentos, e os antigos deixam de importar."

"Está claro que esses ainda importam porque *ele foi atrás da ex*."

As duas continuam a discutir por mim. São como o diabo e o anjo, uma em cada ombro, só que elas estão sentadas no banco da frente. E não sei em qual delas acreditar.

Finalmente, interrompo com um resmungo alto.

"Estou do lado da Mya aqui, Gigi. Era um relacionamento de mentira e não significava nada para ele."

"Ele entrou em uma competição de dança com você. Ele não teria feito isso você não significasse nada para ele."

"Sim, como amiga. Mas o objetivo dele desde o começo era voltar com a ex. E implorei para ele não ir com ela hoje e ele escolheu ir. Isso é prova das intenções dele."

"Concordo", Mya diz.

Meu coração se parte. Não acredito que ele foi embora. Não acredito que ele a escolheu. Estamos juntos há meses. Nós nos víamos todos os dias. É como dizem os casais de *Casinho ou casório*, o tempo lá é diferente. Um dia na casa de campo corresponde a três meses de namoro. Ter Shane no apartamento do lado, estar em contato diário com ele, acelerou nosso relacionamento.

Não é um relacionamento.

É. Parece que não.

"Vamos deixar para lá", murmuro. "Ele fez a escolha dele. Vocês podem me deixar em casa primeiro? Não estou a fim de sair."

"Sem problema", Gigi diz baixo.

Mal digo uma palavra pelo restante da viagem. Depois de um tempo, Gigi coloca uma música, e ela e Mya conversam baixo. Elas tentam me incluir aqui e ali, mas aceno ou murmuro sim ou não até elas desistirem.

E bem quando penso que essa noite não tem como ficar pior, no momento em que Gigi entra na rua em direção ao meu condomínio, vejo algo que faz meu sangue gelar.

Mantive o olhar fixo na janela para evitar a conversa, o que significa que estou atenta à paisagem e reconheço o veículo estacionado perto da entrada do Meadow Hill. Um *hatchback* cinza-escuro com um adesivo da Universidade de Nova York no para-choque traseiro. Quando passamos por ele, vejo um movimento no banco do motorista.

"Para o carro", digo de repente.

"Por quê?" Gigi pergunta, preocupada. "Qual é o problema?"

"Era Percy lá atrás. No carro cinza."

Ela continua dirigindo e eu bato no banco dela.

"Gigi, para o carro."

"Não. Você tem uma medida cautelar contra ele."

"Exato, e ele não pode estar aqui."

"A distância mínima da medida cautelar é cem metros, e ele está estacionado a *três* metros da entrada do meu condomínio. O que ele está pensando?"

"Para o carro, porra. Quero ver o que ele está tramando."

"Não", Gigi repete, com um tom que não admite discussão. "A única coisa que você vai fazer agora é chamar a polícia."

46

SHANE

Eu era um acessório

"Obrigada por vir", Lynsey diz.

Estamos num barzinho de esquina escondido em uma rua charmosa de paralelepípedos. O interior é uma combinação de paredes de tijolos expostos, vigas de madeira escura e um conjunto de mesas, bancos e poltronas de couro desgastado nos cantos do salão. Encontramos um par de poltronas vazias e nos sentamos de frente um para o outro.

Não está tão cheio como se esperaria de um sábado à noite. Apenas o murmúrio de conversas e gargalhadas ocasionais enche o ar, oferecendo um ambiente mais intimista. O que faz isso parecer um encontro. Mas não é. E estou distraído porque sei que Diana está puta comigo. Vai ser preciso muito esforço para me redimir com ela.

"O que está rolando?", pergunto a Lynsey.

"Sinto sua falta."

Minha boca se fecha.

Quê?

Lynsey abre um sorriso autodepreciativo.

"Desculpa, não queria lançar essa logo de cara, mas é basicamente isso. Sinto sua falta."

Não sei o que dizer, mas sou poupado pela chegada da garçonete. Peço uma IPA. Lynsey pede um chá. Ela não é muito de beber.

Depois que a garçonete sai, coço a bochecha e o lado do pescoço antes de baixar o braço com nervosismo.

"Não sei o que fazer com essa informação", admito.

"Você poderia dizer que também sente minha falta."

"Eu disse", eu a lembro. Ressentimento me atravessa. "Falei que sentia sua falta quase todas as vezes em que conversamos. E você só me disse isso agora."

"Eu sei."

"O que é um pouco conveniente, não?" Aquela pontada de rancor se transforma num nó na garganta. "Até algumas semanas atrás, você estava namorando."

"Não era nada sério com Tyreek."

"Não importa se era sério. Você estava com outra pessoa. E tenho quase certeza que, se você não estivesse com ele, não teria nem considerado pedir transferência para Briar."

Seus olhos ficam incrédulos.

"Você acha que pedi transferência de faculdade por causa de *homem*? Você sabe que não sou assim, Lindy. Meu futuro é importante demais para mim para agir por impulso."

Alguma coisa na sua resposta indignada me incomoda. É uma palavra. O problema é uma palavra. O futuro *dela*. Todo o nosso relacionamento girava em torno do futuro dela, da agenda de balé dela, dos amigos dela. Nossa vida girava em torno do que ela queria fazer e aonde ela queria ir.

A constatação me atinge na cara como um disco de hóquei desgovernado.

"Eu era um acessório", digo.

"Do que você está falando?"

"No nosso relacionamento. Eu era um acessório. Eu fazia tudo por você, e chega a ser ridículo quando paro para pensar. Todos os eventos de dança, eu estava lá. Na primeira fileira. E, em quatro anos, dá para contar numa mão o número de jogos de hóquei a que você foi."

"Não é verdade", ela reclama.

"Três", digo, seco. "Quatro se contar hoje. Mas hoje não conta porque ainda não sei o que aconteceu hoje. Mas tenho uma boa ideia."

"Como assim?"

"Você não gosta de ver outra pessoa brincando com seus brinquedos."

Ela fecha a cara.

"É exatamente isso." Dou de ombros. "Você está com ciúme da Diana."

"Ah, fala a sério. E eu lá vou me sentir ameaçada por uma líder de torcida tapada..."

"*Não* a insulte. Não vou aceitar isso."

Ela recua na mesma hora.

"Eu me expressei mal. O que quero dizer é: você também é ambicioso. Tem um plano para o futuro. Um bom plano."

"E daí?"

"E como essa menina se encaixa nele? Naquela noite no seu apartamento, toda vez que eu fazia uma pergunta séria para ela, como o que ela quer fazer depois de se formar ou quais são seus objetivos, ela dava de ombros e dizia *sei lá* ou *vamos ver*. Conheço você, Shane. Você não pode estar com alguém que leva a vida na base do improviso."

"Posso estar com quem eu quiser. E, só para você saber, ela tem ambição, sim. Qualquer coisa que aquela mulher coloca na cabeça, ela conquista."

É verdade. Seja na competição de dança, treinando para o campeonato nacional, fazendo as atas da reunião de condomínio... Diana leva a vida ao máximo, independente do que estiver fazendo, por mais mundana que seja a atividade. Ela é inteligente e determinada, e se importa com as pessoas ao seu redor. Com a família, os amigos. Embora seus sábados sejam ocupados pelos jogos de futebol americano, ela conseguiu ir a todos os meus jogos de sexta-feira. É isso mesmo: Diana Dixon já foi a mais jogos de hóquei meus do que Lynsey durante todo o tempo em que estivemos juntos. Ela foi jogar golfe comigo simplesmente porque sabe que gosto.

"Nosso relacionamento era todo sobre você", digo a Lynsey. "Eu cedia em tudo. Cuidava para que todas as suas necessidades fossem atendidas. E você não conseguia nem fingir interesse pelo meu esporte." Balanço a cabeça. "Não era de todo ruim..."

"Jura?", ela interrompe, cortante. "Porque você está falando como se fosse o pior relacionamento do mundo. Por que você ficou comigo por quatro anos, então, se era tão horrível assim?"

"Você não era horrível. Não é isso que estou dizendo. Tivemos um bom relacionamento. Às vezes era até ótimo. Mas estou começando a entender que você tinha razão em terminar comigo."

"Talvez eu tenha cometido um erro."

"Não cometeu", digo. "Não éramos feitos um para o outro. Pensei que fôssemos, pelo menos no sentido de que éramos os dois ambiciosos e sabíamos o que queríamos para nosso futuro. Mas a questão é que você não *me* queria no seu futuro. Foi por isso que você terminou comigo. E agora estou feliz com outra pessoa."

A garçonete volta com nossas bebidas. Mas já acabei por aqui.

"Desculpa, Lyns. Sempre vou valorizar o que a gente teve e vou ter o maior prazer em manter a amizade, se e quando você estiver pronta para isso. Mas..." Pego a carteira do bolso e tiro uma nota de vinte. "Isso deve cobrir tudo. Desculpa. Não posso ficar. Minha namorada está esperando por mim."

Deixo minha ex no bar e saio correndo. Na calçada, ligo para Diana, mas seu celular cai imediatamente na caixa postal. É, ela tá puta.

Merda.

Tento Gigi na sequência. Caixa postal. Dois a zero.

Na terceira ligação, consigo que Ryder atenda.

"Ei, minha namorada está com a sua esposa? Se sim, pode colocá-la na linha?"

"Elas não estão aqui."

Aperto os lábios.

"Como assim? Por que não?"

"Diana não quis vir ao Malone's, então Gigi a levou para casa. Mas eu e os caras estamos aqui."

"Merda, ela está tão brava assim?"

"Quem, Diana? Não sei. Gisele não disse nada."

"Certo, beleza. Valeu."

Volto para a arena e corro na direção da minha Mercedes. Faço o percurso de uma hora de volta a Hastings batendo os dedos no volante o tempo inteiro. Estou impaciente e desesperado para sair do carro. Quero encontrar Diana e explicar por que precisava falar com Lynsey. E que eu não tinha a menor intenção de voltar com ela. Sei que vou levar uma bronca e talvez ser xingado por um bom tempo, mas espero que ela consiga ver que estou sendo sincero.

Saio da rodovia, pegando as ruas residenciais para contornar o centro de Hastings até chegar à rua sem saída onde fica Meadow Hill. Tenho que passar pela entrada principal para chegar ao estacionamento dos moradores, e fico tenso quando noto o veículo que está saindo ao mesmo tempo em que entro.

É uma viatura da polícia.

47

SHANE

Minha namorada de verdade

Passo às pressas pelo saguão do Sicômoro e sigo correndo pela trilha em direção ao nosso bloco. Dei ao Richard da portaria uns três segundos para me responder quando perguntei:

"Qual era a da viatura?"

Tudo que ele conseguiu dizer foi "*Aconteceu uma situação com a Diana e...*" antes de eu sair correndo na direção do Bétula-Vermelha.

Subo os degraus de dois em dois. Mesmo com o barulho estrondoso dos meus passos e do meu coração acelerado, escuto a voz abafada de Niall.

"Anda baixo!"

Eu o ignoro. À porta de Diana, testo a maçaneta, mas está trancada, então começo a bater na porta.

"Dixon, me deixa entrar. Você está bem?"

Passos se aproximam da porta. Ela se abre, e vejo Gigi.

"O que aconteceu?", digo imediatamente. "Cadê ela?"

"No banho."

O semblante carregado de Gigi me diz que o que quer que tenha acontecido hoje não foi coisa boa. Entro apressado, espiando por sobre os ombros dela para encontrar Mya Bell, ex-colega de apartamento de Gigi, no sofá de Diana. Eu a cumprimento com a cabeça. Ela ergue a mão e me dá um aceno rápido.

"Foi aquele arrombado?" questiono. "Percy?"

"Sim", Gigi responde. "Ele estava meio que vigiando o apartamento quando chegamos."

"Como assim, vigiando?"

"Não sei, é o melhor jeito que tenho para explicar. Ele não estava *no* condomínio, mas a alguns metros da placa do Meadow Hill." Raiva tinge suas bochechas. "Diana viu o carro dele e queria sair para confrontar o cara."

"Espero que não tenha deixado."

"Claro que não. Entramos direto e ligamos para a polícia. Eles chegaram em três minutos, o que foi impressionante. Mas acho que não deve ter muitos crimes em Hastings. Provavelmente eles só estavam esperando alguma coisa acontecer. Os policiais questionaram Diana e depois foram procurar Percy, que negou ter quebrado a medida cautelar. Ele alegou que estava além da distância mínima."

"Ele tem que ficar a cem metros dela. Se ele estava estacionado perto da entrada, não dá cem metros."

"Segundo ele, o local onde ele estava estacionado, em relação ao Bétula-Vermelha e a *este* apartamento está a exatamente cento e oito metros de distância. Diz ele que mediu usando imagens por satélite."

"Desgraçado escroto."

"Pois é, Diana ficou puta. Então é uma questão de semântica, e a medida cautelar está sendo revisada para incluir esse apartamento, e o condomínio todo. Foi uma merda atrás da outra, e Diana não aguenta mais. É por isso que eu acho que você deveria ir embora."

Fico boquiaberto.

"Nem pensar que eu vou embora. Vou ficar aqui para quando ela sair do banho."

"Shane", Mya diz, hesitante.

Olho para ela.

"Quê?"

"Não precisa mais fingir", Gigi explica. "A gente sabe que esse não é um relacionamento de verdade." Ela aponta para mim e para o banheiro no fim do corredor.

"Ela contou tudo pra gente", Mya confirma.

"E entendo", Gigi diz baixo. "Foi muito legal da sua parte fingir ser namorado dela enquanto Percy estava morando aqui. E você fez bem em convencer Diana a denunciar o que aconteceu com ela. Mas..."

"Mas o quê?", retruco.

"Mas você a iludiu."

Meu peito se aperta.

"É isso que ela pensa?"

"O que mais ela pensaria?" Os olhos cinza de Gigi se voltam para mim. "Ela disse que estava apaixonada por você, e você virou as costas para ir correndo encontrar sua ex-namorada."

"Sim, para fechar esse ciclo", murmuro.

"Que ciclo você precisava fechar? Ela não te deu um pé na bunda há um ano?", Mya comenta do sofá.

Faço cara feia para ela.

"Dá para parar de julgar?" Passo as duas mãos na cabeça. "Sim, vacilei e sei que ela está chateada. Mas não tem nada entre mim e Lynsey. Deixei bem claro hoje que não quero voltar."

"Mesmo assim, não sei se agora é o melhor momento para lidar com... seja lá o que isso for. Esse relacionamento de mentira..."

"Não é de mentira!", exclamo. "É real pra caralho. Vocês não entendem? Eu amo aquela mulher."

Gigi me encara.

"Eita. Sério?"

Passo a mão pelo rosto, constrangido sob o olhar surpreso de Gigi e Mya. Faz meses que meus sentimentos por Diana vêm crescendo, mas esta é a primeira vez que consigo dar um nome a eles. *Amor.* Amo aquela mulher com todas as minhas forças.

Não pensei que a ficha cairia na frente de uma plateia, só queria que as amigas dela fossem embora de uma vez e me deixassem ver Diana.

"Sério", murmuro para Gigi. "Então me faz um favor e me deixa assumir daqui. Por favor."

"Não vou embora."

"Você disse que ela está bem, não é? Está brava, mas não abalada. Ele não encostou nela. Então, por favor, só vai. Muito obrigado por terem dado uma carona para ela e ficarem com ela enquanto os policiais estavam aqui, mas estou pedindo, por favor, para vocês irem e me deixarem ficar a sós com a mulher que eu amo."

Após uma longa pausa, Gigi consente.

"Tá. Mas vou ligar para ela em uma hora, e se ela parecer um pouquinho chateada que seja, volto e boto você para fora."

"Justo. E, sério: obrigado por ficarem com ela. Você é uma boa amiga. Vocês duas."

Depois que elas saem, tranco a porta e volto para a sala. Solto um resmungo de frustração contra as mãos enquanto tento ignorar a pontada de medo que pergunta: e se Gigi e Mya não estivessem com ela? E se ele tivesse encontrado um jeito de...

Não, não consigo nem pensar nisso.

Mas era para eu estar aqui, porra.

"Quer dizer que você me ama."

Ergo os olhos e encontro Diana parada na entrada do corredor. Ela está enrolada na mesma toalha rosa que a vi usando na primeira vez que entrei nesse bloco. Suas bochechas estão vermelhas pelo banho. Ela se aproxima de mim com os pés descalços.

"Ouviu isso, então?", pergunto, resignado.

"Sim." Seus olhos verdes percorrem meu rosto. "Era verdade?"

"Já te falei alguma coisa que não fosse verdade?"

"Sei lá", ela diz, dando de ombros. "Você parecia estar falando a verdade quando escolheu sua ex em vez de mim."

"Eu não a escolhi em vez de você. Sei que parece isso, mas precisava conversar com ela. Eu tinha uma suspeita que precisava confirmar."

"Que suspeita?"

"Que a minha relação com Lynsey não era tão boa quanto eu pensava."

Minhas palavras trazem um brilho de humor aos olhos dela. Ela morde o lábio.

"Está tentando não rir?", pergunto.

"Mais ou menos. Quer dizer, estava na cara. Com tudo que você disse sobre ela, parecia que o relacionamento era o Show da Lynsey e você era só um coadjuvante."

"Eu entendo isso agora. E queria conversar com ela hoje para poder dizer isso tudo a ela. E deixar claro que não quero reatar."

"Mas ela tentou, né? Como eu te avisei."

"Eu também estava com esse pressentimento", admito.

Diana me lança um olhar fulminante.

"E mesmo assim você agiu como se a ideia fosse *muito* absurda quando comentei isso."

"Olha, quando ela disse que terminou com Tyreek, passou pela minha cabeça que ela poderia tentar reatar, mas não era por isso que eu queria falar com ela."

"Sério? Você não queria a dose de autoestima de saber que sua ex está louca para voltar com você?"

"Não. Não queria. Eu precisava ter esse último momento com ela. Ficamos juntos por quatro anos. E eu queria que ela soubesse que não éramos feitos um para o outro e que eu me apaixonei pela minha namorada. Minha namorada *de verdade*."

Diana está mordendo o lábio de novo. Mas não consegue conter o sorriso. Ele se abre, iluminando seu rosto todo.

"Não acho que você esteja mentindo para mim."

"Não estou", digo baixo. "Não quero mais ninguém, Dixon. Quero você."

"Por quê?"

Franzo a testa.

"Estou falando sério. Por que você me quer?" Ela está mordendo o lábio inferior, e quase dá para ver as inseguranças emanando dela. "Sou dramática, lembra? Eu precisava dar uma segurada antes de conhecer sua família..."

Meu peito se aperta.

"Merda. Desculpa ter te feito pensar que eu queria que você mudasse."

Ela segura a parte de cima da toalha para não cair.

"Não vou", ela diz, firme. "Mudar, digo. Sou melodramática e esquisita, e discuto muito, e essa é minha personalidade. Se isso assusta alguém..."

"Não me assusta", interrompo. "Não quero que você mude. Quero você como você é. Dramática e tudo." Sorrio para ela. "Então, quer ser minha namorada de verdade?"

Diana coloca uma mão no quadril.

"Vou ter que pensar."

"Vai me fazer suar a camisa, é?", rio baixinho.

"Um pouco. Mas não estou mais brava com você."

"Que bom."

"E..." Ela ergue uma sobrancelha. "Talvez eu esteja me apaixonando por você."

"Se apaixon*ando*?" Finjo indignação. "Mas eu já estou apaixonado."

"Não vou dizer 'eu te amo' no dia em que você escolheu sair com sua ex-namorada."

"Beleza. Vou ficar no suspense." Chego perto do seu corpo de toalha e toco seu rosto. "Você está bem? Gigi me contou o que rolou com Percy."

"Estou sim." Ela balança a cabeça, incrédula. "Só não consigo acreditar na arrogância dele. Aquele chorão desgraçado sentado no carro. Ele disse para os policiais que estava dando uma volta de carro e *por acaso* acabou perto do Meadow Hill, então estacionou porque queria lembrar do nosso relacionamento. Segundo ele, não houve nenhuma intenção maldosa. Não era para ser uma ameaça."

"Que mentira."

"Eu sei. Mas os policiais não vão fazer nada porque quem escreveu a medida cautelar não foi claro na redação, então ele escapou por uma brecha. Ele não violou a ordem. Mesmo assim, vou ligar para a detetive Wendt amanhã cedo."

"Não se preocupa, não vou deixar aquele maluco chegar perto de você. Se ele aparecer aqui de novo, vai ter uma conversinha com Shane Júnior e Shane Neto", digo, erguendo o punho direito e o esquerdo.

"A gente precisa de nomes melhores para os seus punhos", Diana diz com franqueza.

"Eu sei. Em minha defesa, eles nunca tiveram nomes antes, então eu estava meio que improvisando."

"Vamos pensar juntos."

"Talvez levar para a próxima reunião de condomínio", sugiro.

"Boa ideia." Ela está sorrindo.

Abro os braços. Assim que ela entra neles, sua toalha cai no chão.

Rio e baixo os olhos.

"Já começou a sedução?"

Ela bufa.

"Não estou te seduzindo. Mas... já que estou pelada... *acho* que você pode pagar pelos pecados de hoje me dando um orgasmo."

Rindo, ergo seu corpo nu, vou até a bancada da cozinha e sento sua bunda nela.

"Vou começar é agora."

48

SHANE

R. Lindley

NOVEMBRO

Eu e Diana passamos o feriado de Ação de Graças com as famílias um do outro. Minha família faz o jantar na quinta-feira, enquanto os Dixon fazem o deles na sexta e, como nossas cidades são bem perto uma da outra, conseguimos ir nos dois. Gosto de estar namorando de novo. De verdadc, agora que estou completamente envolvido, percebo que nunca fez sentido resistir a isso no ano passado. Esse é o meu estado natural. Sou um cara que gosta de namorar. É como eu sou.

Na quinta à noite, vamos para Heartsong, onde minha irmãzinha cumprimenta Diana como uma velha amiga, se jogando em cima dela. Ela arrasta Diana para o andar de cima para lhe mostrar alguma coisa, enquanto vou para a cozinha ajudar minha mãe.

"Cadê o papai?", pergunto.

"Está no escritório."

"Legal. Vou dar oi para ele e depois venho ajudar você com o jantar."

"Pode ser, querido. Obrigada."

Noto uma tensão ao redor dos seus olhos antes de ela se virar para o fogão. Dou um passo à frente para tocar em seu braço.

"Está tudo bem?"

"Está sim. Cozinhar me estressa, você sabe disso. Vai ver seu pai."

O escritório é o domínio do meu pai, parte salão de jogos, parte ambiente de trabalho. Gaveteiros ocupam uma parede inteira. Em outra está uma série de monitores de computador sobre uma mesa de mogno em L, com fotografias emolduradas e colecionáveis de hóquei pendurados acima dela. A terceira parede ostenta uma lareira a gás com duas poltronas e uma mesa de centro.

Encontro meu pai ajoelhado no assoalho de madeira, revirando uma grande caixa de papelão.

"Ei. O que você está fazendo?", pergunto, curioso.

"Oi, filhão." Ele se levanta para me dar um abraço rápido. "Feliz Dia de Ação de Graças."

Dou um tapinha nas costas dele.

"Feliz Dia de Ação de Graças, meu velho."

"Quem você está chamando de velho? Estou na flor de idade."

"Jovens não falam *na flor da idade*."

"Essa doeu." Ele aperta o peito como se eu o tivesse ferido.

Aponto para as duas caixas no chão.

"O que é isso tudo?"

"Ah, tenho uma coisa para você. Lembra que no mês passado eu finalmente esvaziei as caixas do sótão? Trouxe algumas para cá porque achei umas coisas legais que quero dar para você e Maryanne. Não tem por que deixar tudo em um sótão empoeirado."

Ele vai até a escrivaninha e pega um tecido dobrado. Ele o desdobra e segura a roupa vermelha e preta pela gola. É uma camisa do Chicago, uma das antigas, anteriores troca pelos uniformes novos. Sorrindo, ele a dá para mim. O nome LINDLEY está costurado nas costas.

"Caralho", exclamo. "É sua camisa do Blackhawks de quando você jogou lá?"

"Quer dizer quando joguei cinco minutos de um jogo?", ele diz, seco.

"Mesmo assim, muito foda!" Pego a camisa dele, passando os dedos sobre as costuras do logo. "É a que você estava usando no seu primeiro jogo da NHL?"

"Sim. A que eu estava usando na noite em que minha carreira acabou."

Ele não parece tão abatido com isso, mas me encolho ao ouvir suas palavras diretas e francas.

Ele nota e dá de ombros.

"Faz tempo que já chorei o que tinha para chorar por isso. Criei algo ainda melhor. Algo para deixar para você e para sua irmã que vale mais do que dinheiro de hóquei."

Sorrio.

"Bom, daria para investir o dinheiro do hóquei."

"Ei, dá para investir o dinheiro de imóveis também."

"Brincadeira. É sério que você está me dando isso?"

"Sim, mas vou mandar enquadrar primeiro."

"Você vai autografar?"

"Com certeza."

Com um brilho nos olhos, meu pai pega uma caneta prateada da gaveta da escrivaninha e escreve seu nome na parte preta da camisa.

R. Lindley.

Ele parece tão orgulhoso que lágrimas ardem em meus olhos. Caralho, não consigo nem imaginar como é perder seu sonho dessa forma. Num instante. Um segundo e já era.

"Cadê a Diana?", ele pergunta.

"Está lá em cima com Maryanne."

Meu pai coloca o braço ao meu redor e passa a mão na minha cabeça. Não tenho muito cabelo, então ele só esteja esfregando a palma da mão no meu couro cabelo raspado.

"Estou feliz que você esteja em casa. Feliz que trouxe Diana também. Ela é uma boa pessoa."

"Também acho."

"Que bom que você acordou para a vida."

Ergo uma sobrancelha.

"Como assim?"

"Eu e sua mãe estávamos receosos de que você poderia voltar com Lynsey."

"Nossa." Não consigo conter o riso. "Vocês não gostavam mesmo dela, hein?"

"Não é que a gente não gostava dela. A gente não gostava dela para *você*. Ela não era boa para você. Séria demais. Ambiciosa demais."

"Minha mãe é séria e ambiciosa", aponto.

"Sim, e ela combina perfeitamente comigo. Porque sou um vagabundo folgado que precisa de uma mulher para me motivar." Meu pai se apoia na escrivaninha, com os braços cruzados. "Mas você não é como eu. Você é extrovertido, impulsivo e cabeça-dura. Precisa de alguém como Diana para colocar você no seu lugar. Lynsey nunca fez isso porque..." Ele dá de ombros. "Porque, bom, acho que estava concentrada demais no próprio umbigo para notar o que você estava aprontando."

Não vou mentir: machuca ouvir isso. E suas palavras dissipam qualquer ideia de que eles gostassem dela. Está na cara que eles só eram bons em ficar de boca fechada.

"Queria que vocês tivessem me dito isso quando a gente namorava", admito. "Quatro anos, cara. Vocês poderiam ter me poupado tempo."

Meu pai ri.

"Você não teria dado ouvidos. Cabeça-dura, lembra?" Ele se afasta da escrivaninha. "Vamos lá com elas."

O Dia de Ação de Graças é muito divertido. Não chamamos ninguém de fora esse ano, mas recebemos os pais da minha mãe, minha tia Ashley, alguns primos por parte de pai e mais primos por parte de minha mãe. Assistimos a futebol americano, enchemos o bucho de comida e jogamos mímica depois do jantar.

É o dia perfeito, exceto por um momento de tensão entre meus pais. Meu pai quer dar uma volta depois que nossos hóspedes saíram, mas minha irmã está tão elétrica de açúcar que minha mãe sugere assistirmos a um filme em vez disso. Meu pai insiste, e minha mãe acaba cedendo, resmungando de raiva enquanto eles se agasalham e saem, deixando-me a sós com Diana em casa.

Não perco tempo e pego sua mão.

"Sobe! Agora! Rapidinha!"

Diana não consegue parar de rir enquanto subimos correndo. Sei que temos pelo menos trinta minutos, mas, por via das dúvidas, passo reto pelo quarto e a puxo para o banheiro do corredor.

"Aaah, sexo no chuveiro?" Seus olhos verdes brilham com malícia enquanto ligo a água.

Ajusto a temperatura para quente e tiro o suéter, jogando-o no chão de azulejos.

"Acho que o jato vai abafar todos os seus barulhos."

"Ah, os meus, é? Você é o homem mais barulhento com quem já transei. Você e seus gemidos masculinos."

"Você adora quando gemo no seu ouvido", digo com arrogância, desabotoando a calça.

Um momento depois, minha cueca cai no tapete do banheiro e entro no box. Com a cortina ainda aberta, coloco a cabeça embaixo do jato e deixo a água escorrer pelo meu corpo nu.

"Você vem?"

Diana tira a roupa rapidamente e entra no chuveiro. Vejo sua bunda balançar enquanto ela entra, e não contenho o impulso de dar um tapão. Enquanto ela rebola contra minha cintura nua, meu pau começa a subir, cutucando aquela bunda firme. Eu poderia entrar nela agora e meter com força. É o que meus instintos estão me implorando para fazer. Mas resisto porque, se fizer isso, a transa toda não vai durar nem dois minutos. E quero que dure.

Começo a beijar seu pescoço e, como previ, o jato de água abafa o gemido que ela solta.

"A gente devia usar esse truque do chuveiro em casa com o Niall", digo enquanto meus lábios continuam a percorrer seu pescoço.

"Ele vai nos ouvir mesmo assim", ela murmura. "Ele tem as orelhas de um guepardo."

Paro de beijá-la.

"Guepardos têm uma audição muito boa?"

"Sei lá. Imagino que seja melhor que a humana. Você pode parar de pensar sobre Niall e fazer algo útil?"

Rio em seu cabelo, erguendo as mãos para acariciar seus seios. Sua pele é macia sob meus dedos. Eu a viro para mim porque não quero apenas tocar seus peitos. Quero ver. Quero ver o desejo ardendo nos seus olhos.

"Está esperando o quê?" Diana sussurra.

Meu deus, eu poderia passar a noite inteira olhando para ela, mas, se ela me quer tanto, fico feliz em ajudar. Coloco a mão entre suas pernas, confirmando sua umidade. Completamente molhada. Sei que ela vai aguentar meu pau sem problemas.

Mas o espaço do box é limitado, então a pego no colo e a ergo para fora da banheira. Ela enrosca as pernas ao meu redor enquanto a levo até a bancada, onde a apoio com cuidado.

A água do chuveiro ainda está caindo, mas não estou nem aí. O banheiro fica cheio de vapor ao nosso redor. Mal consigo ver nossos corpos no espelho embaçado.

Eu a puxo para a beira da bancada enquanto seguro o pau com uma mão.

"Pede", digo com a voz rouca.

Um barulho baixo de desespero sai da sua boca.

"Me come. Por favor."

Sorrindo, vou metendo, chegando até a metade. Ela geme, suas mãos se estendendo ao lado do corpo em busca de algo em que se segurar. Ela derruba o porta-escovas e o frasco de sabonete, que caem na pia.

"Queria ter mais tempo para te provocar", digo, com pesar, os dedos acariciando seu quadril. "Mas não tenho, então acho que vou ter que fazer você gozar."

Diana perde o fôlego no meio do riso quando meto mais fundo. Várias e várias vezes, até ela gemer descontroladamente. Cada vez que a penetro, seus seios saltam e balançam e, a cada estocada, fico inspirado a fazer com que se movam de novo. Então, vou mais forte, mais rápido.

Coloco uma mão no espelho do banheiro para me segurar melhor, que escorrega por causa da umidade. A marca da minha mão me permite ver nosso reflexo e, agora, não estou olhando só para ela, mas me vendo meter nela. Caralho, como a gente fode bem!

"Mais forte", ela geme.

Sua respiração fica instável, misturando-se com o vapor que enche o espaço pequeno. Ouço seus gemidos cada vez mais roucos, metendo com mais força toda vez que ela implora.

Não tiro os olhos dela, adorando como ela perde o ar a cada estocada funda.

"Me dá esse orgasmo, amor. Eu quero."

Mas sei do que ela precisa. Levo um polegar ao seu clitóris, massageando de leve, e o outro ao mamilo, beliscando nem tão de leve assim, e o orgasmo de Diana explode. Eu também estou quase, o orgasmo iminente apertando minhas bolas e me atravessando. Jato após jato jorra dentro dela enquanto ela pulsa em meu pau. Suas pernas me apertam com mais força, me puxando mais fundo.

Levo um momento para recuperar o fôlego.

"Por que somos tão bons juntos?", sussurro.

"Pau movediço", ela murmura.

"Buceta movediça", corrijo.

Mas não importa qual de nós está certo. Nossa vida sexual é incomparável. É de outro mundo.

Pela primeira vez em muito tempo, estou completamente em paz com todos os aspectos da minha vida. Família. Namorada. Sexo. Carreira. Sinto que estou arrasando em todos os departamentos.

Incluindo o hóquei, considerando que ganhamos mais um jogo na tarde de sábado. O time não tem o feriadão todo do Dia de Ação de Graças. Nossa programação segue como sempre. Então, um dia depois de visitarmos a família de Diana em Oak Ridges, estou de volta ao gelo, disparando *slapshots* no goleiro da Universidade de Connecticut e sendo jogado contra a parede por um defensor brutamontes do time adversário.

No vestiário depois da vitória, demoro um pouco para me trocar por causa de uma forte pancada no ombro que levei no segundo tempo.

"Tudo bem?" Ryder pergunta, notando o cuidado com que visto o moletom.

"Tudo certo. Só vou colocar gelo quando chegar em casa. E pedir um beijo de Diana para sarar."

Ele bufa.

Pego o celular do armário e encontro um número assustador de ligações perdidas da minha mãe.

Preocupação me invade de repente. Uma ligação ou duas não seriam motivo de grande preocupação. Mas ela ligou quatro vezes, sabendo que eu estava jogando uma partida à tarde e que provavelmente não conseguiria ligar de volta.

"Ei, encontro vocês lá fora" digo a Ryder e Beckett. "Preciso ligar para a minha mãe."

Clico no nome dela para retornar a ligação, e ela atende no primeiro toque.

"Oi", digo, apreensivo. "Está tudo bem?"

Há uma leve pausa.

"Não, não está."

"O que foi?"

"Shane..." A voz da minha mãe treme. Ela faz outra pausa, pigarreando. "Você precisa vir para casa."

Medo sobe por minha espinha.

"Por quê? O que está rolando?"

"Seu pai está no hospital."

49

SHANE

Desamparado

Faço o percurso até Vermont em menos de três horas. Meu pai não está no hospital pequeno perto de Heartsong. Minha mãe me pediu para ir para o maior da cidade. Ela se recusou a dar mais detalhes, então não faço ideia do que está acontecendo. Será que ele sofreu um acidente de carro?

Ela não atende nenhuma das minhas ligações durante as três horas em que estou no carro. Sou obrigado a ficar sentado atrás do volante num estado de total pânico. O time de futebol americano da Briar também está jogando no feriadão do Dia de Ação de Graças, e queria ter pensado em passar no estádio e arrastar Diana para fora do campo para que ela pudesse vir comigo. Mas essa não é a família dela nem a responsabilidade dela.

Estou uma pilha de nervos quando deixo o carro no estacionamento de visitantes em frente ao hospital. Minha mãe finalmente decide lembrar que existo, respondendo à minha última mensagem para dizer que vai me encontrar no saguão.

O vento passa assobiando pelos meus ouvidos enquanto corro na direção da entrada. Está frio, então coloco as mãos no bolso do moletom. Não trouxe luvas. Nem casaco. Só saí correndo do rinque com as chaves e o celular, deixando tudo para trás feito um idiota.

Entro no saguão, procurando e, quando encontro o rosto familiar da minha mãe, avanço na direção dela.

"O que está acontecendo? Estou te ligando faz três horas."

"Desculpa. A gente estava conversando com o médico do seu pai."

"Sobre o quê? O que está rolando?"

Noto as marcas fundas no rosto dela, que se aprofundam ao redor da boca e enrugam seus olhos. Ela parece... envelhecida. Abatida. Penso nos últimos meses, nas pequenas discussões que eles andavam tendo, nos momentos de tensão que flagrei entre os dois. Olho para o rosto dela agora, e a ficha cai. Não foi um acidente de carro.

"Ele está doente, não está?", digo, seco.

"Sim."

"O que é? O que ele tem?"

Minha mãe morde o lábio.

"*Mãe*", esbravejo, depois respiro fundo quando ela se assusta. Massageio a testa. "Desculpa, não queria gritar." Minha voz treme. "Só me diz o que ele tem, por favor? Não, esquece. Só me leva até ele? Onde ele está?"

Começo a andar na direção do elevador, mas ela pega minha mão, me puxando para trás.

"Ainda não", ela diz baixo. "Preciso te preparar."

"Me preparar?" O medo me atinge com uma força mil vezes maior do que o golpe que levei hoje. O hematoma no meu ombro não é nada. Uma simples picadinha comparada à dor aguda que sinto agora. "É muito grave?"

"É."

Ela me guia pelo corredor na direção de um banco vazio, e pede para eu me sentar. Ela pega minha mão, seus dedos são gelados em minha pele.

"Ele está com câncer de pâncreas."

Eu a encaro, sem entender direito.

"Quê? Como assim?" Não consigo conter o sarcasmo. "Não se desenvolve um câncer pancreático assim do nada..." Perco o ar, horrorizado, quando cai a ficha. "Há quanto tempo vocês sabem?"

"Seis meses."

Não sou de me assustar fácil, então tudo que estou sentindo nesse momento é novo para mim. E é mais do que medo. É pavor. É uma agonia que nunca senti. É a raiva que sinto enquanto encaro minha mãe.

"Seis meses?" Solto sua mão, sem conseguir entender o que ela está dizendo. Como pôde fazer isso comigo? "Você sabia sobre isso há seis meses e não me contou?"

"Foi a decisão dele." A voz da minha mãe soa cansada. Derrotada. "Ele não queria que você soubesse. Nenhum de vocês."

Eu me lembro de repente da minha irmãzinha.

"Cadê Maryanne?"

"Está na sala de espera lá em cima com a sua tia."

"Ela viu ele? Sabe o que está acontecendo?"

"Sim. Contamos para ela hoje cedo quando ele precisou ser internado."

Mordo dentro da bochecha, com força suficiente para tirar sangue. O sabor acobreado enche minha boca.

"Por que ele foi internado? Precisa de cirurgia?"

"Não", minha mãe diz. "Não dá para operar."

Engulo em seco.

"Tá. Então, quimio? Radioterapia?"

"Não tem tratamento."

Minha testa se franze.

"Ele está morrendo?'

"Sim."

“*Porra*, por que não...” Paro rapidamente quando vários olhos se voltam na nossa direção. Uma enfermeira de jaleco verde franze a testa para mim enquanto passa por nós.

Enfio a cara entre as mãos e solto um grito silencioso. Depois, levanto a cabeça e olho para minha mãe. Desamparado.

“O que está acontecendo, pelo amor de Deus?” Minha voz também sai derrotada agora.

Com a voz baixa, ela descreve tudo o que eles enfrentaram nos últimos seis meses. Começou com um inchaço e, depois, dor abdominal. Uma dor de barriga que parecia vir do nada. Eles presumiram que a perda de apetite resultante decorresse da dor. E, claro, comer e beber menos levou à perda de peso. E quero me bater porque *notei* que ele estava ficando mais magro. Meu Deus, pensei que ele estava se exercitando. Ele tinha deixado de se cuidar nos últimos anos, ocupado demais com o trabalho para ir à academia ou jogar golfe comigo.

E eu estava pensando que meu pai estava bem, dando *parabéns* para ele pela perda de peso.

Meu Deus.

Minha idiotice provoca uma crise de riso frenético. Minha mãe me lança um olhar cortante.

“Sou tão idiota”, digo, ofegante, sem conseguir parar de rir. “Pensei que ele estava perdendo peso porque estava se exercitando. Mas, porra, ele estava morrendo de câncer.”

Morrendo.

A palavra paira em minha cabeça. Ecoa dentro dela. Como a batida de um tambor. *Morrendo, morrendo, morrendo.* Meu pai está morrendo.

Minha mãe continua falando. Diz que meu pai foi fazer um check-up quando a dor persistiu. Os médicos fizeram um monte de testes e então veio o golpe. Câncer pancreático em estágio quatro. Com metástase. Já se espalhou para além do pâncreas do meu pai.

“O que vamos fazer?”, pergunto, rouco. “O que dá para fazer?”

“Tudo o que pode ser feito é paliativo. Ela pega minha mão de novo. Nossos dedos estão gelados. Somos como dois cubos de gelo se tocando. “Querido, estamos falando de fase terminal aqui. Não temos tempo para preparar a casa para cuidados paliativos domiciliares, então ele vai ficar aqui até...” Ela se interrompe.

“Terminal?”, repito com um gemido estrangulado. “É sério isso?”

Ela faz que sim.

Como isso está acontecendo? E por que está acontecendo com *ele*? Meu pai é o melhor homem que conheço. Ele sempre pensa primeiro nos outros. Nos filhos. Na esposa. Nos funcionários. Até em estranhos que ele encontra na rua.

Que se foda o câncer. Que se foda essa merda que está tentando roubar o meu pai. Eu me recuso a acreditar que não existe nada a ser feito.

"Deve ter alguma coisa", digo alto.

"Não tem. Está nos órgãos dele. É generalizado." Ela solta um suspiro cansado. "O oncologista deu alguns dias para ele."

Eu a encaro em choque. A raiva volta a subir.

"Por que você não contou para a gente antes?"

"Porque ele não queria", ela insiste, com tom firme. "Ele não queria que os filhos soubessem que estava morrendo. Não queria que vocês o tratassem de forma diferente. Não queria..."

"Não, já chega." Eu me levanto bruscamente. "Quero ver meu pai."

50

SHANE

As coisas ruins

Mamãe me leva para o andar de oncologia. Damos uma passada rápida na sala de espera para eu ver minha irmã. Maryanne corre até mim e me dá um abraço apertado. Ela não está chorando, mas parece assustada enquanto inclina a cabeça para me observar.

"Papai vai morrer", ela diz, e quase me desfaço em lágrimas.

"Eu sei", digo, me ajoelhando para retribuir o abraço. "Já volto, pivetinha, beleza?"

Minha mãe me guia pelo corredor e para na frente de uma porta fechada.

"Ele está aqui. Vou dar um tempo para vocês a sós."

Aceno com a cabeça e abro a porta. O quarto é branco e estéril, o zumbido de máquinas pontuado por bipes esporádicos e pelos sons abafados de passos do corredor. As cortinas estão fechadas, e a iluminação fluorescente logo machuca meus olhos.

Eu me obrigo a olhar para o leito. Para o meu pai deitado nele.

Não consigo acreditar que o vi poucos dias atrás. Ele está com olheiras fundas sob os olhos agora. As rugas em seu rosto, gravadas por anos de risadas, parecem mais fundas. Ele parece ter perdido vinte quilos da noite para o dia.

Como isso foi acontecer? Como ele se deteriorou tão rápido?

"Ei, filhão." Sua voz, embora baixa, não vacila. Ele tem a mesma voz de sempre. A voz do meu pai.

"Você deveria ter me contado", digo, apático.

Paro ao pé da cama. Não tenho coragem de me sentar na cadeira ao lado do leito. Olho para suas mãos, seus braços, as intravenosas e os tubos. Minha mãe disse que ele está sob o efeito de muitos analgésicos, mas seus olhos estão alertas.

"Não queria que você se preocupasse."

"Como não? Olha só você!", grito antes de respirar fundo. Meu coração está descontrolado.

"Senta aqui."

"Não."

"Shane."

O desamparo em minha garganta é sufocante. Estou a segundos de cair no chão aos prantos. Não sei o que fazer, mas não posso simplesmente me conformar com isso. Assim que eu aceitar que isso está acontecendo, passa a ser verdade.

Mas ele está me implorando com os olhos. Aqueles seus olhos amendoados. Sem dizer uma palavra, vou até a cadeira e me afundo nela. Sinto o corpo todo fraco. Inalo o cheiro de antisséptico e resisto à vontade de vomitar.

"Eu não quis falar para você e sua irmã porque daí vocês passariam todo nosso tempo juntos tristes e preocupados e se torturando. Não é assim que eu quero que vocês se lembrem de mim. Não queria nem que vocês estivessem aqui agora."

"Ah, valeu."

"Não é isso que estou dizendo. Estou dizendo que... queria que acontecesse quando eu estivesse dormindo ou coisa assim. Rápido. De repente. Para não ter que ficar deitado aqui enquanto vocês me veem morrer." Ele vira o rosto, e vejo seus lábios se curvando. A raiva. Quando ele se vira de volta, é com resignação. "Queria poupar vocês da dor."

"Mas não tem como. Você não tem como proteger a gente disso."

"Protegi vocês a vida toda. É o que faço. Sou seu pai. Tento garantir que as coisas ruins não cheguem em vocês."

Uma navalha de dor se crava em meu coração. As coisas ruins *chegaram* em nós. Meu pai está ali deitado com os olhos encovados e tubos nos braços. Inoperável e sem tratamento.

Sem salvação.

Morto.

A dor turva sua expressão por um momento, e observo enquanto ele respira até passar. Não consigo nem imaginar o que está acontecendo com seu corpo agora enquanto as células cancerígenas o devoram de dentro para fora. E fico com raiva de novo. Porque ele enfrentou essa batalha corajosa. Enfrentou completamente sozinho e não me pediu para lutar ao seu lado.

"Os últimos seis meses foram muito bons", ele me diz. "Vi você ganhar o Frozen Four na primavera. Vi você se apaixonar por uma grande mulher. Vi você ser feliz. Isso é tudo que eu quero."

"Se você tivesse me dito..."

"O quê?", ele questiona. "Só teria sido uma sentença de morte mais longa para nós dois. Você teria sentido seis meses de agonia em vez dos poucos dias que vai sofrer agora até esse veneno finalmente me tirar de você."

Quase engasgo com o nó na minha garganta.

"Não contei nada para você e Maryanne porque queria que ela curtisse os programas de ciências e a escola dela. Queria que você aproveitasse o hóquei. Não queria que nenhum de vocês se preocupasse. E não quero que culpe sua mãe ou fique chateado com ela depois que eu morrer porque..."

"Para de falar isso", disparo. "Para."

Não consigo enxergar mais. O brilho das lágrimas me cegou.

"Não, tenho que falar. E você tem que ouvir. Sei que sua vida foi fácil até agora. Eu e sua mãe queríamos isso para você. Tentamos tornar as coisas o mais fáceis possíveis para você poder realizar seus sonhos. Deixar que se dedicasse ao hóquei, garantir que não precisasse se preocupar com aluguel ou despesas, nem passasse dificuldades. Você vai continuar não precisando se preocupar com dinheiro, mas vai enfrentar dificuldades agora porque não vou estar mais aqui, e sua mãe e sua irmã vão precisar de você."

"Para", murmuro.

"Não. Preciso que me prometa vai sempre cuidar e estar ao lado delas, principalmente a Maryanne."

Não consigo.

"Dá para parar de falar como se você estivesse prestes a morrer a qualquer segundo? Você não vai morrer agora. Só me deixa absorver isso."

"Não. Agora é a hora de eu dizer isso." Ele levanta um braço com dificuldade. "Antes que essa morfina transforme meu cérebro em mingau. Agora consigo pensar e ver com clareza, e quero que saiba que tenho muito orgulho do homem que você se tornou. Você e sua irmã são tudo para mim."

Sua voz está finalmente começando a tremer, e as lágrimas escorrem sem parar pelo meu rosto.

"Por favor, para de falar isso", imploro.

"Não, você vai ouvir. Vai ouvir que te amo. Vai ouvir que tenho orgulho de você. Vai ouvir que me dói saber que não vou estar lá para sua temporada de estreia, sentado na arquibancada central no seu primeiro jogo pelo Blackhawks."

Estou acabado. Não aguento mais. Me curvo sobre o leito com a cara encostada em seu braço, incapaz de segurar as lágrimas. Começo a tremer ainda mais quando sinto sua mão acariciando meu cabelo e minha nuca suavemente.

"Está tudo bem. Está tudo certo, filho."

"Não, não está tudo certo", murmuro, tomado pela dor. "Como você pôde esconder isso de nós?"

Mas entendo agora. De verdade. Por mais bravo que esteja, acho que eu faria exatamente o mesmo no lugar dele. Não gostaria que as pessoas passassem seis meses com pena de mim, se preocupando e se metendo. De repente, lembro que minha mãe não queria que ele fosse caminhar depois do jantar de Ação de Graças, dizendo que já tinha sido atividade demais. Na hora, achei que ela estava preocupada com Maryanne. Agora entendo que ela estava se referindo ao meu pai. Ela queria que *ele* pegasse leve.

Fecho bem os olhos e respiro fundo. Meu coração pulsa na ponta dos meus dedos, e é mais adrenalina do que preciso agora. Quando minha respiração se acalma o suficiente para eu abrir os olhos, o peso nas minhas costas é maior do que nunca.

Levanto a cabeça devagar, secando as lágrimas com a manga do moletom.

"Você não pode ir embora", digo. "Não existe alternativa, só isso." *Não pode.*

"Vou ter que ir, filhão. Mas juro que você vai ficar bem."

"Não, não vou." Meus olhos ainda estão ardendo.

"Vai sim porque é o homem mais forte que conheço. Eu te amo desde o segundo em que você abriu os olhos. A enfermeira me entregou seu corpinho minúsculo e gosmento..."

Seguro o riso.

"E você me olhou com uma cara de que sabia exatamente quem eu era. Sua mãe diz que eu estava imaginando coisa, que você não tinha como ter me reconhecido. Diz que os bebês nem conseguem focar os olhos assim que nascem, mas eu *sabia* que você me viu. E naquele dia você virou meu melhor amigo."

Preciso engolir o uivo de dor que quer escapar.

"Você também é meu melhor amigo", digo. "E é o melhor pai que alguém poderia ter. Sério, você deixa os outros pais no chinelo. Eles devem se sentir humilhados."

Ele abre um sorriso.

"Pode apostar." Sua respiração fica superficial de novo, enquanto a voz treme de emoção. "Quero que se lembre que, onde quer que eu esteja, sempre vou estar com você. Cuidando de você."

Aperto sua mão, sentindo o peso insuportável dessa perda iminente. Não consigo fazer isso. Não consigo me despedir dele. Meu coração dói só de pensar que essa pode ser uma das últimas conversas que vamos ter. Esse homem moldou minha vida. Me ensinou os valores que carrego. O que é que eu vou fazer sem sua sabedoria? Sem sua orientação?

"E preciso que prometa que vai seguir o caminho que tentamos te ajudar a criar. Você vai para Chicago e aparecer para a concentração. Vai pisar naquele gelo para o seu primeiro jogo da NHL e, quando fizer isso, vai olhar para cima e eu vou estar lá, olhando por você."

Começo a chorar de novo.

"Promete, Shane."

Consigo acenar com a cabeça, apertando sua mão com mais força.

"Prometo."

"Que bom." Ele ri baixo. "Só mais uma coisa e depois juro que não vou pedir mais nada."

Não consigo retribuir o riso. Estou sofrendo demais.

"Preciso ouvir você dizer que vai cuidar da sua mãe e da sua irmã."

"Claro que vou. Sempre vou cuidar delas."

"Que bom", ele diz de novo.

Caimos em um breve silêncio. Escuto sua respiração. Parece superficial. Fraca. E seus olhos estão começando a ficar turvos.

"Você está bem?", pergunto.

"Só cansado. Talvez eu tire um cochilo."

"Quer que eu chame a mãe?"

"Sim."

Seco os olhos e me dirijo à porta, mas sua voz me detém antes que eu saia.

"Te amo, filhão", ele diz da cama.

"Também te amo, pai."

Três dias depois, meu pai morre.

51

SHANE

Não quero ficar aqui

"Você está bem?" Diana pergunta, preocupada.

É domingo. Cinco dias depois de meu pai falecer no hospital, quando estávamos minha mãe, minha irmã e eu ao seu lado.

Não sei se ele planejou assim. Se ele sabia que aconteceria *naquele momento*. Era de manhã, e estávamos no hospital assistindo à TV, eu na cadeira, Maryanne abraçada em seu peito. Minha mãe estava no café lá embaixo trabalhando no seu notebook, quando meu pai disse de repente para Maryanne: "*O que você acha de buscar sua mãe? Vamos passar um tempinho juntos, nós quatro*".

Maryanne saiu correndo, voltou com a nossa mãe e, quinze minutos depois, ele se foi.

Acho que ele sabia.

Agora estamos na casa de Heartsong. Está abarrotada de pessoas que vieram prestar condolências, o luto pairando no ar como uma nuvem densa e sufocante de fumaça. Fungadas esporádicas quebram o murmúrio baixo das conversas. No canto da sala, há uma mesa coberta de flores e coroas, com uma grande foto em preto e branco do meu pai. Não consigo olhar para ela sem chorar, então estou mantendo distância daquela parte da sala.

O enterro em si foi só para a família mais próxima. Meu pai foi enterrado em Burlington ao lado dos pais dele. Os dois também morreram jovens; percebi isso quando estava no cemitério, olhando para as lápides. Meu vô morreu com sessenta e pouco, minha vó na casa dos cinquenta. Os dois sofreram ataques cardíacos. Já meu pai teve a porra de um câncer que nem histórico na família tem. O universo tem um senso de humor macabro.

Diana estava esperando por nós em casa quando chegamos de Burlington. Ela chegou cedo para ajudar os pais da minha mãe a prepararem a casa para o velório. Agora, está ao meu lado, usando um vestido preto na altura dos joelhos, observando meu rosto com preocupação.

"Hã? Ah, estou sim."

Olho ao redor, me perguntando até que horas precisamos estar aqui, quanto tempo essas pessoas vão ficar na minha casa, falando comigo com essas caras tristes e essas condolências vazias. Há rostos por toda parte, alguns conhecidos e outros não, todos se misturando num mosaico de tristeza.

Tento manter a calma e a compostura, mas suor está se formando no meu pescoço. A sala sai de foco. Só quero escapar antes de ser puxado para outra conversa com algum parente distante que não vejo há anos, dizendo o quanto lamenta que eu não tenha mais pai. Tudo vai se dissolvendo devagar até uma voz me trazer de volta à realidade.

"Shane. Você não parece bem."

"Não quero ficar aqui", sussurro para Diana.

"Eu sei." Ela pega minha mão e aperta. Minha mãe está perto da mesa de comes e bebes com sua irmã gêmea, minha tia Ashley. Seus olhos estão vermelhos. Ela segura um lenço, secando o rosto distraidamente enquanto as pessoas se aproximam para prestar condolências.

Do outro lado da sala, Gigi e Ryder estão falando com minha irmã.

Meu Deus, minha irmã. Ela perdeu o pai. Nós dois perdemos. Mas ela ainda é tão nova. Pelo menos eu o tive por quase vinte e dois anos. Ela só teve por dez.

Maryanne encontra meu olhar, os cantos da boca se erguendo num sorriso triste. Meu coração se parte. Aperto a mão de Diana com mais força.

Beckett está aqui, e também alguns caras do time. Até o treinador Jensen fez a viagem. Ele está com a esposa, Iris; eu os vi conversando com minha mãe por muito tempo. Muitos amigos do ensino médio também apareceram, um rosto conhecido se aproxima agora.

Os olhos escuros de Lynsey se enchem de solidariedade enquanto ela se aproxima de nós.

"Lindy", ela diz.

Diana solta minha mão, e dou um passo à frente para abraçar minha ex-namorada.

Ela encosta a bochecha na minha e sussurra:

"Meus pêsames. Eu amava muito seu pai."

"Eu sei. Obrigado por vir." Depois que a solto, ela acena para Diana. "Diana. Oi."

"Oi", Diana responde.

Não é constrangedor nem nada. Só deprimente. Tudo aqui é deprimente. Então, quando minha mãe pergunta se pode conversar comigo a sós, aceito de bom grado. Exceto que ela me leva para o escritório, o que é como entrar numa sala de tortura.

Para onde quer que eu olhe, vejo meu pai. Vejo nossas fotos de família. Vejo seus livros. Vejo aquelas caixas de papelão em que ele estava mexendo no Dia de Ação de Graças.

"Ele não estava limpando o sótão por acaso, estava?", digo, baixo.

"Não", minha mãe responde. "Estava procurando as coisas mais importantes dele para dar a você e sua irmã."

Um soluço quase me sufoca. Quando dou por mim, minha mãe me abraça com força, envolvendo seus braços ao redor da minha cintura.

A perda é... profunda. Nunca passei por nada parecido. Esse buraco no peito, como se alguém tivesse arrancado algo que faz parte da minha essência, um pedaço de mim, e não restasse nada além de dor e vazio.

"Está tudo bem, querido", ela diz.

"Não, não está tudo bem. Ele morreu."

"Eu sei."

"Então como pode estar tudo bem?"

"Tem que estar. Senão, vou me afogar", ela sussurra.

Pela primeira vez em dias, dou uma boa olhada nela. Eu estava tão preocupado comigo, com Maryanne e com meu pai no leito do hospital que não prestei atenção de verdade na minha mãe. Agora vejo como ela está completamente arrasada.

"Você não está bem." Pego sua mão e a guio para uma das poltronas, obrigando-a a se sentar.

"Não", ela admite. "Não estou. Ele era meu namorado de escola." Sua voz embarga. "O que vamos fazer agora, Shane? Como vou viver sem ele?"

Estendo a mão, mas ela sai da poltrona e vai até a escrivaninha dele.

"Como posso morar nessa casa?" Ela aponta ao redor. "Não posso continuar aqui."

"Não precisa", garanto a ela. "Vamos pensar em alguma coisa."

Ela continua de costas para mim, e vejo seus ombros subirem enquanto ela respira fundo e devagar.

Está aí uma coisa que admiro na minha mãe. Eu já a vi se emocionar ao longo dos anos, mas ela é capaz de se controlar muito rápido, de se acalmar num piscar de olhos. Eu a observo arquear as costas, endireitar os ombros. Está no comando de novo. No controle. Ela é a administradora municipal de Heartsong, Vermont. Ela sabe como resolver as coisas, e adoro isso nela.

"Preciso de um favor seu", minha mãe diz.

"Qualquer coisa."

"Maryanne só vai voltar para a escola em janeiro. Não teria por que voltar agora, até porque as férias de fim de ano já vão começar de qualquer jeito. Ela pode passar algumas semanas com você enquanto resolvo as questões da herança e procuro uma casa nova?"

"Ah, uau. Você está falando sério."

"Não posso continuar aqui", ela repete.

E eu entendo. Ele está em todos os lugares. É a casa da minha infância e eu vou sentir uma falta enorme dela, mas a ideia de estar aqui sem ele é insuportável.

“Pensei em fazermos as festas de fim de ano na casa da sua tia. Se não tiver problema para você, vou avisar o resto da família.”

Concordo com a cabeça. Normalmente recebemos todos aqui, mas entendo por que ela não quer.

“É claro que Maryanne pode ficar comigo”, digo para minha mãe. “Vou falar com meus professores, ver se ela pode ir para algumas aulas comigo.”

“Acho que ela pode até gostar.”

“Também acho. Ela é muito nerd.”

É a primeira risada sincera que damos juntos nos últimos dias.

“Vou ver se Diana ou alguns dos meus amigos pode ficar com ela nos fins de semana em que eu tiver jogos.”

“Parece uma boa. Obrigada.”

“Imagina.”

Ela me dá outro abraço.

“É melhor a gente voltar.”

“A gente precisa mesmo?”

Minha mãe morde o lábio.

“Mais uns cinco minutos?”

Sem dizer uma palavra, nós nos sentamos de frente um para o outro nas poltronas do meu pai. A mesa de centro, ainda cheia com seus livros, está entre nós. Aqui dentro, quase dá para fingir que ele não se foi. Que só saiu para visitar um dos seus imóveis, que vai voltar logo mais e vamos jantar todos juntos. Ficamos sentados até que, depois de um tempo, uma batida na porta interrompe a fantasia e nos obriga a voltar à triste realidade.

52

DIANA

O abismo entre nós

DEZEMBRO

Shane está sofrendo. Com razão, claro. Ele acabou de perder o pai, e estou fazendo de tudo para ajudar. O que, neste momento, significa fazer o papel de mãe de Maryanne enquanto Shane faz o de pai.

Não que seja ruim. Ela é uma das melhores crianças do mundo. Mas também é *Maryanne*. Não dá para colocar uma criança como ela na frente da TV o dia todo, não com um cérebro como o dela; ela precisa de estímulo mental. Então estou tentando fazer atividades divertidas com ela sempre que consigo. Shane também, mas ele tem treino de hóquei todos os dias e eu, de cheerleader todos os dias. Como Maryanne não pode ficar sozinha em casa, estamos dividindo os cuidados com a caçula.

"Passo no ginásio para buscar Maryanne antes do seu treino", ele diz na manhã de quinta, uma semana antes do fim do semestre de inverno. "Que horas? Às quatro?"

"Isso. A aula termina às três e meia, então vou estar lá umas quatro. Maryanne vai ficar comigo na minha aula de fisiologia. Não duvido nada que aquela menina consiga entender fisiologia avançada."

Dou um passo à frente e o abraço. Depois de um momento, ele retribui o abraço, apoiando o queixo em meu ombro.

"É muito pesado", ele diz.

"Eu sei."

Meu coração dói por ele. Vejo a tristeza em seus olhos toda vez que eles encontram os meus. O único momento em que não está lá é quando fazemos sexo. Estamos transando muito toda noite no meu apartamento enquanto Maryanne dorme no dele. Acho que essa válvula de escape o ajuda. E me ajuda também porque, bom, o sexo com Shane é o melhor da minha vida.

"Vamos jantar na lanchonete quando você voltar?", ele pergunta.

"Não", respondo. "Vou encontrar a detetive Wendt."

"Puta merda. É hoje?" O arrependimento transparece em seus olhos. "Eu iria com você, mas acho que minha mãe não ia gostar que eu levasse uma criança para a delegacia."

"Não, tudo bem. Só vamos repassar algumas coisas do meu depoimento. Meu advogado vai estar lá."

"E seu pai?"

"Ele não pode, mas, como eu disse, não é nada de mais."

Estou mentindo. Essa reunião pode não ser nada de mais, mas a situação em si é. O promotor vai levar o processo adiante contra Percy, já que essa é a segunda acusação de agressão dele. Não era nem para eu estar envolvida a essa altura, mas o advogado dele entrou em contato com o meu várias vezes no último mês. Percy está puto com o que fiz acontecer. Mas, mesmo se eu quisesse retirar as acusações, a polícia não vai fazer isso. E parece que Percy continua se recusando a fazer um acordo.

"É muito chato", digo a Shane. "Ele poderia simplesmente fazer um acordo e ficar em condicional. Ele só precisa admitir culpa e não precisamos perder tempo no tribunal."

"Eu pensei que ele faria um acordo. Mas acho que um narcisista como ele não consegue admitir que está errado. Na mente deturpada dele, você mereceu pelo que fez com ele — terminar o relacionamento, ficar com outra pessoa."

"Inaceitável", digo, sarcástica. "Como ouso tentar viver minha vida sem ele?"

Shane se abaixa para me beijar.

"Me manda mensagem se precisar de alguma coisa. Posso levar Maryanne para a lanchonete e pagar uma das garçonetes para ficar de olho nela enquanto corro para a delegacia."

"Vou ficar bem, prometo. Eu te amo."

Digo essas três palavras para ele todo dia agora, e parte de mim ainda se culpa por não as ter dito na noite em que Percy estava estacionado na frente do Meadow Hill. Eu já sentia na época, mas ainda estava irritada por Shane ter saído com Lynsey. Agora entendo como isso foi infantil. Se você ama alguém, *sempre* deve dizer. A vida é curta demais e nunca se sabe o que o amanhã nos reserva. E se eu tivesse guardado meus sentimentos naquela noite e algo tivesse acontecido com ele na manhã seguinte? Nem consigo imaginar como seria viver com esse tipo de arrependimento.

"Também te amo", Shane diz antes de me beijar de novo.

Ele sai para o treino, e volto para a cozinha, onde Maryanne está sentada na bancada tomando a vitamina que fiz para ela. Ela faz barulho enquanto suga a bebida com o canudinho.

"Vocês são muito melosos", ela acusa.

"Eu sei." Suspiro. "Dá nojo."

Maryanne dá uma risadinha. Ela ri com muito mais frequência do que Shane. Não sei se é porque as crianças são mais resilientes ou se ela é muito boa em esconder sua dor. Mas, embora ela fale sobre a falta que sente do pai e tenha momentos em que chora, ela não carrega o grande peso como Shane nos últimos dias.

"Tá", digo. "Vamos nos agasalhar para a caça às rochas. Ainda faltam algumas horas antes de precisarmos ir para o campus."

Vamos dar uma volta, almoçar, assistir à aula de fisiologia e, depois, eu e Shane vamos fazer a troca da refém. Vai ser um dia cheio.

A mãe de Shane liga enquanto estamos almoçando, e preciso interromper Maryanne no meio da frase. Ela está falando sobre as pedras que encontramos no passeio.

"Espera. É a sua mãe." Atendo a ligação rapidamente. "Oi, April."

"Oi, querida. Só queria dar um oi. Saber se vocês estão bem."

"Estamos ótimas. Obrigada." A mãe de Shane liga todo dia, o que é mais ou menos, humm, um milhão de vezes mais do que a minha própria mãe. Tenho sorte se ouvir notícias da minha mãe uma vez a cada tantos meses.

"Como está indo a procura pela casa?", pergunto a April.

"Bem. Acho que encontrei alguma coisa. Pode dizer para Shane que vou mandar o anúncio para ele depois. Espero que ele tenha tempo de dar uma olhadinha. Podemos discutir durante as festas e também resolver as coisas da herança."

Não consigo nem imaginar quantas "coisas" são. Ryan administrava várias empresas, tinha um monte de imóveis, e agora tudo vai para Shane e Maryanne.

"Quer falar com a sua mãe?", pergunto, cobrindo o celular.

"Não", ela responde. "Vou ligar para ela à noite."

"Maryanne diz que te liga à noite", digo a April.

"Tudo bem. Obrigada pela ajuda, Diana. Significa muito ter você como parte da família."

Não tem como isso não me causar um nó na garganta. Sim, tenho uma família. Tenho meu pai, Larissa, Thomas. Mas ouvir essas palavras de... uma mãe, penso. Tem um peso diferente.

Ainda estou meio sensível por causa disso mais tarde, quando Shane e eu trocamos a guarda de Maryanne antes do treino de líderes torcida. E continuo pensando nisso depois do treino. Ao sair do vestiário com Crystal e Brooke, me pergunto de repente se essa distância em relação à minha mãe, esse abismo entre nós, é em parte culpa minha. Afinal, com que frequência *eu* ligo para ela? O que *eu* faço para diminuir nosso afastamento?

Quando paro para pensar, percebo que, em algum momento, simplesmente desisti por causa do desinteresse dela em mim. Saber que nunca vou ser inteligente o bastante para ela teve suas consequências e parei de me importar.

Mas eu deveria me importar. Não culpo ninguém que corta relações com um familiar — existem muitos motivos para isso — e nunca julgaria se alguém dissesse: *ah, não falo com a minha mãe*. Não questionaria porque partiria do princípio de que a pessoa teve lá suas razões.

Mas, no fundo, a minha mãe não é tão ruim assim.

No saguão do centro esportivo, me dirijo a um banco vazio em vez da porta, dando tchau para as meninas. Eu me sento e disco o número da minha mãe.

Estou preparada para deixar uma mensagem de voz, então fico surpresa em ouvir sua voz.

"Diana. Está tudo bem?"

Como se você ligasse é meu primeiro pensamento e, quando me dou conta, é toda a confirmação de que preciso. Sou *sim* parte do problema. Talvez ela se importe sim. Por que imagino automaticamente que não?

"Aconteceu alguma coisa com Percival?", ela pergunta, preocupada.

Eu me dou conta de repente de que nem cheguei a conversar com ela sobre o que aconteceu com Percy. Falei para o meu pai que entraria em contato com ela quando estivesse pronta para conversar e, embora eu tenha dado um alô rápido, nunca cheguei a *conversar* com ela sobre isso.

Está ficando mais óbvio que o fracasso dessa relação é de duas vias.

"Sou uma imbecil", solto.

"Quê?" Ela está assustada.

"Nunca cheguei a ligar para falar sobre o que aconteceu."

"Não", ela diz, tensa. "Não ligou."

Apesar da minha epifania, o velho tom de acusação se insinua.

"Mas você também não ligou."

"Você disse para o seu pai que conversaria quando estivesse pronta. Não sou de pressionar."

Frustração aperta minha garganta.

"Mas você deveria pressionar, mãe. Deveria."

Ela não responde.

"Meu ex-namorado me deu um soco na cara. Você deveria ter pegado o primeiro avião de Nova York para vir me ver." Suspiro. "Não estou brava por isso..."

"Jura? Porque parece."

"Não. Desculpa. Estou tendo uma explosão de pensamentos."

"Uma explosão de pensamentos." Há um sorriso na sua voz.

"Sim, só... me deixa organizar isso." Respiro fundo. "Eu não queria falar com você sobre o Percy porque estava com vergonha. Achei que você me culparia."

Ela se assusta.

"Querida. Você acredita mesmo nisso?"

"Sim. Mas estou percebendo agora que eram minhas próprias inseguranças que me faziam acreditar nisso. Estou tão acostumada a pensar que sou uma decepção para você, que não sou inteligente o bastante para você que, quando Percy partiu para cima de mim, fiquei pensando que você ficaria desapontada ou acharia que fui burra por deixar isso acontecer..."

"Diana!" Ela parece sinceramente magoada. "Eu *nunca* pensaria..."

"Eu entendo isso agora", interrompo. "Era tudo irracional. Mas..." Solto o ar de novo. "O pai do meu namorado morreu."

"Ah." Ela fica surpresa pela mudança abrupta de assunto. "Meus sentimentos. É o jogador de hóquei?"

"Sim, o jogador de hóquei. Ele é muito mais do que isso, aliás. Mas, sim, ele acabou de perder o pai. A irmã dele está passando a semana na casa dele, e a mãe dela liga todo santo dia."

Ouço um suspiro do outro lado da linha.

"Não me diga que você quer que eu ligue todos os dias, porque essa nunca foi a natureza da nossa relação."

"Não", concordo. "E não estou dizendo que é isso que eu quero, mas um pouco de interesse pela minha vida não é pedir demais."

"Eu demonstro interesse."

"Não, mãe, não demonstra. Você me critica quando falo sobre cheerleading ou minha competição de dança. Entendo que não se interesse, mas, quer saber? Dá para fingir." Começo a rir. "Finjo o tempo todo. Não me interesso por hóquei, mas faço um esforço para ouvir meu namorado falar sobre isso. Porque é a paixão dele. E, quando o pai fala sobre aquelas benditas linguiças e o açougueiro dele, finjo que me importo. Mas adivinha? Não dou a mínima para linguiça!"

Minha mãe ri.

"Ai, meu Deus. Ele ainda fica falando sobre Gustav?"

"Sim, é insuportável. Mas é isso que você faz quando ama as pessoas. Apoia seus interesses. Não estou dizendo que quero que você comece a ir às minhas competições de cheerleading. Sei que somos diferentes. Mas não quero perder a relação com você só porque somos pessoas completamente diferentes. Tipo, alguma coisa a gente deve ter em comum. Algum interesse em comum. Acho que a gente só não se esforçou o bastante para encontrar."

"Não", ela diz baixo. "Acho que não."

"Bom, estou disposta se você estiver. Estou disposta a fazer esse esforço."

"Eu adoraria."

"Mesmo?" Nunca sei dizer com minha mãe. Ela é muito boa em esconder suas emoções.

"Mesmo." Sua voz embarga. "Me magoou quando você escolheu morar com seu pai depois do divórcio. Eu entendo, claro. Ele é divertido. Eu sou rígida. E, mesmo na época, como você disse, não tínhamos muitos interesses em comum. Nossas personalidades são tão diametralmente opostas. Mas eu sentia que você não queria passar tempo comigo e uma hora acabei... você tem razão, acabei desistindo de tentar. Vivo falando com seu irmão."

Ouvir isso machuca um pouco.

"Mas, com minha filha, minha primogênita, mal pego no telefone. É inaceitável."

"A culpa é das duas", digo.

"Não, *eu* sou a mãe. Levo noventa por cento da culpa."

Rio ao celular.

"Certo. Vou aceitar os dez por cento." Minha voz fica séria de novo. "Talvez eu possa ir ver você durante as férias de fim de ano. Sei que você disse que está com muito trabalho preparando suas aulas de janeiro, mas..."

"Posso separar umas horinhas." Ela está brincando.

"Ah, valeu. Quanta generosidade." Também estou brincando.

"Tem um spa excelente no Upper East Side que descobri faz pouco tempo. Posso marcar um dia de spa para nós?"

"Desde quando você gosta de spas?"

"Desde sempre, Diana. Você sabe que faço massagens todo mês. Você achou que isso significava o quê?"

"Nunca passou pela minha cabeça que era uma coisa tipo spa."

"Ah, é uma coisa tipo spa."

Nós nos despedimos e, embora meu namorado ainda esteja com um grande peso nas costas, sinto como se outro tivesse sido tirado das minhas.

53

SHANE

Não vou desistir

Não consigo.

O pensamento estranho e frenético se infiltra pela primeira vez enquanto estou me vestindo para o jogo de hoje, meu primeiro desde que meu pai morreu. Ignoro esse pensamento porque é ilógico. Claro que consigo fazer isso. Estou fazendo isso por mais da metade da minha vida. O hóquei está no meu sangue.

Então eu o empurro para longe e sigo minha vida. Coloco as minhas ombreiras, o uniforme. Amarro meus patins. Sento com o time no banco da Briar. E jogo hóquei.

Não consigo.

Me atormenta de novo na metade do primeiro tempo. Enquanto patino entre adversários e companheiros de equipe, corrói minhas entranhas como um cachorro mordendo um galho. E consigo sentir o ressentimento na boca. Não é a primeira vez que sinto essa amargura desde que meu pai morreu, mas hoje parece diferente. Os aplausos da torcida, a adrenalina do jogo, o cheiro familiar do gelo. O que antes era libertador agora parece sufocante.

Maryanne está em casa com Diana, e estou aqui nesse rinque. Estou jogando uma partida idiota e sem sentido quando deveria estar cuidando da minha irmãzinha.

Não consigo.

No segundo tempo, é um mantra na minha cabeça.

"Vamos trocar", Jensen grita, e Beckett dá um tapinha no meu ombro.

Saio em disparada do banco e me lanço no gelo para o próximo turno. Não estou distraído. Não estou jogando mal. Mas estou meio no piloto automático enquanto sou empurrado contra as barreiras, a superfície fria me arrepiando através da camisa. Os sons dos patins cortando o gelo e dos tacos se chocando ecoam ao meu redor. Ganho o controle do disco, avançando em direção ao gol de Harvard. Quando o defensor adversário avança, dou um toque para trás para Austin, que arremessa o disco como um foguete para dentro.

Gol!

Nossos companheiros de equipe comemoram aos gritos enquanto trocamos de formação de novo. Will bate no meu braço, me elogiando pelo passe.

Não consigo estar aqui.

Mal ouço o apito final com o zumbido incessante no meu cérebro. Meu mantra evoluiu.

Depois do jogo, eu me troco às pressas e procuro o treinador Jensen, pedindo para falar com ele em particular. Acho que ele sabe o que vou dizer antes mesmo que eu diga. Ele vê nos meus olhos.

"Preciso ir para casa, professor."

Ele fica quieto por um momento. Depois suspira.

"Por quanto tempo?"

"Não sei."

"Como assim, você largou o time?" O rosto de Diana está cheio de preocupação enquanto me segue pelo quarto, vendo-me colocar peças de roupa numa mala.

"Não larguei. Quer dizer, acho que larguei."

"Shane. Você não está falando coisa com coisa."

Vou até a escrivaninha e abro a gaveta de cima, pegando um punhado de cuecas boxer. As coisas da minha irmã estão espalhadas pelo quarto inteiro, que ela está usando desde que veio se hospedar aqui. Ela também vai ter que fazer a mala, mas eu queria conversar com Diana sobre isso primeiro, então coloquei Maryanne na frente da TV com um documentário sobre asteroides.

"Preciso ir para casa, Dixon. Não consigo ficar aqui agora."

"Tá." Ouço enquanto ela respira fundo. "Eu entendo. Mas... é hóquei. Hóquei é sua vida. E se vocês chegarem às eliminatórias? Você não pode abandonar seu time."

Uma dor atravessa meu peito. Ela está certa. Não posso.

Mas é o que estou fazendo.

Soltando o ar, deixo as boxers na mala e me afundo na beira da cama. Diana se senta comigo, virando o corpo de frente para mim, esmiuçando minha expressão.

"Qual é o problema?", ela insiste.

"Prometi para ele que cuidaria delas", digo bruscamente.

"Você está cuidando delas."

"Como? Minha mãe está sozinha lutando para vender a casa antes do Natal para não ter que passar as festas de fim de ano com o fantasma dele. Sem contar a tratativa com advogados e contadores e executores para resolver a herança enorme do meu pai. E Maryanne está aqui, sendo passada entre você e Gigi, enquanto estou nos treinos, nas aulas ou na academia. Como é que estou cuidando delas?"

Diana acaricia minha bochecha. Seu toque é tão caloroso e reconfortante que cedo. Desabo em minha namorada, e ela me envolve em seus braços, me abraçando com força. Dixon tem sido minha âncora desde que esse pesadelo começou. Ela é a única luz neste túnel escuro e claustrofóbico cuja saída não consigo encontrar.

"Fiz uma promessa para ele." Minha voz é áspera. "Não tenho como cumprir essa promessa e continuar no time. Preciso voltar a Heartsong por um tempo."

"Por quanto tempo?"

Saio de seu abraço e vejo a ruga funda em sua testa. Ergo a mão e a aliso antes de encostar a testa na sua.

"Pelo menos até depois das festas. Talvez mais. Talvez eu tire o próximo semestre de folga, dependendo do que minha família precisar de mim."

Diana morde o lábio.

"Você não vai conseguir se formar se perder o semestre."

"Daí eu volto no outono." Pego sua mão, precisando do seu calor. Ela sabe disso e entrelaça nossos dedos. "Não vou embora para sempre. É só pelo tempo que elas precisarem de mim."

"Queria poder fazer mais", ela diz com um suspiro.

"Você já está fazendo até demais." Seguro sua bochecha, chegando perto para dar um beijo nela. É um selinho, um gesto tranquilizador. "Você me ajudou demais cuidando de Maryanne. Mas você também tem uma vida. Tem seu próprio esporte para se concentrar e suas próprias aulas. Não é justo te pedir isso."

Ela engole em seco.

"Tá. Preciso perguntar. Você está terminando comigo?"

Meu queixo cai.

"É o quê? Nem fodendo."

Seu olhar se enche de alívio.

"Tá. Que bom. Só confirmando."

Dou uma risadinha. Tenho rido muito pouco nessas últimas semanas, mas Dixon sempre consegue me trazer um pouco de leveza.

"Eu te amo", digo com um tom forte e tranquilizador. "Não vou desistir de você. Nunca."

"Nunca, é?"

"Bom, pelo menos não enquanto você me quiser."

Ela sorri com isso.

"E, se você topar, pensei que você poderia me levar para casa e depois ficar com meu carro enquanto estou fora. Vou ficar com a caminhonete do meu pai..." Minha voz embarga. Não consigo pensar nele sem desabar. "E minha mãe tem o carro dela. A Mercedes vai ficar parada na garagem, então pensei que você poderia usar aqui."

"Não faz isso, Lindley. Se você me emprestar aquele carro, nunca mais vou devolver."

"Ah, vai sim." Sorrio. "Eu te amo, mas nem tanto."

Ela se aconchega no meu colo, entrelaçando as mãos atrás do meu pescoço.

"Tem certeza de que quer ir?"

Aceno com a cabeça.

"Preciso ir."

Ela também acena.

"Tá bem. Apoio o que você decidir. E agora que a temporada de futebol americano vai terminar, vou poder ir todo fim de semana ver você."

"Vou cobrar."

OS MENINOS TUDO EM MAIÚSCULA

BECKETT DUNNE

Estou com saudade

LUKE RYDER

Você tá bem?

SHANE LINDLEY

Sim, tudo certo

Achamos uma casa nova, então estou ocupado com a mudança

LUKE RYDER

Quando você vai voltar?

BECKETT DUNNE

Estou com saudade

WILL LARSEN

Cara. Para de ser esquisito

54

DIANA

Não vim aqui para te machucar

JANEIRO

Sinto uma saudade enorme de Shane. Não consegui passar as festas com ele porque precisava ficar com meu pai e a família de Larissa e, depois, fui visitar minha mãe em Nova York. Consegui encaixar uma visita de quatro dias a Heartsong depois do Ano-Novo, mas não foi nem de longe o suficiente. Agora estou de volta a Meadow Hill e ele está a três horas de distância, e isso é um saco.

O semestre novo começa amanhã, e estou passando meu domingo à noite no sofá, assistindo a vídeos de coreografias de campeonatos nacionais antigos. O time de Briar passou tranquilamente pelo regional, então, assim que as aulas voltarem, precisamos dar um gás ainda maior na preparação para os nacionais. Estou trabalhando com nossa treinadora, Nayesha, para aperfeiçoar nosso número. Nayesha e nossa coreógrafa cuidam da coreografia em si, mas valorizam minha opinião, e nós três vamos nos reunir amanhã antes do treino.

Como meu aquecedor vive ligando e desligando sem motivo — realmente preciso trazer meu pai aqui para ontem —, estou enrolada no meu edredom grosso, como um burrito humano. O brilho suave da TV projeta sombras pelo aquário do Skip. Nem percebi que já tinha escurecido lá fora, mas agora me dou conta de que o mundo ficou em silêncio. Niall deve estar num casulo orgástico de paz agora.

Quando um miado choroso corta o silêncio de repente, dou um pulo tão rápido que meu cobertor quase cai do sofá.

Porra, Lucy! Como ela escapou de novo?

Não quero sair, mas apoio Priya mesmo que signifique lidar com sua felina obstinada. Jogo o cobertor para o lado e vou para a entrada. Quando ouço passos do outro lado da porta, penso que Priya já está cuidando disso.

Já estou falando com ela enquanto abro a porta.

"Ei, te ajudo a pegar..."

Fico paralisada.

Percy está na minha frente.

A ansiedade me aperta com força e minha respiração se prende na garganta.

"Diana", ele começa, mas já estou reagindo.

Empurro a porta, mas Percy é igualmente rápido. Ele enfia a bota preta antes que a porta possa se fechar.

"Espera..."

"Não", digo com raiva. "Vai embora. Não era pra você estar aqui."

Ai, meu Deus, como ele conseguiu entrar no condomínio?

"Não vou a lugar nenhum", Percy dispara. "A gente precisa conversar."

Só um pedaço do seu rosto enfurecido está visível, distorcido pelo vão enquanto tento fechar a porta na cara dele. Ele a empurra, e meu coração acelera. Empurro de volta, e a madeira treme com estrondo enquanto ambos lutamos.

"Para", ordeno. Estou com medo agora. "Você precisa sair."

"Não antes de conversamos."

Ele dá outra cotovelada na porta, e a força faz com que ela trema nas dobradiças.

"Não", repito, enquanto meu coração bate forte contra as costelas. Por que ele está aqui? E por que está tremendo de raiva? Quando vi Wendt e meu advogado, eles me garantiram que o caso estava avançando bem. A primeira audiência de Percy está marcada para essa semana, e Wendt disse que, quando falou com ele, ele parecia resignado. Derrotado, até.

Agora, ele parece um barril de pólvora prestes a explodir.

"Você precisa ir até a promotoria", Percy diz. "Precisa fazer essa merda de caso ser arquivado, Diana."

"Eu não poderia nem se tentasse. A promotoria decidiu prosseguir..."

Ele dá outro empurrão na porta, ganhando a batalha e me fazendo cambalear para trás.

Ele está no meu apartamento.

Com o coração disparado, corro para a sala. Talvez eu esteja exagerando, talvez ele esteja aqui apenas para conversar, mas da última vez que ele tentou conversar, me deu um soco na cara. Não caio mais nessa porra.

Corro para a mesa de café, com as mãos tremendo enquanto procuro o celular.

"Diana!" Ele entra, furioso. "Para."

Pego o celular. A medida cautelar era minha última defesa, um escudo frágil contra o furacão descontrolado que é Percy, mas hoje ela não é suficiente. Ele a descumpriu. Está no meu apartamento, e preciso que ele *saia*.

"Larga o celular. Você vai sentar e ouvir o que tenho a dizer. Porque não vou sair daqui até encontrarmos uma solução."

Ignoro sua voz desesperada. Meus dedos apertam freneticamente o dois primeiros números da polícia.

"Vou ligar para polícia, Percy, então é melhor sair daqui antes que..."

O celular é derrubado da minha mão antes que eu aperte o último dígito. Grito quando ele sai deslizando pela sala.

O medo me atinge. Olho para seu rosto vermelho, depois para meu celular caído e tomo uma decisão.

Eu me lanço para frente, para chegar à porta.

Percy me agarra antes que eu consiga passar por ele. Dor dispara pelo meu braço enquanto ele quase o tira fora do lugar.

"Para com isso. Não vim aqui para te machucar. Você está sendo ridícula."

Não ligo para o que ele diz. Não me sinto segura. *Não posso* ficar aqui. E, embora a medida cautelar tenha fracassado, sei algo que não vai me decepcionar.

Os ouvidos de Niall.

"NIALL!", grito, batendo os pés com força no chão. "Liga para a polícia! Percy Forsythe está no meu apartamento e ele está..."

O primeiro golpe faz minha cabeça virar para o lado.

Dor dispara pelo meu rosto. Os nós de seus dedos acertaram exatamente minha boca, rachando meu lábio.

"Sua vagabunda! Isso é tudo culpa sua! Vim aqui para conversar, para sentar e discutir como dois adultos sensatos, e você está me tratando como um criminoso! Vai se foder, Diana!"

Enquanto o sangue escorre do meu lábio, ergo os antebraços, protegendo o rosto de novo por instinto. Mas ele usa minha postura defensiva contra mim e me dá um soco no estômago. O golpe forte me atordoa, o ar saindo do meu corpo. Quase caio, mas recupero o equilíbrio no último segundo.

"Fui expulso da Briar", ele esbraveja. "Sabia disso? Foi isso que sua palhaçada com a polícia fez! O reitor descobriu sobre as acusações de agressão contra mim e me expulsou da pós hoje cedo. Me chamou para sala dele em pleno domingo para me dizer que eu estava fora. Você me fez perder minha bolsa. Minha carreira!"

Ele tenta me agarrar de novo, mas, dessa vez, consigo desviar dele. Dou um soco com a mão esquerda que passa de raspão na sua bochecha, provocando um gemido de dor. Não estou tentando brigar com ele, só causar uma distração para conseguir sair correndo do apartamento.

Quero chamar Shane, mas ele não está aqui. Está em Vermont. Então grito para Niall de novo, para Priya e até para a maldita gata enquanto corro na direção da porta.

Mal consigo correr dois metros antes de Percy me pegar pelo rabo de cavalo, me puxando para trás. Ele me joga no chão. Caio com força, o impacto fazendo uma onda de dor atravessar meu ombro.

"Você precisa sair", imploro, sentindo o sangue do meu lábio escorrendo pelo pescoço. "Você não quer fazer isso, Percy. Por favor."

Mas ele já perdeu o controle. Está em frenesi. Ele me chuta quando estou no chão e, por instinto, fico em posição fetal. Ele não se detém. Lágrimas enchem meus olhos quando suas botas acertam minhas costelas. Agonia explode dentro de mim.

"Você destruiu minha vida", ele rosna. "Não queria te machucar naquela noite. Você *sabe* que foi um acidente. Mesmo assim, pegou aquele único lapso e usou para destruir minha vida."

Quando ele chuta meu ombro, o calcanhar da sua bota toca o lado do meu rosto, fazendo meu nariz doer.

Gemo de dor. Sangue escorre do meu lábio rachado e do meu nariz. Não sei se quebrou, mas dói muito. Um gosto metálico arde em minha língua enquanto tento rastejar na direção da porta.

Percy para diante de mim, observando.

"Você destruiu minha vida", ele diz de novo.

Sei que deveria ficar de boca fechada, mas meu sangue está fervendo. Agonia se espalha por cada músculo. Meu rosto. Minhas costelas.

Encontro seus olhos furiosos e digo:

"Acho bom."

A última coisa que lembro é seu pé chutando a lateral da minha cabeça.

55

SHANE

Seu lugar não é aqui

Quando entro na sala, minha mãe está sentada no sofá, as costas eretas, o olhar fixo na lareira crepitante.

Eu a encontrei nessa posição muitas vezes durante esse último mês, deparando com momentos de silêncio estarrecido. Eu também tenho esses momentos. Sinto um peso nas costas desde que meu pai morreu, que fica me puxando para baixo, me prendendo nesse poço de dor infinita. O único momento em que esse peso se alivia é quando vejo Diana, que cumpriu sua promessa de vir aos fins de semana.

Quando ela não está aqui, estamos todos nos mantendo ocupados. Minha mãe voltou ao trabalho. As aulas de Maryanne começam amanhã. Estou lidando com o corretor de imóveis e com a mudança. Encontramos uma casa a dez minutos de distância. Significa que Maryanne não precisa trocar de escola, então é um problema a menos.

A cena do jantar de hoje continua no ar, um lembrete das inúmeras horas que passo ajudando minha mãe na casa. Nós nos revezamos na cozinha. Cuido da maior parte da limpeza, o que é surpreendente.

Maryanne parece estar bem, embora ela também tenha seus momentos de tristeza, só fez algumas birras agora que estou em casa. Isso também é surpreendente. Ela nunca foi de fazer birra. Mas a irmã da minha mãe é psicóloga infantil e afirma que isso é normal, uma expressão saudável do luto dela.

"Oi", digo enquanto me sento na poltrona de couro velho, apoiando a cerveja no joelho. "A cozinha está impecável. Não precisa trazer a faxineira para julgar meu trabalho."

Ela volta o olhar do fogo para mim, esboçando um sorriso.

"Eu talvez tenha te mimado um pouco mais do que o necessário com a faxineira, hein?"

Dou de ombros.

"Não vou reclamar."

Conversamos sobre nossos planos para amanhã. Pretendo resolver a garagem enquanto minha mãe está no trabalho. A estante que ocupa toda a parede dos fundos está cheia de tralha que precisamos separar. Estamos conversando sobre o que guardar e o que jogar fora quando uma mensagem ilumina a tela do meu celular. Ryder tem me mantido atualizado sobre as eliminatórias e acabou de me mandar a programação.

"Merda", exclamo enquanto leio a mensagem.

"O quê?" Minha mãe pergunta.

"Vamos enfrentar..." Eu me corrijo rapidamente. "Eles vão enfrentar Yale nas semifinais. A Briar não enfrenta Yale na pós-temporada há, tipo, uma década."

Controlo a adrenalina que tenta subir à superfície. Não. Não vou estar no gelo no próximo fim de semana. Não posso me empolgar com um jogo que não é meu.

Um incômodo me arrepia quando noto que minha mãe está me observando.

"Quê?", pergunto.

Depois de um momento, ela faz sinal para eu me sentar ao lado dela no sofá.

"Senta aqui. A gente precisa conversar."

Inseguro, deixo o celular e a garrafa de cerveja na mesa de centro e me sento ao lado dela.

"O que foi?"

"Andei pensando bastante desde que você veio para casa e quero que saiba que sou grata por toda a ajuda que você me deu. Você foi uma rocha. Cuidando tão bem das coisas desde que seu pai faleceu. Mas não quero que você perca seus sonhos de vista, e acho que talvez isso já esteja acontecendo."

Olho para as minhas mãos apertadas no colo.

"Não posso ficar pensando em sonhos agora. Você precisa de mim."

Ela estende a mão e levanta meu queixo, olhando nos meus olhos.

"Shane. Sou grata por você estar aqui, mais do que você pode imaginar. Mas não quero que sacrifique seu futuro por nós. Você merece uma chance de levar a vida que sempre quis."

"Fiz uma promessa para ele", digo, firme.

"Eu sei. Ele me contou. Mas não acho que foi isso o que ele quis dizer, querido."

Uma onda de emoção fecha minha garganta a ponto de doer.

"Ele me pediu para cuidar de você e Maryanne. É o que estou fazendo."

"Não às custas da sua própria vida", minha mãe diz com delicadeza. "Ele não gostaria que você deixasse o time. Abandonasse os estudos. Pelo contrário, ele daria uma bela de uma bronca em você por essa decisão. Porque você está esquecendo a outra promessa que fez para ele."

Minha testa se franze.

"Você prometeu que iria para Chicago como planejado. Que se destacaria no seu esporte. Você é um jogador de hóquei, não uma babá, um empacotador de caixas ou um cozinheiro mediano. Você precisa jogar hóquei. É *essa* a promessa que você deveria estar cumprindo." Ela respira fundo, seu olhar é firme. "Seu lugar não é aqui."

Franzo a testa para ela.

"Então por que me deixou vir?"

Ela suspira.

"Sinceramente? Achei que você ficaria entediado depois de uma semana ou duas. Sentiria falta do hóquei e de Diana, e voltaria para Briar. Mas você não está indo embora. Assim você me obriga a tomar uma atitude e botar você para fora."

Uma risada incrédula me escapa.

"Uau."

"Eu e sua irmã vamos ficar bem. Você já fez coisa até demais. Maryanne volta para a escola amanhã. Tenho trabalho. Os advogados têm uma boa noção dos imóveis do seu pai. E você encaixotou a casa quase toda. Não tem nada para você fazer aqui. Está na hora de ir embora."

Um sorriso hesitante surge em meus lábios.

"Não acredito que você está me expulsando."

Mas sua atitude ou, melhor, sua permissão tira o peso das minhas costas, substituindo-o por uma sensação renovada de esperança. Adorei estar em casa com minha família, mas ao mesmo tempo odiei. Fazia muito tempo que eu não precisava assumir tanta responsabilidade. Cuidar da casa, levar Maryanne para tudo quanto é lado, manter a menina ocupada. Não consigo me imaginar fazendo isso tudo jogando hóquei profissional.

Quanto mais tempo passo aqui, mais entendo como minha visão de mundo era idealizada. Tomei um choque de realidade. Toda minha visão sobre ser um jovem marido, um jovem pai, e acreditar que ainda conseguiria dedicar o mesmo empenho ao hóquei, ao treinamento intenso e à rotina exaustiva... Nunca me considerei uma pessoa ingênua. Mas... sim. É um equilíbrio difícil que eu nunca conseguiria alcançar agora.

Minha mãe está certa. Sinto falta de Briar. Sinto falta dos caras. E, mais do que tudo, sinto falta de Diana.

Chego mais perto e dou um abraço apertado nela, grato pelo apoio e incentivo dela. Ela e meu pai sempre foram bons nisso, deixando que eu seguisse qualquer que fosse o caminho que eu quisesse, torcendo da arquibancada enquanto eu seguia em frente. Eles quase superam a Diana no quesito torcida.

"Está bem. Vou voltar amanhã", digo. "Tomara que o técnico me devolva minha vaga no time e me deixe jogar contra Yale no fim de semana."

"Ele é um idiota se não deixar."

"Nunca chame o treinador Jensen de idiota na cara dele. Ele vai destruir você."

"Não se eu o destruir primeiro."

Sorrio. Aparentemente, venho de uma família de psicopatas.

"Quer assistir a um filme ou coisa assim?", sugiro.

"Sim. Não sei se vou conseguir passar da metade antes de pegar no sono, mas vamos ver o que acontece."

Rindo, levo a mão ao controle, mas ela muda de rumo quando meu celular se ilumina em cima da mesa. O identificador de chamada exibe um número desconhecido. É um código de área de Massachusetts. Normalmente deixo números desconhecidos irem para o correio de voz, mas tenho um mau pressentimento e, por algum motivo, atendo o telefone com um alô receoso.

"Shane, aqui é Priya. Do Meadow Hill."

Um arrepio desce pela minha espinha. Aperto o celular com mais força.

"Oi, Priya. Tudo bem?"

"Estou ligando do hospital. Uma ambulância acabou de trazer Diana. Eu e Niall viemos com ela..."

A sala gira por um momento.

"O que aconteceu? Ela está bem?"

"O que houve?" Minha mãe toca meu braço.

"Diana está no hospital", explico antes de voltar a me concentrar em Priya. "Me diz o que aconteceu."

"Ela está machucada", Priya diz, sua respiração trêmula contradizendo o tom calmo. "Você precisa vir o quanto antes."

Sinto o mundo se fechando ao meu redor.

"Machucada como? Me diz o que aconteceu."

"O ex-namorado invadiu o apartamento dela e a espancou."

Meu corpo todo fica paralisado.

Espancou?

Como assim, Percy a *espancou*?

"Que hospital?" Levanto de um salto.

"St. Michael's em Hastings."

"Estou a caminho."

56

DIANA

Quero uma vadia com atitude

Assim que Shane entra no quarto do hospital, ele começa a chorar.

“Não”, imploro da cama. “Por favor. Você vai me fazer chorar também, e meu nariz está congestionado demais agora. Quero conseguir respirar.”

Mas ele não consegue se segurar. Seus ombros largos tremem de tanto chorar. Não consigo nem imaginar como isso deve ser traumático para ele, afinal, da última vez em que esteve num hospital ele estava segurando a mão do pai, vendo-o morrer. Sua expressão desorientada enquanto cambaleia na minha direção confirma minha suspeita de que ele está tendo um flashback.

“É pior do que parece”, digo com ironia.

Ele não responde. Apenas pisca para conter as lágrimas enquanto seu olhar frenético percorre meu corpo. Sei o que ele está vendo. O curativo na minha cabeça, o lábio rachado, o nariz inchado. Não quebrou, graças a Deus, mas ainda dói pra caralho.

O grande estrago, infelizmente, é interno. Meu rim levou uma bela surra. A médica está preocupada com hemorragia interna, então está me mantendo aqui para observação por alguns dias. Ela me avisou que posso esperar um pouco de sangue na urina.

Shane se deixa afundar na cadeira que meu pai estava ocupando até agora há pouco. Meu pai foi buscar Shane no saguão quando ele ligou para avisar que tinha chegado, e imagino que esteja na sala de espera agora, dando um pouco de privacidade para nós.

Incerteza paira nos olhos de Shane quando suas mãos encontram as minhas. Ele está tremendo.

“O que aconteceu?”

A expressão de Shane está furiosa quando começo a descrever como Percy arrombou a porta e passa para homicida quando descrevo como fiquei encolhida no chão enquanto ele me chutava.

Conforme vou relatando os acontecimentos, é difícil controlar o mal-estar e as sensações vagas e desconfortáveis que palpitam por todo o meu corpo. A médica me deu algo para a ansiedade, mas sei que um ou dois comprimidos não vão resolver o problema. Por mais constrangedor que tenha sido admitir fraqueza, lembrei o que meu pai disse sobre pedir ajuda, então perguntei à médica se ela poderia arranjar um terapeuta para vir me ver. Tenho ataques de ansiedade desde o verão. Não dá mais para ignorar. Está na hora de enfrentá-los, por mais assustador que possa ser.

A gravidade da situação continua a me atingir do nada. Como estive perto de ser gravemente ferida. Talvez até morta. Se Niall não tivesse chamado a polícia assim que gritei seu nome, se eles não tivessem chegado sete minutos após a ligação, quem sabe o que teria acontecido? Mas não consigo me lembrar de nada depois daquele último chute. Apenas me lembro de acordar na ambulância, com a cabeça zonza.

"Ah, também estou com uma leve concussão" digo a Shane. "Então não acende a lâmpada grande." Estamos usando o abajur de cabeceira, que projeta uma luz fraca inofensiva que só irrita um pouco meus olhos.

Ele estende a mão e toca o curativo na minha têmpora.

"O que aconteceu aqui?"

"Eu estava caída no *hall* de entrada quando ele tentou fugir. A parte de baixo da porta me acertou e cortou minha cabeça. Cinco pontos", digo, resignada. "Mas estou com dó do meu pai, porque ele vai ter que voltar lá hoje e limpar todo o sangue. Sabia que ferimentos de cabeça sangram um monte?"

"Não faz piada. Por favor." Seus olhos estão úmidos de novo.

"Ei, está tudo bem." Pego sua mão. "Estou bem."

"Desculpa, amor. Eu deveria estar lá."

Aperto sua mão com mais força.

"Não é culpa sua. Você não tinha como imaginar que ele apareceria hoje."

"Eu deveria ter te protegido."

"Para. Você não pode se culpar." Ajeito a posição e faço uma careta quando a dor lateja na minha costela. Maldito rim. "Não quero você se sentindo culpado."

Ele aperta minha mão entre as suas. Quando fala, sua voz sai rouca.

"Ver você assim... está acabando comigo."

"Vou ficar bem. Juro. Talvez eu tenha que ver um terapeuta por um tempo para me ajudar a resolver tudo, mas fisicamente vou me recuperar. Você vai ver."

Ele se curva e dá um beijo carinhoso na minha testa.

"Eu te amo. Nunca mais vou sair do seu lado. Espero que saiba disso."

Isso me faz abrir um sorriso.

"Por mim, tudo bem."

"As enfermeiras vão me expulsar se eu deitar na cama com você?"

"Grito com elas se tentarem. Mas deita desse lado. Meu lado esquerdo não aguenta nada."

Shane se levanta para tirar o casaco e descalçar os sapatos. Depois se deita com cuidado no leito estreito. Ele tem um e oitenta e cinco e é absurdamente musculoso, então fica apertado, mas ele consegue se acomodar ao meu lado, apoiado num cotovelo enquanto sua mão acaricia meu cabelo de leve.

"Vou voltar para Briar", ele diz. "Voltar para Meadow Hill."

"Não se atreva a dizer que é por minha causa. Vou ficar bem."

"Não, não é só por sua causa. Minha mãe me expulsou."

Prendo a respiração de susto e logo me arrependo quando minha costela aperta de dor.

"Pelo meu próprio bem", Shane acrescenta. Ele encosta os lábios na minha têmpora sem curativo, e sinto seu sorriso. "Ela me lembrou onde é meu lugar."

"No rinque", confirmo.

"E com você."

Sua mão desce pelo meu braço. Sinto seus dedos tremendo.

"Sei que por fora parece que estou lidando muito bem com isso..."

"Será que parece mesmo?", pergunto, irônica.

"Mas estou apavorado agora. O fato de você estar no hospital está me despedaçando. Toda vez que penso nele invadindo sua casa e machucando você..." Ele solta um barulho estrangulado. "Não me deixa sair do hospital hoje, Dixon."

"Não vou deixar."

"Vou matar aquele filho da puta."

"Não vai, não."

Ficamos em silêncio por um momento. Não estou ligada em nenhuma máquina, então o quarto está em silêncio. Quando Shane volta a falar, sua voz é trepidante.

"Você não faz ideia do quanto eu te amo. Chega a ser ridículo."

Não consigo segurar o riso. Dessa vez, a pontada de dor vale a pena.

"Nunca imaginaria isso, Dixon. Mas você é tudo para mim. Não sei quando aconteceu, mas é verdade. Você é a essência dos meus dias. É o motivo por que aguardo o dia de amanhã. Sinceramente, nunca pensei que encontraria alguém que me entende tão bem."

Ai, meu Deus. Não acredito que essas palavras melosas estão saindo da boca de Shane Lindley. Eu tiraria sarro dele por isso se ele não estivesse falando tão sério. Além disso, sei do que ele está falando. Sinto o mesmo. Sou cem por cento eu mesma quando estou com ele. Com minhas esquisitices e tudo.

"Ficar longe de você esse último mês foi uma tortura. Abandonei você e olha só o que aconteceu. Ele poderia ter te matado."

"Estou bem", digo com firmeza.

"Não estava brincando quando disse que nunca mais deixaria de você."

"Uma hora você vai ter que deixar", provoco. "E quando você estiver viajando com os Blackhawks em jogos fora de casa e eu estiver em casa com os dois filhos que você quer que eu tenha no ano que vem?"

Ele ri baixo, seu hálito fazendo cócegas no meu queixo.

"Sim, em relação a isso... eu talvez tenha mudado de ideia."

Levo um susto.

"Você não quer mais casar e ter filhos?"

"Não, eu quero." Ele acaricia meu braço, distraído.

Queria não ter que usar essa camisola de hospital. Pedi para o meu pai pegar um ou dois cardigans quando voltasse ao meu apartamento hoje à noite. Mas, agora, acho que não me incomoda. As mangas curtas me permitem sentir o toque suave dos dedos de Shane.

"Eu com certeza quero", ele continua. "Mas ter filhos... acho que você tem razão sobre o seu plano de esperar até os trinta. Cuidar de Maryanne quando ela estava aqui e depois ficando em casa com ela o mês todo..." Ele suspira. "Dá muito trabalho."

"Não brinca."

"Acho que não estou pronto para isso."

"Você sempre pode encontrar uma mulherzinha recatada que tope fazer tudo sozinha."

"Não quero uma mulherzinha recatada." Ele beija meu ombro. "Quero uma vadia com atitude."

Rio.

"Você acabou de me chamar de vadia?"

"Sim."

Uma sensação de contentamento me invade, o que é irônico considerando que fui agredida pelo meu ex-namorado hoje. Eu não deveria estar me sentindo contente agora.

"Lembra quando você me perguntou se eu faria sacrifícios?", digo, pensativa. "Se eu conseguiria ser o tipo de parceira que assumiria uma carga maior enquanto você estivesse na NHL?" Aperto os lábios. "Acho que eu conseguiria."

"É mesmo?", ele pergunta com voz rouca.

"Eu faria esses sacrifícios por você. Porque você também é tudo para mim."

"Meu Deus, Dixon, como você é melosa. Tenha um pouco mais de amor-próprio."

Rio de novo em seu ombro.

"Enfim, parabéns", ele diz.

"Pelo quê?"

"Vou deixar você encarregada de decidir quando teremos nossos filhos."

Minha gargalhada faz minhas costelas latejarem de novo.

"Porra, Lindley. Para de me fazer rir." Eu me aconchego mais nele. "Mas obrigada. Que bom que você me deixa opinar sobre nosso futuro."

"Gosto disso."

"O quê?"

"Nosso futuro." Ele apoia a bochecha no topo da minha cabeça. "Você está falando sério? Vê um futuro para nós?"

Pego sua mão e entrelaço nossos dedos devagar.

"Sim. Eu vejo."

Não tenho a menor ideia do que esse futuro nos reserva, mas de uma coisa eu sei: quando se trata de mim e Shane, não tenho a menor dúvida de que a jornada vai ser divertida.

57

SHANE

Imagina que seus dedos estão mexendo uma sopa devagarzinho

Meu corpo todo vibra de expectativa enquanto passo pela pesada porta do vestiário. Minhas narinas são recebidas pelo cheiro familiar de suor e equipamentos, mas há algo mais no ar. Rostos se iluminam quando entro, alguns gritos soando ao me verem.

"Lindley!" Colson exclama, vindo me cumprimentar. "Já estava na hora, porra!"

Trager, Patrick, Austin e alguns outros me abraçam de lado, batendo no meu braço e me dando as boas-vindas de volta. Muito alarde considerando que é só um treino matinal regular.

Sorrio, verdadeiramente emocionado com a recepção calorosa. Vou até o meu armário, acompanhado por Ryder e Beckett.

"É bom ter você de volta", Ryder diz, com a voz rouca.

"Estou feliz em voltar."

Beckett já está com sua camisa e os equipamentos de treino, então se senta no banco enquanto nos preparamos.

"Como Diana está?", ele pergunta, sério.

"Melhor." Meu sorriso vacila por um momento, porque toda vez que penso na minha namorada deitada naquele quarto de hospital, sinto um embrulho no estômago. "Está sendo difícil, mas estamos conseguindo superar."

Meus amigos acenam, compreensivos, um misto de solidariedade e apoio no olhar.

"Avisa se precisar de alguma coisa, amigo", Beck diz. Seu tom é sincero.

"Valeu, cara."

Meu peito está apertado de emoção, então me viro para o armário, fingindo procurar alguma coisa enquanto tento controlar meus olhos que marejaram de repente. Meu Deus. Eu é que não vou chorar na frente de um monte de jogadores de hóquei. Já basta o tanto que chorei na frente de Diana desde que voltei para Hastings.

Mas saber que tenho o apoio dos meus amigos é reconfortante. Esse vestiário é uma irmandade, e sinto uma conexão toda vez que entro aqui. Sei que sempre posso contar com esses caras, até com o mala do Trager, em momentos difíceis.

"Ela está louca para voltar para casa", digo.

"Quando recebe alta?" Will pergunta em frente ao seu armário.

"Amanhã cedo, acho. Os médicos estão finalmente confiantes que o rim dela não vai explodir nem nada."

Ryder ri baixo.

Terminamos de nos vestir para o treino, mas antes que eu saia para o túnel, o treinador Jensen me impede. Ele mexe no apito pendurado em seu pescoço enquanto me puxa de lado.

Uma mistura de nervosismo e gratidão se agita dentro de mim enquanto espero para saber o que ele vai falar.

"Bem-vindo de volta, Lindley", ele diz, enérgico. "Só queria saber como está sua namorada."

"Ela está bem. Obrigado por perguntar."

"E o imbecil que fez isso com ela?"

"Prenderam ele na noite em que aconteceu, mas soltaram depois que ele pagou fiança."

Os olhos de Jensen faíscam.

"Pois é", digo com um suspiro. "Mas ele está em Indiana agora. Os pais vieram buscá-lo, e deram permissão para ele sair do estado desde que usasse uma tornozeleira. Mas ele foi fichado por essa última agressão. Ele quase a matou, professor. Ninguém vai deixar que ele escape tão fácil dessa. A promotoria disse que ele vai cumprir pena."

"Deviam jogar a chave fora", ele murmura. "Nenhum homem que levanta a mão para uma mulher merece ver a luz do dia."

Concordo com a cabeça.

"Enfim, vai lá com os outros."

"Professor, espera. Só queria dizer que..." Volto um olhar sincero. "Sou muito grato por ter me dado esse tempo fora para resolver as coisas."

Para o meu espanto, Jensen faz uma coisa que eu nunca esperaria dele. Ele coloca uma mão no meu ombro num gesto reconfortante.

"O hóquei é importante, Lindley, mas a vida também é. Você tem todo o meu apoio, e o do time também. Se precisar conversar, pode falar comigo."

Engulo o nó na garganta, sentindo o peso das palavras do treinador. Enquanto sigo pelo túnel, ouvindo os sons conhecidos dos meus companheiros de equipe se aquecendo, sinto um propósito renovado e sei que, onde quer que esteja, meu pai está olhando por mim.

Depois do treino, volto ao hospital para ver Diana. Chego armado com petiscos e meu notebook para podermos assistir a alguma coisa melhor do que os canais do hospital. Estou sendo fiel à minha palavra: não pretendo sair do seu lado até ela estar em casa.

Seu rosto se ilumina assim que entro no quarto. Ela está sentada, usando um cardigã branco com flores verdes, o cabelo loiro solto sobre os ombros. Apesar do corte no lábio e da série de pontos na têmpora, suas bochechas estão com uma cor saudável, e seus olhos estão brilhantes.

Meu Deus, amo essa mulher com todo o coração. Estar com Diana é como descobrir um pedaço de mim que eu nunca soube que estava faltando. Ela me faz querer ser a melhor versão de mim mesmo, não porque eu sinto que preciso impressioná-la, mas porque ela me inspira a ser melhor.

Não me arrependo do meu tempo com Lynsey. Eu precisava dele para me tornar quem sou hoje. Mas, nossa, agora vejo a diferença. Vejo a importância de escolher a mulher certa para levar a vida. De preferência alguém que faça você rolar de rir.

"Oi", digo com a voz embargada.

Ela sorri.

"Oi."

"Cadê sua mãe?", pergunto.

A mãe de Diana veio de Nova York na manhã seguinte à agressão e passou as três últimas manhãs ao lado da cama da filha. Diana não estava errada sobre a atitude da mãe: é fácil ver o lado pretensioso. Mas também dá para ver que ela realmente ama a filha e está se esforçando de verdade para se aproximar dela. É tudo o que importa.

"Você não vai acreditar", Diana responde. "Ela saiu para almoçar com meu pai e a Larissa."

"Uau."

Até eu sei que isso é um avanço. Os pais de Diana mal passaram duas horas no mesmo ambiente desde que se divorciaram dez anos atrás. Mas os vi conversando no refeitório na lanchonete do hospital mais de uma vez desde que Diana foi internada. O irmão dela também queria vir, mas Diana insistiu para ele ficar no Peru.

Puxo minha cadeira de sempre até o lado da cama. Ela vai poder sair amanhã. Até lá, estou passando todas as noites nesse quarto de hospital. As enfermeiras sabem que não adianta me botar para fora. Embora eu pretenda comprar uma bela cesta de presentes para Adeline e Marge pela paciência e delicadeza. E talvez uma cesta ainda maior para o dr. Lamina, o psiquiatra que está vendo Diana toda manhã para ajudá-la a lidar com a ansiedade resultante da agressão.

"Como foi o treino?", Diana pergunta.

"Foi bom. Beckett estava com tudo. Mal posso esperar para ele soltar seu brutamontes interior contra Yale no fim de semana."

Abro a sacola de petiscos, pegando o saco de salgadinhos simples que ela pediu. Entrego a ela, e ela sorri, feliz.

"Alguma novidade sobre ele e Will?", ela pergunta.

Reviro os olhos.

"Amor. Nenhum deles me fala sobre a própria vida sexual."

"Pois deveriam. Estou curiosa."

"Vou lembrar de perguntar para eles amanhã no treino se eles têm visto os pênis um do outro nos últimos tempos", prometo.

"Obrigada."

Roubo um punhado de salgadinhos.

"Como está seu xixi?"

"Mal chega a estar rosa!" Ela está exultante.

Rio.

"Tomara que a médica me libere para voltar ao treino logo."

Isso me tira um sorriso.

"Que foi?", ela diz na defensiva.

"Minha otimista linda."

"Não deve demorar *tanto* assim para um rim machucado se recuperar", ela argumenta. "Duas semanas, no máximo."

"Sua médica disse um mês para garantir", eu a lembro.

"Não tenho um mês. Estamos treinando para o campeonato nacional. É em abril!"

"Ainda é janeiro." Coloco o pacote de lado e subo na cama, me esticando ao lado dela. "Foca na recuperação. A equipe vai estar lá no mês que vem. E, até lá, podemos pensar no próximo projeto. Quer praticar espanhol?"

Sim, fui recrutado para aprender com ela. Até agora, sei dizer "quero comer seu cu". Diana ouviu isso num pornô em espanhol uma vez, e foi o primeiro item da nossa lista de vocabulário. O que é irônico, considerando que nem curtimos anal. Na verdade, acho que ela nem aguentaria meu tamanho, mesmo se curtíssemos.

"Depois", Diana diz, rejeitando a sugestão. "Antes eu queria tentar de novo aquele outro projetinho."

Faço um não firme com a cabeça.

"Nem pensar. Tentamos ontem à noite, e te machucou."

"É só não usar tanta força dessa vez."

É verdade. Eu talvez tenha me animado um pouco demais quando a acariciei na cama ontem à noite. Acabei metendo com muita força, e a dor que ela sentiu nos fez parar.

"Imagina que seus dedos estão mexendo uma sopa devagarzinho."

Dou uma gargalhada.

"Fica quieto", Diana repreende. "Senão, Marge vai aparecer e nos dar uma bronca por fazer barulho demais. Já temos um Niall na nossa vida. Não sei se dou conta de dois."

"Ainda acho que a gente deveria apresentar um para o outro. Imagina a linda vida silenciosa que eles levariam."

"Quer conversar sobre isso agora? Quero gozar", ela resmunga, virando a cabeça para beijar meu pescoço.

Eu a deito delicadamente de barriga para cima.

"Tá. Vou fingir que estou mexendo sopinha. Mas só se eu puder ficar roçando na sua perna até gozar nas calças."

"Você é tão romântico. Para de ser tão romântico."

Dou um beijo nos lábios dela.

"Sou louco por você, Dixon. Espero que você saiba disso. E não só porque fui engolido pela sua buceta movediça."

"Minha buceta é poderosa", ela concorda.

Levo a boca ao seu pescoço e chupo devagar. Ela se arrepia em resposta.

"Espera, você trancou a porta?"

"Putz, não. Um segundo."

Eu me levanto de um salto para cuidar disso e estou voltando para a cama quando o celular de Diana apita com um alerta. Ela leva um susto quando lê.

"O que foi?", pergunto, em alerta na hora.

"Tenho uma notícia devastadora. Se prepara, Lindley."

"Estou preparado."

"Está dizendo aqui que Zoey e O Connor terminaram."

Minhas sobrancelhas se erguem.

"Nossa. Eles duraram... o quê? Quatro meses fora da casa?"

"Pois é", Diana resmunga. "É oficial. Não existe amor verdadeiro."

Eu me deito na cama e levo a mão dela aos meus lábios, dando um beijo em seus dedos.

"É aí que você se engana", digo, com a voz emocionada. "Existe sim."

Epílogo

DAVE HEBERT ADICIONOU SHANE LINDLEY AO GRUPO "VIZINHOS".

SHANE

Obrigado por me adicionar!

Como conversamos na reunião, acho que a festa de Dia dos Namorados SUPER deveria incluir uma troca de presentes secretos. Aliás, minha irmã mais nova é bem criativa, então ela pode ajudar com as decorações, cartões etc.

VERONIKA

Adoro segredos :D

DIANA DIXON REMOVEU SHANE LINDLEY DO GRUPO "VIZINHOS".

BRENDA KOWALSKY ADICIONOU SHANE LINDLEY AO GRUPO "VIZINHOS".

SHANE

Feliz por estar de volta ao grupo! Valeu, B.

Desculpa, gente. Brenda adicionou o morador do 2B do Bétula-Vermelha sem querer. Ela me pediu para corrigir esse erro.

DIANA DIXON REMOVEU SHANE LINDLEY DO GRUPO "VIZINHOS".

RALPH ROBARDS ADICIONOU SHANE LINDLEY AO GRUPO "VIZINHOS".

RALPH

Shane, não entendi por que você foi removido antes? Diana, não entendi qual foi o erro?

SHANE

Ralph, amigão! Valeu por me adicionar.

RALPH ROBARDS FOI REMOVIDO COMO ADMINISTRADOR DO GRUPO "VIZINHOS".

DIANA DIXON REMOVEU SHANE LINDLEY DO GRUPO "VIZINHOS".

DIEGO GOMEZ ADICIONOU SHANE LINDLEY AO GRUPO "VIZINHOS".

SHANE

Sobre o churrasco de primavera, Gustav disse que consegue dar um desconto se usarmos todas as linguiças dele.

VERONIKA

Hummm! Você sabe como me deixar com água na boca :D

CELESTE

Que delícia!

DIANA DIXON REMOVEU SHANE LINDLEY DO GRUPO "VIZINHOS".

NIALL GENTRY ADICIONOU SHANE LINDLEY AO GRUPO "VIZINHOS".

Niall, Shane comentou com você sobre a bateria que ele acabou de comprar??

NIALL GENTRY REMOVEU SHANE LINDLEY DO GRUPO "VIZINHOS".

Cena bônus

BECKETT

Assim que o pensamento *Acho que estou com tesão* surge na minha cabeça, duas mulheres diferentes me mandam mensagem. Sem brincadeira.

CAITLIN

Ei gatão, de boa hoje?

HAILEY

Estou sozinha. Quer vir e me fazer companhia? ;)

Minha mãe diz que, na manhã em que entrou em trabalho de parto para me dar à luz, ela e meu pai saíram do carro e viram um arco-íris duplo cintilando no céu. Ao que parece, na noite anterior, Sydney tinha sido atingida por uma das piores tempestades que a cidade já viu, com tanta chuva que algumas ruas ficaram alagadas. E, então, Meghan Dunne sentiu sua primeira contração, e a chuva parou milagrosamente vinte minutos depois. Portanto, dois arco-íris guiaram meu corpinho gosmento de recém-nascido durante um trabalho de parto de quarenta minutos que foi suave na nave. Minha mãe ficava me chamando de "menino de sorte".

Sinceramente, pouca coisa mudou desde então. O menino de sorte agora é um homem de sorte. Penso em transar, e as mulheres surgem do nada e caem no meu colo.

"Ei", grito para a cozinha, onde Will está preparando o jantar. "Vou chamar Caitlin para vir aqui hoje."

Ele demora um pouquinho antes de responder:

"Legal." Depois volto a ouvir o barulho de pratos.

Meu olhar se volta para a TV, onde está passando um filme velho de ficção científica. Eu e Will colocamos para assistir quando voltamos do treino de hóquei, mas não prendeu nossa atenção e, depois de um tempo, ele foi fazer espaguete.

Entediado, saio do sofá e vou para a cozinha, onde me apoio na bancada e observo enquanto Will usa uma faquinha para picar cebola para o molho do macarrão. O cara sempre faz nossos molhos do zero. Ele gosta de cozinhar. E cozinha bem, muito melhor do que os caras com quem eu dividia a casa antes. Lindley e Ryder, coitados, fazem as comidas mais sem graça do mundo. É bom não ter mais que cozinhar tudo sozinho.

"Ela está perguntando se você vai estar aqui", digo, rindo enquanto continuo a trocar mensagens com Caitlin. Por mais gostosa que Hailey seja, Caitlin foi mais divertida quando ficamos na semana passada. Prefiro mulheres com senso de humor. Dava para perceber que Hailey estava apenas fingindo rir das minhas piadas.

"Sim. Acho que sim. Não planejei nada hoje." Seu tom é indiferente, e seus ombros estão visivelmente tensos.

Uma preocupação toma conta de mim, porque essa não é a primeira vez que vejo esse tipo de reação de Larsen. Eu e ele somos próximos. Passamos tanto tempo juntos no último ano que, para mim, ele é um livro aberto. Mas, por algum motivo, estamos em um capítulo do livro de Will em que toda vez que convido uma garota, ele parece totalmente desinteressado.

O que é uma puta reviravolta, considerando o número de transas das quais ele participou no último ano. Antes de eu ir visitar minha família em Sydney no verão, Will era presença regular na minha vida sexual. Não *nesse* sentido, claro. A gente não se pega. Mas ele com certeza não parecia se incomodar em pegar alguém *comigo*.

"Você vai gostar dela", digo. "Ela é muito engraçada. Você perdeu na semana passada."

Ele ergue os olhos da tábua.

"Ah, é?"

"Sim", respondo. "Ela ficou desapontada por você não ter voltado."

Ele dá de ombros.

"Eu tinha combinado uma coisa com a Di."

Claro. Aquela coisa importante de que ele se lembrou de repente no último segundo quando eu, ele e Caitlin estávamos saindo do Malone's. Ele bateu a mão na testa e tudo. *Ah, esqueci completamente que combinei uma coisa com Diana! Preciso, ir, gente.*

Posso parecer o surfista australiano que não liga muito para nada, mas burro eu não sou. Tem alguma coisa rolando com Larsen. Faz um tempo já. Estava torcendo para ele criar coragem e puxar a conversa, mas está na cara que está determinado a continuar evitando. E, como ainda é setembro e temos que morar juntos até a formatura, é melhor enfrentar esse problema o quanto antes.

"Cara", digo.

"Quê?" Ele baixa a cabeça, voltando a se concentrar no jantar. A faca se move agilmente em sua mão enquanto ele termina de picar a cebola.

"Fiz alguma coisa para te irritar?"

Seus olhos castanhos se erguem de novo, apertados nos cantos.

"Quê? Claro que não. Estamos de boa."

"Estamos mesmo?", digo devagar. Pensativo, me inclino na bancada, apoiando os antebraços de cada lado. "Porque estou com a impressão de que você me evita às vezes. Como na semana passada, quando você deu um bolo na gente."

"Não dei bolo. Só fui para a casa da Diana." Ele dá de ombros de novo. "E não tava muito a fim de transar também."

Ergo uma sobrancelha.

"Desde quando?"

"Desde que..." Ele deixa a faca de lado, mordendo o lábio enquanto pensa sobre... o quê? Não faço a menor ideia do que se passa na cabeça dele.

Observo seu rosto, seus traços esculpidos que normalmente são tão fáceis de decifrar. É uma coisa maluca pensar que, um ano atrás, eu nem conhecia esse cara. Nós nos conhecemos quando o programa de hóquei da Eastwood se fundiu com o da Briar, criando uma amizade baseada em nosso amor por filmes de viagem no tempo. Mas, desde a primeira vez que saímos sozinhos, parecia que éramos amigos havia muito tempo. Hoje em dia, sinto que o conheço até melhor do que Shane e Ryder, que são meus melhores amigos desde o comecinho da faculdade.

Mas talvez essa seja a consequência natural de ver o pau dele com tanta frequência.

Claro, já vi o pau de quase todo mundo do time no vestiário uma vez ou outra. Mas existe uma diferença entre ver um pau mole no chuveiro e acompanhar um duro penetrando uma buceta molhada ou uma boca macia. Saber como seu amigo fica quando goza leva a amizade a um nível completamente diferente de proximidade.

Hoje, porém, Will está impossível de decifrar.

Quando ele começa a rir baixo, fico ainda mais confuso.

"Você está bem?

"Sim. É só que..." Ele ri baixo, balançando a cabeça consigo mesmo. "Nem sei mais. Posso te contar uma coisa? Mas você tem que prometer não contar para ninguém. Principalmente por respeito às pessoas envolvidas."

"Claro. Você sabe que sei ficar de boca fechada."

"Assisti Lindley comer a Diana na semana passada."

A rápida admissão é tão inesperada que me surpreende.

"Ah." Franzo a testa, um sorriso se formando devagar. "Tá. Legal."

Tenho umas cinco mil perguntas sobre isso, mas consigo me segurar.

Mesmo assim. *Caralho.* Diana Dixon é uma gostosa. Uma deusa. Eu daria minha bola esquerda para tê-la na minha cama. Significaria enfrentar a ira de Shane, mas... bom, na verdade, talvez não, considerando que ele deu a Will um ingresso para o show.

"Só assistiu?" Não consigo deixar de perguntar, ainda sorrindo.

Um canto da boca dele se ergue timidamente.

"Talvez eu tenha batido uma também. A mando de Lindley."

Meu queixo cai.

"Como assim? Porra, cara! Por que não me chamaram?"

"Não foi planejado nem nada. Só meio que aconteceu."

"Como uma coisa dessas meio que acontece?"

"Cara, não faço ideia. Eu estava no décimo quinto sono. Acordei vendo Diana deitada na bancada da cozinha como um verdadeiro banquete enquanto Lindley metia nela." Will abre um sorriso. "Eu me ofereci para sair. Mas eles queriam que eu ficasse."

Sortudo, hein? Esquece o que eu falei antes; eu daria minha bola esquerda para estar lá. Esse tipo de safadeza é bem minha praia. Adoro sexo. Quanto mais safado, melhor. Sinceramente, não tem quase nada que eu não toparia na cama.

"Enfim, não conta para ninguém", Will pede. "Não quero que Diana se sinta envergonhada ou objetificada nem nada do tipo."

"Vai morrer comigo." Inclino a cabeça para ele. "Mas estou meio curioso para saber o que isso tem a ver com o que a gente estava falando antes."

Will abandona a preparação do jantar, virando o corpo alto e se apoiando na bancada de frente para mim.

"Nunca fiz um ménage antes de você", ele admite.

Rio baixo.

"E daí?"

"Sempre parecia degenerado. Pensar neles."

"Sexo nunca é degenerado quando todo mundo envolvido está se divertindo."

"Sim", ele responde. "Acho que estou começando a entender isso."

Franzo a testa.

"Espera, você não entendia antes?"

"Não exatamente." Ele solta um suspiro. "Não estou dizendo que eu não curtia. Óbvio que eu curtia. Mas também ficava me questionando *por que* eu curtia tanto."

"Porque sexo é divertido."

Ele revira os olhos.

"Para você, tudo é divertido."

"Sim. Especialmente sexo."

Dá para ver que ele está contendo um sorriso.

"Bom, não sou como você, Beck. Você age por impulso. Eu normalmente sou mais cauteloso. Contido."

Quando está fazendo sexo, ele não é nada contido. Will Larsen mete sem dó. Mas não comento isso. Ele *quer* ser cauteloso e reservado, e não ser o está consumindo por dentro.

Sua próxima admissão confirma meus pensamentos.

"Pensei que tinha alguma coisa errada comigo por gostar tanto." Ele passa a mão na testa e faz uma careta, piscando violentamente. "*Puta que pariu.*"

"As cebolas?", digo, rindo.

"Merda. Sim." Ele vai até a pia para lavar as mãos, resmungando por sobre o ombro: "Não estou chorando de pensar em dividir mulher com você na cama. Não se atreva a dizer para os caras que foi isso o que aconteceu."

Rio.

"Não pretendo contar nenhuma parte dessa conversa para os caras. Não é da conta deles."

"Então, sim." Ele dá de ombros pela milionésima vez. "Eu estava meio que surtando por causa disso. Pensando que era um pervertido ou coisa assim. E daí na semana passada descobri que Lindley curte voyeurismo e fiquei, ok, cada qual com seu fetiche."

"Cada qual com seu fetiche", concordo. "E, no mundo sexual, ménages são bem baunilha."

Isso o faz rir.

"Enfim, é por isso que eu estava fugindo de você nos últimos tempos. Só estava tentando entender por que curto o que curto. E, quando olhei para Caitlin no bar na semana passada, eu soube que ela era um perigo." Ele suspira. "Ela toparia qualquer coisa."

"Sim." Faço uma pausa. "Ainda topa."

Will morde o lábio.

"Então, se você estiver a fim de curtir com a gente hoje..."

Agora ele hesita.

"Ou não." Saio da bancada e vou até o fogão. "Tranquilo, cara. Pode se esconder no quarto a noite toda se quiser. Mas vamos terminar o jantar, beleza? Quero tomar um banho antes dela chegar."

Enquanto ligo a boca do fogão para colocar a água para ferver, ouço Will suspirar atrás de mim.

"Quê?" Olho para ele com um sorriso.

"Acho que não quero me esconder no quarto."

Meu pau pula contra o zíper. O que era de se esperar. Faz um tempo que não vejo uma gata safada dar para o Will enquanto geme me chupando.

Olho para ele com uma risadinha.

"Legal. Quem sabe não deixo você assistir."

"Nossa. Que honra."

Ele chega perto, tirando a panela do molho da gaveta ao lado do fogão. Uma curiosidade me atravessa enquanto o observo despejar uma lata de tomate em cubos dentro da panela.

"Que foi?", ele pergunta, notando meu olhar.

"É sério que Lindley mandou você bater uma?"

Will geme baixo.

"Mano. Ele me falou a hora de *gozar*."

"Estou impressionado. Não sabia que Shane era capaz disso."

"Foi intenso. E sexy."

"Parece mesmo." Depois de hesitar por um momento, dou uma empurrada no seu ombro com o meu. "Estamos bem, parceiro?"

"Sim. Sempre."

Agradecimentos

Foi uma delícia escrever este livro. Desde a primeira página, fiquei obcecada por Diana e Shane. Tenho muita sorte de fazer o que faço para ganhar a vida. Posso criar reality shows fictícios e colocar meus personagens para dançarem dança de salão, o que, sinceramente, é o trabalho mais legal de todos os tempos. E isso não seria possível sem toda uma rede de apoio de pessoas incríveis:

Minha editora, Christa Desir, por me deixar compartilhar minhas reações em tempo real ao último *Velozes e furiosos* enquanto eu o assistia no avião quando deveria estar escrevendo. (Ah, sim, e por amar este livro e deixar que minha imaginação corresse solta.) #família

A equipe toda da Bloom Books/Sourcebooks e da Raincoast do Canadá, desde o departamento de marketing e publicidade até a equipe de arte. Um agradecimento especial à Madison por entender minha obsessão por *Love Island*.

Minha agente Kimberly, a publicitária Ann-Marie e as assistentes Nicole, Natasha, Lori e Erica. Eu esqueceria meu próprio nome se vocês não estivessem por aqui para me lembrar.

Eagle/Aquila Editing por sempre deixar tudo de lado para revisar meus textos, e um agradecimento muito especial aos meus leitores sensíveis que garantiram que as caracterizações e temas mais pesados da história fossem tratados com todo o cuidado.

Minha irmã e parceira de quebra-cabeças por literalmente tudo. Você é a pessoa mais engraçada que conheço e minha melhor amiga de todos os tempos.

Outros autores, amigos e pessoas incríveis, especialmente Vi, Kathleen, Sarina e Natasha.

E, como sempre, vocês. Meus leitores, as pessoas que mais me apoiam no mundo todo. Obrigada por lerem, comentarem, elogiarem, me fazerem rir e estarem sempre presentes.

Por fim, uma rápida observação sobre alguns dos pontos da trama de hóquei neste livro: costumo distorcer alguns detalhes, como os horários de treinos ou jogos da AAUN, para criar um mundo de hóquei fictício para que certos elementos da trama possam se alinhar melhor. Todos os erros são meus (e muitas vezes intencionais).

Com amor,
Elle

TIPOGRAFIA Adriane por Marconi Lima
DIAGRAMAÇÃO Vanessa Lima
PAPEL Pólen Natural, Suzano S.A.
IMPRESSÃO Lis Gráfica, junho de 2025